医乃仁术，济世活人之本，入大道之门！
揭开中医的神秘面纱，探索生命的终极奥秘！

医林志·第一部

双龙记

青 斗 著

中国中医药出版社
·北 京·

图书在版编目（CIP）数据

双龙记/青斗著．—北京：中国中医药出版社，2012.12
（医林志）
ISBN 978－7－5132－1161－1

Ⅰ．①双…　Ⅱ．①青…　Ⅲ．①长篇小说－中国－当代
Ⅳ．①I247.5

中国版本图书馆CIP数据核字（2012）第220883号

中国中医药出版社出版
北京市朝阳区北三环东路28号易亨大厦16层
邮政编码　100013
传真　010 64405750
北京泰锐印刷有限责任公司印刷
各地新华书店经销
*
开本 880×1230　1/32　印张 10.125　字数 261 千字
2012年12月第1版　2012年12月第1次印刷
书　号　ISBN 978－7－5132－1161－1
*
定价　25.00元
网址　www.cptcm.com

社长热线　010 64405720
购书热线　010 64065415　010 64065413
书店网址　csln.net/qksd/
新浪官方微博　http://e.weibo.com/cptcm

医者志　民族魂

——医生是一个技术越精越希望自己失业的职业

电影《武林志》拍摄于1983年，那一年我刚出生。从网上找来资料和视频，总算大略了解了这个老电影。有影评如是说：影片以朴素的结构方法，把武术作为特殊手段，着力刻画人物，揭示思想，集中反映武林之志，实质上是体现中华民族的骨与魂。

青斗是一个学中医出身的草根作家。他热爱中医，文采极佳。《武林志》这样的老电影应该给他这个年龄段的人留下了很深刻的印象，所以才会有"昔有《武林志》，今有《医林志》"这样的妙事。正如《武林志》强调武德的情节和刻苦磨砺武功的细节，《医林志》同样强调医德和医道钻研之艰辛。就如儒释道源出一脉一样，在中国，医学和武学是不分家的。《武林志》中的一个关键的高手行医郎中神拳李，便很好地佐证了这一点。

我自小就喜欢中国传统的东西，我对中医的了解最先来自于中国古典文学和历史演义小说。初中开始迷恋金庸的武侠，一度几近痴狂地研究过传统武术、养生术乃至八卦推算等等。虽然在这些"歪门邪道"上花费不少心血，但是终究一无所成。后来终于觉悟：人生的最高境界其实是平淡，武道、医道的精髓同样也不在于追求神通。高考后，我选择了所谓的重点大学热门专业。毕业后来京工作，总是有意无意地接触到各种中医人士，又动了学中医的念头，于是从软件公司辞职到一个私人中医门诊部。我的经历自然不如本书中杨开和李千二人学医故事那般传奇、有趣，所以我读此书，倍觉爽快，因为自己欲为而不敢为之事，似乎都随着书中人物去做了一遍。

纯从小说的角度看，本书文笔优美，情节跌宕，直追金庸、古龙，对于医理、医德的表述，活泼而意味悠长。因此，读此书，可以在娱乐之中，学到几分修心养性的医者之意。

有药店挂着这样的对联：

“但愿世间人无病；何愁架上药蒙尘。”

“但愿人皆健；何妨我独闲。”

这两副对联很好地说出了医者的宏愿。一个真正的医生，必定会千方百计地提高自己的医术，不辞辛劳地救治病患，以求达到“神医”的境界。同时，真正的“神医”，肯定不希望总有很多人找他看病。他巴不得自己早日失业，因为他希望天下众生都能够防患于未然，在未病之前就去防病。如果有朝一日，众生无病，医生们肯定会欢欣无比。

一部《医林志》，道尽医者心。

本书策划编辑黄小龙写于北京

2012 年 10 月

前　言

天地生人，生、老、病、死，虽是凡人不免，但一个“病”字，却令人承受万般苦楚，“一人向隅，满堂不欢”。尤以不堪病痛折磨之际，情愿舍弃曾费尽心机、千辛万苦所获取的一切，但求换来一个康健之身，哪怕是暂安于一时。于是世间便有了医者济世救人，生化出万般医法，以应万病。

先是有神农尝百草以辨药性，黄帝立《内经》论天人之道而成医理，后世圣贤更是详解针、脉，诸法备矣！然则“医者意也，几人能解?”医道一途，并非那般简单易事。仅从一个“德”字上，便有了《大医精诚》的感慨之言。医之道，涵天盖地，其理深奥，非穷究百家之学，探微索隐，有明物辨理之能，持之以恒之志，不能得其真谛。是故古今“真医”少之又少。时下又有那般无知之人，妄生“迷信、伪科学”之论，责难中医，实是不解我中华文明博大精深之故。

古人有云：不为良相，便为良医。

曾作《大中医》三部，然未尽详解，再作《医林志》，求医道本义，集趣话奇文。虽一己之力也薄，但能道些许自家感悟，也足矣！

青　斗

2012年8月

目录

CONTENTS

第一部　双龙记

楔　子

隋唐之时，有真人显世，便是那药王孙思邈。孙氏博及天下诸学，洞悉医家奥旨，曾辞两朝显官不做，游走天下，以医济世，后归隐终南山，著《千金方》传世，以惠后世医者。

且说孙真人过百岁之际，一日忽有所悟，遂合参天人变化之道，著《大医要术》七卷，不列方药，而是尽阐阴阳之至理，释五行之妙用，揭医家之大秘。真人复以流传后世的《大医习业》与《大医精诚》篇为其书开篇。

《大医习业》文曰：

凡欲为大医，必须谙《素问》、《甲乙》、《黄帝针经》、明堂流注、十二经脉、三部九候、五脏六腑、表里孔穴、本草药对、张仲景、王叔和、阮河南、范东阳、张苗、靳邵等诸部经方。又须妙解阴阳禄命，诸家相法，及灼龟五兆，《周易》六壬，并须精熟，如此乃得为大医。若不尔者，如无目夜游，动致颠殒。次须熟读此方，寻思妙理，留意钻研，始可与言于医道者矣。又须涉猎群书，何者？若不读五经，不知有仁义之道；不读三史，不知有古今之事；不读诸子，睹事则不能默而识之；不读《内经》，则不知有慈悲喜舍之德；不读庄老，不能任真体运，则吉凶拘忌，触涂而生。至于五行休王，七耀天文，并须探赜，若能具而学之，则于医道无所滞碍，尽善尽美矣。

《大医精诚》文曰：

张湛曰：夫经方之难精，由来尚矣。今病有内同而外异，亦有内异而外同，故五脏六腑之盈虚，血脉荣卫之通塞，固非耳目之所察，必先诊脉以审之。而寸口关尺有浮沉弦紧之乱，腧穴流注有高下浅深之差，肌肤筋骨有厚薄刚柔之异，唯用心精微者，始可与言于兹矣。今以至精至微之事，求之于至粗至浅之思，其不殆哉。若盈而益之，虚而损之，通而彻之，塞而壅之，寒而冷之，热而温之，是重加其疾而望其生，吾见其死矣。故医方卜筮，艺能之难精者也。既非神授，何以得其幽微。世有愚者，读方三年，便谓天下无病可治；及治病三年，乃知天下无方可用。故学者必须博极医源，精勤不倦，不得道听途说，而言医道已了，深自误哉。

凡大医治病，必当安神定志，无欲无求，先发大慈恻隐之心，誓愿普救含灵之苦。若有疾厄来求救者，不得问其贵贱贫富，长幼妍蚩，怨亲善友，华夷愚智，普同一等，皆如至亲之想。亦不得瞻前顾后，自虑吉凶，护惜身命。见彼苦恼，若己有之，深心凄怆。勿避险巇、昼夜寒暑、饥渴疲劳，一心赴救，无作功夫形迹之心。如此可为苍生大医，反此则是含灵巨贼。自古名贤治病，多用生命以济危急，虽曰贱畜贵人，至于爱命，人畜一也，损彼益己，物情同患，况于人乎。夫杀生求生，去生更远。吾今此方，所以不用生命为药者，良由此也。其虻虫、水蛭之属，市有先死者，则市而用之，不在此例。只如鸡卵一物，以其混沌未分，必有大段要急之处，不得已隐忍而用之。能不用者，斯为大哲亦所不及也。其有患疮痍下痢，臭秽不可瞻视，人所恶见者，但发惭愧、凄怜、忧恤之意，不得起一念蒂芥之心，是吾之志也。

夫大医之体，欲得澄神内视，望之俨然。宽裕汪汪，不皎不昧。省病诊疾，至意深心。详察形候，纤毫勿失。处判针药，无得参差。虽曰病宜速救，要须临事不惑。唯当审谛覃思，不得于性命之上，率尔自逞俊快，邀射名誉，甚不仁矣。又到病家，纵绮罗满目，勿左右顾眄；丝竹凑耳，无得似有所娱；珍馐迭荐，食如无味；醽醁兼陈，看有若无。所以尔者，夫一人向隅，满堂不乐，而况病人苦楚，不离斯须，而医者安然欢娱，傲然自得，兹乃人神之所共耻，至人之所不为，斯盖医之本意也。

夫为医之法，不得多语调笑，谈谑喧哗，道说是非，议论人物，衒耀声名，訾毁诸医。自矜己德。偶然治瘥一病，则昂头戴面，而有自许之貌，谓天下无双，此医人之膏肓也。老君曰：人行阳德，人自报之；人行阴德，鬼神报之。人行阳恶，人自报之；人行阴恶，鬼神害之。寻此二途，阴阳报施岂诬也哉。所以医人不得侍己所长，专心经略财物，但作救苦之心，于其运道中，自感多福者耳。又不得以彼富贵，处以珍贵之药，令彼难求，自炫功能，谅非忠恕之道。志存救济，故亦曲碎论之，学者不可耻言之鄙俚也。

其间有弟子请传，真人曰："医道难为，物理难穷。汝辈得之无用，唯后世有灵慧者，得此书或可心开神悟，明了医道，而为苍生大医。"

当是书也，传非其人，宁可不传。

书成之际，真人溘然而逝，坐化仙去，终年一百四十一岁。遗令弟子薄葬，不藏明器，祭去牲畜。《大医要术》也随之不得其踪。

实则其书已在民间暗中流传，唯有缘者能幸得之。孙思邈之后，杨士瀛、陈师文、罗天益、王好古等人得《大医要术》，习悟三分，立成一时之国手；李东垣、张子和、朱丹溪、庞安时等人得之，开悟七成，而为千古之名医。唐朝以后，代有其人……

第一章　续命丹

人生在世，生死二事最大。而常人又多不以之为重，但趋于名利富贵。然而不论他是何等的人物，终难脱“病、死”两途。人生无常，富贵尽处，总是要给他些苦头来受。大限至时，每每悔之晚矣！皆期望于医者救命。于是活人之术昌矣！本书但讲述些医林中的故事来，以文扬医道尔！

明洪武年间，天下初定。唯避走塞外的前朝元人遗部时犯边关，是为大患。明太祖朱元璋于是任命蓝玉为大将军提十万雄师远征漠北，击杀元人主力脱古思帖木尔部。

有河南医者杨启风受征从军。那杨启风本开封人氏，兄弟两人。其兄娶妻另过，杨启风侍候老母亲过活。时值天下变动，烽火燎原，动荡不安的世道消去了杨启风曾经的功名之想。他更不是那般胸怀大志能乘乱世崛起的人物，保得性命下来便已是万幸了，于是杨启风静心安贫，不再做它想，与人做闲工度日。

也是该那杨启风时来运转，三年前帮人去洛阳贩运药材，在一家药馆内偶遇一老医，眼瞅着从其身上遗落一物。杨启风上前拾了，唤住那老医还了他。或是那老医被杨启风拾金不昧的行为所感动，也是瞧着杨启风生得顺眼些，不是那种看着讨人厌的，于是说了声“随我走吧，予你一营生，可保你衣食无忧！”杨启风便也稀里糊涂地随了他去。

杨启风随那洛阳老医习了三年医道，老医见他勤奋，便将毕生所学所悟，倾囊而授。

一日，老医郑重地对杨启风道：“可活人活已矣！医者慈悲，济世救人！切记！切记！”言毕，遗其而去。杨启风朝师父的背影叩了三个头，从此游医于开封一地，诊疾施药，每有奇效。偶也有病家遣车马迎送，得意一时，自是有了安身立命的本事。

后，开封府征兵，杨启风代兄从军。半年后随大军远征漠北。杨启风因不曾显示医术，作为一个无名小卒，还未为人知。也是他还没有做军医的资格，那时军医可都是从京城太医院里派来的医士，非民间医者所能担当的。杨启风期望的是，快些打完仗，回老家开封仍旧做他那个自由自在的游医去。

且说蓝玉率十万大军数破元人兵马，追寻元人踪迹至捕鱼儿海（今贝加尔湖附近）。斥侯回报，已是距离元军大营不过数十里之遥。蓝玉于是命大军扎营安寨，以待寻机与元兵主力决战。

傍晚时分，蓝玉仅率十余轻骑离了大营前去探察军情。潜行二十余里，待上了一高地，驻足远望，前方隐见元人的牛马营帐。

时值初春，虽至四月，然处这寨外之地，乍暖还寒。又至傍晚，残阳如血，旌旗猎猎；草浪翻滚，鸟兽绝踪，天高地阔的万里草原笼罩在一片萧杀的气氛当中。

“肃清漠北，在此一役！”想起临行前，大明皇帝朱元璋嘱咐的一句话，蓝玉刚毅的脸上，露出了几丝忧郁。大军深入，远道奔袭，不及元军以逸待劳，此战，实是吉凶难料。

“大丈夫建功立业，也在此一战了！”蓝玉精神又为之一振。远眺元营，似有所思。

“大将军，敌人骑兵，我们被发现了！”这时，一名警惕的护卫指了左前方惊呼道。

蓝玉转头看时，见有百余骑蒙古骑兵正从一土坡冲下朝这边逼来。十余名护卫，刀枪出鞘，神色为之紧张。

“回营！”蓝玉淡淡地道。掉转马头，驱骑而走。

而在此时，四下里号角连起，已是又有一百多人的蒙古马队迂回到了蓝玉等人的背后，拦住了去路。这是与元兵外出游视的巡逻队遭遇了。

那蓝玉戎马一生，只身犯险的情形并非头一回遇到，自是处变不惊。此时冷哼了一声，拔出腰中佩剑，率了十余名卫兵迎头冲击，全然不惧。护卫们见了，各自呐喊一声，紧拥了蓝玉，奋勇地冲上前去，决心死战。

那些元兵见对方仅有十余骑，开始以为是明军的斥侯，待离得近时，发现其中竟有一名军官身份的人，身披金盔银甲，威武非凡大异于普通的军官。元兵虽然还不知是蓝玉本人到了，但也晓得了是明军中的重要人物，意外之余，颇呈惊喜，立时展开了围攻，意在擒杀蓝玉。

蓝玉与十余名卫兵武功都自不弱，然而毕竟寡不敌众，在斩杀了数十名元兵之后，蓝玉身边也仅剩下五六个人了。

然而就在这时，一名元兵乘蓝玉不备，在旁边寻个空档，暗里一箭射去。元人是游牧民族，精于马上刀弓，多是善射之人，这一箭力道迅猛，竟贯铠甲。蓝玉正拚搏间，忽感胸前一痛，已被流矢所中。身形一歪，弃了手中的宝剑，几欲跌下马背。

“大将军!”仅剩的数名护卫齐声惊呼。元兵见状，各自呼呵一声，又自群攻而上。

就在这危急时刻，元兵背后忽然杀声大起，原是蓝玉帐下副将郭英率一队人马来援，立将偷袭蓝玉的元兵击溃，四下散去了。来得也是及时，若再晚些，怕是出大事了。

那郭英忽见蓝玉受了箭伤，正被人从马背上扶下，不由大吃了一惊。上前探视时，蓝玉脸色苍白，已呈昏迷状。郭英惊骇之余，忙命人护送蓝玉返回了明军大营。

明军大营，中军营帐的床榻之上，那蓝玉双眼紧闭，脸色惨白，已是了无一丝血色。十几名军医正在手脚忙乱地进行处置，俱是神色凝重。

待一名老成的军医从内帐走出，郭英等众将忙围上前来。郭英焦急地问道："大将军伤情怎样?"

那军医犹豫一下，沮丧道："箭头入里太深，伤及脏腑，并且失血过多，大将军怕是挨不过今晚了。我……我等已是尽了力了。"

"什么?"郭英闻之惊怒道："尔等一群废物，速想法子救大将军过来，否则我们谁也别想活着回去。"

那军医听了，惊恐地退回了帐内。

郭英之言非虚。这场战争已是到了关键时刻，明军远征塞外，虽有小胜，但元人主力未灭，胜负还未能分得，若是主帅蓝玉有事，战事必会发生颠覆性的逆转，后果难料。

郭英随后对身旁的几名军官着意叮嘱道："大将军的伤情万勿泄露出去被元人知道，否则营无主将，军心动摇，对方乘机来攻，我等危矣!"众将唯唯。

郭英又密嘱一心腹道："你且暗令各营做好准备，加强警戒。大将军一旦有事，三军当连夜拔营，悄悄而退，待退回边关再做计较。"

且说那杨启风见中军大帐之内，夜里灯火不息，众军医进进出出，人人皆呈惶恐之色，已是偶闻得大将军蓝玉外侦军情，不慎为箭所伤，看其情形，怕是伤势严重，命在旦夕了。

杨启风心中此时忽地一动，可是令自已出人头地的机会来了吗?他在中军帐外犹豫了好一会，这才一咬牙，壮着胆子走了过去。

且说郭英在帐内正自坐立不安，有人来报："郭将军，帐外有一小校唤做杨启风的，自称懂得医术，携有奇药，愿试救大将军。"

"真的!"郭英闻之大喜道："快请进来!"

那杨启风进得帐来，朝郭英一拜道："小人叩见郭将军！"

"起来说话！"郭英上下打量了一番杨启风，说道："听说你懂得医术。此番毛遂自荐，看来也是有些手段的。不知你如何来医治大将军的箭伤？"说到这里，郭英语气一肃。

"回郭将军，小人曾得高人传授医术，且幸得一秘制奇药，名为'续命丹'。"杨启风顿了一下，又接着说道："此药奇效在救治垂危之人，能在短时间内将人身精气搜尽集中，激发出仅存的生命力，为缓时救治赢得时间。任它多凶险之症，甚至于昏迷濒死者，只要服了这'续命丹'，便能在短时间内醒如常人。"

"你这'续命丹'能将大将军唤醒吗？"郭英闻之，精神一振。只要蓝将军能醒来挨过今晚，营中军医们或是能有法子救他。

"小人愿意一试。"杨启风道。

"必需救醒大将军，否则你走不出这中军大帐。"郭英站起来，盯着杨启风冷冷地道："你既敢窥探出大将军伤重昏迷这等军中机密，按军律当斩。不过你若能救醒大将军，自可将功赎罪，且能获得个一生富贵。"

杨启风听了，心中一凛，已是有了悔意。然则既已决定进来，已是退不得了，于是硬着头皮说道："小人明白。"

郭英随后带杨启风进了内帐。此时躺在床榻上的蓝玉脸色已白如薄纸，且已泛起了一层青黑，如死人一般了。十几名军医站在周围，俱呈慌恐，皆是束手无策。

"死……死了！"杨启风心中惊呼了一声，懊悔道："来晚了！人之一死，神仙不救。我何以这般鲁莽。"

"大将军伤势如何了！"郭英见状，此时也自一惊，忙问道。

"气血耗散得过快，脉微欲绝！怕是……"一名军医无奈地摇了摇头。

"那还有得救！"这边的杨启风闻声却自一喜。

众军医闻之，皆不由得茫然地望着这名军中的小兵，何以出此狂语。因为他们这些来自太医院的经验丰富的军医们都无术可施了。

“那还不快施法子救治大将军，等着做甚!”郭英焦急之余，颇有些激动地道。

杨启风忙从怀中掏出一颗红色的药丸，递与一名军医道：“将此药丸以温水化开，给大将军灌下。不足半个时辰自会醒来。”

“你这药能将大将军救醒？只要人能醒，那自会气血归脉，再施以上等的金创药，挨过今晚，就会没事了。”一名军医惊喜之余，尤自讶道。

杨启风上前摸了摸蓝玉的脉位，果是脉微欲绝，但仍有一口气在。于是心中一松，顺嘴说道：“莫说一晚，就是两晚，我也能保得大将军无事。”

“哦!”众军医们望着这名营中的小兵，都感到了费解。在这群医束手之时，竟也有人冒死示药，虽然说是有些不可思议，或许真是有那能令人起死回生的灵丹妙药。几名主事的军医见郭英也发了话，互相点头示意，当前情形，只有死马当作活马医，试一试了。

随有军医将那丸丹药以温水化开，用那通了心的牛角将药水缓缓灌入蓝玉的口中。然后众人肃立一侧，静等那蓝玉自行醒来。

那杨启风心中也自忐忑不安，虽是说以前用这续命丹也救治过比蓝玉现在的情形还要危险几分的病人，也自有些把握和信心，但是这次救治的毕竟是三军主帅大将军蓝玉，万一有什么意外，自家性命可就不保了。尤其是见那些军医们都在以一种狐疑的眼光冷眼看他，心下愈来愈没有了底数，一层冷汗不由从额头上流了下来。此时此刻，可谓度日如年。于是杨启风暗里咬着牙，祈求着蓝玉尽快醒来。

大约过了半个时辰，果然那续命丹的药力起了作用，偶闻蓝玉喉中一响，憋在胸中的一口气竟自顺了过来。脸色也随之大缓。

“大将军就要醒了！”立时满帐惊喜。

此时的杨启风心中一松，坐在那里，已是汗流遍体。

“大将军脉象渐复，有得救了！”一名老军医扶脉后，欣喜道。

“一个时辰后，再与大将军服进半丸罢。”杨启风又出示了一丸续命丹，瘫坐在那里，有气无力地道，暗中也自长吁了一口气。

“果然是灵丹妙药！你救了大将军一命，剩下的事就交给我们办吧。”那名老军医此时恭敬地说道。众军医也为之侧目。

“你也救下了三军将士的全体性命！没想到军中竟也藏有你这位医中圣手！且随我去歇息。大将军日后破敌，你当居首功。”那郭英惊喜之余，感激地上前亲自扶起了瘫坐在一侧的杨启风。

那杨启风被郭英热情地邀请到了自己的大帐中，叫人上了酒菜，亲自敬酒。杨启风不免受宠若惊，连饮数杯之后，不胜酒力，竟自大醉睡去。

待杨启风一觉醒来的时候，已是在第二天的傍晚时分了。睁眼看时，四下无人，却是睡在郭英的大帐中，心中倏地一惊，感觉不是个事，忙起身走出了来。

帐外站有郭英的卫兵，见杨启风睡眼朦胧的出了来，迎上前恭敬地道：“郭将军有命，待先生醒后即刻去中军大帐，大将军要见你。”

一夜之间，竟被人称作了“先生”，杨启风心中无比的受用。在十万大军中，只有蓝玉身边的几位谋士被人敬称为“先生”。

“看来大将军已是醒了呢！”杨启风心中兴奋之余，背负着手，踌躇满志地踱着方步朝中军大帐走去。他已是看到了自己前面的一片光明大道……

中军大帐之内，蓝玉已醒如常人，此时露着包扎好的胸前伤口坐在那里正与郭英等几名副将议事。

郭英说道："元人已经怀疑到了昨天被他们射伤的人就是大将军了，今天派出三路兵马前来挑衅试探，我方皆闭门不战，坚守不出。元人虽疑，因畏惧大将军之威，还不敢有所妄动。"

"既如此，不妨将计就计，今晚全军拔营隐退，以此来证实我伤重不治，营中有变。待元兵乘机追杀之时，半路设以伏兵，一役将元人的主力解决掉。同时另路兵马突袭元军大营，必要将那脱古思帖木尔君臣一并擒了。那么此番塞外出征，可收全功。"蓝玉眼中精光暴盛，却自沉吟道。

"大将军高明！"郭英与几名副将齐声附和。

此时有帐外值守的亲兵进来报之杨启风到了。蓝玉闻之笑道："救命恩人来了！快请！"随对郭英等人道："且去依计行事罢！"郭英等人施礼退下。

"小人杨启风叩见大将军！"杨启风进得帐内，忙疾走上前俯身拜倒。

"不必多礼，快快请起！你那灵药救了本将军，便是我蓝玉的恩人。日后见我，可免去一切军中礼数。"蓝玉抬手笑着，感激地说道。

"小人不敢！"杨启风抑制住心中的激动，仍自跪在地上说道。

"起来说话！"蓝玉又自命令道。

杨启风这才站了起来。偷望了一眼蓝玉，说道："不知大将军伤势怎么样了？"

"得你灵药之功，又服了几支野生老参，元气复之八九，已无大碍了。"蓝玉说道。

"这是大将军洪福齐天！更是天佑大明！"杨启风应道。

"呵呵！你倒会说话。"蓝玉微点下头，含笑道："没想到军中竟然藏有你这位医中的圣手，怀有救死的灵药。我蓝玉不死，这两日必要在这大草原上建那旷世奇功，你当居一半。日后且在帐下听用，待得胜还朝之时，我自会将你举荐给太医院，去谋个太医当当，也令你的医术本事有个发挥的地方。”

杨启风闻之大喜道：“多谢大将军成全！”

要知道民间医者进那太医院，是比考那科举还难上十分。这是杨启风做梦都想不到和不敢想的事。

蓝玉笑道：“也是你有这个本事担当得起，否则我推荐一个白痴去，岂不引人笑话于我。对了，你的医术是家传的吗？”

杨启风道：“回大将军，小人本河南开封人士，数年前偶得一位洛阳老医传授医术，同时秘授有起死回生功效的方药续命丹，小人以此活身立命。后代兄从军，有幸在大将军帐下效命。”

“哦！原来是你得了奇遇！看来也是天意不亡我蓝玉，让你偏偏随军出征塞外随了我来。好好好！杨启风，你救我之事，日后我必会上奏朝廷，为你请功，送你一场富贵。”蓝玉点头说道。

“多谢大将军！”杨启风暗喜之余，俯身再拜。

当天晚上，十万明军乘着夜色，全军竟自拔营退去。立被元兵斥侯侦知，回报元营。

那脱古思帖木尔闻之大喜道：“明军千里来袭，已是鞍马疲惫，再加以粮草不济，本能一击而溃。如今又不战自退，当是昨日被我神箭手射伤之人必是蓝玉本人了。三军无主，势如赶杀牛羊也！实乃天助于我！重返中原，复得天下，在乎此了！”言罢，遂命太尉蛮子率元军主力追击明军。

且说那太尉蛮子率兵马一路追赶，却不见半个明军的踪影，正自疑惑间。忽闻一声炮响，四下里火光通明，喊杀声一片。明军似从天降一般，满眼皆是。

而在此时，元军大营方向也自火光冲天，隐隐传来杀战之声。

那太尉蛮子见变故迭起，知道中计，惊慌之余，也只好率了兵马硬着头皮迎战。

这一仗从夜里打到天明，杀得是天昏地暗，日月无光，声传几十里之外……

在千名精悍护卫环护下的一座山包上面，伤势未愈的蓝玉端坐在一张虎皮大椅之上，神色峻冷，静观着眼前的这一切。旁边站立着的是那杨启风，此时已是看得心惊肉跳。前方这一眼望不到尽头的搏杀场面，早已将他看得呆了。暗里庆幸，那一丸续命丹不但救了蓝玉的性命，也救下了自己的性命。否则自己也免不得持了刀枪去与元兵进行生死相搏。

尤其令杨启风震惊的是，自己的一丸丹药救下了蓝玉一命，却要有几万人的性命丧失在这场残酷的杀斗之中。师父洛阳老医教导他的“医者慈悲，济世救人”的话语，在眼前的这场战争中失去了任何的意义。此时此刻，他又能救得了谁呢！甚至于他还未能将一个救人的医者如何置身于这场残酷的战争之中，及救人和杀人的关系理顺。一将功成万骨枯，不知要耗去多少医者的信心。

此番一战，明军大获全胜。击杀太尉蛮子，斩首数万。追获脱古思帖木尔次子地保奴、吴王朵儿只、代王达里麻及平章以下官属三千人，俘虏其他七万七千人，并玉玺、符敕金牌、金银印诸物，马驼牛羊十五万。整座蒙古草原为之震动。

那元主脱古思帖木尔在大营被攻破之际，率太子天保奴、知院提怯来、丞相失烈门逃走和林。途中遇另一元部也速迭尔，竟被那也速迭尔杀了脱古思帖木尔和太子天保奴降明邀功了。自此以后，退走塞外的元朝遗部，无有能力敢再窥视明朝天下者。

捷报传到京城，皇帝朱元璋闻之大喜，赞那蓝玉有汉时抗击匈奴名将卫青、霍去病之功，并加封蓝玉为凉国公，告示天下。

此时的杨启风以献那奇药续命丹之功，博得蓝玉信赖和倚重，尤是春风得意，竟自在三军之中，唯他一人行走帅帐无碍，令一众军医暗里羡慕不已。蓝玉私下里又自赏了杨启风金银无数，以报他救命之恩。无得命在，哪里又有今天的功勋荣耀。

蓝玉扫荡漠北，一战而成。待他伤愈之后，这才班师回京。

第二章　意外之祸

杨启风随蓝玉的凯旋之师回到南京之后，因有了蓝玉的馈赠，先自在南京城里购置了一套大宅院，将母亲和兄嫂接了来同住。而后不久，在蓝玉举荐下，杨启风顺利地进入了太医院，先是在生药库做了个闲职。未及两月，又由蓝玉为他捐纳了个医士，开始了为皇戚贵族们诊病的太医历程。

次年，马皇后偶患小疾，连服了几位太医的方药不效，太医院院使遭到了皇帝朱元璋的训斥。那院使于是回命同僚们共思对策，否则皆有降俸之罚。那杨启风一夜未睡，按马皇后的病症研究出了一剂方药来，大胆进献，竟被他一药而愈。龙颜大悦，杨启风又自破格被升为了御医，从此混得是一路风生水起。后娶妻李氏，生子杨宁，也算得是家业两成了。

然而仅仅过了几年，便发生了明朝历史上著名的“蓝玉案”。据说那蓝玉居功自傲，且有造反之嫌，被灭了九族。也是那朱元璋有意为子孙们“拔刺”，借机杀戮功臣，免去对其子孙们的威胁之力。蓝玉一案，涉及甚广，前后累及万人被诛杀。凡与蓝玉平日里有些关系的，莫不在捕杀之列，一时间人人自危。好在杨启风曾治愈过马皇后的病，这才得以幸免。

杨启风虽是有幸避过了一场劫难，也自几乎将他吓死。倒也悟出了一个道理：身为医者，该出手时就出手，且莫矜持不露。否则没有这些救人功德，哪里来得他现在的富贵甚至于身家性命。

当然了，该出手时就出手，也要有那份能出得手的本事才行。

待太祖朱元璋殁，皇孙朱允炆继位，改元“建文”。然而这皇帝宝座谁都想争来坐一坐，结果建文帝的皇叔燕王朱棣发起了“靖难之役”，取代建文改为永乐。后又营建北平，迁都北京。杨氏一家人也自随太医院到了北京。

且说杨启风之子杨宁，自幼得了家风熏陶，从小便在父亲的教导下学习医药。也是近水楼台先得月，长大成人之后，因世医之故，入太医院为医丁进行医药的学习。待过了几场太医院的考试，考得医生，也自真正地进入了太医院。

后杨宁娶妻生子，名叫杨简，也是个聪明伶俐的孩儿。龙生龙，凤生凤，老鼠的儿子会打洞，那杨简在祖父和父亲的培养下，一路苦学来，不负期望，也自进入了太医院。杨家三世太医，算是个医门大族了。

这期间又经历了明仁宗、明宣宗、明英宗、明代宗、数位皇帝。这老朱家一大家子人互相之间为了争夺皇位和保护宝座，你杀我来我杀你，打得是不亦乐乎。也自将大明王朝演绎得波澜壮阔、风起云涌。

而作为医学世家的杨家，除了一门心思的做学问，治病救人，不问它事，虽经大明王朝的风云变化，倒也算家门无事。也是不管谁人做了皇帝，总会生病有恙的，要医生来治。杀尽万般人，却不能胡乱来杀这医生的。就连那拦路抢劫的强盗，遇见了医生，也都知道要以礼相待，以备自家有个急时，何况自视为身价万般的皇亲国戚了。其实主要的也是医生与那政治远了些，风云变幻少有涉及。

且说那杨启风在七十三岁上无疾而终，是为杨家承习这医道一脉，且三代同为太医立下了汗马功劳。杨宁六十二岁病逝于南京。其子杨简娶妻张氏，有些晚来得子，四十岁上才生子杨文。说这话上，已是到了明宪宗朱见深成化帝一朝了。

俗语说：富不过三代。好像这医也不过三代一般。那杨宁、杨简皆承家学，继杨启风医学一脉，且入太医院，成为了颇具名声的三世太医之家。而到了杨文这里，竟自改了风气，不喜医药，弃医习文，要在锦绣文章中博得个仕途功名来。杨家三世独苗，又老来得子，杨简开始时倒也引着那杨文近医识药，可杨文偏喜读诗词文章，时间久了，杨简也就由了他去。也是知道兴趣不在此间，逼也无用。以待日后开了窍再说。

不过这杨文在文章上也没什么起色，十五岁上中了个秀才之后，便一发的不长进了。年近二十岁上，还是先前那个模样。也是后面有个殷实的家境，吃穿不愁，更不曾短了银子用，再加上年轻人性情使然，每与北京城的那些富家子弟们吃喝玩乐。虽还不至于跟了人家嫖赌去，也是离那两条毁人子弟的路径差不多远了。

也就在这时，发生了一件令杨家人命运改变以至于家破人亡的大事。

且说那明宪宗朱见深此时迷醉于方术之中，希望藉此得道成仙，或是修成个不死之身，永远享受人间这种皇权富贵。于是宫里便自混进来一些自诩为“真人”、“活佛”的道士、和尚。这些人少则骗得些金银，大则封官加爵，有甚者竟能左右朝政。这其中有名的两人便是一个自称为“真人”的叫李孜省的假道士和一个叫继晓的伪和尚。这两人进献的各种“房中术”及“仙术秘法”唬得明宪宗是晕头转向，以至于这两人红极一时。尤其是李孜省竟当上了太常寺丞的要职，权倾朝野，还拥有皇帝赐的金冠、法剑及印章。那和尚继晓也被封为“通元翊教广善国师”。整个朝廷弄得是乌烟瘴气，邪门外道横流。正直之士们也只是敢怒不敢言。

单说这么一天，杨简在太医院抄录了些医案，忙完了公事，正准备下班回家，忽闻门外院子中有人喊道：“杨太医在吗?”

杨简在屋子里听了，知道这太医院今日当值的只有自己一个人姓杨的，当是在唤自己了，忙起身出了门，随即一怔，院中竟站了几名霸气十足着有宫中内卫服饰的锦衣卫。

“下医杨简在此，不知几位钦差有何吩咐?”杨简忙上前应道。以为宫里来了旨意，要他去为哪位大臣诊病。

“你就是太医杨简。你的运气来了，李真人和大国师点了名要亲自见你，和我们走一趟罢。”为首的一名锦衣卫望了一眼杨简，冷冷地说道。

杨简听了，倒吸了一口凉气。没想到那李孜省和继晓要见自己，这二人以旁门左道迷惑皇帝，已是恶名昭彰，朝野上下却是敢怒不敢言，稍有点良心的人避之唯恐不及，来唤自己何事?

杨简暗里强行镇静了一下，拱手说道：“可是真人和国师身体有恙，唤下医前去医治。”

那名锦衣卫听了，冷笑了一声道：“李真人和大国师都已是仙佛之体，哪里会生出病来，乃是唤了你去另有别事。少啰嗦，去了显灵宫就知道了。”

显灵宫是明宪宗为方士们修建的进行法事活动一座宫殿。

杨简心中忐忑地随了几名锦衣卫来到了显灵宫。待进了大殿内，见左首座上坐了一名身材魁梧高大，一脸冷漠，穿了一件崭新道袍的人。此人当是那李孜省了。右首座上坐了一名阴阳怪气的中年和尚，自是那继晓了。

“太医院杨简拜见李真人和国师，不知唤下医前来有何吩咐?”杨简稳了稳神，上前躬身一礼道。

“你就是杨简。”李孜省打量了杨简一眼，嘴角的肌肉颤动了一下，淡淡地道：“杨太医，现有一事相询，还望告之。”

“真人请讲，下医自会知无不言。”杨简忙应道。

“嗯!”李孜省微点了一下头道：“太祖时，太医院太医杨启风是你何人?”

“那是下医的祖父。”杨简应道。心中却是纳罕之极，不知李孜省无故的问起祖父杨启风是何用意。

“哦!”李孜省点了点头，随后道：“听说，当年罪臣凉国公蓝玉远征漠北之时，曾被流矢所中，命在旦夕。然而却被你祖父杨启风在军中献以奇药救治，这才令那蓝玉有了漠北一战全胜之功。可有此事?”

“不错，确有此事。”杨简应道。

“此起死回生之奇药，唤做何名啊?又有何效啊?”李孜省问道。

杨简应道：“此药名为续命丹，适用于垂死之人的救治，在于药力能搜尽激出人体的残存元气，支撑性命于一时，临危病救险症，在治疗上可抢得宝贵的时间。”

“续命丹！果然是一味奇药!”继晓那边怪怪地一笑道：“既能以药力搜尽激出人体的元气，回阳之功大矣！也当有强阳之能，再配上点别的药，是与我们的‘回春丹’有异曲同工之妙，立时可生龙马精神!”

李孜省听了，也自嘿嘿一笑。

“回春丹!”杨简闻之，先自一怔，继而恍然大悟，心中不由一惊。

那继晓曾献以淫药回春丹于明宪宗朱见深，进而受宠，得意一时。原来这李孜省和继晓是要讨要续命丹改制成春药进献给皇上服用。现在朱见深身体虚弱，当是被那种淫药戕伐人体太过之故。

“这种用法实在不妥。续命丹在于抢救垂危病患才生奇功，若是施于身体虚弱之人，无疑是火上浇油，雪上加霜。虽能令人精神振奋于一时，过后可是能要了人命的。还请真人和国师慎重。”杨简忙说道。

“这个就不用你来管了。先前进献给皇上的几种药，开始时效果颇佳，时间久了效力便减弱了。皇上命我等速置新药。偶闻军中几位老将谈起蓝玉旧事，才知你杨家有此奇药。明天且将药方献来，不得有误。这个功劳归你，皇上高兴了，我和国师再为你美言几句，升你为太医院院使，主管太医院便了。"李孜省以不容置疑的口气说道。

"家中若是有现成的续命丹也一并拿来。明天就可以先用了，只要令万岁高兴了，有得你富贵享受。好了，就这样定了，你去吧。明日午时必要见你的丹药和配方。"那继晓脸色一沉道。

杨简不敢再辩解，无言退去。

那杨简也不知是怎么走回家的。心情沉闷地到了家中见到妻子张氏，摇头叹息道："祸事来了！祸事来了！"说着，瘫坐在椅子上。

张氏见之大惊，忙问发生了什么事。

杨简便将自己见李孜省和继晓的事说了一遍。随后说道："这二人以邪术受宠，横行朝堂，不知多少正直的大臣们被他们害了。皇帝性命也早晚丧在他二人之手。如今又索要我杨家的续命丹，皇帝若是服用了，以他现在的虚弱之体，再行耗散元气，无疑是要了他的命去。到时那两个奸人有功自受，有过自然会嫁祸与我。况且我杨家世代为医，救人济世，哪会帮着这两个奸人去害人。何况这人还是皇上，便是一个普通的百姓，我们也行不得这种事的。唉！先祖曾以续命丹为杨家博得了一场三世的富贵，没想到如今又因这续命丹之故惹上这种杀身之祸。明日若不将丹药和药方献出，那二人是不会放过我杨家的。"说着，杨简摇头叹息不已。

"大难临头了！这如何是好！"张氏惊慌失措道。

"杨文！杨文哪里去了？"杨简忽地从椅子了站起来道。

"文儿出去游耍了。"张氏应道。

"这个不争气的孩子，什么时候了还只知道玩耍，快，快去叫人将他找回来。"杨简吩咐道。

且说那杨文正和几个朋友在一家酒楼饮酒，酒酣面热之际，几个朋友撺掇着杨文明日去喝花酒。杨文也自心动，思量着回家如何找个借口朝母亲多要些银子去花度。

此时一家中仆人找来，说了声："老爷找公子找得好急，快些随我回家去。”上前拉了杨文就走。

“说好了，明日同去。”杨文还不忘和朋友们的约定，被仆人拉着，极不情愿地回到了家中。

杨文回到家里，到了堂上，不由一怔，见父亲和母亲一脸严肃地坐在那里，并且眼睛红肿，显然则哭过。

“爹！娘！您二老这是怎么了？”杨文惊诧道。

“跪下！”杨简闭目叹息了一声道。

杨文不知发生了什么事，茫茫然，还以为自己做错了事，便自跪了下来。

杨简望着自己的儿子好一会，摇了摇头道：“你不习医道，更没有个安身立命的本事，日后如何生计。罢了罢了！或许这样才能令你避过今日一劫。”

说着，杨简从袖中取出一纸签，递给杨文道：“你虽不喜医药，我自也不令你强习。但这续命丹乃我杨家传世之奇药，是你太爷爷师从洛阳老医所得，世间之奇方秘药，今传于你，晚间无论如何也要强行记下，而后将药方烧掉。免被小人得去，做伤天害理之事。虽是灵丹妙药，用好了能救人，用不好也能害人。”

那杨文听了个一头雾水，茫然道：“爹，好好的，如何生出这般举动来？”

“不要问，你且按我说的做就是了。我杨家现已无端生出一遭灭门横祸，其中缘由你不必尽知，也是让你日后不用为我们报仇。你但留得一条命在，延续杨家血脉香火就行了。明日一早离开京城。”杨简说到这里，已是有些哽咽。

杨文已是听了个冰凉通体，惊呆在那里。

张氏上前将杨文扶起，哭道：“儿啊，就按你父亲说的做吧。否则杨家必会被满门杀绝的。”

“夫人，你还是和文儿一齐走吧。我明日会将事情拖到午时，你们远离京城也就安全了。我的行踪此时或已被监视，是不能离开的，以防再生变故。”杨简又自劝说道。

“不，就让文儿一个人去吧，我要和老爷生在一起，死在一起。”张氏摇头毅然道。

“唉！由你罢！”杨简无奈地点了点头。

“爹，娘，谁要杀我们啊？”杨文惊讶道。

“孩子，不要问了，这对你有好处，也是你日后处理不来的。明日但能逃得命在，我和你娘便不枉死了。不要知道仇人是谁，也不要想着来为我们报仇。”杨简无奈地说道。

“我不走，既然家里遭祸，要死我也要和爹娘死在一起。”杨文摇头哭道。

“这由不得你。”杨简口气一肃。

杨文这才感觉发生了大事，一切都要改变了，吓得哭泣道：“让孩儿一个人哪里去啊？”

“自然为你安排了个去处。”杨简说道：“你明日离开京城之后速去山东济南府周家店，寻你那岳父周同去吧。你也知道的，那周同是为父的旧时故友，是济南名医。当年我杨家曾与周家指腹为婚，为你订下了亲事。后来那周家果然生了个女儿。你那岳父半年前还来过家里，你也见过的。本来商议好秋后便为你与周家的女儿周玉琼完婚。不曾想发生此般变故。你寻了去，周家人自会看顾你的。我杨家与周家的交情，外人不知，所以无人能找到那里。待与你那岳父讲明一切，日后行事谨慎些罢。”

杨文听了，哭泣不已，仍旧不知如何是好。

“无用之子！”杨简怒斥道：“当前大事，便是你能为我杨家保全性命，延续香火。即便杨家世传医术至你而绝，我也自不怪你。大难临头之际，仍旧哭哭泣泣，实在是无用之极，哪里有半点你太爷爷当年军中献药的勇气。这般不肖子孙，不要也罢，且留下与我们一起死便了。”

“儿啊！”张氏上前劝慰道：“事发突然，你自然一下子承受不了。你父亲因为不愿意被两个奸人所挟持，助纣为虐。明日仇家自会寻上门来，仇家势大，这场灾祸是避不过了。所以必须由我们挡着，而你必须走。只要逃得命在，我和你父虽枉死也甘心。”说完，伤心至极的张氏扶了杨文欲回房间。

“记住，今晚必须将那续命丹的方药及配制方法强记下来，而后毁去，不留文字。日后若是遇到医中的贤者，就赠送对方济世救人罢。也算是杨家留给后人的一份奇方秘药。”杨简又自吩咐道。

那杨文哭着应了。回到房中，一夜辗转反复，自难睡下。

第二天，天色刚蒙蒙亮，杨文负了母亲准备好的盘缠包袱，来与父母做生死之别。一家三口自是哭作一团。而后杨简一咬牙，强行令杨文从后门去了。为安全起见，连家中的仆人也未告之。

杨文离了家，这种从天而降的逃生感觉，令他恍恍惚惚的似在梦中一般。待走到城门口，天色已是大亮，挨到城门一开，杨文便径自出了城，寻道山东只身逃命去了。

且说杨简夫妇待杨文走后，估计他已出了北京城，便唤集了家中仆人，拿出家中大半金银，分与众人，随即遣散。只说杨家今日将有大难，各人离去便是。众仆人听了，先自慌了神，分尽了那些金银，一哄而散。而后杨简夫妇二人静坐堂中，等那李孜省派人来捕。

且说过了午时，李孜省与继晓久候杨简不至，皆自恼怒：一个小小的太医竟也敢违命。随后派人前去杨家问罪。待得知杨简已遣散家仆，静坐家中待捕之时，李孜省更加愤恨，胡乱加了个罪名令人将杨简夫妇逮捕入狱。随后追问续命丹的药方不得，那李孜省一怒之下，暗令人当晚将杨简夫妇杖死了事。后闻杨家公子杨文逃脱，李孜省又生斩草除根之恶念，送文刑部，定杨文为在逃钦犯，发布海捕文书，令天下各府县缉拿。

且说杨文一路向山东哭走，并不知家中发生了何等变故，只是知道，那个家是再也回不得了，父母恐怕也是今生再难相见。不知那两个仇人是谁，为何要害杨家。但有一点可以肯定，必是两个有着权势的仇家，否则父亲也不会隐瞒仇人的姓名，并再三嘱咐日后不要为他们报仇。突遭大变，已是令杨文尝到无家可归、落魄天涯的滋味，以前那种安安生生的平稳日子是再也过不来了。百无一用是书生，那杨文此时才懊悔自己没有什么本事，解不得家中之难。

杨文一路乱走，这日已是进入了山东地界。因他未曾出过远门，包袱中母亲放入的几封银子在惊慌中不知何时遗落了去，但剩得几两散碎银子在。好歹还能支撑到济南。此时衣服也刮破了，有些蓬头垢面的模样。凄凄然，也自可怜。

杨文一路上打听来，待离济南府近了，杨文心中思量道："我这般模样去见我那岳父，收留我倒也罢了，若是个势利之人，见我杨家已败，再生出悔婚之意，拒纳于我，我可就无处去了。如何是好呢……"一时间茫然无措。

那周同家所在的周家店是距离济南城三十里的一座镇子。杨文走到这里时已是傍晚时分了。那周同是本地的一位比较有名气的医家，倒也不难打听。按路人所指，杨文走到了一座宅院门前。

犹豫了一下，杨文未敢上前敲门进去。在门外转悠了好一会，腹中已是饥渴难忍，摇了摇头，一咬牙道："难堪总比这饿得难受强些，且进去了，认不认我再说。"

且说那周同正坐在堂上饮茶。家人来报："老爷，门外来了个人，自称是京城太医院太医杨简杨太医的公子杨文。"

"是我那贤婿到了！快快有请！"周同闻之，立时惊喜道。

随有家人引了一个衣衫不整，自有些风尘仆仆的年轻人到了堂上。

那杨文先前虽是有些顾虑，然而一见到周同，百感交集之下，拜地哭道："小婿杨文拜见岳父大人！"

"你……你是杨文？"周同不由一怔，站起来，望着杨文惊讶道。

待那周同俯身看杨文面容时，不是那杨文又能是谁，又自惊诧道："贤……贤侄，你如何变得这般模样？"那个"婿"

字硬是没有说出口。

杨文本自要对周同哭述一切，隐感那周同口气有变，于是便按自己进门之前为防万一而编就的话说道："小婿本是领家父之命前来拜见岳父大人，谁知将近济南之时，路上遭了盗劫，小婿带来的礼物被强盗们抢了去，随来的家人也跑散了。无奈之下，小婿只好一人找到了这里。"

"哦！原来如此！"那周同暗里松了一口气，忙自安慰道："只要你人平安就好。那些歹人着实可恶，待我明日报知官府，缉拿他们便了。"随后命家人引了杨文去洗漱及另换衣裳。

周同妻子赵氏闻姑爷到了，也自赶了过来。听周同一番讲述，杨文路上遭劫，有惊无险，这才心安。夫妇俩一合计，以为那杨文此番前来必是为了秋后的婚事，虽是带来的聘礼路上遭了盗劫，颇觉可惜之余，也是欢喜。

此时杨文换好了衣裳，洗了脸面出了来。见了赵氏，知是岳母大人，忙自上前请安。

赵氏见杨文果是一表人才，高兴地道："杨太医果是为我们周家生了个好姑爷呢！"随后命人张罗酒菜。此时早有家人跑到后宅告诉那周家小姐周玉琼京城的姑爷到了。

要说起这周玉琼，可不是一位简单的闺中女子。那周同夫妇生有一子一女，长子周茂林，随父业医，亦子亦徒。然这周玉琼幼小却不喜女工，也多是受了家风熏陶罢，见惯于医书草药，小时从识字开始，便是从家存的医药书籍中一路读来的。《内经》《本草》诸多医书读了个烂熟，尤是谙解医理、药理。有时那周氏父子为某些疑难杂症处方用药踌躇之际，周玉琼在旁边偶说出个一二来，尤自令周氏父子有豁然开朗之感。那周茂林每感愧然，不如其妹。周同也自常叹：吾女可惜不是男儿身，否则必是一国医圣手！

大凡古代女子，多是深处闺楼绣阁之中，任你才高八斗，有经天纬地之才能，也多见不得人的。不知因此屈杀了多少女中的奇才。虽是逼出了一个代父从军，女扮男装的花木兰，也仅仅是几百年间出了这么一个而已。

那周玉琼虽是满腹医学经纶，想效古代女名医鲍姑济世医人。却因女儿身故，不能随便抛头露面，临证施术治病救人，每引为憾事。可见那封建制度害死人呢！

且说周玉琼听说自己未来的丈夫到了，意外之余，也自欢喜。她早已是知道了父母曾为自己指腹为婚订下了一门亲事，男方家便是京城太医院太医杨简之子杨文。私下以为，既是医学世家之子，也当是继承家业从医，不为良相，但为良医，也算与自己兴趣相同了。嫁到杨家，必是有得好医书可读了。日后免不得与夫君志同道合，共习医道。自己也是找了个好人家好夫婿。

周玉琼暗中欢喜之余，也自想看看未来的夫君何等模样，于是离了房间，转到了前宅。站在堂前窗侧偷偷瞧去，见与父母同桌坐着一位年轻的公子，生得是眉清目秀，有个风流倜傥的模样。周玉琼暗中松了一口气，心中窃喜：不是个丑八怪就好！羞涩之余，恐人瞧见，忙低头转身去了。所谓一见钟情，便是如此。殊不知，这一见钟情，也能害死人的。

却说杨文当晚被安排客房中歇息了，自家躺在床上却睡不着，心中思量道：“好歹蒙过了这一关，只是不知明天怎样了。瞧今天初见岳父那模样，若是说了实话，怕是不肯认我呢。”

又想起家中变故，父母情形如今全不知晓，往日衣食无忧，现在却寄人篱下。那杨文一时感觉委曲，不禁泪下，呜咽出声来，恐人听见，将头蒙在被子里哭了一回。后半夜里，这才昏沉沉睡去。

第三章　避走法林寺

第二天一早，杨文刚起床，便听已候在门外的周家的一仆人唤道："杨公子起了吗？"

杨文应了一声，随有一仆人提了一食盒进来，置于桌子上，说道："这是我家小姐准备的早点，还请杨公子用了。老爷吩咐过，公子昨日路上受了惊吓，今早就不必堂上见礼了，歇息好了就是。"说完，那仆人在桌上摆放了几样精致的点心和茶水，然后去了。

"我那未过门的娘子不知生得怎样！这心倒是蛮细的，知道照顾我来。"杨文心中生起了一种暖意。

待杨文洗漱完用过茶点，坐在桌子旁边正寻思事的时候，听得门外有一妇人说道："杨公子在吗？我是周家小姐的奶娘刘妈，想与公子说几句话。"

杨文闻之，忙起身相迎。见门外站了一名穿戴整齐，年过五旬的妇人，于是说道："刘妈请了！"

那刘妈进得屋来，上下打量了杨文一遍，点头笑道："果然是京城大户人家的公子，生得一表人才呢！早就听老爷说过，杨太医家的公子才高八斗，不知将多少学问藏在了自家肚里。"

杨文听了，尴尬地笑了笑。

那刘妈随又笑道："看公子也是个稳当的人，果是与我家小姐匹配的。看我这老婆子，只顾与公子说话了，小姐在外面怕是等急了呢！”

说着话，刘妈走到门口，招手道：“小姐进来吧，还是你与杨公子说话的好。我这老婆子话若是说多了，怕是不中听了。”

暗香浮动，从门外缓缓迈进一袭白裙下半隐着的一双绣花鞋。杨文但感眼前一亮，一名清新靓丽的年轻女子站在了面前。杏眼弯眉，皓齿朱唇。动静之间，仪态万千，顾盼流转，欲语还羞。却是那周玉琼到了。

“小姐，你和杨公子既已订了亲了，早晚是一家人，头回见面，且说会话吧。老婆子先去了。”刘妈说着，笑嘻嘻的转身掩了房门去了。

杨文见了自己未过门的妻子，一时欣喜，忘记了现下的处境了，自有些手足无措。

“公子昨晚住得还好吗？”周玉琼见了杨文的模样，心中愈加欢喜，不由掩嘴一笑。

“还好！还好！”杨文笑呵呵地应道。

这二人两下让了让，分于椅子上坐了。一时间，相对无语。

“公公婆婆二位老人家还好罢！”周玉琼犹豫了一下，先是打破了沉默，垂头低语道。

忽念及京城那边父母的安危，杨文这才意识到自己目前的处境，暗里叹息了一声，漫应道：“还……还好！”脸色黯然。

周玉琼隐感杨文话中有异，倒也未做它想，随又问道：“公子平日里习的是何种医书？”自是想找个话题来聊，以免尴尬。

“这个……”杨文一时大窘。

周玉琼见了，忙道：“公子出自太医之家，自是遍读天下医书了。”

杨文未置可否，坐在那里勉强应了两句，便感浑身不自在起来。

周玉琼见状，这边倒是暗责起来："公子必是满腹经纶，杨家三世太医的学问也必是集于他一身了。我怎么问起这些来，初次见面也没个深浅。"

随又思量道："我这日后的相公，看来是医书读得多了，一门心思的做学问，有些深不可测呢。又没有随了那些京城中富贵人家的习气去，实在是上天送与我的一个好夫婿！世间的又一个医中高手！"想到这里，周玉琼心中又自欢喜无限，怎么看杨文都是一身的"医圣"味道。

这二人两下偷看对方，目光对碰之际，皆又避开去。杨文心中叹息道："好一个伶俐的娘子！日后果能娶了来，也是我的造化。只是家中生变，逃难于此，这周家小姐若是知道了真相，怕是不会再认下这门亲事的。不如对她说了实情罢……"

杨文几次想开口说出自己目前的处境，却自欲言又止。一是怕说出来，周家人不再认自己，自己可就再无个去处了。二是见了周玉琼之后，也是心生爱慕，不甘心就此失去眼前的"娇妻"。不免心存幻想起来。侥幸过了这一关，也就天下大吉了。

周玉琼见杨文不再说话，心中却是愈加喜他。这份"深沉"，可不是一般的读书人能表现得出来的。

二人眉来眼去，免不得两下中意，相见恨晚，心照不宣了。彼此再相视一笑，一个羞云满面，风情万种；一个是心神意荡，笑逐颜开，便自情定终生了。

待家仆来唤杨文去前厅用午饭时，这二人才发觉竟然对坐了一上午，彼此看不够时，令时间飞逝。待杨文笑了笑起身去了，周玉琼这才捂着脸又暗里自羞了一回。

就这样，杨文在周家受到了大礼相待。周同夫妇也知道杨文和女儿私下见过面了，见两下皆甚是中意，倒也各是欢喜。并且年内也要成婚的，先自恋爱一番也无不可。只是那周同偶尔的皱下眉头。

如此过了几日。这几天杨文过得可是如坐针毡，虽是有美人相伴，暗里却又时不时地惦记京城中的父母安危，只是没有在那周同夫妇面前表现出来。待与那周玉琼独处时，这才有些真情流露，显得郁郁不乐起来。

那周玉琼观察得仔细，知道杨文当是有心事了。这日将他邀请至闺房中，说道："公子，何至不乐？"

杨文与周玉琼相处了几日，已是愈加喜她爱她，愈是这样，愈是不想欺骗于她，一时间泪流满面，难以自持，索性说道："承蒙小姐垂爱，杨文感激不尽。但有一事，不能不再对小姐说了，说完后，我就走，不再连累小姐日后与我受苦。"

周玉琼闻之，大惊道："公子何出此言？"

杨文摇头一叹道："其实我此番来到贵府，虽也是奉父命而来，但并不是为了正式的下聘求婚，而是家中突生变故，到此避难来了。"

"避难!?"周玉琼闻之一怔。

杨文道："家父不知道为什么得罪了两个大仇人，并且这两个大仇人好像是朝中的重要人物，为了安全起见，竟然连对方是谁都没有告诉我，只是令我火速离开京城投奔周家找岳父大人与小姐。闻父亲当时令我离开的语气，杨家这次是遭受到了灭家之祸，只我一人逃生出来。"

"你……"周玉琼一时百感交集，惊呆在那里，说不出话来。

"小姐!"杨文说出真相，也自如释重负，此时上前躬身一礼，平静地说道："杨文初来，因一时无个去处，这才对岳父大人说了谎。今见小姐真诚相待，不敢再行欺瞒下去，更不敢以此误了小姐的终生。并且也不敢以杨家之祸，牵连周家。事情就是这样，杨文就此别过，就当小姐从未见过我。"说完，杨文转身就走。

"公子留步!"周玉琼忙上前拦下杨文，幽怨道："公子说走就走，当将我置于何地。你我亲事早定，夫妻缘分已成。杨家有难，你我当共同担之，不能以任何理由弃我。”

杨文听了，又自流泪道：“小姐真心，杨文知道。可是杨家的那两个大仇人若是闻到风声找来，势必对周家不利。天意如此，你我有缘无分，也无奈何。况且岳父大人那边若是知道此事，也自为难。不若就让我一人去了吧，两下干净。”

周玉琼听到这里，不由颓然而坐。知父莫若女，父亲周同的为人秉性，她是最了解的了，是那嫌贫爱富的一般人势利心态。并且在杨文来时的第二天早上她去父母的房间请安的时候，偶听得父亲周同对母亲说的一番话。意思是杨文如乞丐般不约而至，来得有些蹊跷，已托请一位与周家有来往的药商去京城贩运药材时打探一下杨家的消息。若是杨家太平，皆大欢喜。如生变故，这门亲事可要重新斟酌了。暂以礼相待杨文。周玉琼当时未以为意，以为父亲心性多疑而已，孰料杨家果是起了变故，且是几乎灭门的大祸，只有杨文一人逃了出来。

杨文见周玉琼坐在那里犯上了犹豫，暗里叹息了一声，转身又走。

“杨郎！”周玉琼忽地柔声唤道。

杨文听了，全身自是一震。

周玉琼缓缓直到杨文身边，一双泪眼望着他，幽幽地道：“我对君一片真心，日月可鉴！杨郎可知吗？”

“我知道！我对小姐又何曾不是！”杨文含着泪水，低下头痛苦地说道。

这二人相对而泣，好不悲切。

“好！只要杨郎表明了心迹就好！”周玉琼语气忽又一肃道：“事已至此，必须找到解决的法子。即使杨郎一身独去，我又生之何趣！周杨两家当年指腹为婚，必是天意成全我二人成就夫妻。今日虽遭变故，但也由不得杨郎弃我而去。你我既然已有了夫妇之名，今日就莫如做成夫妻吧。生米做成熟饭，家父那边也无奈何，由不得他悔了亲去。到时我们再举家远迁，避开你们杨家仇人的寻找。方为解决此事的上策！”

“小姐……”杨文一时听得呆了。

“既是杨家的祸事，就由我杨家人来承担吧。小姐大义，杨文只有来世再报了，今生不敢将小姐一家拖进灾难之中。仇家势大，早晚事发，万不可两家俱毁。”杨文激动之余，倒也仗义地说道。

周玉琼摇头一叹，两眼迷离，幽怨地道：“杨郎若是一身独去，我的心也自毁了。你……你可是不喜欢我吗……”

“娘……娘子……”杨文那边又一阵百感交集，已不能持。

一对恋人，相拥而泣。情动之际，免不得做下了那般乖巧之事……

待二人衣衫凌乱地从床上爬起来，那杨文自感觉是在梦中一般，坐在一旁呆呆不语，不知是在回味适才的云雨滋味，还是在懊悔做错了什么事。

那周玉琼却是镇静，羞红着脸，整理好衣裙，随后说道：“杨郎，你我既已成就了夫妻，就有难同当罢。且再候上几日，我将杨家的事告诉父亲，同时告诉他老人家我们已做实了夫妻。逼着家里承认这门亲事后，再行商量。我回头叫刘妈的儿子去京城打探一下公公婆婆的消息。他是做小生意的，时常去京城那边贩卖杂货。公公婆婆无事则罢，若有事，我们这边也好做个预防的准备。不行就举家远迁，令任何人再行寻不到我们就是了。”

杨文此时感激万分，一头跪在周玉琼面前，哽咽道：“娘子待我如此真心，我杨文发誓，此生必不负娘子。今生今世愿意做牛马以报娘子大恩。”

周玉琼见了，上前扶了，摇头道：“杨郎何又说出这般话来。我们今日此举，已是有些大逆不道，但为了不再生变，也只能出此下策了。只要杨郎不负我，我自无它求。”

这二人又抱着哭了一回，发了一通海誓山盟，相见愈加恨晚了。那周玉琼却也是个奇女子，虽是为情所蔽，胡乱之下做出这等“越轨”事来，也当是那般普通女子所不能为的。

杨文知道自己既与周玉琼做实了夫妻，他那个岳父周同当是有苦说不出，不能再推手此事了，只能考虑日后计了。心中方安。对周玉琼的感激之情自不必说。尤其是庆幸自己遇到了贵人，得到了一位贤美之妻。心中虽还是惦记着京城那边吉凶未卜的父母，也不是前几日那般强烈了。年轻人心性，考虑不得许多来，眼下的美事足以冲淡心中的忧虑，认为一切都能好起来，于是脸上呈现出了喜气。

周同那边见了杨文喜气洋洋的样子，心中的疑虑倒是减了些，也自任由他二人在一起了。他想的是：杨家应该没发生什么大事，否则杨文如何还能笑得出来。反正自家女儿年内也要与他成婚的，且由了他们去吧．年轻人既然已在了一起，越管越是麻烦呢。况且这样做也能显示出他这个做丈人的开通豁达，这个贤婿必能念着他的好处。日后与京城杨太医家做上了亲，周家脸皮上也是有光呢！外人不知道的事，就不能说是越礼丢人。

如此又过了两日，那个刘妈的儿子还未从京城带回消息来。对杨文来说，愈是迟来的消息，应该愈是好消息，也是想多与周玉琼好生的处上几日，一时间也自忘记了父母的安危。

闲里聊天，周玉琼见杨文多少还能应得下自己提问的诗词文章，只是对医药之问，顾左右而言他。也就不再深里问去，想是杨文顾着自己的面子呢。一个地方医家的女儿，毕竟与京城太医家公子的医道学识差着几个层次罢。

这日，周玉琼见杨文在家里闲得无聊，于是说道：“杨郎，来了这些天也没有出去走走，当是闷得慌罢。且去街道上转转，顺便也为我买几个物件回来。”

杨文听了，便讨了几个钱出门去了。

杨文在街上转了半晌，感觉这座镇子与京城的繁华差得多了，觉得没什么意思，便买了周玉琼要的东西，两手拎了朝周家走去。

在离周家的大门还有几十米的时候，杨文忽然看到从周家门内走出来四五个身着官衣挎着刀的衙门里的差役，周茂生从门里送出。一个差役回头又对周茂生说了些什么，那周茂生不停的点头。

“周家报了官了！”杨文见状一惊，手里的东西也自落在了地上。

“我……我那娘子必是乘我不在家的时候，将我杨家的事告诉了岳父。那……那周同权衡利害之后，不顾我与其女儿已做成夫妻，还是将我报了官！”想到这里，杨文一时间万念俱灰。

“罢了罢了！娘子，非我杨文负你，而是你周家势利若此，容不得我了。”杨文心中苦极，想起父母为自己挡祸，宁愿家中待死，也要令他千方百计的保得性命。此时心中一叹，转身急走。出了周家店，又自慌不择路地逃去。

杨文一路胡乱走去，也不知能去哪里，安全起见，只想离那周家愈远愈好。天黑时也不住脚，竟自走了一夜。

天亮时，见路旁边有一菜地，几垄萝卜郁郁葱葱的长在那里。杨文此时腹中又渴又饥，也顾不得许多了，到菜地里拣了个大个萝卜拔了，去了泥土叶子，下口就啃。未吃上几口，便听得身后有农人的呼呵声，吓得杨文弃了萝卜又慌乱跑去。

杨文不敢停步，又自走了一天。黄昏时分，走到一座山脚下的杨文，已是累得精疲力竭，精神自有些恍惚起来。本想去扶路边的一棵柳树歇上一会，手却摸了个空，接着眼前一黑，昏倒在了树下。

在那山上的青松翠柏之中，掩映着一座寺院的檐脊。几声浑厚的暮钟响起，荡传远方……

这时，林间小道上走来一名年轻的僧人，木扁横肩，担着一双木桶，是来山下的河水中汲水的。

那僧人偶一抬头，忽见前方的树下堆着一物，竟是个人呢。

那僧人一怔之下，忙快步走上前来，见到了昏倒在那里的杨文，发现是名陌生的外乡人。僧人犹豫了一下，低头看那杨文脸色苍白，嘴唇干裂，却是生得清秀，面善得很。于是伸手去探鼻息，还活着的。那僧人随即弃了扁担木桶，背负了杨文朝山上的寺院走去。

这是一座名为“法林寺”的小型寺院，仅有两座还支撑着架子的安奉着佛像的殿堂。寺中住着师徒两人。师父唤做空静，徒弟唤做智可，享受着附近人家的香火，勉强度日。

却说智可和尚背负了杨文进了殿内，将他放在了旁边的铺垫上，然后对一边正闭目诵经的空静说道：“师父，弟子在山下救上来一个人。”

空静闻之，慢慢睁开了双眼，瞟了一眼杨文，淡淡地道：“是个没来历的。”

智可应道：“弟子见他还有口气在，就将他背上来了。瞧样子应该是走累了饿昏过去的。”

“喂他些吃食，明日醒来打发去了就是。”空静说完，又闭上双眼，继续颂他的经文。

且说这天清晨，一缕朝阳从窗口射进来，正躺在一处角落里昏睡的杨文，感觉眼部有些发痒，便自睁开了双眼。发现自己处在一间陌生的殿堂内，一尊庄严的佛像安坐在那里，前面几支香正缥缈着数缕清烟。

杨文开始感觉似乎在做梦，试着活动了一下手脚，已是有了些力气。又摸了摸肚子，腹内也似乎不那么的饥渴了，昨晚应该进了米水。

随即，眼前出现了一个惊喜的和尚头来。

“施主，你可醒了！”智可高兴地道。

“是……是你救了我吗？”杨文明白了些什么。

“昨日见施主饿倒在山下，是小僧将你背负了上来。”智可说道。

“此为何处所在？”杨文感激之余，又自问道。

“这里是法林寺。”智可应道。

杨文支撑着坐了起来，知道自己是进了一座寺院里了。

“智可，那位施主醒了吗?”随着声音，又走进来一名老和尚。

“多谢两位师父救命之恩!”杨文忙站起来朝两名僧人施了一礼。

“哦！施主醒来就好。若是觉得身体无碍，这就下山去吧。”空静和尚淡淡地说道。

“我……”杨文见这寺院幽静，已是有了不愿离去的念头，否则自己还能去哪里呢。

杨文随即跪倒在地，叩了一个头，悲切地道：“请大师父发发慈悲，收了弟子做个出家人吧。弟子已是看破红尘，特来此寻求剃度出家的。”

“哦?”那空静惊讶之余，不由得上下认真打量了杨文一番，见杨文虽是衣衫上沾些灰尘，甚至还破了几条口子，却是穿戴不俗，不似出自普通人家的。且杨文言谈举止又自彬彬有礼，显出不一般的气质来，又不是平凡人家子弟的愚钝模样，更没有那般为非作歹之人的面相。

那空静心中暗道：“此人必是哪里大户人家的公子，当是在家里呕了闲气，出来避个暂时的清静。哪里会真心的出家，我又如何敢剃度他，寺里又如何容得下他。日后其家里人必会寻了来，我寺里曾救他性命，自会有所感激的，说不定还会捐些银钱来，至少也能资助些香火吧。权且舍他几日菜饭罢。”

想到这里，空静摇了摇头说道：“施主年纪轻轻，正当大展宏图之际，何以妄破红尘。若不嫌弃，就在寺里养上几天罢，待身子好利索了，再回家去不迟。”

说完，那空静和尚合掌“阿弥陀佛”一声，故作高深地去了。

智可随后对杨文道：“师父既然发了话，施主就留下罢，待养好了身子再归家就是了。”

杨文心中道："我此时还哪里有家可归。权且住下再说，日后磨尽了老和尚的性子，必会收留我的。此地僻静，那两个大仇家未必能寻到这里。过上几年，再另寻生计吧。"

打定了主意，杨文又对智可和尚施礼谢过了。

如此过了两日，杨文身体恢复。自到这法林寺前后转了转，才知道这是座小庙，仅住着两名穷和尚。倒也正合了杨文的心意，除了僻静，也少了人多眼杂，安全些。待空静问他姓氏。杨文倒还留了个心眼，未敢说出实名，说自己姓杨名武，河北大名府人氏，也自未敢改了姓去。

杨文知道自己的处境，也自不敢做个闲人住着。平日里本是智可和尚的活计，如那担水、扫院、烧饭的杂活，从智可手里抢着做了。期望能留下来就好。

这样过了一个月有余，空静和尚也未见杨家的人寻来。心中也自没了底数，有些后悔将杨文留下与他师徒分饭食了。好在见杨文还勤快，未做个白食的客人，碍于面子，不好赶他。只是吩咐了智可分于活计与杨文做了。

杨文见了，心下窃喜，干起活来愈加卖力。和尚他本是不愿做的，也自没有再提起剃度出家的茬口，眼下有个安身之处就是了。

就这样又过了一个多月。空静和尚私下对智可说道："这个杨武怕是个犯了大错被家里撵出来的，或是个有案在逃的罪身，否则这么长时间其家人还未能寻了来。你这件好事做得可是赔了呢。"

那智可和尚却是个有些见识的，也是这一个月来杨文分担了些本他应该做杂活，私下里落些清闲，不甚情愿杨文离去，于是说道："师父也莫要眼皮太浅了。弟子看这个杨武不是一般人家出来的公子。弟子与他闲聊时，也是个能识字断文的秀才。并且不曾做过下人活计的，却要与弟子抢着来做。可见是个能忍万般苦的还未发迹之人。这般斯文之人，哪里能做下作奸犯科之事，或是个落魄的无家可归的秀才。且留下他就是了，每日多出几碗饭食罢了，寺里目前还能供得起的。日后他若是走了运，自会回来看顾我们的。本朝太祖皇帝在未发迹时，不也是穷极了到寺院里扮僧人蹭饭吃吗。当时哪里会有人想到日后他能坐临天下呢。日后便是这个杨武成不了贵人，也会念着我们好处。此时强赶了他去，也不是个事。我佛慈悲，好事就做到底吧。”

空静和尚无奈地道：“希望能如你所说吧，官府不来寻问就好，否则我们寺里可是连罪不起的。”

这师徒俩一番合计，便勉强将杨文留了下来。

第四章　蛇伤药

如此春去冬来，杨文避祸法林寺，竟自过了三年。这三年的光景，朝廷上却发生了不少的大事。宪宗皇帝朱见深由于迷信方术太过，被诸多淫药掏空了身子，仙道未成，便自先行逝去了。继位者是那孝宗皇帝朱祐樘，年轻天子，自想做一个中兴令主，于是诛杀了罪大恶极的李孜省和继晓二人。但凡被那二人陷害的忠直良臣皆被平反昭雪。当年李孜省下文刑部缉拿杨文的海捕文书，未曾有人认真地去执行过，否则各地衙门仔细地寻访起来，杨文也未必能逃得命在。

而这一切，杨文却浑然不知，仍旧惶惶不安地躲避在法林寺内度日。也是此地僻塞，外面的事多有不知。便是那空静师徒知晓了，也懒得告诉杨文。并且杨文多避开到寺里进香的香客，不敢见到外人，只求安稳度日。他倒是记得了父母的遗言，只要逃得命在就好，勿要知道仇人是哪个。

这日，杨文坐在殿前的台阶上歇息。想起这般无聊的日子还要过到几时，更是不知在京城的父母吉凶几何，不免暗自伤感。

这时，旁边走过来一灰袍老僧，乃是昨晚来法林寺挂单的。偶见杨文坐那里叹息，便走过去，仔细打量了一番杨文。

老僧点了点头，然后说道："施主，何必坐此感慨，不出三月，你的运气就会来了。"

杨文见是昨晚来寺里挂单的和尚，说出这番话来像是会看相的，便说道：“老师父，我这般光景，又哪里会转了运来。”

老僧笑道：“天地运化，万物生长，哪里会有停滞不变的道理。看施主祖气旺盛，前三代也必是享富贵之家。然也循了物极必反、月盈则亏的道理，至你而蹇。但施主子孙后气尤盛，一股清秀之气直冲华盖。后辈中必出一奇人或是贤者。”

杨文摇头道：“前后如何眼下顾不得了，老师父能知我现在将来之事吗？”

老僧笑道：“施主所问却也实在。老衲说过，不出三月，你的运气就会来了。到时家业两成，后半生自会吃穿不愁。晚年子孙满堂，尤得风光呢。”

杨文听了，也道是老僧说些安慰人的混合话，于是问道：“功名如何？”

老僧摇头道：“施主与功名二字无缘，莫做妄想罢。”说完，转身去了。

杨文听了，不免又生出些落寞，对日后的期待，更无了心思。

一转眼，又过数月。

这日午后，在通向法林寺的林间小路上走来两名年轻的女子。二女皆是相貌不俗。尤其是以其中一名女子，二八年纪，身穿逶迤白色拖地的烟笼梅花百水裙，外罩翠水薄纱，头上发髻斜插碧玉龙凤钗。面似芙蓉，眉如柳，身娇体嫩，步履轻盈，极是柔美。手提一小巧的竹篮，内装香纸。是那来法林寺进香的香客。与那女子同行的另一女子年龄稍长，却也是一名美妇。

此时闻得那稍长的女子道：“七妹，这座寺院看样子也小了些。”

提竹篮的女子应道：“六嫂，爹娘奉佛，出门时还一再嘱咐了，遇到寺庙，无论大小，都要让我们代他们二老进献一炷香的。且了了二老心愿，权为我们做小辈的尽点孝心罢。”

那六嫂笑道："随你了。只是要让你六哥他们在山下多候一会了。"

就在二女说笑的当口，路旁边的草从中忽然跳出一只青蛙来，贴着那年轻女子的衣裙落到另一侧的草丛中去了。自将二女吓了一跳。

"原来是只青蛙！冷不丁跳将出来也自吓得人慌……"那六嫂笑道。

未待那六嫂笑声停住，只闻得那年轻女子一声惊呼道："蛇……"

随见路旁的草丛中乱动，竟然爬出一条尺余长的色彩斑斓的蛇来。这条蛇本是追逐刚才的那只青蛙的，忽见有人拦路，意外地将其惊了，竟也不客气地朝那年轻女子的腿上噬了一口，而后隐于草丛中不见了。

"七妹，你没事罢?"那六嫂见七妹花容失色，呆在了那里，还不知道已被蛇咬了。

"六嫂，我……我的小腿上火辣辣的疼痛，那蛇怕……怕是有毒的。"七妹脸色苍白地颤抖着声音说道。手中的竹蓝已是扔到了地上，内里的物事撒了一地。

"你被蛇咬上了!?"那六嫂闻之，大惊失色。忙蹲下身去，撩起了七妹的裙角查看。

在那七妹雪白的小腿肚上，赫然地呈现出几处蛇的噬痕来。那七妹此时已是站立不住，靠在了六嫂的身上。却自咬着牙坚持道："六嫂，被蛇咬上的人是不能随便活动的。你且将我放下，然后快到山下唤六哥他们来救我。"

"七妹，你一个人在这里行吗?"那六嫂已是吓得没了主意。

"现在只能这样了。六嫂快些去，晚些只怕我的性命不保。"那女子虽身处险境，仍自惊而不乱，保持着一种令人惊讶的镇静。

"七妹，你莫要吓我吧。"那六嫂吓得呈出哭腔道，随后将七妹扶到旁边的一棵树下，慢慢放了，犹豫了一下，这才转身慌忙跑下山去。

那七妹倚着树干，但觉得被蛇咬的小腿部位在逐渐的发麻做胀。知道蛇的毒性在发作，心中不由惊骇道："我林芳难道要死在这里了吗?"

正在这时，从那边的山路上走过来一个肩膀负着一捆木柴的樵夫。这樵夫不是别人，正是杨文。三年的光景，杨文已是变得脸色憔悴，胡茬乱长，变得村夫一般了。

"咦?"杨文忽听得路边有人发出轻微的呻吟之声，不由得停下步子，转身看去，见在一棵树下，倚着一名年轻美貌的女子。面色苍白，正自双眉紧皱。在其裸露的右腿小腿上，有块皮肤已是变得发暗了，中间有几处噬痕。

杨文见状一惊，忙弃了木柴，上前探视，讶道："这位小姐是被毒蛇咬了罢。这山上的蛇多具毒性，便是寺里早晚也多防着呢。"

那林芳听到有人说话，睁眼看时，见是一名年轻男子，虽是有些蓬头垢面，却也掩不住其脸上的几分清秀之色。于是微点了下头，说道："我本从山下路过，偶见山中有寺院，便想来进上几炷香的，没想到在这路上惊了蛇，便被咬了。这位公子，可能救我吗？我已是感到这腿无知觉了。"

"我无蛇伤药，如何能救得小姐来。"杨文蹲下看时，又自一惊，知道再晚些时候，蛇毒必会上侵，会夺人性命的。

"这位小姐。"杨文此时犹豫了一下道："此蛇大毒，现在若不将其毒吸取出，情形危矣!"

说着话，杨文从自己身上撕下一布条，于林芳伤腿的膝盖上部系紧了，以防止毒性随气血上侵，然后说了声"得罪了!"俯下身来张嘴朝林芳腿上的蛇的噬痕处吸去。

林芳见一位陌生的男子来为她吸蛇毒，不由得脸色绯红。

杨文连吸了六七口，不断地将毒液吸出。见最后一口吐在地上的血色变得鲜红了，这才住口。而后忙取了自家身上的盛水的水袋，去了封塞，仰头紧倒入口中，漱了几回，张口吐出。虽是连漱了数口，仍感到嘴里和双唇发麻作胀，显是那蛇毒不一般。

林芳此时感到了伤腿恢复了些知觉。见杨文冒着生命危险为她吸毒，心中大为感激，见杨文皱着眉头在漱口，知道怕也是染上部分蛇毒了，担忧地问道："公子，你无事罢？"

杨文苦笑了一下道："我无事，只是感到嘴里有些麻而已。这蛇果是大毒，好在吸得及时，再晚上一会，这位小姐怕是不救了。"

"恩公！林芳在此谢谢你了！"林芳感激地说道。

"原来是林小姐。此时谢我还早，我只是吸出了大部分蛇毒，暂缓一时罢了，仍需蛇伤药来治疗的。"杨文说道。

这时，从通往山下的山路上急冲冲地跑上来四五个人。为首的是一名年轻汉子，右耳侧天生几缕白发，尤为显眼，大声叫着："七妹！七妹！"想是那位六嫂叫来了六哥。

那汉子跑到近前，看到了林芳脸色苍白的样子，尤自好吓。待他又看到站在一旁的杨文和地上的那几滩血迹，也自似乎明白了什么。

"六哥，若不是这位公子冒死吸毒相救，小妹今日怕是见不上六哥和爹娘了。"林芳说着，已是激动得流下泪来。

"恩公！请受林南一拜。"那叫林南的汉子说着，朝杨文俯身拜去。

慌得杨文忙上前扶了道："这位大哥且莫如此。这位林小姐身上的蛇毒还未除尽，急需到山上的寺里寻那主持师父施以蛇药相救，才能保得安全。"

林南听了，忙说道："那就请公子引路吧。"说完，上前将林芳抱起。

在杨文带领下，一行人进了法林寺的殿堂内。

空静和尚见一下子涌进来这么多人，忙上前迎了。

"大师父。"杨文上前说道："这位来寺里上香的小姐不慎在上山的路上被毒蛇咬伤了，快些拿蛇药来救治。”

空静和尚听了，上前查看了一下林芳腿上的蛇伤，忙叫林南将林芳放在了一旁的床榻上。

“哎呀不好!”那空静和尚猛然间想起了什么，一拍额头，皱眉道：“寺里存的蛇伤药在几天前就用完了，是山下的村民来讨要去的，还未及去重新购买。这如何是好?”

林南听了，惊慌道：“请问师父这蛇伤药要去哪里才能购得?”

空静和尚道：“东去三十里的镇子上有卖。只是往返需些时辰，怕是这位女施主等不到蛇伤药到了。”

“大师父，我已将蛇毒吸出大部分了。”杨文忙说道。

空静和尚摇了摇头道：“我刚才看了一下这位女施主的伤口，应该是被人及时的吸出部分蛇毒来，否则也等不到进入这寺里来。只是这山上的蛇多有大毒，没有好的蛇伤药及时救治，余毒仍会发作。半个时辰就会要人命去的。”

“如何这么不巧，寺里就少了蛇伤药。”那林南急火攻出怒气来，愤愤道：“可是怕我们短了你的蛇伤药钱吗。今日我这妹子若是有个三长两短，你这寺院难逃干系。”

“施主息怒!”空静和尚忙说道：“出家人慈悲为怀，岂有见死不救之理。此山中多毒蛇，每有上山进香的香客被咬上的，所以平常也备些急用。然而数天前的确是用尽了。贫僧哪里敢私藏的。”

杨文知道空静和尚虽贪些小利，但还不敢坐视不救的。知道此时派人去那镇上买购蛇伤药已是来不及了。见林芳性命不保，也自心急如焚。怜惜间，忽地想起一件事来。那是五年前，京城中有一位大臣出京郊狩猎。一时内急，去林中大解。不想草里窜出一条蛇来，照着那大臣的臀部就是一口。那大臣惊呼一声，扑地不起。随从护卫闻声上前将那毒蛇乱棍毙了，随后连忙用马车载了那大臣回城急救。

太医院接到消息，忙派出了一名疡医前去施救。为防意外，还派去杨简同去，以防那大臣旁发他症。当天杨文恰好被父亲叫去太医院帮助整理一些旧医案，于是随父亲往诊了一回。

且说太医院的医生们被接到了那大臣的住处。主治的疡医叫人寻了几只长着赤色鸡冠子的红毛大公鸡来。接着将那鸡冠放血，接了半碗有余。而后那疡医从带去的药盒中取出一包黄色的药末，放于鸡冠血中拌了。然后在那大臣臀部噬痕周围抹涂，逐渐收于蛇的牙痕处。随见有毒水从伤口处流出。待毒水流尽，其伤自愈。杨氏父子一旁瞧得明白，暗暗称奇不已。

杨简是个有心的，在那疡医为大臣疗蛇伤之际，用手捏了一点那种黄色蛇伤药，放于鼻下嗅了嗅，随即点了点头。

在回来的路上，杨文对神奇的蛇伤药赞不绝口，问父亲杨简是何药配制的。杨简说了一句“一味雄黄而已！加以红毛鸡冠血便是一种治蛇毒的奇药！”

杨文回忆起当年的这件事来，心中自是一动，忙对空静和尚说道：“大师父，寺中可有雄黄？”

空静和尚说道：“为防山中的毒蛇窜入寺内，倒是备有部分雄黄，以散布于门侧墙角处，蛇类最惧此物，闻味自会远避。所以寺中不曾被那蛇类惊了香客。”

“有此物最好！”杨文忙对一旁不知所措的林南说道：“林先生，可速派人到山下的村子中寻几只长有大型鸡冠的红毛公鸡来，我会配制一种蛇伤药来救治林小姐。”

林南听了，惊喜之余，忙对随来的伙计说道：“听到了没有，火速跑到山下的村子里寻几只这位公子要的红毛公鸡来。”

两名伙计听了，应了一声，飞身跑去。这边智可和尚已是将一包雄黄粉末寻了来。

“我说杨武，你这法子好使吗，莫要误了这位女施主的性命。”空静和尚倒是善意地提醒和告诫道。否则那药无效，被这些人赖上，可是不好脱身的。

“此种疗蛇毒之法以前曾见识过。现在既无其他的蛇伤药可用，救人要紧，只能冒险一试了。无论效验与否，林小姐莫要怪罪我吧。”杨文望着林芳说道。

“杨公子，我信得过你，就放心大胆地施术吧。”林芳躺在床上，朝杨文感激地一笑。这个陌生的男子，竟然曾不顾自家安危，冒死为她吸取蛇毒，还有什么信不过的呢。

“六哥！”林芳随又对林南说道：“这位杨公子是诚心救我。若是我命大，有幸闯过了这一关，日后还有机会孝敬爹娘。倘若不治，六哥千万不要难为杨公子和寺院。这事怨不得人家。”

“七妹放心就是，我晓得了。”林南含着泪水点了点头。

杨文这边听了，心下稍安。对林芳的通达事理，自起敬意。不由得抬头望了林芳一眼。林芳此时也在偷着瞧他。两人目光一碰，各自慌忙避开。

此情此景，自令杨文想起了昔日的周玉琼，心中不由一痛。想那周家为了逃避干系，竟然将自己告了官。好在自己走得及时，否则必是性命不保。想起那周玉琼倒是对自己情真意切，可惜也只能天各一方了。杨文想到这里，不禁摇头一叹。

看着杨文转身叹气的模样，倒是令林芳心中一动：“好一个奇怪的男子！”

这时，那两名林家的伙计，每人手中各拎着两只红毛赤冠的公鸡，急冲冲地跑了回来。后面远远地跟了林南的妻子那位六嫂。本是这六嫂跑到山下通知了林南林芳被蛇咬伤的消息后，和另几名伙计在山下看守货车来着。适才见了到山下村子中寻公鸡的伙计，惦记林芳伤势，便自跟随了上来。

“智可师父，且去寻把刀来。”杨文见状一喜，忙吩咐智可和尚道。

“杨武，且不可在寺内杀生，佛祖会怪罪的。”空静和尚忙上前说道。

“老和尚，救我妹子性命要紧。”林南这边则从腰间摸出柄锋利的匕首来。上前从伙计的手中抢过一只公鸡来就要宰杀。

“林先生，取鸡冠中的血就行了，不需要害它性命的。”杨文忙说道。

智可和尚听了，忙到厨下寻了只白瓷碗来。

此时那六嫂上前将林芳扶坐起来，吓得哭泣道：“七妹，你可坚持住，若有个好歹，我和你六哥回家如何向爹娘交代。”

林南一旁斥责道：“胡说八道什么，七妹今天不会有事的。”

随后林南取了公鸡放鸡冠中的血，怕不够量，将四只公鸡的鸡冠中的血一并放了，不一会便注了半碗鲜血。杨文于是将部分雄黄粉掺进鸡冠血中，来不及寻他物，伸出手指搅拌了。然后走到林芳身边，俯下身子，将拌好的药汤于林芳小腿上的蛇噬的伤口周围涂抹了。在整个小腿部位外围先涂遍，而后逐渐收于伤口处。随见有污秽的黄水从蛇的噬痕处缓缓流淌出来。乃是那药力由远至近，将浸入到腿部的毒液逼至蛇噬的牙痕处，排出来。

杨文见状，心中一喜。自己凭着记忆，照葫芦画瓢，自和当年所见的情形一般无二，这药有效了。

“杨公子，原来你竟然懂医术的。”林芳望着杨文忙碌的样子，感激之余，敬佩地说道。

杨文听了，立感羞愧无比。讪笑了一下，未言语。杨家三世太医，唯到了他这里，弃医不学，虽是习些文章，也自一无用处。此时才感觉到这医生的好处来。尤其是救治林芳这样的美丽的女子，除却成就感不说，还竟然是一种令人愉悦之事。

在那古代，素有男女授受不亲之说。虽是医可不避嫌。但是林芳经历过了杨文以口为其吸毒，现在又用手指在肌肤上为其涂药。少女心性，除了感激之外，已是暗里起了些许别样变化。

待林芳小腿上的蛇噬的伤口处流出的黄水淡化稀薄了，直至不再有液体流出。杨文这才松了一口气。抬头看林芳时，脸上竟也有了血色，虽是有一丝红晕的绯红之色同在。已是无大碍了。

“果然是一种治蛇伤的奇药!”林南和空静等人，在一旁啧啧称奇不已。

此时那四只被放了鸡冠血的公鸡，由于鸡冠中的血流尽，皆倒地不起，怕也是活不来了。

杨文这时站了起来，轻松地笑道：“算是林小姐命大，现在应该没大事了。”

“谢谢杨公子了!”林芳感激地说道：“只是这心中似乎热得很，要饮些冷水来才好。”

六嫂听了，忙向智可和尚讨了碗水来给林芳喝。

空静和尚这时说道：“女施主这般症状，怕是有些毒火攻心了，需再服些清血解毒的药才妥当。”那空静见得蛇伤多些，故有些经验来。

林南听了，忙朝杨文一拱手道：“杨公子，还请再开帖药方来，我叫人去买了。”

杨文为难地挠了挠头，应道：“这个吗……这样，林先生叫人去镇子上的药铺中，随便买回一包清血解毒的草药就行了。就说是有人被蛇咬伤了，毒性已被排尽，但要一包清血解毒的药，再清清血中的余毒便了。一说是蛇伤，药铺也就知道配制什么药了。如那白花蛇舌草、半支莲、生地、虎杖之类的就行。”

杨文虽是不知医，但是由于家境的熏染，时常也帮父亲杨简待弄些草药，杨简有时也借机有意无意地说些草药之性，将杨文往医的路上引。虽是杨文终究不入道，但也是熟悉了些药名，药性。凡是那医家的子弟，即便不习医道，也多是熟知些药物的。近墨者黑，近药者香，便是如此了。

林南听了，以为林芳伤势已无事，不过是那空静和尚多了句嘴，杨文不好拂其面子，随便敷衍了一下而已。不过杨文既然发了话，为防万一，也应该去抓包清血解毒的药才好。于是吩咐刚才的那两名伙计道：“杨公子说的话听清了，速去买包药来。”

那两名伙计应了一声，转身又自去了。

林南此时见扔在旁边地上的那四只公鸡，已是半死不活了，放在这寺里不是个事，于是对另一名伙计道：“将这些公鸡拾了拿下山去。告诉其他的人，今晚就在山下的村子里借宿了。明天再行赶路。”

说着话，林南又从怀中取了一块约有二两重的银锭，上前递与那空静和尚道：“大师父，搅扰贵寺了，适才心急之下，说了些本不应该说的话，冒犯了大师父，还请见谅。些许银子，权为香火之资，不成敬意。”

空静和尚见了，嘴中说道：“施主客气了。我佛慈悲，愿为天下众生开方便之门。”双手却急不可待地伸出去，将那银子接了，紧紧握住。

六嫂这时已将林芳扶了起来，倒是能走动了。

林南见了，知道天色渐晚，女客留在这简陋的寺院中多有不便，于是对杨文一拱手，感激地道：“杨公子，多谢救治小妹性命之恩！明天再来寺中重新重重谢过。”

杨文摆手道：“不要客气。今日取效，实为侥幸。”

林南笑道：“公子是那医蛇伤的圣手，勿要过谦。今日天色已晚，明日必来谢过。”说完，上前和妻子扶了林芳，出寺去了。

那林芳在出寺门的时候回头望了杨文一眼，感激之余，眼中颇呈些复杂之色。

待林家兄妹去了。空静和尚这才对杨文露出笑容道：“杨武啊，你原来竟还有医治蛇伤的本事。今日你算为寺里挣下了一笔银子，晚饭叫智可为你多加两样素菜。”

杨文听了，摇头一笑。望了望远去的林芳背影，暗里一叹，转身去了。

第五章 林记货铺

第二天一早，杨文仍旧去山后砍柴。待他负了一捆木柴回到寺里的时候，发现空静和尚正坐在堂上陪同那林南说话。旁边站了两名伙计，地上堆放着十几件的大小盒装礼物，想必是那林南来酬谢杨文的。

“这个林南竟然没有走，果真回来谢我了。唉！一个逃难之人，谢我何用。”杨文不禁摇头暗叹一声。

此时林南瞧见杨文回了来，忙起身快步迎出，上前亲热地执了杨文的手，笑道：“实在是愧对杨公子了！昨日以为公子是带发在此寺院里修行的俗家弟子，故未敢贸然相请。适才与大师父说话时才得知。原来杨公子是借住寺里的外乡客人。早知道昨天就请公子山下饮酒了。走走走！我们且去山下村子里再行饮上一回。”说着，拉了杨文就走。

那林南又自回身吩咐两名同来的伙计道：“将送与杨公子的礼物搬至他的房间放了。”

杨文推却不过，只好勉强的随林南来到了山下的村子里。

那林南是位贩货的客商，此行带了十余名伙计和脚夫，八九辆推车的货物，还有一辆敞篷马车，是特地载行林芳和六嫂的。此时一行人马车货借宿在村子的一农家院落里。

“七妹，我将救命恩公请来了。”林南一进院门，就放声喊道。

“杨公子来了！”林芳和那六嫂出现在了杨文面前。林芳脸上尤自呈现出一丝惊喜。

“林小姐的伤势已无事了罢？”杨文上前问道。

“多谢杨公子的妙手！昨晚又按公子的吩咐抓回来一包清血解毒的药服了。今个算是好利索了呢。”林芳感激地说道。

“这就好！”杨文此时才算松了一口气。他自家可是不懂医术的，凭着记忆中的法子，竟将林芳的蛇毒解了去，对他来说，也是提着胆子，硬着头皮来做的事。

“今个先不走了，叫伙计们去村子里多买些酒肉来。我要与杨公子好好地喝上一回。”林南吩咐妻子道。

六嫂应了一声，转身去了。

林南见杨文衣服破旧，有些蓬头垢面的模样，便寻了自己的一套衣衫，唤来一名伙计，让他引了杨文去另一间屋子洗漱换过。杨文推却不过，只得应了。

待杨文洗净了并换了衣服出来，多少又呈现出来原来的清秀样子。林南一拍手掌笑道：“果然是个大家公子！一套衣衫真是能遮住了人的真正面目呢！”

林芳眼中则是闪过了一种别样的惊喜。

林南随即招呼了杨文屋子里落座。

伤势已无大碍的林芳亲自端茶上来，并坐在一旁听林南与杨文说话。

林南先是介绍了自己一番。原来这林氏兄妹是山东莒县人，那林南是个生意人，此番去济南贩货。顺路接了在济南亲戚家小住的妹妹林芳和妻子刘氏回来。不曾想在这法林寺的山上发生了意外。

“杨公子，勿怪林某多嘴一问。公子好端端的一个人，如何会委曲在这座小寺院里与人做杂工度日？”林南按不住心中的好奇，随后问道。

“这个……”杨文一时无语。虽是知道林氏兄妹对自己尚有感激之情，但毕竟初识，还不敢据以实情相告，坐在那里，不免有些支吾。

林南见状，忙说道："公子若有难言之隐，不说也罢。不过今日救了小妹性命，便是我林家的恩人。有什么为难之事，但说与我等，只要能做到的，必将全力相助。"

杨文听了，一时悲切，坐在那里不禁落下泪来，想这林氏兄妹不会出卖自己，起身朝林南长揖一礼道："林先生，若想助我，但请帮我到京城打听一件事。就是……"

杨文犹豫了一下，叹息了一声道："太医院太医杨简一家人的状况如何？杨家三年前被奸人陷害，不知现在生死怎样。"

林南听了，眉头一皱，立时明白了什么，惊讶道："这么说，杨公子可是那太医杨简之后。因被仇家陷害，故逃难于此寺院中避祸？"

杨文点了点头。这才说明了自己实名叫杨文，当年家中意外生出祸事，令自己避走他乡。

一旁林芳听了，惊呼一声道："什么祸事竟将公子逼走？你那仇家又是何人？"

杨文摇头道："只知仇家势大，父母为了我的安全，竟然未敢告诉仇家是谁。只是叫我只身逃得命在就是了。那仇家好像是朝中的权臣吧。"

"公子说得是前朝的事。难道不知现在已是弘治皇帝主政了吗？所谓一朝天子一朝臣，为革除前朝遗弊，以振朝纲，新皇帝斩杀了几个罪大恶极的奸佞之徒。且大赦天下。公子当初即便有罪，现在应该已经出脱了。如何还躲藏在这里？"林芳说道。

"此话当真!?"杨文闻之一惊。没想到自己隐藏在此，外面竟然已经发生了翻天覆地的变化。

"不错！看来公子还不知外面发生的大事了。现在天下明主即位，已是大治了。杨家冤案也当复见天日。"林南说道。

杨文听了，惦记父母安危，自己又受了这几年的苦楚，又自悲切，不由失声痛哭起来。

“六哥，我有话与你说。”林芳小声嘀咕了一句，起身来到了门外。

林南见了，忙自起身跟了出来。

“六哥，这位杨公子实在可怜！他既对我有救命之恩，我们应该全力助他。不若带杨公子同行吧。待日后寻着了他的家人。再令其全家团聚，也算是我们报其大恩了。”林芳说道。

林南听了，思虑了片刻，点了点头道：“这样也好！且带回家去吧。然后再行商议。”

兄妹二人复转入屋子里，此时杨文坐在桌子旁边正暗自垂泪伤感。不知怎么，林芳见了杨文此时的样子，心中竟自莫明其妙地一痛。

“杨公子！”林南坐下后，对杨文说道：“公子既是忠良之后，父母虽遭陷害，但现今明主在位，一场冤案应该得到昭雪的。再在这法林寺久住无益，不若先行随了我去。家中有位兄长，也就是我的二哥在县里做县丞。公门里的消息灵通些，我会叫家兄为公子打听一下京城中杨家的情况。倘若令尊大人避过一劫仍自健在，公子与家人相聚之日则指日可待。便是有其他意外，公子也好早做打算，不可在此再空度时日了。公子以为如何？”

杨文听了，感激之余，忙起身朝林南一拜道：“多谢林先生助我！”

林南忙双手扶了道：“公子且莫如此。想来公子救下小妹一条命在，我林家正无以为报。此许小事，不足挂齿。稍后酒菜上来，我们痛饮一番。待明日去寺里别了那两个和尚，一同上路就是了。”

杨文激动地应了。

此时六嫂刘氏和几名端了酒菜的伙计进了来，于桌子上摆了。鸡鸭鱼肉的倒也丰盛。杨文在法林寺住了三年，终日粗茶淡饭，可谓三年不知肉味了。此时见到这些吃食，咽了几口口水，一双眼睛再也离不开桌子上的物事去。

林芳见了，暗里一叹，随即笑道："公子且随意享用。想在寺里同那两位出家人苦修，也是委屈了。"

杨文听了，尴尬地笑了一下。

那边林南"哈哈"一笑道："公子能忍上三年不食酒肉，怕也是超凡入圣了。今日破戒食荤，三年苦修的道行当要毁于一旦了。不过出家没有在家好，诸般好处都享了。来！杨公子，我敬你一杯，从此还俗了事。可不能再随了寺里的那两个和尚强忍着性子扮高僧了。其实还不是俗人一双。我看这世间的庙宇道观的，都是那懒人避世的所在。出家人寻个由头白食人间烟火落个自在罢了。"

"六哥高论！"林芳一旁不禁拍手赞道。

林南说罢，又对杨文道："莫小看我这妹子，那可是个女秀才呢！读遍百家之书，作起文章来，就是那当今的翰林大儒也未必能比得来。曾有几篇诗文在济南府的一些名士中流传，皆以为是哪家的大手笔呢！这个作者却是打听不来。要知道是个女子作的文，不羞杀那些自命不凡的人才怪。"

"六哥没个深浅，哪有在人前这般夸自家人的。王婆卖瓜吗！"林芳低了头道。暗里望了杨文一眼。

那杨文此时对林芳敬佩之余，觉得自家更无个是处，不禁叹然道："你兄妹都是才识过人，有幸相识，也自感白读了一世之书，却自百无一能。内不能奉养双亲，外不能安身立命。想来惭愧之极！"

"公子莫要自谦。"林芳道："既出太医之家，必是那医病济世的国手。古人有云：不为良相，但为良医！公子可是做到了。仅此一点，便做得了那王侯将相又有何用。病难之际，还不是将性命交于医者之手。"

杨文听了，羞愧得低了头去，说道："惭愧！杨家虽为三世太医，却是自我而绝，不曾习得救人性命的法子，方药不能记着一个。虽是读了些不堪用的诗书，未能争得半点的功名。

大难临头，也只能自家逃得命在，寄人篱下而已。”

林芳听了，疑惑道：“公子何出此言？昨日施以妙手疗我蛇毒之伤。这般医家手段，不得高手相传，如何会得？”

杨文尴尬道：“我也仅是偶然间见过一位太医施过此法而已，昨日事急，一时记起，便自大胆用上了。实为侥幸！”

“是这样！”林氏兄妹听了，面面相觑。皆自后怕了一回，一条性命，竟自交于一个外行手中。

林芳心中惊讶道：“他身为医家子弟，竟不曾习得医术，甚是可惜！仅记得一疗蛇毒之法，却施于我身上救下了我一命，这般机缘巧事，可是上天安排吗？”

杨文一顿吃喝，将在法林寺的三年清苦并在这一桌子的酒菜补了。也是知道了现在的天下情形，怀着父母仍在世的期望，又被那丰盛的酒菜馋着，林氏兄妹更在旁边劝酒夹菜的，所以放开胃口吃了个尽兴。

知晓了杨文悲惨的身世，又看着他有些饥不择食的模样，林南摇了摇头，添了些感慨。林芳则好像是自家相公在暗无天日的监里关了几年刚被释放出来一般，心里头发些酸楚呢。林南若是不坐在这里，眼泪怕是要掉下几串了。除了杨文甘冒生命危险亲自为她吸取蛇毒外，也是生得清秀文弱，值那林芳情窦初开，泛开了女儿家的春心，激情荡漾之际，情恩并起，对那杨文产生爱恋了。所以说，救人性命施恩之事，多半由那些老成的人来做的好。若皆是些异性的年轻人，一下子瞧在眼里了，不免心里头起了火的。

杨文却哪里晓得林芳的一番心思，酒足饭饱之后，感激地对林氏兄妹说道：“谢过两位了，三年了，终于重新尝到了酒肉的滋味。”

“真是苦了公子了！”林芳眼圈泛红，险要哭出来。

林南坐在旁边，见不是个事，忙打着哈哈笑道：“日后杨公子随我等去了，酒肉自会顿顿管够，直到你吃厌了为止。”

这时六嫂刘氏端上茶来。林南又自笑道：“杨公子，再用些茶水溜溜缝吧。”

林芳听了，已是不悦道：“六哥何以这般作践杨公子，你莫说三年，便是三个月吃不上肉，怕是见到了未宰杀的活物你也要生吞了呢!”

林南夫妇听了，始觉得不是个味，尴尬的相视一笑，彼此掩过了。

酒菜用毕，已是接近傍晚。杨文这才起身告辞，与林氏兄妹约好，明日同行。林南随后唤过两名伙计，将杨文送回了法林寺。

杨文回到寺里，便将自己明天要离开的事与空静和尚与智可和尚说了，令那师徒二人颇感意外。杨文复又谢过了师徒二人收留之恩，并将林南送与自己的那些礼物，都尽数的赠与了师徒二人。倒令两个和尚好生感激。

一夜无话。

第二天一早，林南亲自带了两名伙计来寺里迎了。杨文随后辞别了空静、智可师徒二人，离开了生活三年的法林寺。

到得山下，一行车马货物已是准备妥当，在路上候了。林芳本是与嫂子坐在马车内。见了杨文过来，忙卷起车帘打了声招呼。

六嫂刘氏坐在旁边笑道：“七妹，杨公子这不是随了来了吗，日后有的是机会说话的。看来这个杨文不仅吸取了你身上的蛇毒，还吸去了你的心。”

林芳听了，脸色一红，放下车帘，低了头羞涩道：“嫂子笑我，请了他来，是六哥的主意。”

刘氏笑道：“管他谁的主意，合了七妹的心思就好。”

这姑嫂二人自在车里嬉笑了一会。

一行车马随后朝莒县而来。杨文昔日出走周家店，仍旧未出这山东境内。

傍晚时分，一行人马便已是进了莒县县城。这莒县历史悠久，周时的莒国便在此地。

林南先是令妻子陪同林芳乘了马车回家，然后引了车货到了自己的铺子。这是一家临街的，经营杂货的铺子，名为“林记货铺”。店面颇大，当有三四间通房的大屋。后面是一个大院落，又有着十余间房屋。几间正房是林南夫妇居所，再就是店里伙计们住的屋子和几间库房了。

货车进了院子里，从铺子里迎出来几名伙计，和脚夫们一同将货物卸了车入库。杨文也上前帮忙。林南忙拦住他，请他在旁边清点一下货物，记录个名目数量。

待货物入了库，林南随后付了车脚钱，打发脚夫们去了。林南又吩咐一名领头的伙计叫郭四的，让他给杨文收拾出一张床铺来。那郭四已是从随林南同行的伙计那里听到了杨文是有些来历的，救过林家七小姐性命的，于是将自己的那张位置好些床铺让了出来。

林南陪了杨文和众伙计一同用过了晚饭，然后告诉杨文先歇息一晚，待明日他寻其兄长再为他打听杨家的消息。杨文感激地应了。

饭后，天色见黑，林南先是回林家老宅看望父母去了。郭四引了杨文到屋子里歇了。众伙计先是围了杨文说了会话。从众伙计们那里，杨文也自知晓了林家的部分情况。

林南之父林四海，早年也考取过功名，生了六子一女。长子林奎，现远在云南与人贸易。二子林东，公门中人，莒县县丞，食正八品俸禄。三子林成，却是个传奇式的人物，幼好习武，弄将些棍棒，常年外出访师寻友，难得归家，是个痴迷拳脚功夫的“武痴”。四子林祥，在山西某县与人做师爷。五子林春，从军数年未归，据说是名带兵的武官。六子林南，经营着林家的祖业“林记货铺”。最后生得一女便是那林芳了，博及群书，是附近几个县里公认的才色双绝的女子，闺中待嫁。

这林家在莒县一地，算是一个大族。虽称不上十足的富户，也是一户殷实人家。林家子弟，恭礼谦让，颇具口碑。

杨文这一晚并没有睡得踏实，朝中换了天子了，杨家当是平冤有望，心中尤其是惦记着京城中父母的安危。暗里打算先在林家这里打听些消息，无论结果怎样，自己一定要赶回京城的家中。此时的杨文还不知道家里发生了什么事，期望着能再行见到父母。新的心情，加以新换的环境，激动之余，一晚上也自没有睡着。

偶然念及周玉琼，杨文心中颇具感慨。然而想起当年周家竟然不顾周杨两家联亲之谊，将自己一个落难之人告了官，险些被官府捕了去，心中便不免有些愤慨。就连那周玉琼以身相许的一番情意也自淡化去了。虽是心中对那周玉琼还有些眷恋，放舍不下。

想起这几年自己所受的苦楚，杨文又自想哭，转头看了看屋子里那几个睡得正香的伙计，于是被子蒙了头，将泪掩了。那杨文生性怯懦，又不谙世事，家中突生变故，令他胡乱折腾了这几年，好歹留得命在，也算是难为他了。

第六章　成　亲

第二天早上，杨文和伙计们吃过早饭，伙计们便自到铺子里忙活去了。杨文一个人正坐在那里发怔。门帘一挑，林南笑呵呵地走了进来。

“林先生！”杨文忙起身相迎。

“地方简陋！杨公子昨晚睡得还好吧。若无它事，且准备一下，随我去见一下家父家母。昨日父母大人听闻公子救得小妹命在，万分感激。要不是天太晚了，即刻就想见到公子以谢大恩。另外昨晚我也将公子的家事与我的兄长说了，家兄也在那里候了，会再对杨家的事问个明白，好托人打听。”林南说道。

杨文听了，忙躬身一礼道：“一切有劳林先生了！”

林南道声“不客气”，引了杨文出了林记货铺延街走去。

杨文想起去那林家拜见林家二老，空着两手不是个事，下意识地摸了摸上身上，颇显无奈。

林南一旁瞧见，晓得了杨文的意思，便拉了杨文进了一家店铺，自家掏钱买了几斤果子吃食叫店家包了，然后递与了杨文。杨文尴尬地笑了一下，感激之余，还是接了。

走了不多时，杨文随林南来到了一家宅院门前。林南推开门径自走了进去。

转过一面石墙屏风，面前呈现出了一个干净整洁的院落。

几棵枣树长在墙根，上面挂满了累累的绿色枣子，下置一套木制桌椅。院中地上有条石板铺砌的石板道，通向堂屋。里面已是有两位老人家坐着候了。下首座上还有一位中年的儒士。

杨文先走几步，进得屋内，跪倒在地三拜道："晚生杨文见过两位老人家。"

林南之父林四海忙起身抬手说道："杨公子是我林家的恩人，不必行此大礼。老六，快快将杨公子扶起。"

林南上前将杨文扶了。

那林老夫人面色慈祥，手中持了一串佛珠。见了杨文，笑着点了点头。

"杨公子!"那名中年儒士这时上前拱手一礼，恭敬地道："在下林东，代家父家母谢过公子救下小妹性命之恩。"

"林二哥客气了!"杨文忙还了一礼道。知道眼前这位就是要帮助自己的林家二子林东了。

杨文随后将自己手中拎着的礼物献上。林四海夫妇点头示意谢过了。林东接过，放在了一旁。而后请了杨文落座。有仆人端上茶来，林东请了杨文用了。

说起杨文冒危险为林芳吸蛇毒一事，林家几口又自感激了一回。闲聊了一会，林四海恳请杨文留下用午饭，杨文推却不过，只好谢过应了。而后林四海夫妇便让林东、林南兄弟坐陪，两位老人家先行告退转入后堂歇息去了。杨文起身恭送。

"杨公子请坐。" 林东随后请了杨文重新落座。

"昨日听六弟说起，杨公子是太医院杨简杨太医之子，三年前因家中变故，只身避走他乡。详细缘由还请公子细说，以待我托人打听个虚实。"林东说道。

杨文于是将当年父亲杨简对自己说的话讲述了一遍。

林东听了，讶道："看来杨公子也是不知当年家中发生了什么事。好吧，我会请衙门里的朋友去京城公干的时候先行探听一下令尊的情况。公子且安心在六弟那里住下便是。一有消息，我会通知公子的。"

杨文听了，感激地起身谢过。

林南随后让林东陪了杨文说话，自己则起身离了堂屋转到了后宅林芳的房中。

“六哥，杨公子可是来家了？”林芳一见到林南，自有些迫不及待地问道。

“来了！来了！父亲大人还要留他吃午饭呢。”林南笑着应道。

林芳听了，满心欢喜。

“对了七妹。”林南随又说道：“听二哥的意思，他那边要是打探得到京城杨家的情况，还需些时日。据我来看，那杨太医则是凶多吉少了，否则三年来为何无半点消息与那杨文。对这个杨文，我们还需长久计议了。昨日看他倒还认真仔细，清点货物时半点不差。铺子里的李账房年纪大了，已辞归多日了，我正捉摸着另寻个账房呢。我看就让这个杨文先做着吧。日后他若有个家能去，最好不过。仍旧无家可归，就令他在铺里做了吧。人带回来了，不能再令他胡乱去了。也算我们报他的一个恩情。”

林芳听了，点头道：“六哥想得周全。小妹这里先谢你了。”

林南笑道：“这个杨文虽是文弱些，却也忠厚老实，毕竟世医之家出来的。又救了七妹的命，既带回来了，哪里能再赶了去了。好歹与他件事情做，也能安心留下的。我回头真若令他去了，怕是有人不高兴了。”

林芳听了，脸色一红，嗔怪道：“六哥勿要笑我。若无杨公子冒险救我，哪里会有我的命在。况且杨公子的身世也是可怜，孤单无靠的，我们尽可能地帮他一回，以报其恩。”

“呵呵！”林南笑道：“怕是日后我们林家会与这个杨文做成亲戚了呢！我瞧着他人品学识还真是不错，不令人厌烦的。”说完，林南又嘻嘻一笑，转身去了。

林芳听了，先是一怔，待她缓过神来，林南已走远了，自家站在那里羞红着脸呆笑了一回。

午饭是由林四海夫妇和林东、林南兄弟陪了杨文用的。因事先知道了杨文的身世，所以林四海夫妇倒也未问及杨文的家事。但尽主人之道，劝些酒菜，问些寒暖而已。

饭后，杨文这才辞谢了林四海夫妇和林东，由林南陪着转回林记货铺。二人刚走出林宅，迎面遇上一个身穿锦袍手持纸扇的年轻公子。后面跟着一名捧了几只礼盒的童仆。

“林六哥!”那年轻公子见了林南，忙走上几步拱手一礼道。

“肖宏兄!”林南也自还了一礼。

“听说林芳小妹回来了，我过来看一下。”那肖宏笑道。

林南听了，眉头皱了一下，应了一句道：“二哥在里面，你且进家，我还要陪一位客人。”说着，拉了杨文就走。

那肖宏瞟了杨文一眼，竟是一种阴冷狐疑的目光。看得杨文不甚自在，忙与林南去了。

肖宏进得门来，正好遇见林芳。立时笑嘻嘻地道：“林芳妹子，听说你刚从济南回来。这不，前几日我刚巧在海边从一位海客那里购了几种西洋人用的胭脂，特来送与你。”

“不稀罕!”林芳立时严肃地说道：“我说过多少次了，你不要再送东西与我，且拿回去吧。”

二人的说话声惊动了屋子里的人。林东陪了林四海走了出来。

“参见世伯！二哥可好!”那肖宏忙上前礼见。

“原来是肖宏贤弟。”林东拱了拱手。

“是肖世侄……”林四海则显现出了一种为难之色。

“肖宏，快带了你的东西走，否则我马上扔出大门外。”林芳怕是父亲要邀请那肖宏进屋，忙板起脸色说道。

“这个……”那肖宏尴尬之余，讪讪笑道：“好好好！我也有事呢，改日再来看你。”说完，带了那名捧着礼盒的童仆悻悻而去。

“七丫头。”林四海这边摇了摇头，叹息道：“我们林家与那肖家毕竟是世交，虽然那肖宏的父母不在了，你对他也要客气些才好。”

“爹，这个肖宏的心思您老人家又不是不知道。就他这幅德行，县里哪家的女孩子能相中。”林芳尤自不愿道。

“七妹！”林东一旁说道：“肖家是莒县的一个大族，现在由肖宏当家。然此人以阴险出名，且睚眦必报，县里无人敢得罪他。虽是与我们家有世交，我们也自不中意于他，但也不要过于开罪他为好。”

“这种人你不得罪他，他便要粘上你，甩也甩不掉的。日后他若要进入家门半步，我便将他打了出去。”林芳说完，气呼呼地转身去了。

林东与林四海相对无语，各自摇了摇头。

本是那肖宏中意于林芳，多次央人说媒，林芳只是不应，林氏父子也自不愿林芳嫁他。然碍于世交的情面又不好明里的拒绝。也因此故，县中及邻县也多没有敢来说媒的。原是那肖宏早已放出狠话来，此生不沾世间女子，非林芳不娶，敢与其争者，当不得安生。只因他阴险的性情，林家每以林芳本人不愿为名回绝。但肖宏就是不死心，为了讨林芳欢心，倒也无所不用其极。但愈是这般，林芳愈是厌他。

说起这肖宏，在莒县也是一个特殊的人物，坐拥祖上遗下的万贯家产，广交江湖上三教九流，也自颇有些见识，独独在林芳的事情上犯了固执，执迷不悟。或是那得不到的，便是那好的罢。

回到林记货铺，林南先自请了杨文到自己的房中坐了，将准备请杨文做铺子里账房的事与他说了。杨文倒也欣然而应。也自不想在林家做个白吃的闲人，待京城中有了父母的消息再议。

如此过了数日，林东那边也自无消息来传。杨文心中虽焦急，但是在求人家办事，不好去催问的，只好耐着性子候了。

好在林芳不时的过来，不是提了盒吃食，就是为杨文送来几件自己亲自缝制的衣衫。令郭四等众伙计们好生的羡慕，也自瞧出了些端倪来，私下里不免皆对杨文生出几分敬意来，当做半个东家看待了。

对于林芳的特殊照顾，杨文心生感激。闲里聊天，也自说了些以前家中的状况。待听得杨家三世太医，唯到了杨文这里，不学无术，自令林芳心中惊讶之余，大叫可惜，不过也自未减少了杨文在她心中的好感。一俊遮百丑便是如此了。

待听得杨家祖上杨启风军中献药，救活了当年的凉国公蓝玉，这才有了大明朝历史上的那场塞外奇功，尤其令林芳惊叹不已。杨文出于对林芳的信任和感激，也是见她好奇，便将当年强行记下的那份奇药“续命丹”的配方记录了一份来，送与了林芳。林芳见杨文竟然将杨家独传的秘方送给了她，那份信任感带来的惊喜可想而知。自是感觉与杨文的关系又近了些。

林芳往来林记货铺见杨文的消息也自传到了肖宏那里。肖宏倒不以为意，与人笑道：“此乃林芳试我，于路上拣来的那个呆子，就是林芳愿嫁，林家的人也不愿呢!”

这日午后。杨文正在柜台上整理着账目，忽听得旁边的郭四迎出道：“二爷来了!”

杨文抬头看时，却见林东进了铺子。

“杨公子，我们后堂说话。”一脸凝重之色的林东，朝杨文招呼了一声，先自转向后堂去了。

杨文见状一怔，预感不甚妙，心情忐忑不安地来到了后堂。

林南闻林东过了来，也忙出来见了。那六嫂刘氏端上茶来，便退下了。

待杨文过来坐了。林东这才叹息了一声道：“杨公子，衙门里的朋友去京城公干刚刚回来，已是探得了令尊杨太医的消息，还请公子先……先有个准备才好。”

“林二哥，我父母现在情形怎样？但说无妨。”杨文急切地问道。

“是这样！”林东呷了一口茶，然后说道：“公子可知令尊杨太医是什么人陷害的吗？就是当年横行朝廷之上的两个奸邪之人李孜省和那继晓。”

“什么？我杨家的两个仇人竟是他们两个！”杨文闻之，大吃一惊。当年那杨孜省和继晓二人可是朝野共愤及妇孺皆知的两个迷惑宪宗皇帝的大奸之人。

林东说道：“听说这两个奸邪之人当年好像是为了索要杨家的一份秘方而不得，所以便依仗权势陷害杨太医。当年令尊让公子先行逃脱，实是明智之举。当年公子逃走之日，杨太医及夫人便被下在狱中了，随被杖死。”

“爹、娘！”杨文听了，立时悲痛欲绝，放声大哭。

林东和林南兄弟忙上前安慰了。

林东道：“我来时查阅了一下三年前旧的卷宗，果有一份由刑部发文各府县的缉拿公子的文书。好在当年此案上边追得不是甚急，下边也就随便应付了。否则若是各衙门里的捕快们查访得仔细，公子怕也是性命不保。听说太医杨简案，当年虽是一宗冤案，但无人敢言。杨家家产后被抄没。现在新帝主政，一改朝风，杀了李孜省和继晓那两个罪大恶极之人，也算是为杨家报了仇。不过现在公子朝中就是有得力之人，且要花费一大笔银子也未必能将杨家先前的家产讨回。此事也只能做罢了。我这边倒是能据情上表，为公子讨回一个名义上的公道，也仅此而已。”

杨文一边只知抱头痛哭。始知当年自己逃离京城之日，父母便被杀害了。虽是事先预料到了这种结果，一时间倒是不能接受。

此时林芳正好来到铺子里看望杨文，听说了此事，陪着掉了一回眼泪。而后杨文备了些纸钱香烛，在林芳和林南的陪同下，来到了郊外，朝着京城方向哭着祭拜亡父亡母。从此也就绝了再回京城的念头。

且说杨文情绪渐复，仍旧在铺子里做着账房，愈是沉默寡言起来。如此又过了两月。

这日晚间，林南夫妇用过晚饭后，躺在床上歇息。

刘氏先行说道："相公，你看杨文这个人怎么样？"

林南应道："不愧是太医世家出来的公子！知书达理，是个忠实之人。并且在铺子做账房这小半年里，做事仔细，替我多照顾着，还真是多亏了他。"

刘氏说道："这些我理会得。只是眼下有一事我们需要做个决定了。七妹隔三差五的便来寻那杨文说话，彼此也都有些意思了。这些日子来得愈发地勤了，再拖延下去，怕是有闲话出来了。"

林南听了，立时从床上坐了起来，说道："还是你们女人家仔细，我虽是瞧出七妹对那杨文好过一般，暂时倒是未能往这方面真正的想呢。"

刘氏说道："七妹的心气高，莫论贫富，凡是那些才学疏浅的都不入她的眼。这两年远近提亲的虽有不少，便是有那肖宏的狠话在，七妹也自是没一个应的。况且公公婆婆那里也不愿七妹远嫁了去。我看不妨将这个杨文招个上门的女婿吧。否则这二人都年轻火壮的，整日里厮磨在一起，日后生出什么事来，就不好掩饰了。并且重要的是，也绝了那肖宏的念头。"

林南听了，点头道："是个好主意！我看这样罢，明日且将此事与爹娘说明了。然后再请后街上的那个孙媒婆替杨文到家里说媒去。此事杨文张罗不来，我们这边便替他做主了。况且他现在老哥一个，入赘我们林家也是件两全其美的事。这样一来，日后铺子里的事我便可以放开手让他经营了。七妹与杨文事成，肖宏也再不好说什么了。此人可对别人使奸使诈，对我林家他还不敢怎么样。"

夫妇二人又商量了一番，便定下了此事。

第二天一早，林南夫妇便回到了林家老宅见到了父母，将事情说开了。倒令林四海夫妇颇感意外。

林四海摇头道："这个杨文虽是救下七丫头一命，我们林家收留他也算是看顾了。并且他现在房无一间地无一垅，日后七丫头嫁了他岂不有得罪受。"

林老夫人一旁闭着双目，手中捻着佛珠淡淡地说道："老头子，可是嫌那杨文现在家贫吗？倒是有那万贯家财的富贵公子哥，哪个不曾染了吃喝嫖赌的习气去，你可敢令七丫头嫁了去。便是有个本分的，家境好些的，谁又肯入赘到林家来。况且七丫头相人是不会差的，你若是违了她的愿，怕是执拗你一辈子。你没看到，这些日子，肖宏来得愈是勤了。七丫头的事再拖下去，会将那肖宏逼出事来的。"

林老夫人一番话，令林四海倒无了说辞。一是觉得有些道理，二是也有些惧内的成分在里头。

林四海犹豫了片刻，这才不甚情愿地说道："好吧，既然你娘认下了这门亲事，就便宜了那个杨文罢。老大和老三、老四、老五他们不在家，就由你和老二张罗了罢。定下日子再行通知他们。回不回得来，就由他们了。"

林老夫人说道："十日之后，是个好日子，除此外三月内便无吉日了，便让他们那日成婚吧。七丫头的闺房收拾一下做新房就是了。杨文虽是一人，无个亲人在侧，媒聘之事我们也要替他安排得妥当，不失了礼数就行。"

林南听了，笑道："请二老放心，一切事情我和二哥自会办理了。"

林南回到铺子，喜滋滋地拉了杨文到后堂，然后将事情与他说了。杨文听了，惊喜万分，连朝林南这个准舅子拜谢不已。林南一笑应过。然后和杨文商量他与林芳的婚事。那杨文老哥一个，所有的事由林家做主安排，自家安心地捡此大便宜就是了。

第二天，林家上下便忙碌起来。由于林家另几子不在家，也自不及通知了。十日之后，一对新人高高兴兴地拜堂成亲，远近乡邻多有来贺。

这杨文也算是傻人有个傻福，在那月老一时糊涂之下牵错了红线令他先行遇上了周玉琼，后来机缘巧合，又让他邂逅林芳并娶了来。看来这男女姻缘之事，谁娶谁人，谁嫁谁人，当是有个定数，否则哪里能说得清呢。

且说那肖宏半月前去了外地办事，回来时得知林芳竟与杨文成婚，生米做成了熟饭，再没他什么事了。肖宏乍闻此信，当时就怔在了那里，脸色由灰转白，由白转绿，最后咬牙切齿地愤恨道："林芳！林芳！你宁愿嫁那呆子也不愿嫁我！好好好！我必要你日后后悔！一辈子也不得安生了！"

而后几日内，那肖宏竟然出人意料地变卖了家产祖业，然后悄然离开了莒县不知所踪。其对林芳用心若此，也自令人感叹。

林氏父子得知了此事，也自大感意外。好在肖宏未敢上门生事，也便由他去了。

杨文就这样入赘了林家。婚后夫妻二人恩爱自不必说。白日里杨文到舅子林南的铺子里做账房，林芳在家中料理家务，兼照顾着父母。日子不知不觉的就这样过了下来。

两月之后，林芳便自有了身孕，一家老少更是欢喜不已。

这日，林四海对林芳说道："七丫头，你既有了身孕，出入不便，要找间安静的屋子住着才能养好身子。就用了你三哥的那座宅子吧，那是你三哥前几年为人走镖时攒下的。他那定不下来的性子，又云游天下去了，两三年了也未见个影。你与姑爷且住上几年再说罢。闲置久了也荒废了。"

林芳听了，正合心意，高兴地应了。回头与杨文说了，杨文也自欣喜。第二天，林南又找来两名铺子里的伙计，推了辆车子，来回走了几趟，帮助夫妇二人搬了家。

这是一座临后街的宅子，宽门高墙，有着前后宅，皆是通间的大屋。且在后院还种植了些花草、安置了两座假山，形成一个小型花园的样子。内又有水井一口，大理石的台面。这座宅子是那林成早些年间应江湖上的朋友之邀，拼了性命为一镖局护了两趟重要的镖，得了镖局重谢的酬金后从县城里一位落魄的商人手中买下的。

初临新家，林芳喜其安静，简单地收拾了一下，就和杨文住下了。在这之前，林氏父子已是派人整理过了，家什用具一应俱全。

杨文站在室内四下打量了一番，想起这几年自己家破人亡，四下逃命，终是天见可怜，令自己娶了一个如意的妻子安了个家，而今妻子又怀有杨家之后，没有负了亡父母一番苦心，自是不胜感慨。拉了林芳于床边坐了，几欲流泪。

林芳晓得杨文内心感受，柔言慰藉了。夫妇二人说了会儿话，杨文这才释然。

林芳随后道："杨家三世太医，虽是到了公公这里遭到了奸人陷害，令杨氏医术绝世。却也是相公不争气的，误了跟随公公习医的时机，即便从头来过，以相公的性子也未必能深悟了医道去。既无兴趣，不习也罢。好在天见可怜，令杨家有后，日后不管生得男女，我且让他延续了杨家医术便是。即使达不到公公和杨家先人那般医道济世的本事，但能以医术疗一方百姓之疾，以此医道作为养身立世的营生便是了。只是不能令我们的孩儿做了官去。二哥和五哥都是公门里的人，他们以前时常对我说些公门里的事，可谓侯门一入深似海，再干净的人在官场里呆久了也会染黑了去。虽说是公门里好修行，古今又有几人能修得来，可不是那千古仅出的一个黑脸包公呢。"

杨文羞愧道："娘子何又埋怨我来。我本是欲求功名的，即使父亲在世也不令我强习的。你既有心，随娘子怎样。杨氏医道，除了'续命丹'存世，也仅剩得个空名了。无了家传之术，难成国手。"

林芳道："那般名家圣手并不是生来就有的，还不是他自家苦习成的。也是公公见你不是那块料，所以也就由了你去。

医道难为，可不是一般人想习就能成为好手的。你放心吧，我一定能令我儿成为杨家下一代的济世名医。”

杨文摇头道：“还不知是男是女呢，你又急得哪般。”

林芳道：“我感觉是个儿子呢！并且现在起我就要教他，让我们的儿子在娘胎里就开始习医，不信成不了一代名医圣手。”

“随娘子便，不要动了胎气就好。”那杨文摇了摇头，嘟囔了几句，起身又收拾家什去了。

第七章 胎教术

几天后，林四海念着女儿，自己掏钱雇佣了一个唤作冯娘的婆子来照顾林芳起居。一切的事情皆由娘家张罗，林四海这才觉得杨文这个姑爷的没用来。过来几次，见到杨文，脸色自是没那么的好看。私下里又对林芳唠叨，埋怨她自己找错了人，一个男人却担不起任何事。

林芳却也护着自家的相公，对父亲说道："杨家这是遭了大难，否则杨文现在应该在京城里风光着呢。好歹他也是大家出来的公子，没有随那些世家的纨绔子弟习惯了嫖赌去就不错了。女儿不求大富贵，但求得个夫婿本分，相守着过个太平日子就满足了。况且杨文又救过女儿的性命，也是天意令我二人做就夫妻的。"

林四海仍旧不满地道："我倒不是嫌弃他家道败落，一事无成。你看他，一天到晚的不吭一声，一棍子也打不出个闷屁来。好像我们都欠他的。"

林芳忍不住笑道："爹啊！和他过日子的是女儿，女儿满意不就行了。您老人家气从哪来。"

林四海听了，觉得也是。嘟囔了几句，便自去了。

林芳抚摸着逐渐鼓起的肚子，感叹一声道："我的儿，日后你可要为你的爹娘争些脸面回来才好！没有本事，便是亲爹娘也瞧不起你哩！"

“女生外相！这话说得真是不错呢！”冯娘笑着过来，扶了林芳坐了。

冯娘接着说道：“怀着身子期间，切勿惊勿恼，否则动了胎气，会连及胎儿落下病的。我那娘家就有一邻人，女人有了几个月身子，因家中琐事，每日吵闹。后来产下一子，初觉无异，长至六七岁上却不能言语，时犯痴癫，弃了又不忍，只好当个活物养着。现在二十岁上了，仍是个爹娘不识、好坏不分的痴儿。”

林芳道：“气调则胎安，气逆则胎病。古人有云：‘欲生子好者，必先养其气，气得其养，则生子性情和顺，无乖戾之习。’喜则气缓，怒则气上，悲则气消，思则气结，恐则气下，惊则气乱。七情太过，由母及子，皆可内扰于胎儿。古人又云：凡有孕之妇，宜情志舒畅，遇事乐观，喜、怒、悲、思皆可使气血失和而影响胎儿。胎借母气以生，呼吸相通，喜怒相应，若有所逆，即致子疾。最是有道理的。”

林芳阅书甚广，自有了身孕后，便注重于古人的胎教之法。从《列女传》中见有胎教论的记述：“古有妇人妊子，寝不侧，坐不边，立不跸，不食邪味，割不正不食，席不正不坐，目不视邪色，耳不听淫声，夜则令瞽诵诗道正事；如此则生子形容端正，才过人矣。”

《列女传》中还例一特别医案：“太任文王之母，挚任氏之仲女也，王季娶以为妃。太任之性，端一诚庄，惟德之行。及其娠文王，目不视恶色，耳不听淫声，口不出傲言。生文王而明圣，太任教之，以一而识百，卒为周宗。君子谓太任为能胎教。”

林芳复借以古人之语，对那冯娘说道：“形象始化，未有定仪，因感而变，外象而内感。儿在腹中，必借母气血所养；故母热子热，母寒子寒，母惊子惊，母弱子弱，所以有胎热胎寒胎惊胎弱之证。结论诸法，总以一个静字为要。居处要静，心神要静。静可安胎养胎，育明慧之子。先天之胎教得法，虽不能全至文王之圣，但必无愚子蠢女。”

冯娘讶道：“夫人移居此宅，原是有心思的。日后可是要生出一个才华出众的公子呢！”

林芳站了起来，抬手轻摩了腹部，望着窗外，淡淡地道：“此宅日后不出一个圣者，也必要出一位贤者。胎教之法既有外感内应之说，从今日起，我当教子读书习文。授他日后所务之术。”

冯娘听了，又自疑惑道：“生儿贤能，天下间父母原都是有这个心思的。夫人所说的胎教法，可是能有这般作用吗？”

林芳点头道：“事在人为！但顺自然之道，独将心思用在此间便是了。这些日子我会做出一份周详的计划来。”

冯娘又道：“夫人现在是双身子的人，还要注意些禁忌才好。”

林芳道：“冯娘是过来人，知道的必是多些，还要请教了。”

冯娘道：“也是我们这些乡下人看重些，准与不准的夫人就当做话料罢，也勿当真的。凡是媳妇家上了怀的，要注意勿冲撞了胎神。孕妇居所，不可动土和修理门窗。”

林芳闻之笑道：“虽是有胎神一说，但这些惊扰胎气之举也应该注意的。”

冯娘道：“我有个娘家嫂子是湖北人，据说那里妇人妊子，避忌最甚，房中不可见钉，尤其是不可挂人神之画像，有则弃之藏之，不可令人见。且不可动刀剪针线，远离果木生长之地，如那葡萄架下，防生葡萄胎呢。更要远避嫁娶丧葬等红白之事，犯之皆对胎儿不利。又忌食兔肉，免生豁唇。总之又因地方不同，更有不同的禁忌，说起来多了去了。三天三夜的都说不完呢。”

林芳笑道：“女人家怀胎十月已是不易，又生出这许多限制来，岂不是令人郁闷得很。我看只要不远走，不登高涉险的也就是了。至于诸般禁忌，若是一一顺从遵守，怕是也让人活不来了，累也累倒了。就是躲在只宝葫芦里也逃不过呢。真的是‘儿奔生来娘奔死’了。但得行为端正，心中坦荡，鬼神也佑之。怕其何来。”

林芳的第一个计划便是将杨文赶去前宅住了，自己则和冯娘住在后宅，且独处一室。杨文开始不甚情愿，林芳便告诉他，要想杨家日后有个出色的子孙，在自己怀孕期间一切要听从安排。并以古书《产孕集》之语戒之：怀孕之后，首忌交合，盖阴气动而外泄，则分其养孕之力，而扰其固孕之机，且火动于内，营血不安，神魂不密，形体劳乏，筋脉震惊，动而漏下，半产、难产、生子多疾。

杨文听了，也自吓得慌，只好应了。林芳又吩咐冯娘，后宅除了其至亲之人，外人一概不得入内。自己也是在生产之前不迈出宅院一步，家中一应事务由杨文和冯娘处理。杨文负责采购，冯娘料理饮食，总以戒其生冷，清淡平和，注意节制为宜。慎起居，适寒温，也甚为紧要。

虽处僻静宅院，避免了攀高负重之险，但若是好逸恶劳，好静恶动，贪卧养娇，使气停血滞，也是不可。林芳又规定了自己每日必到院中走动，适其劳逸。

林芳在其他方面准备得也是非常的充分，除了先前读的诗书外，也自将自家平常用的一张古琴搬了来。她在要这座僻静的宅子内，安静地渡过十月怀胎的过程，且按自己的想法来完成一件独特的事。那就是内外同步，孕育自己的孩子。古人虽是有了先例，但林芳认为还不够完美和完善。也是具体的步骤还不知古人是如何去做的。有些事情只有自己去摸索了。

这日，林东夫妇回来探望父母，顺便来看林芳。林东妻子张氏还备了些礼物来。有那熟米、果子、鸡蛋等物。

林芳先是谢过了哥哥嫂子，随后笑道：“嫂子，我生产还早，何以备下这么多的坐月子的吃食？”

张氏笑道："干嘛非得月子里用，平日里也要注意保养的，这样日后生出来的孩子可是壮实呢！"

姑嫂随自寒暄了一番。

林芳知道林东在县衙做县丞，于是问道："二哥，你知道县里可有什么人家的家中有医书的吗？我这边要用些医书，六哥那边倒是为我购置了几本，只是书坊里没有太多。"

林东说道："县里惠民药局内有个医官叫田辉的，先人在太祖时也曾任职过太医院，到他这里便不济事了，于那医术再也习不来，不过借着祖上的名声，私下里托请人捐了这个医官。我以前随几个相识的朋友到过那田辉的家中，其祖上所遗本朝及历代医书颇丰，不过这些医书多是蒙蔽灰尘，多少年未曾被人动过了。"

林芳闻之一喜道："二哥可是能从那田家借一些医书来吗？"

林东道："自然可以，那田辉对家中所藏书籍也不甚着意，时常被人借阅过。手头紧时，也自捆了些典卖去换些银子花度。"

林芳听了，心中一动，忙道："既是如此，不若从他那里购些医书来，日后看时也不急着还了。"

林芳随将自己的几件首饰取了，放于桌子上说道："二哥，这些东西至少也能换上几十两银子的。就拿去田家拣些要紧的医书换回来罢。"

林东见了，摇头笑道："七妹，这般下本钱购置医书，可真是要为日后生出的外甥来准备的吗？妹夫家曾为太医世家，你也要培养出个太医吗？"

林芳道："太医倒不指望了，只要日后的孩子能习些医道本事，疗人疾病，自家也能吃得上饭也就是了。若是有那天赋，做得个当世名医也未曾不可。"

林东听了，笑道："七妹做事，一向认真谨慎，凡事做将起来，没有不成的。"

林东夫妇坐了一会，随后那林东取了几件首饰和妻子去了。

第二天，林东径直寻到了本县惠民药局的医官田辉家中，说明来意，出示了那几件首饰。

田辉见了那几件金银之物，按住惊喜道："林县丞若是自家要读医书，随便取几册去便了。何以拿东西来换。"

林东笑道："我哪里有闲心读医书，是我家中那个妹子，喜阅医药书籍，央着我为她多寻些医书来。因用得多些，又不好白取了。"

田辉道："既是自家妹子，更不用多说了，林县丞只管屋子里拣去。用多少拿多少就是了。"

林东道声"那就不客气了!"将几件金银首饰与了那田辉，随后进了田家的藏书室，开始挑选那些不重复的医书来。那田家藏书丰富，两间大屋子四壁皆是摆满了书籍的书橱。

仅仅用了一个时辰，林东淘金般的便从众多的书籍中挑选了一大堆医书出来，约有几百册。觉得差不多了，这才收手。旁边站着的田辉见了，已是浑然无觉，一点不心疼几世先人积攒下来的珍贵医书就这样轻易地流至外人手中，并且又讨好地扔过七八册来，嘴里说道："这些也送于你吧，留着也是无用呢!"其先人若在侧，怕是气死个几回了。

林东随后到街上寻了个相识的车夫，赶来一辆马车，那些医书足足装了一车。而后林东吩咐了车夫将一车的书籍送到了林芳家。

林芳接了，惊喜万分，央了几个邻人帮着车夫将医书搬运到家里放了，又从袖里出了几个赏钱打发那车夫去了。

林芳站在这一在堆医书前，查看了一番。见有《黄帝内经》中的《素问》和《灵枢》《难经》《针灸甲乙经》《伤寒论》诸多医理之书，本草类的也有几十种之多。并且还有部分抄录的罕见医书，多是医家临证心得和验方集成，不由大是欢喜。

“你这个败家子，倒是成全了我一回呢!”林芳最后不禁摇头感慨道。

傍晚时，杨文回来，见了这许多的医学典籍，大是惊讶。杨文虽未习医，但以前在家中见过家中所藏的医书，及随父亲去过太医院的藏书经室，知道部分医书世所难觅，珍贵异常。

待杨文问明来历之后，兴奋道：“娘子拣了大便宜了。那几件首饰正常能购置回来这些书的三成也就不错了。”

林芳听了，愈加兴奋道：“我也觉得是呢！那田家的医书，就好像为我们家收藏的一样，时候到了，便尽数送了来，几件首饰权当保管的费用了。”

杨文本想讥讽那田辉几句，想起自己与那田辉一般，皆是太医世家之后，且不学无术。那田家却还能留下几屋子的医书来给子孙，虽是子孙不肖，却也自能换俩钱花花，自己则是两手空空，身无分文，没有半点家当。暗里一叹，便不言语了。

意外获得了这一大批医书典籍，林芳如获至宝，先自清理出了一部分来读。也是这批医书令林芳另生出了一个想法，那就是自己先学成个师父，然后再来教习日后的子女。让腹中之子日后务习医道，虽是受了杨家世医的影响，令杨家有继承者，也是杨文曾救过林芳的蛇伤，令其萌生了医道可救人济世，的确能解人于危难，积那无上的功德。古人有谓：不为良相，愿为良医。便是如此了。

这句“不为良相，愿为良医”的话，是那宋代名儒范仲淹所说。意思是大丈夫在世，要么做一个辅佐君王治理国家，造福天下的良相；若是良相做不成，就做一个普救万民之苦的良医。良医自可上疗君亲之苦，下可救贫贱之厄，中能保身长全。就是这句话，令医道从所谓的九流之中清脱出来，从宋代开始，开创了延续后世不衰的“儒医”之风。

一切，开始按着林芳的规划，有条不紊地进行。母爱至大，全部体现在了林芳的身上，演义着一部胎教的传奇。

林芳先是搜遍了相关书籍中关于胎教的内容，整理了一下，择其有用的，作为自己日后的行为准则。且在此基础上，又进行了部分发挥。

大凡孕妇之为，当以端心正坐，清虚和一，坐无邪席，立无偏倚，行无邪径，目无邪视，口无邪言，心无邪念，无妄喜怒，无得思虑为是。（清人贺兴思语，在此权为借用一下。）

林芳想起古医书中有“返观内视”之语，遂以端坐之时，目光内敛，意守腹中胎儿，觉其形状，但以想象中的柔和光团裹之，精神专一，独守其处，尤是快意融融，物我两忘。时间久了，果是那母子连心，内外互感，偶觉胎动，自令林芳欢喜异常……

杨文时常到后宅，每见林芳如老僧禅定般坐在那里，未敢相扰，摇头而去。以为自己这个媳妇如此冷落自家，独念腹中之胎，怕是入了魔了。好在有那冯娘跟着解释，说是夫人定下的规矩，任何人不得违。坚持过了十月养胎之日，生产下来，一切便万事大吉了。

“不生个怪物就好！”杨文心里开始时怨念如是。日子一长，也自坦然了。杨家有后，也算对得起枉死的父母了。

每有烦恼初生，林芳则焚香扶琴，以悦心神，弹奏的多是那欢快的古之雅曲。

最重要的内容则是母子“同习医书”。

林芳先是择了部分朗朗上口的医书经文和药性歌赋来读。如《内经》中的《阴阳》篇等，《药性赋》及部分方剂歌诀是林芳最喜诵读的。《灵枢·经脉》篇中：人始生，先成精，精成而脑髓生。骨为干，脉为营，筋为刚，肉为强，皮肤坚而毛发长。这一篇经文尤其是令林芳感悟非常。

林芳一手持书，一手摸腹，轻吟慢诵，也不知腹中那胎儿能否听得来，但反复读之便是了。“外应内感”总要以其熟悉些才好。遇到些不解之处，林芳也自一念至此，不敢多思。恐那思则气结，对腹中胎儿不利。

林芳此举，意在自学些医道，好日后再行教子。且有内外感应之想，要以一个“医”字感染胎儿来受。便是日后生出孩子来，即使不入医道，也是比那常人亲近些熟悉些的。果是入习医道，行医济世，在娘胎中便开始“接触习之”，哪有学不好的道理。

除却医药书之外，林芳也自备了些诗词书籍，吟诗诵词，雅文妙句的也不能少了。

闲里在庭院中走动，劳逸结合。林芳每至望天凝思：“我以心血来养，学识胎内来授，我儿日后必有飞天之时！”世间所谓“望子成龙”便是这般了。

林芳求静，那冯娘只在旁边小心翼翼地跟随护持，也自不敢多话相扰。

值风雨雷电之际，林芳则命冯娘闭窗封门。雷声大时，便以绵塞耳，以防惊动腹中胎儿。一切可谓是小心备至。

怀胎五月，胎动频现。也自怪了，只要林芳一诵以医书经文及药性歌赋，那胎儿便能立时安静，似乎在静静聆听，若小儿在私塾听教书先生上课诵书一般。每至此时，林芳愈加欢喜无限。高兴地抚摸着逐渐突起的腹部道：“我的儿，你果是能听得懂吗？”兴致愈浓。

杨文见妻子愈加“痴迷”于胎教，对自己不理不睬，不免生出些许忌妒来，嘟囔道：“可是还记得你有个丈夫吗，这孩子日后生出来，怕是娘子再不认得我了罢。”

林芳听了，嫣然一笑道：“相公捻的哪门子酸！我这么做，还不是想令我们日后生出个聪明的孩儿。”

杨文揶揄道：“你这般教法，果是有功，怕是孩子一生下来就能考中个秀才去。”

林芳呈现出气恼道：“百无一用是书生！哪里再令他做个呆子去。相公已是断了杨家一代的医道，我自会令我儿再行继承光大。”

杨文听得不是个味，叹息一声，转身去了。想不通妻子自怀胎之后，为何话中总是多些刻薄尖酸之语。殊不知这孕妇闲呆久了，自有气不顺的时候，找些理由来发泄一下，也是正常之举。那些做丈夫的多多担待些才是。

林芳读了部分脉书，多少知晓了些脉理，于是自候己脉，以辨胎中男女。但觉右手脉三部洪大一些，按脉书中“男左女右”之论，当是一女孩了，不免生出些许的失望来。将自家的判断结果对冯娘说了。

冯娘安慰道：“是个女公子也好！况且姑娘大了会疼人的，少不得多些孝顺。夫人与老爷身子尚健，日后再生几个公子就是了。”

林芳听了，点头道：“也是呢！生儿必令其为大丈夫！生女也令其为巾帼!”

冯娘笑道：“夫人这般用心良苦，当是不差的!”

这重男轻女之事，由来已久，是谁人也免不得俗的。林芳心中虽有些遗憾，但还未完全失去希望，乃是她初习脉法，未能深知脉理，私下认为自家判断有误才好。

第八章　铃医脉法

且说这一日，林芳正在庭院中小坐，偶闻得墙外传来阵阵“啷啷啷”的清脆响声。

林芳听了，心中一动。忙唤来冯娘道：“冯娘，你听得这可是串铃声吗?”

冯娘侧耳听了一会，点头道：“墙外八成是个走方的铃医到了。”

林芳闻之一喜道：“且请冯娘去唤了那郎中来，令其为我把把脉，我自家候得怕是不准呢!”

冯娘听了，晓得林芳的意思，笑着应了一声，转身去了。林芳也便自到了前宅的厅堂上候了。

那般一手握串铃一手提着药箱的走街串巷的江湖郎中，又称铃医。其手持的串铃多为铜制，呈圆形，中间能伸进三四个手指扣住。内里中空，纳入几颗铜丸，左右摇晃之际，铜丸滚动，便能发出清脆的“啷啷啷”响声来。以此令病家闻之：我到了。

这串铃又称之为“虎撑”，传说与药王孙思邈有关。据说是孙思邈山行遇虎，那老虎却是捕食猎物时吃得急了，狼吞虎咽之际，一根硬骨正好卡在了喉中，自此再进不得水食，已是饿得瘦骨嶙峋，奄奄待毙了，不知挨过了多少日。或是那虎有灵性罢，见到了孙思邈，知道这是人间大医，不仅能医得人，也能医得兽的，所以拦路张大嘴巴求救。孙思邈开始还真是被那老虎吓了一大跳。待发现了老虎喉中的骨头，便明白了对方的意图。然这虎口取骨如那虎口拔牙一般的危险，没有相应的工具可是不敢将手臂强伸进去硬来的，否则骨头是为老虎取下了，自己也做了那饿虎的肉食了。好在孙思邈急中生智，从随身带着的物件中取了一只串铃来，套在手腕上，迅速伸手进入虎口，将那横在虎喉中的骨头拔了出来。那老虎也自下意识地一合嘴，虎牙正好咬在了串铃上，未能伤到孙思邈的手臂。后世游走江湖的医家们便效仿于此，以串铃作为自己是一名医生的标志。或是江湖中行医之难，也如有那虎口取骨之险和不易罢。

且说时候不大，那冯娘领进门来一个身着灰色布衣，脚蹬千纳底布鞋，风尘仆仆的面黑无须的清瘦老者。果是那般左手提着药箱，右手持串铃的标准式的铃医。

“这是我家夫人，已怀有几个月的身孕了。且请郎中先生把下脉罢，辨识下是男是女。看得准了，自有赏钱与你。可是不能瞎说的，在你之前，已是请过几位老郎中把过脉了呢。”冯娘煞有介事地说道。

“老夫尽力就是！”那老者点了一下头，淡淡地说道。

林芳笑了一下，先是将右手腕伸出，放在了桌子上。点头示意。冯娘搬了张凳子过来放了。

那老者上前一步，未敢坐，站在那里伸出右手三指轻轻地搭在了林芳的右手腕之上。闭目凝思，细诊起来。稍许，又将林芳左手换过。

待两手诊过之后，那老者站在那里恭敬地说道：“恭喜夫人，怀的是位公子哥呢！当是满五个月了。”

“是个男孩！”林芳闻之，与冯娘相视而喜。

“可是我这脉象显示的是右手女脉象，先生何以认为是男孩呢?”林芳随即问道。

“呵呵！”那老者微微一笑道：“脉理上虽有男左女右之

分，又不可拘于此定法的。况且夫人脉象显示的是男占女胎之脉。老夫诊脉无数，这是不会差的，请夫人放心便是。并且夫人六脉和畅，胎盘稳固，保养得极好。足月之后，必会顺利地生出个文静儒雅的公子来。"

"真的!"林芳闻之大喜。

"你这老头，说得可准？到时生下个女孩子来，又哪里找你去。"冯娘疑惑道。

"那时还真是找不到老夫了。"老者笑道："这样罢，这赏钱老夫不要也罢，就权为日后送小公子的贺礼了。只待小公子满月之后，夫人施舍上一锅米粥于街上的乞丐就是了。"说完，转身欲走。

"老先生止步!"林芳忙从袖中出了十几文钱来，示意冯娘送于那老者。

"看着你有这份好心肠的份上，我和夫人权且信你这一回。"冯娘说着，将那十几文铜钱递与那老者。

老者见了，倒也接过来，转身朝林芳欠身一礼，说了声"谢谢夫人!"便自去了。

将老者送出门，冯娘回转来，说道："夫人可是信这江湖郎中说的吗？这些人中多些骗子，没有几个有真本事的。"

林芳点头道："此人性情豁达，尤存善心，怎可不信。且在诊脉之时，神情专注。浮取中压沉按，三指错落有致，如拇琴弦，必是一诊脉的高手。男占女胎之说，未见脉书，当是其经验。可惜我有身子不便，否则必向其请教些脉理。"

林芳随又感慨道："脉理精微！书中所载，仅是一二。故令我判断有误。看来不阅十年医书，不临三年之诊，果是难为医道!"

除却这江湖铃医，对医者称谓正统些的则是"大夫"和"郎中"。与古代的官名有关。

古代国君之下有卿、大夫、士三级。后来成为一般任官职者之称。秦汉以后，中央要职有御史大夫、谏议大夫、中大夫、光禄大夫等。随唐以后以大夫为高级称号，自宋代徽宗政和年间改订官阶时，医官开始别置大夫以下官阶。翰林医官院医官就分为七级，官职有二十二种之多，如那和安大夫、成和大夫、成安大夫、成全大夫、保安大夫等。故从那时起，多将医者称为“大夫”。北方多沿此称。

郎中亦为古代官名，始于战国。汉代沿置，属光禄勋，管理车、骑、门户，并内充侍卫，外从作战，分为东郎、户郎、骑郎三类，长官设有车、户、骑三将，其后类别逐渐泯除。自隋唐至清，各部皆沿置郎中，分掌各司事务，为尚书、侍郎、丞以下之高级官阶。称医生为郎中，多为南方之方言，始于宋代，沿用至今。

以习惯而论，这二者又略有区别。一般坐堂行医，设馆治病的医生，都称为大夫；至于民间那些各自行事，医无定所，散于街头卖药，属于游医者，则多称为郎中。

傍晚杨文回了来。林芳便高兴地告诉他，自己所怀的已经确定是个男孩儿了，并说了请了铃医老者的事。杨文听了，也自兴奋不已。

“这脉上果是能分辨出男女吗？”林芳还是有些疑问道。

“这当然！”杨文应道：“但凡有些医道修为的人，大多可以从脉象上辨别出男女的。也是阴阳有别罢，脉象上也自然有别。父亲在世时，这般脉法也通晓的。但是医家多时不会轻易地为人诊辨的，恐那执意要生男孩儿的人家将已成形的女胎用药打了去。这可是伤生害命之举。”

“天下间可是有那般狠心的父母吗？竟然不顾自家血肉。”林芳讶道。

“人和人是不一样的。”杨文摇头叹息道：“莫说用药来强行打下女胎了，便是生下了女孩子，胡乱弃之野外的也有。”

“唉！虎毒尚不食子，人有时真是不如禽兽呢！”林芳感慨地道。

“人毒时，禽兽不如！”杨文坐下呷了口茶，接着说道：“其实令人生男生女事先是可以定的。父亲曾对我说过，太医院中有位刘氏太医，就有令人生男生女的秘法。曾为宫里的娘娘妃子们施用，十有八九验的。就凭这手绝活，刘太医做到了御医。”

“天下果有此术吗？”林芳讶道。

“医道中的奇术多得是！”杨文说道：“就说这脉法罢。今天被那铃医把准了，你便觉得很神奇了是罢。这在脉法里算是雕虫小技了。父亲曾对我说过，古有七大脉法，诊疾无不奇中。这其中首推太素脉，不但可以诊人疾病，还可以断人吉凶祸福。世行之《脉经》《脉决》之类，不过是脉法中之常式。不过这七大脉法多已失传绝迹，仅有几种隐传民间，极少数的人知道而已。但通其一种，便是当世的名医。”

林芳听了，惊讶之余说道：“这医中的事，你倒是知道一些。”

杨文道：“还不是父亲早先想引我入习医道，时常便讲述些医道中的奇闻异事来勾我的性子。我也只是当做故事听听罢了。不过父亲讲的，倒是假不了的。父亲每每也以未能通晓一门绝学而为人生憾事。他老人家时常讲啊，他虽是做到了太医，但于医道中也仅仅是明了万分之一而已。医道广博深奥，便是穷极三生也是难窥一二的。说是入习医道是要有个悟性的，没那悟性再辛苦勤奋也是徒劳，只能限在庸医的那个程度了。所以见我没那个悟性，父亲也没有强令我习医。”

林芳道：“你倒是能为自己找理由开脱。所谓的悟性，是看你有没有专心进去了。不知勤能补拙的道理吗。”

“勤能补拙！”杨文笑道：“这句话不知害苦了多少人啊！天生不是那块料，累死你也不济事的！所以说人贵有自知之明才是最实在的。不知日后能做什么，强行定下一件事来，也是会误了人的。”

“事在人为！”林芳不服气地道：“人只要敢想敢做，有个希望在，就能成事的。便是不成事，尽了力就是。相公是在笑我胎中教子罢。告诉你，我要令我儿这一代就能赛过杨家的三世太医。”

“你又来了。”杨文听了，不耐其烦地起身道：“我儿日后的兴趣若是不在医道上，你这番辛苦可就白费了。”

说到这里，杨文又嘻嘻一笑道：“我儿日后若是喜欢卖茶叶蛋，或者说喜欢下海捕鱼、打铁烧炭的，他便认定那些活计才是他人生最大的乐趣，你总不能拦下他一辈子不让他去做吧。”

林芳冷哼了一声道：“相公倒是有读书做官之志和兴趣，也未见你成就什么来。如今还不是令我们母子借住在三哥的宅子里。”

杨文听了，立时无了兴致，道声：“说不过你!”转身去了。林芳见了，暗笑不已。

这夫妻二人闲来斗嘴，倒也是解闷的一剂良药。

这日，林芳手捧一部《神农本草经》吟诵药性。一边是自家记了，一边是给腹中胎儿来听，仍旧母子同习。

大凡天下药书，多以“本草”为名。是以天下诸药略分植物类、动物类、矿物类三种，其中以植物类的草木之药最多，是有以“草木治病为本”之意，故多以“本草”为名，也合其实。譬如这部《神农本草经》，共载药物三百六十五种，植物类药就占了二百五十二种之多，动物类药则仅有六十七种，矿物类药四十六种。所以中药也称“中草药”，以类占先。

“大黄味苦，寒。主下瘀血，血闭寒热，破……”林芳念到这里，偶觉胎动，忽然意识到了什么，忙止了，手摩腹部爱怜道：“我的儿，这寒凉之药念多了，你也能心感神受吗？恐被这药性凉着了罢。”一遍遂止，转择药性平和的念了。再遇以猛峻的药物，暂不读出声了。实是细微之至。

林芳最喜的还是静坐垂帘，专注腹中胎儿。意守胎位久了，恍惚然竟自隐见那胎儿形状，手脚尤辨。初时微惊而醒，以为梦境。待静而复守，其景仍现。窃以为思子心切，成其幻象而已。倒也不以为意，一切任其自然。不喜，不惊，不恐，不恋。心静如水，物我两忘。久之愈加愉悦祥和……

冯娘对那母子同修的行为不解，曾对林芳说道："医理难识，大人尚不能悟，未出生的胎儿又如何去感受？夫人意愿虽好，怕也是白费了那般心思呢。"

林芳道："现在是母子同体连心，母怒儿尚惊，说明母感儿自受。且已成形，当能辨得外部声音了。令他熟悉些医药之语，日后也好对此亲近些的。我只是想亲身经历一番，此胎教之术是否有效。便是孩子日后另有它志，不务医道，我也会令他去的，不会勉强。"

冯娘听了，释然道："这就好！我真是怕夫人费尽心机，日后公子若转了志向，夫人当是要失望呢。"

林芳笑道："人各有志，我仅仅是想在先天引导他一下罢了。能遂我愿最好不过，不遂我志，也无奈何。"

杨文这日在铺子里见到了一个人，那就是大舅子林奎，因贩运一批货物远从云南而来，借道来家中探望父母。一行车马及随从十余人，一派商家的气派。得知家中已招赘杨文为婿，见其一表人才，也自欢喜，当即赠送了迟到的五十两银子的贺仪来。杨文谢过收了。林奎随后出兑了五百两的银子与林南，入在了林记货铺的账目上。原是林奎的生意与林记货铺是一体的，林南在家守其祖业经营，林奎则在外贸易。

因林芳有孕避而不见人，林奎便令杨文代话问候，在家中小住了几日后，便率人去了。

仅隔一月，杨文又见到了从山西大同返家的四舅子林祥，现与人做幕僚，是个生性谨慎的人。早知林芳婚事，因有事未能回，这次也是回来探望父母的。见过杨文，得知其父太医杨简之事，颇感惊讶，显是当年也有所耳闻。

林祥倒是过来与林芳小见了一面，话语间对那杨文也不甚满意，显是他这个优秀的妹子未能嫁与官宦人家，自有些遗憾。临走时留下十两银子，权为日后送予外甥的贺礼。在家刚住了半月，有信来召，便自去了。

杨文曾听林芳说起过，那个五舅子林春在他们婚后一个月，派人送来一份厚礼和祝贺的书信。林家的事，杨文不好细问，只是知道这个舅子林春是名带兵的武官，曾戍守浙江，现又不知调任何地去了。还有那个游走江湖的闲云野鹤般带有传奇色彩的三舅子林成，杨文至今未曾听过他的消息，更不要说见上一面了。

且说林芳宅中静养，十月胎足，将要临产之际，林家上下也开始忙碌起来。林东妻子张氏和林南妻子刘氏过来早晚陪伴。林老夫人也派了家中一名老成的丫环过来帮忙。物品备齐，又约好了接产的稳婆。据说在稳婆这一行里头是个极有名气的，早早接了来，安排在附近的客栈内住了，好吃好喝的招待着。那个稳婆自家有个规矩，不先和产妇见面的，只有将要生产时才过来主事。

这日晚间，林芳忽感腹痛，产门见红，生产在即。张氏忙令人传那稳婆过来。一家子女人也开始忙乱起来。

杨文在门外候了，心中惦记林芳母子安危，急得什么似的。索性跑到一边焚香叩拜天地，祈求妻子平安。

稳婆是事先约好了的，一传便到。这稳婆在民间又称之为接生婆、老娘、姥姥、产婆、坐婆、蓐母等称呼，由那些有接生经验的妇女担任，专司生产事，也自各有各的手段。便是有那般难产的妇人，运气好了遇到个有特殊本事的，往往能转危为安。这件事里头，或是高明的医家也自不济呢。

这是位年过六旬的老妇人，打扮得却是干净利索，走起路来忽忽生风，甚是健朗。后面跟了一名中年妇人，手中提了一包裹，里面当是装有接生的物件。这中年妇人是那稳婆的助手，俗称“抱腰”，就是抱住产妇的腰部，协助稳婆接生。

且说这稳婆不急不慌的来到后宅，刘氏上前迎了。

那稳婆问道：“午间送与夫人的开骨散可是服了?”

刘氏应道：“按纪姥姥的吩咐早已为我家待产的妹子服下了。”

纪姥姥点头道：“这就好。只要服了开骨散，保她产子不痛。这可是我家传的秘方呢。女人家天生受苦的命，十月怀胎已是不易，可不能在这最后的关口，再遭回罪了。”

纪姥姥说话间，在将要进门之际，忽然间生出了一个莫名其妙的举动，偌大把年纪竟然跳起，双手搭在了门框上，身子悬空，顺势打了个悠悠。而后松手落地，朗声一笑，嘴中不知念叨了句什么词，而后径直入内室去了。动作甚是矫捷，实不像六旬老妇所为。自将一旁的刘氏和冯娘等人看得目瞪口呆之余，张着嘴想笑却又不敢笑出声来。

时候不大，便听得从内室里传出了一阵婴儿清脆的哭声，极是响亮。随听得满屋子的妇人们欢呼不已。

正等得心急如焚的杨文听到婴儿的哭声，心中自是一松，几欲瘫软在地。此时见那冯娘奔跑出来，惊喜地朝杨文大声喊道：“恭喜老爷！贺喜老爷！夫人生了个俊俏的公子，母子平安!”

杨文听得真切，立时泪流满面，自是喜极而泣。

内室里，满面欢笑的张氏将包裹好的婴儿放在了脸色憔悴的林芳身边，兴奋地道：“七妹好福气！生了个俊美的小子呢!”

林芳望着身边的孩子，已是激动得说不出话来。这是自己孩子，上天不负己望，终于送给了自己一个这世界上最完美儿子。

林芳激动之余，说道：“二嫂，那位纪婆婆好手段，服了她的开骨散，生产时未感到多大的痛呢。不知有何种奇药在里头。一会儿好好地打赏人家吧。”

张氏道："也是七妹的运气。这纪婆婆也就在这两年间才声名鹊起，她的开骨散令多少媳妇免去了生产之痛。我当时就没有遇上，生你那侄子时，痛得死去活来，险些……"

张氏说到这里，想起了什么，忙抬手在嘴前煽了下笑道："大喜的日子，不说那种不中听的话。"

此时那纪婆婆处置好一切后，到外间屋子洗净了手，正由刘氏陪着喝茶休息。时不时地点头说道："这孩子生得顺畅！也是当娘的保养得好，胎正不偏，也未令孩子在腹中长胖了去，否则虽是服了开骨散也要下针的。接生过许多的孩子，头一次听到这样响亮的哭声！好啊！长大了必是非常之人！"

刘氏听了，自是高兴地感谢不已。

此时林南带了两名伙计抬了些吃食过来，听到消息，兴奋地道："七妹果然生下个外甥！"随对一名伙计说道："速去老宅报喜！"

那名伙计听了，转身欢快地跑去了。

第九章 失笑症

待稳婆两人出来，林南上前付了双倍的赏钱，谢过一番，唤了两顶轿子，载了二人去了。那杨文在一旁，百事不顾，只是站在那里“嘿嘿”傻笑。自家老婆生孩子，全无他的事一般。

林南见了，摇头笑道：“好妹夫！恭贺杨家有后了。且要陪我喝杯喜酒罢。”说着话，拉了杨文朝前宅走去。杨文仍旧嘻笑不迭。

林南见杨文笑声仍然不止，颇显怪异，望着杨文讶道：“妹夫且莫喜成这样罢，你这笑得人心慌呢！”

“哈哈……六哥……”杨文虽是笑声不止，却也呈现出一种无奈的痛苦之色，笑着说道：“哈哈……我竟是止不住了……哈哈……快些想个法子罢。哈哈……”

原来杨文在焦急万分之际，忽听得林芳母子平安，且为自己生了个男孩儿，一时间百感交集，喜极而泣，泣极复喜，随后狂笑不已，脸上的肌肉竟然控制不得，收不住笑意了。便是强行捂口，也是不能。

林南此时惊讶道：“妹夫这是患了失心疯了！”说着扬手朝杨文脸上打去。希望两巴掌能将杨文打过来。

杨文倒也硬受了，摆着手笑道：“哈哈……六哥，这不顶用的，哈哈……我掐紫了四肢上的肉也不济事的。哈哈……”

“坏了！这般笑下去可不是什么好事。”林南倏地一惊，忙命另一名伙计帮自己搀扶了杨文到厅堂里坐了。

“东家，杨公子怕不是患了什么失心疯，虽是止不住笑，神智却还清醒的。应该是另一种失笑症罢。”那名伙计说道。

“失笑症！这如何来医得？”林南忙问道。

伙计摇头道：“这个怪症小的也是不知。只是偶然间听人说起过，有人曾患失笑症，连笑数月不止，遍求百医不效，饿得极时才勉强进些水米。后来一张脸便自笑得瘫了，再显不出任何的表情来。世上也自无人能医的。”

林南听了，也自慌乱道：“乘时候短，快些止住才好，否则久了真若笑瘫了脸去，这人也便自废了。且去城东的安顺堂请那王大夫来治。”

伙计听了，忙转身去了。杨文坐在那里仍旧大笑不迭，已是流出泪水来。虽是难受之极，但强止不住，也无奈何。

且说天色亮时，林芳在房间里奶着孩子，候了一晚也未见杨文的人影，便对旁边照顾自己的刘氏说道：“六嫂，杨文哪去了，为何还不过来看他自家的儿子？可是又有那些忌讳，产房里进不得男人吗？莫讲这些规矩罢。令他父子早些相见，也犯不得什么神灵的。”

刘氏听了，犹豫了一下，这才说道：“妹夫那边出现了一个蹊跷事，暂时解决不下，所以不甚方便过来。”

林芳听了，立时一怔，讶道：“杨文出了什么事？”神情大为紧张。

刘氏忙上前安慰道：“七妹莫急，妹夫并未出什么大事，否则我也不会与你讲了。就在昨晚你生产之后，妹夫闻得你为他杨家生下一个儿子来，高兴万分，大笑不已。谁知这一笑竟自止不住了。请了城里安顺堂的王大夫来，也自不知如何医得这种失笑症，无奈地去了。这不，妹夫鼻涕一把泪一把的，坐在前堂屋里笑了一晚上呢。七妹也勿跟着着急上火，否则会影响了孩子的奶水。待妹夫那边笑过劲了，也自然会止了。”

“这杨文竟然高兴得如此过头！笑了一晚上还不住下。好歹只为他生下了一个儿子，若是生就了一对双胞胎，岂不是要笑上一辈子。”林芳听了，颇感意外之余，也自禁不住想笑。

这时冯娘端了一碗鸡蛋红糖水进了来，边走边摇头不解地说道：“老爷的高兴劲还没有过呢！连茶水都饮不得了。”

床上的林芳听了，这才意识到了事情的严重性。暗讶道：“这失笑症一旦制止不住，笑上个几天，正常之人如何能忍受得了。必须乘其刚开始发作时控制住，否则会将相公笑坏了身子的。”

林芳转而又思量道：“这是相公听到我为他杨家生下个男孩儿后，才高兴得笑止不住。相公历经家中惨变，江湖磨难，今遇此令其兴奋之事，必是暴喜之下，失去控制了。也是先前所积蓄的郁闷情绪忽然间的渲泄出来，强止不住了。所谓乐极生悲或是如此了。按医书所述，这应该是暴喜之下令心气外扬收止不住所致。如何令其收回来呢？若以《内经》所言，喜为心志，属火，恐为肾志，属水，恐能胜喜，犹水能克火。当要令相公惊吓一回或能有所好转。安顺堂的郎中既不能施药，我且试一下罢。”

想到这里，林芳忙对刘氏说道：“六嫂，我有个法子或能止住杨文的失笑症，你且前去试一下。”

且说杨文坐在前堂的椅子上一边流着难受的泪水一边“呵呵”阵笑不已，虽是笑了一晚上有些倦了，声音小了点，由“哈哈”转成了“呵呵”，但那嘴角的开合度却是不曾减的。两腮的肌肉习惯性地机械抽动着，但觉笑意从腹中出，非笑出来不可，实是强忍不住。林南则是愁眉不展地来回踱步，思量着哪里还有高明的医家来治这失笑症。

这时，那六嫂刘氏从门外走了进来，望着那边笑声不止的杨文，犹豫了一下，然后一脸凄悲的样子走上前来，忧伤地说道：“妹夫怎么还在这里自家欢笑，刚生下的外甥他……他……”说到这里，刘氏低头掩泪，哭泣不已。

“孩子怎么了!?”杨文倏地一惊，笑声立止，马上从椅子了跳了起来，焦急地问道。

杨文的突然转变自令林南与刘氏一怔。刘氏惊喜之下，仍旧故作一脸的悲伤，摇头说道：“妹夫自家去看罢。”

“儿子!”杨文大惊之下，以为发生了什么事，慌忙地跑了出去。

“嘿！妹夫不笑了呢!?”林南指着杨文的背影，惊讶地道。而后又急着问刘氏道：“孩子怎么了?”

刘氏此时长吁了一口气，释然一笑道：“孩子没事，这是七妹的主意，令我来吓一吓妹夫，还真是起作用了。不佩服七妹还真是不行啊!”

林南听了，这才恍然大悟，赞叹道：“好个七妹！一惊镇一笑，将妹夫的失笑症硬生生的吓回去了，也是有你的！扮得极像。外甥医术未成，七妹倒先成就个国手了！日后还了得!”

杨文心急火燎的跑至后宅，待进了林芳的产房，看到林芳躺在床上正在爱惜地轻轻抚摸着孩子，忙上前惊急地问道：“孩子怎么了?”

房间中的冯娘和张氏见了杨文恐慌的样子，皆自惊讶不已，不知杨文的失笑症如何竟自好了。

林芳见杨文一进房间，笑症全失，便知自己的法子已然奏效，暗中欢喜，便装着未见到杨文，拥着孩子佯睡。

“娘子，我们的孩子怎么了?”杨文上前问道。

“还说呢！相公如何才过来。儿子适才哭闹想要见爹呢，这会已经睡了。”林芳转过身来说道。

“哦!”杨文听了，心中一松。额头上已是渗出一层冷汗来，大笑刚止，但觉脸部颇有不适，不由抬手抚摸。

“相公，你这是怎么了?”林芳故意问道。

“没什么事。只是笑了好长时间，这脸有些木了呢，酸酸的，使不得劲了。”杨文捂着腮部皱着眉头说道。

林芳听了，忙伸手抚摸着杨文的脸，心疼地说道：“那就先不要说话了罢，歇歇好了。”随后指了身边的正在熟睡的那婴儿柔声道：“看看罢，这是你杨家的命根。只许看，不准再说话了。”担心杨文笑过之后，或有遗留之症，忙着转移他的注意力。

杨文上前看时，见一个白净俊俏的婴儿在襁褓中熟睡，尤是可爱，感觉是那么的亲切。看得痴了，不自觉得流下泪来。

冯娘和张氏见那一家三口相聚，互相示意退了出去。

杨文此时感到脸上的肌肉开始麻痛涨作起来，笑了一晚，已是在恢复知觉，却是令杨文暂时说不出话来了。便一手捂了腮部，一手比朝林芳比划着。

林芳会意，笑道：“你是问给我们的孩子起个什么样的好名字罢。”

杨文听了，不住地点头。

林芳笑道：“本来是留给你为孩子起名字的。这会便是有好名字你也说不出来了。”

杨文摇了摇头，指了指林芳。意思是你来为孩子起名字。

林芳笑道：“杨家三世之医偏偏到了你这里令其绝了继承之人，当是你的心窍被蒙蔽之故罢。我看只有再行令我们的孩子心开神悟，方能再入医道之门。就叫他杨开如何。”

“杨……开！”杨文勉强应道。随即不住地点头，面呈喜意。

“相公同意了，那就叫这个名字了吧。也令我们的孩儿继往开来，日后成就大医之道。”

这时，听得外厅有人说话声音，显是来了人。随见冯娘进来说道：“夫人，老太爷过来了，要见他的外孙呢！”

林芳笑道：“那就将孩子抱出去让他的外公见见罢。”

冯娘抱了小杨开来到外厅。此时林四海和林南、刘氏夫妇已在那候了。见孩子抱了出来，便围上来观看。

林四海望着襁褓中的杨开，对这个外孙自是喜爱之极，围着看了几圈，然后摇了摇头，莫名其妙地感叹了一句：“唉！这杨家的便宜真是赚大了！”

林南夫妇和张氏听了个糊涂，里间的林芳听了个清楚，自是会意地抿嘴一笑。

林芳生子，令这个院落里增添了许多的欢乐气氛，多有亲戚邻人来贺。杨文的面部经过了十余天才逐渐恢复过来，没有了那种长久的喜笑之后形成的酸木感觉。待得知了是林芳急中生智以恐胜喜治愈他的失笑症后，惊喜之余，也自后吓不已，对妻子尤添敬重。否则再行笑上几天，真是要将他的一张俊脸笑瘫了去。以为杨家先人荫佑，又自焚香拜祭了祖宗一回。经过此意外之事，林芳对医道更加的痴迷了，也对引杨开日后入习医道充满了无比的信心。林家上下更是对林芳赞叹万分。此事也自传播开去，闻者无不惊叹林芳是一奇女子，一时成为莒县的坊间奇闻。

林芳终得所愿，生子杨开，一腔心思除了育养孩子之外，又开始了筹备培养杨开习医的计划。闲里尤是读书不倦，择那先行可用的医书备了。本是为了日后教习儿子医道，她自家却是先入此道了。慈母苦心，如何不令人叹服。一家人的希望从此都集中在了这个还未满月的婴儿身上了。

满月之后，林南和林东兄弟催着杨文办喜酒。杨文和林芳商量了一下，便出了五两银子在县里的醉乡楼办了三桌酒席。席间抱着孩子出来和大家见了面。诸人自又有礼物来贺，金镯银锁的孩家玩意收了好么几件。加以各式送给孩子的礼品贺银，竟在五十两银子左右，有赚不赔。

自此以后，林芳静心育儿，仍旧雇佣了那个冯娘，料理起居饮食。那冯娘又开始扮起老成，教了些林芳婴儿禁忌之事。说是虽然过了月子，产妇不必过甚注意受凉、冒风，但饮食上生冷还是要忌的。尤其是在房间内仍旧不可高声讲话和有器具碰撞之响，否则会惊了孩子的“魂”去。并且洗过的孩子小衣服，晾晒庭院里不可过夜，否则会有昼藏夜飞的鬼物、怪鸟将其魂魄带走。林芳听了，一笑谢过。认为婴儿初长，五脏未定，魂魄未安，倒是极是受惊的，应该注意些的。回头与杨文说过。杨文倒是又添油加醋了一回，说是其祖上本是河南开封人氏，曾闻人讲过，开封一地便有“九头鸟”一说，常夜间飞出，遍寻有孩子的人家晾在院落过夜不收的衣服，以带走魂魄，令小儿夜啼不已。林芳听了，将信将疑，倒也不敢令杨开的小衣晾晒太久。民间禁忌，或多有类似之说，经验也好，民俗也罢，有小孩子的人家能遵守便遵守罢。孩性无常，时多怪病，总有医家不能为之事，而每每又以民间之法可祛，殊不可解也。

不觉间，时间飞逝，又过去数月。

且说这一晚，云遮月隐，四下漆黑一片，整座莒县县城静悄悄的，除却偶至的风声和远处街道上传来更夫的梆子声，再无声响。近子时时分，忽有一个黑色的人影翻进墙来。身形敏捷，落地无声。

那人一身夜行衣，黑纱遮面，只露出一双幽亮的眼睛，行走在这夜色之中，尤是显得诡异。

夜行人悄然来到了杨文夫妇的寝室窗侧，靠近窗子静听了一下，随后从怀中掏出一支竹筒，点破窗纸，就势吹进了一股烟雾去。这是江湖中那些鸡鸣狗盗之辈惯用的可让其方便行事的令人昏迷不醒的“迷魂香”。

夜行人静候了一会，待那“迷魂香”的烟气在室内弥漫开来，这才轻启窗户跳了进去。旁物不取，单抱起了林芳身边的正在熟睡的小杨开，而后跃出窗外，紧走几步复又翻墙离去。悄无声息地来，又自悄无声息地去了。

莒县城东三十里有一座破旧的古庙。此时在一间残败不堪的屋子里燃着一盏昏暗的摇摆不定的菜油灯，两个十分诡异的人影被灯光拉长映照在墙壁上，随着不定的灯光晃动着，似乎是两条从地下冒出来的鬼物。

一张布满了灰尘的桌子上摆放着一个由碎花布包裹着的婴儿，那婴儿正是被那夜行人盗走的小杨开。此时虽被人携带走了三十里，却仍在熟睡，或是也受了那“迷魂香”薰染之故。

“多么可爱的一个孩子！肖公子，你可是忍得下手吗?”一个苍老的妇人声音响起。这是一个弯腰驼背的拄着一支乌黑拐杖的白发婆婆，脸上布满了皱纹，一双混浊的眼睛，看似无神，却时而迸发出几点骇人的光芒，令人不寒而栗。

“名闻江湖的天花婆婆，今天如何也生起菩萨的慈悲心肠来了。可是还怀有当年叶家人的医者济世活人之志吗?”一个阴冷的声音应道。

那天花婆婆闻之，身形微震，虽是不能看出其表情来，还是显得有些激动。

原是这天花婆婆姓叶名素容，先祖叶远是当世有名的针灸大家，创立了著名的“天花针法”，此针法是继承“游针术”革新而来。而“游针术”又为宋朝民间针灸高手张乐天所创，以微细的毫针择穴刺入，令其游走于血脉内，待至某穴之时再以磁石吸出，治奇疾每获神效。

要说起那张乐天的游针术，有则坊间轶闻，不得不说，否则诸位看客也自无法了解叶氏的“天花针法”。

话说，有宋一朝，至于是哪一代的天子已是无从考证了。当时的皇帝正值壮年，忽一年不知何故患了一种奇怪的病来，先是感觉头晕腰酸，四肢乏力，继而开始喜怒无常，脾气暴躁起来。太医院的一干太医们千方百计的用药施治，只是不见效果。以至龙颜大怒，斩杀了十几名太医院的无辜的太医。这还不算，这皇帝心性又失了常，隔三差五的将那些待寝的嫔妃们打入冷宫，甚者暴怒之下，处死的妃子也有几个，正处年华的妃子们香消玉殒，好是可怜。

所以说，这天下间最悲哀之事，莫过于皇位都让他一家人坐了。往往那开国的君主多是贤明的，金戈铁马，浴血天下好不容易打下来的这一片锦绣江山，他自家尤是珍惜得很。勤政爱民，每每作出一番流传千古的政绩来。虽然也有老糊涂的时候，可还算是一个管理家国的好君主。悲哀就悲哀在这皇帝的宝座他只传与自家的子孙，希望永承那万世之基业。也不管那子孙的长幼愚智，便是一个天生的白痴来继承也算是天下正统，都要万民臣服。偌大个天下都只围着他皇帝老子一人转。这样一来，本是个好人，也能被这皇帝至高无上的权势弄迷糊了去。无了管制，天下老子一个人说了算，便自令人的本性欲望膨胀至极，做出许多荒唐之事。历史上往往发生的骇人听闻的事件多是这皇帝做出来的。

第十章 游针术

且说这位宋朝皇帝因病施威后宫大内，便是上朝处理国事之时也开始发起暴虐来，瞧着哪位大臣不顺眼，立时削职革位，轻者发配充军，重者下狱赐死。令人十年寒窗，半世辛苦好不容易博得来的一个功名，瞬间烟消云散。天下士林寒心，也自无奈，谁叫人家是皇帝，是发官帽子的呢。于是乎，朝廷内外一片恐慌，人人自危。大臣们和那皇后觉得这样下去不是个事，国将不国不说，时间久了，若是引起天下激变，自家的位子也是难保呢。有这个皇帝在，都还能跟着混口饭吃。再另行换了人，那可就是一朝天子一朝臣了。于是商量了一下，广发榜文，召天下名医入宫为皇帝医病，治好者封官加爵，赐你一场人生大富贵。期望着重赏之下，必有勇夫。

不过伴君如伴虎，这皇帝老子的病哪里会有人轻易地去治，稍有闪失，就会要了自家的命去，甚至于还能牵连九族。更重要的，那位病人还是一个喜怒无常的皇帝，便是那般要钱不要命的人也会掂量出个轻重来。榜文发出数月，竟无民间医者敢来揭榜。

然这天下之大，奇人异士还是有的。

这皇家榜文，还是引出了一个民间的针灸高人张乐天。乐天者，乐天知命，快意人生而已。

乐天医道，承自家传，到他这里更是达到了针灸大师的高度。此人博古通今，旁及百家诸学，医道精湛，尤擅子午流注针法。这子午流注乃是按时辰择穴进针的针法，是能计算出经脉的气血流向，什么时辰哪个穴开了，应时下针，效果尤妙。（此针法日后另有阐述。）

乐天之所以在针法上达到了大师的高度，是因为他能在继承的基础上进行了真正的发扬。那就是在子午流注针法的启发下，他发明了“游针术”。此术所施之针细如毫发，长约寸许，按病症之不同，选取某一经脉上的穴位进针，推算气血流向及时辰，再从同经或另一经脉上的某一穴位处以磁石将那游至此穴的针身从皮肉下吸出。以实质针具通行血脉，从内里打通和激发所行经脉壅滞的气血。是比那单以针刺穴刺激经脉的法子不知快捷了多少倍去。且每每生出普通针法所不能达到的奇妙效果，对诸般疑难杂症，多是一针见效，甚至根除，故在医林中素有“张神针”之称。

当世之人，在对医道的认识上，往往厚古薄今，总是认为今不如古，实在错矣！其实，很多今人在继承古人的基础上，对很多东西都有创新。至于古之奇术一术一法的失传，又当别论了。

乐天有妻何氏，名桂花，也是名医之后，医道修为不在乐天之下。且乐天游针术之成，皆是与何氏冒险以身试针的结果。非以身试针，自不知游针术的真正感觉和效果。九败九试，二人险些将性命搭在里头，终于成就了游针奇术。他夫妇都是慈悲行善的医家，自不会有拿病人试针的道理。这夫妇二人可谓是医林中的双璧，古今少有的夫妻皆通医道之人。

这天，何氏见乐天不快，似有什么心思，知夫莫若妻，何氏于是道：“相公可是欲揭皇榜为皇上治病吗？闻皇上性情失常，必是患了奇疾。便是可治，此事也存在着太多的危险，伺君如伺虎，还是莫要管他吧。”

乐天听了，叹息了一声道：“此事难为，就是因为这个病人是皇上。”

随即，乐天神色一肃道："即便如此，我还是准备揭了那皇榜去试一下。"

何氏闻之一怔，她知道乐天并非那般贪图富贵之人，但又为何去冒险呢。于是说道："给我足够的理由！否则我不准你去。"

"好！"乐天点了一下头，郑重地说道："理由有三。一是对方是个真正的病人，我们医者行医济世，目标就是人身上的疾病，是不能论对方身份贵贱的。更不能以危险来作为逃避去医人的理由。"

"这个理由用在皇帝身上过于勉强。第二个呢？"何氏摇了摇头道。

乐天道："听说皇上每隔些日子就要杀掉一位太医院的太医，以此来泄太医们对他无术可施的不满。这样下去，太医院的太医们早晚要被杀光。太医院统领天下医道，多是从民间召去的佼佼者。不能因此故，在本朝绝了正统医学一脉，动摇传承后世的根本。为了救下这些医林中可怜的同行们，我也要走上一遭的。这便是第二条理由。"

"这倒是个理由。"何氏点头道："还有重要的吗？"

"有！"乐天道："这也就是第三个令我去的理由。国不可一日无君，家不可一日无主。皇上毕竟是一国之君，不管他是明君也好，昏君也罢，这是我们左右不了的。但是他在诸般病态下，是不能以正常人的理智去领导大臣和处理国事的，君臣失位，国之衰也，受苦受难的还不是老百姓。所以治好皇上的病，是为了不误国事，不苦了百姓。同时也有一点好奇心使然，我想知道皇上到底患的是什么怪病。太医院的那些精英才俊们如何就没法子来治。"

何氏听了，叹息一声道："这三个理由虽是能成立，可是你考虑过了自身的后果吗？"

乐天笑道："我不是庸医，更不是那种不计后果的蠢医。在去之前，我们必须要想好一个安全的脱身之法。否则我去送自家性命何来！天地至贵者！命也！”

何氏听了，这才转忧为喜。于是夫妇二人考虑了一切可能发生的事和应对之法。

一切商议妥当之后，夫妻二人便来到了京城。何氏先投了家客栈住下，以做外应。随后张乐天抖了抖精神，来到悬贴皇榜之处，上前将那皇榜揭了。守皇榜的兵士一见有人来揭榜了，立时喜从天降一般，报与在此值守的内侍。一众人等将乐天恭敬地迎进皇宫大内。

闻之终于有人敢揭皇榜的消息，皇后和朝中文武百官这才略松了一口气。

龙榻之前，乐天在仔细的为皇帝诊病，望、闻、问、切一番，尤其是两手脉经三部九候细诊之后，乐天心中立时恍然大悟，同时也自倒吸了一口凉气。原来皇上的病是肾脉受损，龙阳不举之症。也即患了重症“阳痿”。乃是每日里声色犬马，纵欲过度，保养不慎所致。

后宫三千佳丽，白白养在那里，皇上岂能不心急窝火。尚不能驾驭后宫，又何以掌控天下。这做皇帝的第一好处都不能尽情地享用了，还做着这皇帝什用。但又不能明说出来，所谓讳疾忌医便是如此。尽让人知晓了，这皇上的脸皮朝哪放去，有损伟大形象呢。无了阳刚之气，还以何种威严管理朝臣。

“怪不得这么多的太医身首异处，原是诊得了皇上的病由，又治不得法，焉能令你再行活下去。”乐天惊骇之余，也自不失冷静，对那皇上说道：“陛下之病，乃是日理万机，忧国忧民，积劳成疾，故有诸般不适。普通药饵，难奏其功。为今之计，只有施以草民自创的游针术，方可根除陛下顽疾。然施此针法的过程颇为复杂，必需设以静室，任何人不得擅入，并且七天七夜内不能进以饮食，这样才能保证陛下康复如初。”

皇上听了，龙颜大怒道：“大胆刁民，先施以什么游针，再令朕饿上七天，这岂不是存了心思要谋杀朕吗？常人三两日不食都能饿昏，七日不食焉有活命之理。来人，将此凶徒拖出去斩了。”

殿前武士闻令，立时冲进来绑了乐天就走。乐天则大声喊冤枉，并说“皇上之病，当今天下非我不能治。一介草民，岂有来谋害皇上之理由，还请皇上明察。”

此时旁边的皇后忙上前叫住武士，随对皇上道：“皇上之疾，已是令天下之医束手。这个张乐天既敢揭皇榜进宫为皇上诊治，必是有着非常的手段。或许此人真的能治好皇上的病呢。况且杀了此人，也于事无补，天下更是无人敢来为皇上治病了。不管怎么样，还请皇上试一试罢，宫里内外戒备森严，想走他也是走不掉的。什么人敢以自家的性命来做此无谓的事呢。”

皇上听了，始觉有理，仍旧怒气难平道：“朕就准你一次，一切都按你吩咐办了，七日后若是有半点差错，朕必要灭你九族。”

乐天随后被松了绑，保证道：“尽请皇上放心，草民针法活人无数，保无差错。然非常之术，必有非常之法。所以请皇上先委屈七天，七天后自会令皇上康复的。但是七日内万不可进入杂人惊扰，否则在治疗时惊了驾，乱了皇上的气血，可就怪不得草民了。”

皇上冷笑道：“七天后朕若是不能走出来，你也休想活着迈出这皇宫一步。”

然后一切皆按乐天吩咐做了，先在宫中辟出一静室，做为疗疾之所。四下里自是布置满了御林军，以防乐天畏罪逃走。

静室中，乐天先是令皇上脱去衣服，仅着了一条内裤，于床上仰卧了，而后乘其不备，在头上疾刺一针，那皇上立时全身无了知觉，昏迷过去了。

接着乐天取出了一枚用以施游针术的那种微细的芒针，凝神定气片刻，抬手一弹，那针身竟没入皇上脐下关元穴处，不见了踪迹……

且说皇后及一群文武大臣们在外面等的是心急如焚，可谓度日如年。

开始的三天里，乐天还能向外面讨要自家的饮食，后三天，竟自无了任何的动静。这着实令皇后和群臣们迷惑不已。因有皇命在，此时此刻，任是谁人也不能也是不敢进去瞧个明白的。

待到了第七天的早上，里面还是没有任何的消息，并且显得死气沉沉，没有个活人在里面的样子。

皇后硬熬了这六天，这时再也是忍受不住了，恐生意外，也是担心发生了意外了，便命人破门而入。

待进了静室之内，所有的人皆不由目瞪口呆。只见那皇上躺在那龙榻上，身上遮了件丝被，却是全身僵硬若死状，呼之不醒。而在旁边的地上，那张乐天也是如死人一般散了四肢躺在那里。实是不知发生了什么事，竟令这二人一齐僵卧在此。皇后及众臣疑惑不已。

皇后见了眼前的情形，大惊失色，后悔之极，立时瘫坐一旁。

有随从的太医上前奏道："皇后，皇上并未驾崩，仍有鼻息，只是不醒，不知是何缘故？"

"活死人一般，又有何用。"皇后垂头丧气地说道。

忽有内侍来报："禀报皇后娘娘，宫门外来了一妇人，自称是那张乐天的妻子何氏，见丈夫六日不归，特地来寻夫了。小的们已将其拿下。"

皇后听了，咬牙切齿道："她倒是敢来寻夫，我还要向她要皇上呢，带上来。"意思要拿何氏来泄愤。

"民妇叩见皇后娘娘！"何氏进来，跪地拜见。

"大胆民妇，你那丈夫口口声声有十足的把握将皇上治好，如今却是将皇上治死了，可是知罪吗？"皇后问道。

何氏并不惊慌，说道："回皇后娘娘，民妇的丈夫从不治没有把握的疾病。他若是应下出手治了，便是有能力将此病治愈。只是不知现在治疗的情形怎么样了?”

“两个都倒下去了。”皇后愤愤道。

何氏闻之一惊道:“看来皇上是患了奇疾,否则民妇的丈夫不会耗尽自己的精力将自己累昏过去的。现在看来,对皇上的治疗还没有结束,恳请皇后娘娘,让民妇去为皇上继续治疗。民妇随丈夫行医多年,也自通晓他的针法,自会将皇上救醒。”

皇后听了,希望立时大增,说道:“好,本宫准你所奏。但是记好了,救醒皇上则罢,否则不要怪本宫心狠,你夫妻二人都要被凌迟处决。”

何氏随后来到那静室里,看到了张乐天和皇上。皇后和大臣们恐何氏要做什么手脚,自在旁边看得紧紧的。

何氏先是叫人将乐天抬出去,安置在了另一间屋子里。而后持了皇上的脉位,细诊了一遍。心中惊讶道:“难怪如此!看来还是遇到了最不想遇到的疾病。”

病状即明,何氏也知道了乐天下针之处和出针之法。随后在皇上的左脚心处发现涌泉穴上皮下似有物欲将拱出。于是取了一块磁石,贴近那涌泉穴。

忽见“扑”的一声微响,那涌泉穴处竟有一枚寸许长的芒针破皮而出,吸附在磁石上。自是看得皇后、群臣及太医们目瞪口呆。

就在此时,偶闻皇上喉间气息响动,大叫一声而醒。尤是感觉神清气爽,其乐融融。

“皇上醒了!”皇后及群臣们立时欢声雷动。

“且慢!”何氏按捺住心中的激动,说道:“皇上龙体初愈,并且十分的虚弱。两个时辰内还不能起来说话和做事。若是感觉饿了,可进食少许米粥,六个时辰之后方可下地走动。”

此时此刻的皇后及诸位大臣,早已是对乐天夫妻敬若神明一般,朝皇上施礼请安后便都退了出去。

皇上躺在那里也自满面笑容，额首示意。此时但感全身燥热，下身处已是呈一柱擎天之势了……

乘此间隙，何氏连忙来到了安置乐天的屋子里，在张乐天右臂曲池穴上发现一针尖将要透皮而出，随用磁石吸出。

游针一出，人即苏醒，此时见那乐天睁开了双眼，适应了一会后，望着旁边焦虑的妻子，朝她迷起一只眼睛笑了一下……

屋子里，忽然间传出了一阵令人毛骨悚然的笑声，“哈哈哈……”

接着，又传出一阵女子的凄惨的笑声，两种笑声合在一起，回荡在皇宫大内，实令人不寒而栗。

“怎么回事?”皇后及群臣闻之，皆自一惊。

随有内侍来报：“皇后娘娘，那个张乐天被他的妻子救醒后便疯了，他的妻子受激不住，也跟着疯了，一家两口都疯了。”

皇后及群臣惊讶不已。

那个皇上此时躺在龙榻上，听闻乐天夫妇都疯癫了去，眼中闪过了一丝异样。

待过了六个时辰，皇上这才一身轻松地走下床来。站在窗子里，望着院落中两个疯癫的互相追逐的男女—张乐天夫妇，颇呈些复杂之色。

“朕本是要重重赏赐他们，虽知却无福消受。且赶出宫去吧。”皇上犹豫了片刻，说道。

接着那皇上又唤过两名大内侍卫，下了一道密旨，冷冷地道：“跟上那夫妇，若果真疯了，就由他们去吧。倘若露出半点的清醒兆头，格杀勿论!”

两名侍卫领旨而去。

且说乐天夫妇一路狂笑着，互相追逐着出了皇宫，离了京城，仍旧疯癫不已。暗里跟踪的那两名大内侍卫在跟随了两天之后，确认乐天夫妇的确疯了无疑，这才回宫交旨。

从此以后，江湖上便无了乐天夫妇的踪迹，“张神针”的大名也在医林中消失了。

乐天夫妇佯疯避过一场杀身之祸，全身而退。从此隐居民间，再不敢露以游针术为人治病。直至乐天晚年，偶遇叶素容先祖叶远，二人交谈甚是相得，于是秘授以游针术。一年后，叶远持术而归。

在这里说一下游针术，因为此书日后还会引出这种奇异针法的。

后来，叶远家乡曾暴发天花瘟疫，染者不救。叶氏族人也染有七八。危急之际，百药无效。那叶远于是大胆一试，以“游针术”为基础，另创以一种独特针法，“种针”于人体内，以激起人体潜伏着的真气、正气，抗那邪气于外。先行试针于族人，竟自大显成效，阻断了家乡天花一疫暴发流行之势。也自开创了以针法治愈瘟疫天花的先例。叶远与他创立的这种奇特的并以天花命名的“天花针法”从此名扬天下。

那叶素容幼时便得父辈传授“天花针法”，深得其精髓。成年后嫁给了一个商人。起初夫妇恩爱无比，也不知海誓山盟了几回。但是几年光景下来叶素容竟不能生子，那商人封建思想颇是严重，不孝有三，无后为大。对那叶素容不免日久生厌，于是暗中纳了一妾。待那小妾身怀六甲之时才向叶素容说明一切，以令她强行接受这个事实。

此事对于叶素容来说无异于晴天霹雳，昔日间的夫妻恩爱顷刻间冰消雪融了去。从此性情大变。却自强忍着心中的怒火，待那小妾生产下一男婴来，假意奉迎，将那母子照顾得无微不至。商人见状，倒也满心欢喜。家中大小一团和气，令他放心地钻营生意去了。

那婴儿待养到三个月时，忽然间患上了一种怪病，每月总有半个月日夜哭啼不止。商人先后请了不下几十名医者，竟然皆不知病因所在。后遇一老医，诊脉之后，说是孩子身上生有异物，游走血脉间，针药不可为，随后摇头而去。商人无奈之下，仍旧遍请名医，求购奇药来医治那孩子。未至两年，万贯家财耗损一空。这期间，叶素容对那商人说了一句“此乃报应”便自离开了，再无踪影。

后来那孩子终于不治夭折。死时前几日，竟有细微的针状物从眼角部位破出，先令目盲。那商人震惊之余，持了那针状物于手中观看，发现竟然是人工铸造的精致的金属针身。猛然想起原配夫人叶素容的祖上曾以针法名世，似有所悟。然此时已是人财两空，责之不能了。

后来江湖上出现了一个神秘的天花婆婆，专门惩罚那些负心人及其所生下的孩子。在人不察觉的情况下在孩子的身上种下比天花疠疫还令人痛苦的“天花针”，以令那些负心之人更加地痛苦。无论谁家的孩子遇到了天花婆婆，便等于遭受到了无法避过的天花之疫。据说在以前，孩子哭闹，只要一说天花婆婆来了，孩子们便能立止哭声。可见其人影响之大。

叶素容将救人济世的“天花针”法逆施成了害人之术。医道之为，本是人心中一念之动，救人杀人，便在乎此了。

在十几年前，天花婆婆不知什么原因，忽然间消尘绝世，不知所踪。此番又重出江湖，不知又是被什么人请出来了。

那天花婆婆这时轻轻叹息了一声道：“肖公子此言差矣！你倾家荡产力请老婆子出山，还不是为了医你那颗受伤的心吗。为了医你一人，也只好牺牲他人了。这世上最难知的是人心，所以人心也最难医。不下猛药除你心头之恨，是不能抹平公子心中之痛的。老婆子既然接了你的诊金，也自然知道如何处置的。不过要令你明白的是，这个世界上只有天花婆婆，而没有什么叶家的人了，以后不准再提叶家二字。”最后一句，口气冰冷，令整间屋子气氛为之肃然。

“适才晚辈多有冒犯，还请婆婆勿要怪罪。”旁边那人感觉到了天花婆婆的不快，也生敬畏，忙自恭敬地应道。

天花婆婆冷哼了一声说道：“老婆子行的是杀人救人之

事，不求功过。人既伤你心，你必也要伤他心。以彼之心，医此之心，本也是公平之事。尤其是对那种负心之人，所施任何手段都不为过。老婆子问上一句，要伤对方到何种程度？”

“一生一世，要让我看到她一辈子天天有生不如死的感觉才好！不能那般痛快地死的。”旁边那人狠狠地说道。

“那就是说，不令这个孩子在短时间内死掉了。就保他几十年的寿命罢。可令其父母守护着他痛苦一生一世。肖公子的心真是毒啊！是比天花疫毒还要毒上十倍不止呢！好好好！你的心既生如此毒力，当是被那负心人伤到了极致。就送你一剂猛药罢。”那天花婆婆说着，左手从怀中取了什么东西出来，五指一捻，呈现在其指端的竟是一排仅仅有寸许长的细微芒针来，毫光隐现，非同凡常。

旁边那人见状，激动之余，走上前一步，欲看个仔细。昏暗的灯光下，映照出一张狰狞的脸，竟是那消失了数月的肖宏。

“这三十六根天花针种在此孩子体内，自会随血脉游走全身，而伴其一生。从今日起，每月发作一次，一次比一次厉害，痛苦难忍，而又不能令其毙命。三十六年后，这三十六根天花针才会齐聚心脏部位，巨痛三日而死，到时神仙不救。孩是娘的心头肉，做娘的也会随这孩子痛苦一生。生不如死这四字送给她也是便宜她了。”天花婆婆说着话，面无表情地逼向了小杨开。

这边的肖宏，神色一振，呈现出了一种激动来。

第十一章　抖骨开筋法

就在这时，屋子里忽然凭空生起了一股怪风，本已摇晃不定的灯火立时熄灭了去，室内变得漆黑一片。

“咦!?”

“啊!”一声惨叫在黑暗中响起。

紧接着，灯光一亮，适才熄灭的灯火又自行点燃了起来。

随见有一个人影摔了进来，倒地不起，显然瘫了，却是那个将小杨开盗来的夜行人。

此时，天花婆婆站在原地呈现出一种极其痛苦的面容，本是握着黑色拐杖的右手竟自松开了，和持有三十六根天花针的左手垂软下来。一手的天花针散落地上。那支黑色拐杖也随后倒在了一旁，击到了地上的石砖，发出了一种沉闷的声响。显是适才灯灭之时，有人已在屋子里进出了一回，且出手将天花婆婆制住了。

肖宏站在那里，茫然无措，还不知道发生了什么事。不过令他感到迷惑的是，对面破旧木桌上的婴儿已经不见了。

“阁下是……什么人?”天花婆婆颤抖着声音道。

“我是谁无关紧要，不过你刚才要伤害的是我的家人。”一个洪亮的声音在房门外响起。

“你……你的家人?”天花婆婆惊讶地望了望一旁呆立的肖宏，尤呈迷茫。显是不知道目标的家人中竟然还有这等厉害的角色。

“林……林成到了!”肖宏脸色立时大变，瞬间汗流遍体。

“山东林成!”天花婆婆闻之一震，江湖中有此一号响当当的人物，她还是知道的。

“林大侠！老婆子采错药了！若早知是你的家人，万万不敢相犯。”天花婆婆后悔莫及地说道。其一双手臂垂落下来，显是已经废了。

“天花婆婆!”门外的林成朗声说道：“天花针法本是你的先人救世之奇术，没想到传到你手却倒行逆施，害起人来。你虽然遭受过创伤，但不能报复于无辜的小孩子身上。并且这个肖宏所说的对其负心之人也就是我的七妹，本与他无丝毫的情感瓜葛，是他一厢情愿而已。此举当是妒忌心和小人的报复心使然。”

天花婆婆听到这里，神色一震，愤怒地对肖宏说道：“你害惨了老婆子了！老婆子只对那真正的负心之人下手，来医那种伤心之人。是不会滥种天花针的。”随又哀求道：“林大侠，老婆子不知真相，被此人蒙骗而来，还请放一条生路吧。”

“便是此番肖宏不请你来，你以前的所作所为也有干天和。看在你先人的份上，暂且不取你的性命，但将你的一双手臂废去。你若想活命，要发下重誓，永远不能再施天花针法害人，否则我不会饶过你的。”门外的林成淡淡地说道。

“老婆子对天发誓，今生今世再不施天花针法就是。并且一双手臂已废，再也施不得了。若有违背，天打五雷轰!”天花婆婆咬着牙，发誓道。便是这般狠毒之人也是畏死的。

林成听了，不屑地道：“好，你只要遵守今日的誓言，还能活下几年去。好在孩子无事，否则你现在已没有和我说话的机会了。”

天花婆婆听了，低头不语。林成放她一马，暗里庆幸之余，已是在强忍着断臂之痛。

“林三哥!”那边的肖宏忽见事情突变，求生心切，忙跪在了地上，朝门外连连叩头道："怪小弟一时糊涂，犯下这等罪恶来。万幸的是林三哥来得及时，没有令小弟犯下大错来，请看在你我两家曾有世家通好的情分上，饶了我这一回吧。"

"肖宏！"林成语气一肃道："没想到你的心性如此狠毒，竟敢伤害我林家的人，你以为我会饶过你吗？"

"林三哥，我本是对林芳小妹一往情深的啊！只是她意外地嫁了人，小弟这才因爱生恨，欲解心中一时之快，这才倾家荡产请了天花婆婆来。你既已放过了天花婆婆，也放过小弟罢。我肖宏也发下重誓，再敢冒犯，不得好死！为表诚心悔过之意，我现在做给林三哥来看。"那肖宏说着话，忽地立起右手食指，犹豫了一下，而后狠狠地朝自己的右眼戳去。那力道也自大些。猛听得肖宏一声惨叫，指身半没眼中，鲜血溅出。随即两手捂住滚地乱叫不已。也是肖宏眼见今日性命不保，不生此举，那林成当饶他不过。也是他这般性狠之人，为了活命，才能对自己做得出来。就连那旁边的天花婆婆见了，也自惊讶不已。

门外的林成冷哼了一声，颇感意外之余，也是已动其心，淡淡地说道："肖家怎么会出你这种不肖之辈。记住，日后再胆敢生出算计七妹一家人的念头，我让你活不出三步去。且由现在开始，永远滚出莒县，并不得再踏入山东半步。"说话间，其声已远，显是已经走了。

离家数年未归的林成原是回莒县家中探望父母家人的，路途上偶得江湖上的朋友相告，说是绝踪多年的天花婆婆重现江湖，并且同一天和他进入了山东境内。林成意外闻此消息，开始时也未以为意，以为那天花婆此番又去害什么人了。动了侠义心肠便跟踪而来，准备到时出手阻止对方，令其收手退去便是了。没想到一路下来，那天花婆婆和一名弟子竟然到了自己的家乡莒县。实令林成暗中惊讶不已，不知县里何人请了天花婆婆这等人前来，又要对何人施以毒手，自是引起了林成的重视。暗中观察，以待寻机出手。

待林成意外发现和天花婆婆接头见面的事主竟是认识的肖宏时，便感觉到了事情不那么简单了。当偷听得对方在晚间要去城里盗取一户人家的孩子时，便尾随而去。随后惊讶地发现那名天花婆婆的弟子潜入了自己当年买下的宅子。此时还不知是谁住在宅子里，但是知道一定是林家的人。想起肖宏的出现，于是证实了心中的一个猜测。那就是七妹林芳嫁人了，对方的目标就是林芳的孩子，自己的外甥。当时林成犹豫了一下，没有出手阻拦，而是要看对方将孩子意欲何为，于是暗中保护了，接着出现了刚才的那一幕。这一切，可谓是惊险之极，巧合之极。

林成开始时本是要严惩天花婆婆和肖宏的。但经不住那两个畏死之人的哀求，尤其是救下并见到了自己的小外甥，惊喜之下欲要讨个吉利，便没有痛下杀手。也是杨开的安全无事，令那二人免去了横尸之祸。杨开与林成初次相会，便被这个三舅救下了一命，实为万幸之至，否则后果可知。

林成携了仍在酣睡的小杨开复又潜入自家宅院，将孩子又轻轻地放在了仍在熟睡的林芳杨文夫妇身边，而后悄然离去。此时晨曦破晓，天已见亮了。

且说那冯娘一大早起了床，准备到厨下做早饭，待她双手推开房门时，忽然间看到院子里多了一名陌生的年轻男子，正负着手站在那里仰着头望天呢。

冯娘一怔之下，急忙掩了房门，大声惊呼道："老爷夫人！了不得了！了不得了！家里进来人了！"

里间正在熟睡的一家三口立时被惊醒，那"迷魂香"的药力已是过劲了。孩子的哭声，大人的惊恐声，好一阵子忙乱。

杨文林芳夫妇二人随后衣衫不整地出了来，杨文手中还持了根棍子，是要拒盗呢。

"在院子里呢！"冯娘惊恐地指了下门外。

杨文倒是有些怯意，林芳却是有主见的，眼见天色大亮，怎么会有盗贼赖在院子里不走呢。于是稍定了一下神，推开了房门。

院落中站着一名年轻男子，修长的身形，一袭白衫，腰系玉带，长发披肩，负手而立，所谓玉树临风便是指此般了。此时转过身来，笑吟吟地道："七妹，别来无恙！"二目扬神，鼻直口方，端的是一个英俊美男子的形态。

"三哥！"林芳惊喜地笑道："你何时来家的？"忙迎出门来。

"开儿的三舅！"杨文颇感惊讶。这个传奇般的三舅子竟然翻墙入户不走门的，当是和那些绿林中的人物一般手段。林成倒是没有给杨文留下第一次见面时的好印象，殊不知自家的儿子就是这位三舅子救下的。

"刚刚到家，还未去老宅见过两位老人家呢！"林成笑应道。

"杨文快过来见过三哥！"林芳兴奋地招呼杨文道。

"杨文见过三哥！"杨文忙上前见礼。

"妹夫不必多礼！"林成笑着点了一下头道："七妹果是嫁了个好人！你们成婚之时，我正在外面，未能得到消息，在这里恭喜你们了。"说着话，林成一抱拳。

"三哥，快些屋里坐吧。小妹还要送你一样惊喜呢。"林芳高兴地道。

"哦！可又有什么惊喜？"林成走进了房门，明知故问道。

这时冯娘抱哄着杨开出了来。刚才将那冯娘好吓，原来人家竟是一家人，且是这座宅子的主人。只是不知怎么进来的，令冯娘好生疑惑。

"你有了个外甥呢！"林芳从冯娘手里接过孩子，朝林成高兴地显摆道。

"是吗！"林成笑道："那又要恭喜你们一回了。"昨晚小杨开被人盗走的事也自未对林芳杨文夫妇讲起，恐其二人日后再行担惊受怕。

“三哥，既然先到了我这里，就吃过早饭再回家见过爹娘罢。杨文，去前街的桂福园买几笼包子来，那是三哥在家时最喜欢吃的。冯娘，到厨房里烧些熟米水来，多放些冰糖，再下几个荷包蛋，这也是三哥喜欢的吃食。”林芳吩咐道。

杨文和冯娘各应了一声去了。

林成站那里感激地笑了笑。离家多年，这个七妹倒还没有忘记了他的口味。也是林家兄妹七人之中，从小就属林芳和林成的关系最好。

“三哥坐吧！说起来这里还是你的家呢。”林芳一边哄着孩子，一边让请道。

“七妹若是喜欢，这座宅子就送与你们一家三口住罢。权作为我送与你们的结婚贺礼，也不算是迟到罢。”林成坐下笑道。

“这礼太大，小妹收不得呢！还是留给你和日后的三嫂住吧。”林芳笑道。

林成听了，微微叹息了一声道：“我一个人已是习惯于江湖，当是无心安下个家了。”言语中竟呈现出一丝的别样无奈。

“总不能在外面飘荡一辈子罢。家中就你特殊，爹娘也不过问你的事。”林芳摇了一下头说道。

“七老八十了再回来说罢。”林成也自摇头一笑。

这时，冯娘走至门外停下脚步说道：“夫人，昨天你为小公子定购的衣料，铺子里的人送家来了，好几种颜色呢，还请夫人前去选下。伙计等着呢。”

林芳听了，站起身应道：“你先去招待着来人，我马上过去。”随后对林成说道：“三哥，麻烦照顾一下你的外甥罢，我去去就来。开儿乖得很，掉不得地下就行。”

“好！七妹且去吧。”林成起身笑着应道。意思是昨晚已为你照顾一阵子了。

林芳随后将孩子抱进卧室里于床上放了，转身去了。

林成见林芳被那冯娘唤去了，这才进了卧室，站在床边仔细地看了看襁褓中的杨开。昨晚夜色之中未及看到孩子的模样。六月中的婴儿，皮白肉嫩，二目聚神，清澈明亮，若两汪静水，尤是生得可爱。躺在那里，望着林成“哼哼呀呀”地咧嘴欢笑，好像就昨晚之事在表示感激的样子。

“好个喜人的外甥！既然遇到了我这个舅舅，且再助你一回罢。”林成观望了一会，欣然之余，将包裹着杨开的襁褓打开，又将其身上的小衣尽去了。伸手捏摸了一遍杨开的四肢骨骼，点头道：“骨质还真是不错，是个好料！”

说话间，那林成右手持了小孩子的双腿将其拎起，令杨开呈倒立状，然后手势一摆，将那孩子的全身抖动起来，隐听得阵阵的声响从孩子身上的骨骼间发出……

“三哥，你这是在做什么?”正赶进屋子里的林芳见了眼前的情形，不由大是惊呼道。眼见着杨开小小的身子似乎被拉长了一般，这可是个未满六月大的小孩子，可是不能拔苗助长的。便是这个三哥在逗孩子来玩，也没这般来哄的。

小杨开被林成倒提着身子一阵抖动，已是吓得放声大哭起来。林芳心疼得忙上前从林成手中接过孩子，随手拿过一件被子包了，哄了一会，杨开这才停止了哭泣。适才被倒立着抖动了一阵，气血倒流，加以呼吸不畅，憋得小脸红彤彤的。

“七妹放心。”林成安慰道：“我无他意，只是趁着孩子还小，骨骼未长合之际，将其全身的关节抖开，是为‘抖骨开筋法’。这有利于孩子日后的成长，个子能长高不说，还能健其筋骨。有些身体资质好的人，小时候多被高人以特殊手法将其关节抖开过的。”

林芳听了，也是多少知道些林成的本事，这才欢喜道：“三哥原是这般心意！将我好吓呢！”

林成听了，笑了笑，从怀中掏出两锭金子来，放在床上道：“七妹成婚之时，我未能得到消息回来，这一块金锭算是补给你和妹夫的一份贺礼吧。另一块送给这个喜人的外甥，算做见面礼了。”

林芳见了，知道这位三哥向来大方，并且家里各方面也需要添补，于是笑嘻嘻地道："那就谢谢三哥了！"不客气地收了。

兄妹二人又聊了几句，林成问了些杨文的情况。

接着杨文买东西回了来，便陪着林成一起用了早饭。然后林芳抱着孩子和杨文一起陪同林成来到林家老宅见了父母。林南夫妇和林东夫妇闻得消息也赶过来见了。林成归来，令林家上下好不欢喜。

仅住了几日，林成便告别了父母，又来和林芳杨文夫妇辞行，而后继续云游天下去了。急着来，又急着去，也不知究竟在做着什么事。

林芳仍旧每天孜孜不倦地在孩子面前诵读着自己精心从诸般医书中挑选出来的朗朗上口的经文和药性方剂歌诀，灌输着一种日后能令杨开熟悉的感觉。她这个时候已不认为自己所做的一切的是徒劳的，因为她从孩子清澈明亮的眼睛和灿烂的笑容中看到了希望。每当自己轻轻地吟诵时，孩子总是在静静地聆听着，感受着母亲带给他的一种别样的音乐般的诗朗诵。似乎在母腹中时，就已经熟悉了的东西，此时是在慢慢地唤醒他那混沌中的曾经的模糊记忆。尤其是在杨开哭闹不安时，林芳吟咏出一段医书中的经文来，甚至于念出几味药性和一两首方剂，立刻就能令他安静下来。外人见之，堪称奇事。而对于司空见惯了的杨文和冯娘二人来说，已是不足为奇了。

那林芳一心想养育出个名医大家来，待产子之后，愈来愈专心了。终日心里想着怎么个教子法，不免有些思则气结，加上产后气血亏虚，竟令乳脉不通，短了奶水来，饿得小杨开哇哇哭闹。冯娘见状，先以米汤喂着，随后便欲去寻个土方来治。林芳止了道："我现在多少也是读了一年的医书了，这般小症自己若是解决不了，日后我这儿子也教不得了。医书上说'穿山甲，王不留，妇人服了奶长流'。西晋才子左思也有诗句说'产后乳少听我言，山甲留行不用煎。研细为末甜酒服，畅通乳道如井泉。’这是左思用此法治好了自己妻子的乳汁不下之症后写下的。既有此验证，你且按我的法子去办，先将穿山甲、王不留行子这两味药买来，我试下再说。”

冯娘听了，觉得有理，出去转了一圈，便将穿山甲和王不留行子买了回来，并令药铺研成了粉。林芳以甜酒冲服后，虽是有些效果，但奶水仍旧不足。感悟这一方一药可能适合某个人，未必人人服之皆行事的。于是翻阅医书，自己又选上了通草三钱、六路通三钱、黄芪四钱、人参三钱、贯众三钱，加上穿山甲的甲片三钱和王不留行三钱共七味药，列了一方子让冯娘去药铺抓药。并且回来时在街上再买回一只老母鸡。

诸物齐全后，将老母鸡杀后洗净掏空内脏，然后将那七味药以纱布裹之纳入鸡腹中。不加任何佐料放入锅中以文火久炖。待熟透之后，去药，喝汤食肉。

如此一剂，竟至奶道大开，奶水流出不尽。令那冯娘欢喜之余，尤是对林芳敬佩万分。

杨文得知此事，也自感慨道：“看来我杨家大医未出，女医倒是先有了一个来。”

林芳也自得意地笑道：“家里有个懂医就是方便呢！小痛小痒的，不用出门求人，自家就解决了。否则低声下气的请那郎中来，还真是不愿呢。我为儿子日后择的道路选对了罢，已是有诸般好处令我们来受用了。”

“那是！那是！夫人就是有先见之明呢！”杨文不住地点头应和道。

待杨开开始蹒跚学步和呀呀习语之时，林芳便已经一个个地教他药名了。并且常于厨下取了些日用的可入药的食物来让杨开玩耍时辨识，如那红枣、花椒、生姜、茴香之类易寻的佐料来。还有常见的可入药的花草、种子、鸟虫，和偶尔能找到的其他药物如人参、黄芩、山药等，林芳也自不错过机会，取了令杨开来识。时候久了，屋子里，庭院间，到处可见如药摊一般的各色药物。是如好玩的各种玩具，令杨开兴味盎然，玩乐不疲。小孩子家不识甘苦，往往将东西含进嘴中吸吮。遇到那甜的还能多尝几口，遇到苦涩的觉得不舒服也自哇哇大哭。好在林芳让杨开辨识的药物多是安全些的，那种有毒性的和细小的易入喉中的暂且避免，也是时刻在看护着，防其危险。

林芳又让几个侄儿，如林东之子林岩，林南之子林志，去捉些蜈蚣、蝎子、壁虎、蟾蜍等虫类来让杨开见识。偶尔的还能捉到一条蛇来，让杨开远远的望上一眼后，林芳便命侄子速将此物拿离。她也是怕呢。然后指了杨开身上所穿的“五毒衣”上绣的五毒之虫的形状告诉他，实物就是这般。那“五毒衣”自是冯娘的功劳，说是小孩子穿了可避邪的。此俗现今部分地区尚有。

杨文见林芳这般，每自摇头感慨道：“那般医学世家的子弟也没有如此的被教授，孩子这么小就用药熏着，日后即使成就不得一个医家，也可以做个药郎开间药铺了。”

林芳自信地笑道：“我养的是个医中的圣手，而不是一个药工。待开儿五六岁上，我就能让他遍识药物。习医之道，且要先做个司药童子罢。我就不信了，那些古今的名医们小的时候还能比我们的开儿习得东西多。”

杨文听了，倒是点了点头道：“那些古今的名医们没有一个好的娘亲在小的时候就开始教习他们近医识药，而我们的开儿能得此便宜倒是真的。”

林芳听了，笑道：“所以说啊！开儿已是先行几步了，如此下去，日后怎能不成为一代名医呢！”

“希望如此吧！”杨文认真地说道。

待杨开一岁上了，林芳便教他识字断文了。所识之字，也自从药名开始，然后是医学经文。实际联系上理论。

待杨开将所能实际看到的植物和动物的药类遍识后，已是长到三岁上了。这个时候，林芳惊讶地发现，教习杨开的那些药性和方剂的歌诀，只要自己念上几遍，杨开多能背诵下来，毫不费力，就好像以前就已经熟悉了一般。始知自己在怀孕时和在杨开未识物之前经常在他面前吟诵的东西，现在教习，似乎在令杨开找回曾经有过的记忆。有点轻车熟路，一说就知，顺畅得很。实令林芳兴奋不已，兴致愈浓。知那胎教果有功效，未曾白费了几番心血去。

后世之人，若想养出个不凡的奇儿来，倒可一试。当然了，也要下到林芳这般功夫才行，否则生出个愚儿蠢女来，也怪不得人罢。

偶尔，林芳在冯娘的伴同下，领着杨开带上筐锄去野地里“采药”。先是挖些新鲜的野菜回来吃，而后教杨开逐渐的去辨识自然生长中的药物。花鸟鱼虫和矿物类的药物也在此列。令杨开玩耍的同时，大开眼界。

杨开习医学文辨药，那文章除了医典经文外，也自习那古今文章大家的名作。最多的则是林芳精选出的古代的才子们关于医药的诗词歌赋。如那汉人朱穆的《郁金赋》；晋人傅玄的《瓜赋》《李赋》《桃赋》，卢谌的《菊花赋》，成公绥的《芸香赋》，孙梦的《茱萸赋》，何承天的《木瓜赋》；南梁江淹的《黄连颂》《藿香颂》，陶弘景的《草木序》；唐人陆龟蒙的《采药赋》《杞菊赋》，宋之问的《秋莲赋》等。

为了搜集这些关于草木花果的文章，以及医药中的奇文趣事，林芳实是又下了一番工夫。莒县有一名儒士唤做刘星的，人称书痴，家中藏书颇丰，数量种类当比那医官苗辉又多了几倍去。林芳也自央了二哥林东引见，在刘星的帮助下从诸书中精挑细选出来的。有的书是借来抄录，然后再还回去。有的书那刘星视作宝贝，舍了命也不让人拿离家中半步的，则由他自己抄录下来再转与林芳，倒也省去了一番事。这些趣味性的文章，林芳不仅念与杨开听习，自家也是长了许多的见识。母子仍旧同习。

孩家心性，没有不喜玩耍的，杨开亦然。林芳倒也不执意苛求杨开，但待他习得烦了，也自和他在庭院中玩耍一会，或者便讲故事与他来听，杨开倒是百听不厌。

第十二章　习医辨药

林芳这日为杨开念了几篇经文，见杨开伏在腿侧听得有些倦了，便转而讲起故事道："三国时的名医华佗，能治尽天下之病。但是有一天，遇到一个黄痨病人，全身泛黄，似掉进染缸里一般呢。华佗开了几付方药与那病人服用，效果不是很明显。华佗这般名医也每叹无良药来医此病。然而有一天，华佗在街上遇到了那个病人，惊讶地发现那人的黄痨病竟然神奇地消失了，于是问那人服什么灵丹妙药。病人说啊，他放牛的时候见到一种野草，也就是野地里常见的青蒿，感觉气味蛮香的，时不时地便摘些叶子来食用。不知不觉的，身上黄色消尽，竟自好了。华佗听了，于是也去采集了一些来，分给几个患有黄痨病的人服用。但是效果虽有些，却是没有那个人自己采来吃的效果好。于是呢，华佗又找到了那个人，问他是什么时候好的病。那人就说了，是在三月里好的病。华佗听了，恍然大悟，春天三月，阳气上升，百草发芽，三月里的蒿草当是药力最好的季节。于是在第二年的春天，华佗采集了许多三月间的青蒿给患了黄痨病人的服用。结果作用大显。但是一过了三月，再行采集的青蒿药力便不那么的显著了。为了搞清楚此药的确切药性，在第三年，华佗又将青蒿的根、茎、叶分开来试。发现只有三月间生长出的幼嫩的茎叶入药效果最好，并定名为'茵陈'。民间便自有了'华佗三试青蒿草'的传说。有诗说：三月茵陈四月蒿，传于后人且记牢。三月茵陈治黄痨，四月青蒿当柴烧。这说明呢，再高明的医家也有无药治病为难的时候，但只要虚心向人讨教，自会有所发现的。并且还说明啊，有些药要在适当的季节里采集来才能入药治病。"

"开儿，明白这些道理吗?"林芳讲完茵陈的故事，再看杨开时，见那孩子已是伏在自己腿边，呼呼大睡上了。

"好吧，明天再给你讲一遍就是了。"林芳合上了手中书，爱惜地抚摸着杨开粉嫩的小脸，摇头笑了笑。

冯娘端茶进来，见到杨开趴在林芳的腿旁睡了，心疼地说道："夫人这般对小公子讲书，便是十岁上的孩子也撑不下这么久呢。何况小公子才不到四岁，急得哪般来。难不得十几岁上就令小公子入那太医院，继承杨家的医道不成。就是老爷都没这般心情呢。"说着话，急着放下茶盘，将杨开轻轻抱起，放于床上睡了。

"这天下间的医书太多了，单从一册《古今医书集汇》上看，就有几百种上千卷之多，便是从一岁上学起，一个月熟读一本去，一辈子怕也是习不完呢。不读尽天下医书，如何能成得为真正的医家，又岂敢为人诊病，处方遣药。我便是从基础上令开儿学起，怕也是要有十几年之功才能入得门去。医道难为啊!"林芳也自无奈地叹息了一声道。

"天下可有那么多的医书吗，一辈子都读不完的?这要小公子习到几时。我看夫人还是算了罢，毕竟小公子聪明着呢，若是专拣那几本诗书来令小公子习读，日后博取个功名也是易事一件。不是一样的光宗耀祖!"冯娘说道。

"虽是能光宗耀祖一回，那么百年之后呢!可又有几个人能记得你来。名显百年，不若功垂千秋!"林芳说道。

"理是这么个理，可是小公子毕竟还年幼，承受不了太多的东西。"冯娘说道。

"这我理会得。"林芳自信地说道："我只是令他比常人先走几步罢了。日后成败，还是要看他自己的。但是没有一个基础，又何来的高楼！这救人性命之事，是最要紧的。并且不学则罢，学就让他学一个超凡入圣！费尽诸般心思，我可不想将孩子当一个蠢儿来养的。”

虽是可怜天下父母心，父母又怎知日后儿女的心？这林芳是位奇女子，属于那种非常之人行以非常之事，其志虽不可仿，但其行可循，便看日后儿女的造化了。所谓尽人事而听天命便是了。否则人事都不尽，又盼望着好事都落你家来，天地之间当没这个理的。当然了，也有那般命好之人，运载富贵，生下来便含金持银的。那是人家祖上蓄了阴功积了德行，羡慕不得。要看就看他三代之后，有几个持久的。

一部《药性赋》被杨开两月习熟。百余首方剂也熟记脑中。五岁上已是能捧了书本朗读诗文了。

林芳尽力搜集些关于古今医中名家和中草药的故事传说，待杨开倦了时当作故事讲来听，免得杨开学得枯燥无味，同时加深学习的印象。效果又自不同。

有一次，林南去济南贩运货物，林芳便带了杨开随兄同去，借住亲戚家三月。

这期间，林芳经人介绍认识了一位大药商叫赵之行的，开了一家广济药行，便引了杨开在其药行里遍识中草药。一个五岁的小孩子竟能叫出六百多味的中草药名字来，并且已经认识了三百余味药物，实令赵之行和药行的伙计们惊讶不已。于是由着那娘俩在药行里自行走动，翻识诸药。伙计们还出示了一部分贵重的和少见的药物让林芳母子来认识，如那犀角、麝香，还有部分从西洋引进来的比较难见到的龙涎香等药物，并同时还告诉了一些辨别真假的方法来。母子同习，获益良多。广济药行里有些药物还自行炮制，林芳母子站在旁边观看，又学了不少东西。在杨开幼小的心灵里，已是逐渐地认识到了医药这个神奇的世界是多么的美妙和令人向往。

在广济药行里，杨开见识到了诸多药物，实是大开眼界，算是实习了一回。也权做又遇到了好玩的东西，又引得性起。杨开对诸般中草药，颇有亲切感。感觉这是自己必须要熟悉的。诸药中有些可就地食用的药物，如桂圆、山楂、山萸肉之类，母子二人边看边嗅边品尝，体验着四气五味，酸甜苦辣，那真是津津有味，最后连饭也省了。补气的补气，养血的养血，又有那消食的中和了一下，不曾食偏了去。每种药物都有标签写明了药名的，有毒无毒的在林芳那里也能知晓，遇到了，看几眼记下便了，顶多嗅下其味而已，并不敢放入口中品尝的，故无中毒之虞。结果三个月下来，母子二人那是滋养得容光涣发，神采奕奕，也自将广济药行的近千种中药，辨别无误。也是原先有个好的基础在了。

中药之奇，在其药理有四气五味之分，升降浮沉之别，更有归经一说。寒、热、温、凉四气，乃循天之阴阳，是由天生，故随四季变化而附其性；辛、甘、苦、酸、咸五味，乃循地之阴阳，是由地出，故随五行所属而有别。至于升、降、浮、沉，则随草木生、长、化、收、藏自然之性；气味既定，配属脏腑经络，合五行之义，则归经成矣！大凡不外是以草木金石阴阳之偏，来平衡人体阴阳之偏。故则药理之奥，在于详解阴阳五行之道。不明此意，皆是灶下之火柴，铺路之顽石。

林芳还乘机带了杨开到济南一家唤做“保生堂”的医药馆里去见习了一下，医者是如何为病人诊病的。一位花白胡子的老先生坐在一张桌子旁边，宁神静气地在为病人把脉和遣方处药的场景，在杨开的脑海里留下了深刻的印象。知道日后自己也能这般坐堂行医的。

这种“坐堂行医”的方式也自有着一个典故，缘于医圣张仲景。汉末之际，医圣张仲景在故里河南南阳拜同乡医者张伯祖为师，学习医道，尽得其传。后官至长沙太守，仍不忘为民诊疾治病。为得便利，索性在衙门的大堂上公开接待病人，诊脉处方，办公行医两不耽搁，自称“坐堂医生”。后世延传，成了医家一种传统的诊治疾病的方式。药肆、医馆多见坐堂医者，更以“某某堂”为店铺名，譬如这个“保生堂”。

广济药行的大掌柜赵之行，喜杨开聪慧，半是玩笑半是认真地对林芳说道：“杨开这孩子乖巧喜人，小小年纪便能如此博识，长大了那还了得。从医必是圣手，业药也成状元。我们两家且联个娃娃亲罢。我有一女儿，名为赵惠，今年也到四岁上了，颇能诵些诗文。不知意下如何？”

林芳听了，为自家的孩儿受人这般看重喜爱，感到骄傲无比，却自推搪道：“小孩子家将来成就什么，还无个定数，出息于否，也要看他自家的造化。到时随缘再定罢。”

赵之行听了，晓得林芳有拥奇自居的意思，也自一笑了之。

三个月后，杨开再行回到莒县时，已成了一个能遍识近千种中药的小药童了。再读药书时，不自主地回忆着某某药物的形状、色泽，进而着重地熟悉药性功能了。这样一来，再记习那些药方时也好记了，并且某某方治某某病，按号排位，更加顺便。由于辨识并实际地接触药物，这个时候的杨开，习医辨药早已不是母亲为他强行安排的任务，而是一种自家喜欢的乐趣所在了。

诸多医学典籍中，林芳首选《黄帝内经》教习杨开吟诵，而后是张仲景的《伤寒论》。暂且不管他是否听得懂，将这些成形的经文灌输进去即可，领悟思辨那是日后的事了。其中重要的经文部分还令杨开必须背诵下来。每两三天教上一小段，过些日子再重新温习，背不下来那可是不准吃饭的。好在杨开聪慧，背起来也不甚费力，觉得娘教自己的这些东西好玩而已。学会了还有糖果来吃。杨文心疼儿子，责备林芳教子太严。林芳也自不管他，仍旧我行我素。

林芳此时并未教杨开学习望、闻、问、切四诊之法，因为年龄过小，还未到学习诊治的时候，小孩子家暂时领悟不来的。也是林芳本人对诊法还没有熟悉，自己学会了才能再行教习杨开的。否则一个问题问倒了自己，有碍母亲形象的。在杨开的心目中，母亲可是位无所不能的全知。

这时，林芳也开始教习杨开认识《针经》上的经络穴位。先是熟悉十二经脉和奇经八脉，而后再逐一的去定位穴名和位置。这个时候，杨文倒是起到了一定的作用。晚上则被母子二人逼得脱去衣衫，坐在那里权做模具。林芳一时兴起，还执笔在杨文身上依着医书所述将那经脉走向描绘出线路来。有时还在一条条的经脉上标点出相应的穴位来让杨开来识，甚得便利。

杨文为了照顾那母子二人的兴致，也只好无奈地皱着眉头坐在那里，全身上下尽被那墨色染了，苦不堪言。时引那双母子幸灾乐祸地大笑。

杨文此时倒想起一事，于是说道："昔日在京城，曾在三皇庙见有一尊针灸铜人，据说是宋代之物，称为'天圣针灸铜人'。本朝也曾仿此针灸铜人另行铸造了一尊针灸铜人，称'铜神'安置在药王庙。多年不曾见了，开儿祖父在世时带我去拜过几回，现在不知还在不在了。日后开儿若有机会当去见识一下。照着那般神物学习经穴针法或是别有效果的。"

林芳笑道："在你这真人身上学习岂不更妙。"

杨文摇头道："让人撞见了实在不雅，并且现在天气凉了也要注意风寒。这样罢，娘子绘画出一幅图样来，明日我去城里寻个木匠，做个一人高的'木人'来。可令开儿终日临习，才得便利。"

林芳道："是个法子，就怕那木匠做不来。便是造出个模样来，不合人身正常比例，也会失其精巧，差之毫厘，失之千里，岂不会误了开儿。我看相公还是再辛苦些日子，待开儿再行熟悉些也就是了。难不成比我十月怀胎还令你难挨吗。"

杨文听了，摇头道："随你二人吧。舍命陪你母子便了。"

"爹爹！"这时站在杨文身后正在辨识经穴的杨开说道：

"在你身上再扎上几根针来就更有效果了。"

杨文听了，吓得一哆嗦道："那针可不是乱扎的。制偏些有时会令人丧命的。"

林芳见了，笑道："看将你吓的。现在开儿尚小，还持不得针来试。不过再长上几岁去，不拿你这个当爹的来试针还真是再寻不得别人了。"

杨文不愿道："未待开儿习成医道，我这个当爹的怕是要赔进去了。"

"不过……"杨文此时爱抚了一下杨开的头部，感慨道："杨家三世医道至我而绝，实是有愧先祖。你娘下尽万般心思，指望你日后能承接杨家医道，我这个做父亲的怎么能再无作为呢！好吧，爹别无他物与你，更是教习不得你什么，但还有一个身体在，随你施针试药罢。"

林芳旁边听了，也自感动，说了声"相公"，与杨文的手握在了一起。这夫妇二人已是要齐心协力，将杨开培养成一名出色的医家。

医道广博，林芳此时的医学知识量，可是比杨开要深厚得多。母子同习中，她毕竟是以一个成人的成熟思维去学习的，并且也在不断地在实践中试行所学医术。

杨开年龄渐长，已是到了入私塾的时候了。不过杨开此时的学识却是比入了学的孩子们优秀得多。便是那识字量甚至比私塾的老师还要多。当是识药千味，从药名上习得的。林芳思量一番，仍将杨开留在家中，由自己全力地教习医药，旁及诸学，进而博览群书。

杨文果然请了一名木匠来，寻了一棵枣木，仿人体大小制作了一尊"针灸木人"，四肢一体的。虽是失其标准，还是由林芳在木人身上以不同彩笔描绘出了经络线路和穴位名称。不过此时杨开早已遍熟经穴，临习木人几天后，便对这粗糙的针灸木人无了兴趣，只好立在屋中。然而时不时地将林芳和那冯娘吓着，进出之际，偶一抬头，一个木人在那站着，还以为家里进来人了。只好搬出居室安置别屋，后来不知所踪，怕是被谁移于厨中烧火做饭了。这夫妇二人为了杨开学习医术的认真程度，从此针灸木人身上就可想而知了。

杨开熟悉药名多了，不时地将有些特点的药名进行一番排列组合。这日组了一队数字联来给林芳看。

零余子、半边连、一见喜、两面针、三白草、四方藤、五加皮、六月雪、七星剑、八月扎、九香虫、十大功劳、百部、千年键、万年青。

林芳见了大喜，也自来了兴致，便和杨开组了几队来。其中有：

十二肖像：鼠尾、牛黄、虎杖、菟丝子、龙骨、蛇床子、马钱子、羊踯躅、猴枣、鸡内金、狗脊、猪苓。

时间药名：春砂仁、夏枯草、秋石、冬花、月季花、千日红、夜交藤、明矾、晚蚕、辰砂。

阴阳五行药名：阴行草、阳起石、金铃子、木棉花、水菖蒲、火麻仁、土鳖虫。

母子二人串联了十几种来，自享其趣。

每到过年，以前的那般发财富贵的春联林芳已是不用，和杨开变着样地以药名为联，然后书成贴于门外，时引行人来看。

有一幅联为：东白勺南天竹东南日日新地锦

西红花北杏仁西北路路通天门

示意杨开日后医道日日有成，直通天门。

林南闻声，也来为他的林记货铺讨要，林芳思量一番，便凑了一联：

牵牛子遍耕生地熟地

白头翁采尽金花银花

原是那林南右耳侧天生几缕白发，林芳在这里就以“白头翁”相称了，采尽金花银花，甚合吉语，置于做生意的铺子里，倒也绝妙。林南见了，惊喜万分，携联而归。做了匾挂于铺子门旁，众人围看称奇，坊间一时传颂。

林芳闭门教子，遍择医书精要。杨开习医辨药，转眼间已是长到七岁上了。此时已能自学，每日里持了医书如秀才们捧了诗书一般，摇头晃脑的吟诵不倦，不再用母亲督导。林芳此时做的是挑选杨开学习的书目。这期间又和二哥林东去了县里惠民医局的医官田辉家中，从其家中所藏的医书典籍中又选购了一部分来。后来林芳索性与了那田辉一锭三哥林成赠送的金子，将其家中全部医书尽行购下。田辉见状喜极，又陪送了百余册的古书。倒令林芳意外欣喜不已。

杨开日卧群书之中，苦读不倦。也是小孩子家除了玩耍之外，别无它学，得了这些书籍来，习出了趣味，权做一堆玩具来弄，也自乐在其中了。

且说杨文七岁上时，一日与几名邻居的大孩子在家门口的街上玩耍。那些孩子中有两名入了私塾的，习了几段《三字经》《千家诗》来，孩家心性，便争着在伙伴面前来诵，以显示自已识了字了。

“人之初，性本善。性相近，习相远……”一个孩子背诵了一段之后，开始炫耀道：“杨开，你会些什么?”

“我会背《黄帝内经》”杨开应道。

“《黄帝内经》是什么?”那孩子不解道。

“是医家圣典!”杨开道。

“你背来我们听听。”那孩子不甚相信道。

杨开于是站在那里选了几段自家熟悉的，摇头吟诵道：“上古有真人者，提挈天地，把握阴阳，呼吸精气，独立守神，肌肉若一，故能寿敝天地，无有终时。此其道生。中古之时，有至人者，淳德全道，和于阴阳，调于四时，去世离俗，积精全神，游行天地之间，视听八达之外。”

“阴阳者，天地之道也，万物之纲纪，变化之父母，生杀之本始，神明之府也。治病必求其本。”

杨开幼稚的童声吸引了一位过路之人。此乃是一名手持拂尘，背负一个暗黄色包袱，穿着一身旧道袍，颇有几分仙风道骨的风尘仆仆的游方道士。

那道士站在旁边，望着杨开，眼中呈现出了一丝惊讶之色。在四下转了几圈，上下里详细打量了一番杨开之后，那道士眼中又自流露出了一种别样的惊喜。

“小孩，你果真要把握阴阳，达真入道吗？若有此志，就带贫道去见一见你的父母家人罢。”那道士和颜悦色地对杨开说道。

杨开未曾见过道士，忽见一个穿扮怪异的陌生人对自己说话，先是一怔，而后摇了摇头，后退几步，欲避了开去。乃是母亲告诫过，小孩子家切勿与陌生人说话，免得被人拐骗了去。

“你且莫怕，贫道见你父母家人，自有要事相商。”道士随又说道。

孩子中有一个年龄较大的，见那道士搅了他们的玩兴，便在一旁喊道：“哪里来的野道士，快快离了去。”

道士听了，慢慢转过头来，面对着那个大孩子，双眼中忽地精光暴射，威厉异常。一群孩子见了，各自“妈呀”一声，皆吓散了去。

杨开见状，也忙自跑进了家门。那道士摇头一笑，摆动拂尘，踱步尾随了来。

此时林芳坐在屋前做针线。

“娘！娘！”杨开慌张地跑了进来。

“开儿！怎么了？”林芳忙站起来迎道。

杨开跑到母亲身后，用手指着大门外，只是不说话。

就在林芳疑惑的时候，但听得门外一声洪亮的道号：“无量天尊！贫道玄真子，敢请主人家出来说话。”

“哪里来的道士？”林芳闻声微讶，忙走了出去。杨开有母亲壮胆，从后面跟了出来。

第十三章　游方道士

林芳走到大门外，见了那玄真子，不由一怔道："这位道长，有什么事吗?"

玄真子欠身一礼，而后指了林芳身后的杨开说道："女居士请了！敢问这个孩子是贵府的吗?"

"犬子杨开，不知有什么地方得罪了道长？小孩子家不懂事，还请道长见谅。"林芳忙应道。

"女居士切莫误会。适才闻小公子出口不凡，竟然能背诵得下《黄帝内经》的经文，实是令人佩服!"玄真子说道。

林芳闻之，心中受用之余，笑道："让道长见笑了，闲来无事，教了他几句，竟也敢显耀于人前。"

玄真子"哦"了一声，说道："不知女居士何以教小公子单诵那《内经》之文？此乃医家经典，比不得那四书五经能作成锦绣文章，营造仕途便利些。"

林芳应道："夫家祖上世代为医，也自想令他从小专务了医道去，行医济世，继续祖业，有个吃饭的本事。至于仕途之道，圣贤入进去也难保其真，更勿论凡夫俗子了，不去钻营也罢。"

玄真子闻之，不由肃然起敬，点头道："女居士难得有这般见地，令人敬服之至!"

林芳道："道长过奖了!"

“贫道还有一重要之事相商，希望女居士能应允。”玄真子此时神色一肃道。

“道长请讲!”林芳惑然道。

玄真子稍顿了一下，说道：“人生无常，难逃生老病死。便是得了大富贵又能怎样。贫道适才见小公子杨开骨质清奇，聪明伶俐。若能出家修道，日后必能成就正果，免得在这尘世间行尸走肉般虚度一生……”

未待玄真子说完，林芳惊讶道：“道长之意，可要令犬子随你出家修行去。这万万不可!”说话间，转身搂紧了杨开，生怕被人夺去。

玄真子道：“贫道正是此意。不过还请放心，二十年后，贫道自会还你一个修得正道的公子，仍可为你夫家娶妻延嗣，而后再行绝尘去世，另得逍遥。”

林芳见那玄真子说的不是个事，忙应了声：“小户人家，但求个安生日子过罢了，比不得道长修道成仙去。我这孩子哪里也不去。”说着，紧拥了杨开退后掩了门。

玄真子见了，摇头叹息一声道：“贫道会在此地候上几日，待女居士想通了，再回话罢。且莫误了小公子的人生机缘。”

门内的林芳听了，也不应声，忙将杨开拉进了屋子里。

“娘！你们在说些什么?”杨开不解地问道。

林芳道：“那野道士犯了痴癫了，勿要理会他。听着，日后再不可一人出去玩耍，免得被人拐骗了去，娘可就寻不见你了，你也永远见不娘了。”

杨开应道：“晓得了，娘！我不会随人去就是了。”

“刚才那个人说，修道成仙什么的，可是能修成上古真人的本事，长生不老吗?”杨开随又问道。

“这世上哪里有长生不老的仙法道术，否则那般神仙之流岂不满天的乱飞，莫听那野道士胡说去。且安了心在家读医书，辨药理。人生在世虽是不易，但也要做些实在的事，勿要空谈那些玄而不真的东西。看那野道士倒有个仙风道骨的样子，说些不实的话来，不知道谁误了谁呢！”林芳说道。

杨开幼小，听娘这么一说，也自不理会，倒于床上睡去了。

傍晚时，杨文回了家来，林芳便将白日里遇上那道士玄真子的事说了。

杨文闻之讶道：“还有这等事！必是那野道士拐骗人的伎俩。开儿身体尚健，修得什么道去，也比不得那些病儿需去庙里养着才能活下来的。”

林芳道：“那道士一口的清玄，看样子也不像是个坏人。我本想施舍些东西与他的，不料他竟想带走开儿去。怕也是个人贩子呢。”

杨文道：“莫理会他。看住了开儿不让他出门就是了。那野道士见得不上手，也自去了。”

第二天一早，杨文到门外转了转，没有见到那道士的影子，以为对方早去了，回身告诉了林芳一声，这才放心地走了。林芳听了，心中稍安。

临近午时，林芳正在屋子里教杨开读医书，忽听得有人扣门，以为是邻人来借物什，起身出了屋，开了院门，却见那玄真子站在门外。

“你这道士怎么还没有走啊！”林芳自是一惊道。

玄真子欠身一礼道：“女居士，护儿莫紧。就令小公子随了贫道去吧，虽是暂时有母子离别之痛，但日后会令他享尽仙乡之福。况且女居士有了不令小公子走仕途之明智之举，又何必阻他再行仙途呢。”

“你这道士好没道理！”林芳也自恼了道：“你自家都山无一座，观无一所，更没有修成个仙道，却要拉了别人家的孩子去学那般虚无缥渺的东西。且去吧。”说完，忙关紧了大门。此时林芳才感觉这个道士别有居心了。

好不容易挨到了傍晚，杨文回到家，一听说那道士还没有走，立时也恼了，到院子里寻了根棍子，到了门外四下找去，并没有见到那道士的影子。玄真子又不知到哪里觅食去了。

杨文在门外走了个空，复又回到家来，气愤道："明天那野道士若是还敢来，就叫六哥将他绑了去见官，治他个拐骗人口之罪。"

林芳此时不由得忧心忡忡起来。这个道士来得蹊跷，满城的孩子偏偏相中了杨开，固执得非要带了他去修道成真，事行常理之外了。

这一晚上，杨文、林芳夫妇睡得并不踏实，时刻听着窗外的动静，怕那玄真子翻墙进来将杨开掠了去。好在一夜无事。

天色一亮，杨文便又到门外寻摸了一圈，仍旧没见到那道士的影子。早饭过后，杨文叫林芳闩紧了门，急急地来到了林南的铺子。

待林南听杨文说了那道士的事，不由拍案而起，愤怒道："这个野道士胆子好大，竟敢拐骗我的宝贝外甥，且叫他知道我的厉害！"说完，叫杨文守了铺子，唤上两名伙计，持了棍棒，直奔林芳家而来。

林芳此时正忐忑不安，心中不断祈求那道士去了才好。杨开还不知道发生了什么，吃睡两不误。持了本《神农本草经》，坐在桌子旁边，摇头晃脑的吟咏不已。

院外扣门声音又起，听得林芳胆战心惊。

"七妹，开门，是我，六哥。"大门外传来了林南的喊声。

"是六舅来了！"杨开闻声，放下书本，欢呼一声，先行跑了出去。林芳也自暗里松了一口气，随后出了来。

院门外，林南吩咐那两名伙计道："你二人站在这里守了，只要见到靠近这门的道士，立时打翻拿了。"

两名强壮的伙计各自应了一声，持了棍棒左右站着守了。

大门一开，杨开跳了出来，叫了声"六舅"，上前扑到林南怀中，顺势攀上了脖子。

"好外甥！几天不见，又长高了呢！"林南高兴地将杨开举了起来。

“开儿勿闹，让舅舅进门说话。”林芳走出来，抬手招呼道。

“不打紧！”林南抱着杨开进了门。

“怎么着，听妹夫说，有个来家生事的野道士。”林南站在院子里，将杨开放在地上后，问道。

林芳说道：“六哥，有个过路的道士，也不知如何就相中了开儿了，非要将他带走修行去。在家门外磨了两天了。”

“狗屁！”林南张口骂道：“必是一个拐骗人口的人贩子。见开儿生得乖巧，到了外乡有钱人那里能卖上个好价钱，所以才生出这种骗人的谎话来。他若是自个已成就了仙道，有本事就从天上直飞下来，那时我们全家跪送开儿随了他去。并且还要赠送些银两与他花花。这叫什么事，胡说八道几句，就想带人家的孩子走，天下可没这个道理。”

林芳见林南今天竟然带了人来，知道这个六哥不会善罢甘休的。于是说道：“六哥，这个道士是个没来历的，我们不知他的底细，勿要与他冲撞罢。一会再来时劝说他去也就罢了。我们家小业小，不要生事才好。若是得罪了他，暗里给我们生出事来，也是麻烦呢！”

“七妹莫要怕事！”林南说道：“一个外乡来的野道士能掀起什么风浪来。这种人不治他一治，得了便宜仍旧会继续缠着你的。不怕贼偷，就怕贼惦记。你莫管了，此事交给我处理好了。”

这时，忽听得大门外一阵呼喝声。随见那玄真子手持拂尘径直闯进门来。两名伙计追上来，抡起棍棒从后面就打。

但见那道士的道袍鼓动，已是膨胀起来。两根棍棒未及近身，便已莫名其妙地弹飞开去。两名伙计惊骇之余，茫然地站在那里，不知所以。也是再不敢上前伸手了。

林南这边见状，心中惊讶道：“这个道士果然是个有本事的！可惜三哥不在家，否则也由不得他。”

林南生意场上多年，江湖来去，也是见过世面的，此时惊而不乱，上前一拱手道："道长好本事！只是不知如何这般强横无理，硬要拆散人家母子。"随用手一指杨开道："我是这个孩子的舅舅，所谓娘亲舅大，今天当容不得道长带了他去。劝道长一句，不想惹麻烦还请速速离去为好。在下已经报了官了，差人们随后就到。县里老爷可是一个刚正的青天，嫉恶如仇，尤其是对待犯事的外乡人，未审之前先打一顿板子。道长现在已是犯了拐骗人口之嫌，不想吃皮肉之苦，请马上就走。否则大队人马到了，你本事再大，也不易脱身的。况且为了一个素不相识的孩子，自家也不能惹上官家的麻烦罢。"

林南虽是在连蒙带唬，却也说得有理。那玄真子听了，果是沉吟了半晌，这才叹息一声道："罢了罢了！此事也勉强不得，看来贫道与杨开这孩子的缘分还未到。就让他在这世上再混上些时日吧。"说完，转头欲走。

忽又想起了什么，那玄真子又站下，从怀中掏出一册书来，递给林芳道："这是药王孙思邈传世的半部《大医要术》。女居士不是在令他习医术吗，日后若能悟透此书，读得明白，必能成就一个济世的苍生大医。医乃仁术，济世活人之本，入大道之门。杨开既然不能随我直修了真道去，就让他从医道上修悟吧。"

林芳对刚才发生的事还未恍过神来，忽见那玄真子要赠送药王孙思邈传世的医书，不由大为惊喜，忙上前双手接过，然见只有半部，随口问道："道长，如何只剩下半部来？"

玄真子道："另半部被贫道十年前送与祁门的汪机汪省之了，日后凭此半部《大医要术》自能从那汪机处换另半部来读。当世之人，能读透半部，也足以令其成就一代名医了。送多了也是浪费呢！"

说到这里，玄真子又望了望站在一旁还不知道发生了什么事的杨开，遗憾之余，笑了笑道："姑且先令你行医半世，积些功德吧。三十年后，贫道再来寻你。"说完，拂尘一摆，道袍飘动，大步走出。

“三十年后！”林南这边笑了笑道：“那时你能不能活着还未定呢！”接着对两名伙计道：“跟上盯着，待这道士走远了再回来报我。”

那两名伙计惊魂未定，应了一声，跑了出去。

“六哥，这位道长还真是一位世外高人呢！”林芳说道。

“高人未必，不过倒也有些本事。”林南不以为意地道。

“这《大医要术》竟然是药王孙思邈传世的医书，真的假的？”林芳将信将疑地翻了翻。

“还只送了半部。”林南那边不禁摇了摇头。

“没听那道长说吗，另半部送了人。”林芳说道。

“这半部书七妹要小心看了。怕是那野道士强来不成，用些假丹道的书来迷惑于你，再行信了他，而后甘心情愿地将开儿送与他做个清修避世的弟子去。再行入了他的邪门歪道。”林南又提醒道。

“这个我理会得！此书里虽然没有具体的方药，但也多是说些阴阳五行的道理，应该是一部医书的。”林芳翻看着，随后将那半部《大医要术》收了。

不多时，那两名伙计各是一脸茫然地回了来。

一名伙计对林南说道：“六爷，那道士出了镇子，一转眼的工夫就不见了，我二人四下里找遍了，也不见他的影子。”

“哦！果是有些古怪！”林南眉头一皱道：“既然走了，就不管他了。你俩听着，且在我七妹家的门前盯上几天，免得被那道士暗里又转回来寻机得了手去。”

玄真子去了，并且留下了半部《大医要术》，令林芳感觉这个道士还真是有些道行，说不准还真是相中了杨开身上有块“仙骨”呢，不是那般拐骗人口的。心中茫然之余，也自庆幸杨开无事。接着请哥哥屋内饮茶，林南说声铺子里还有事，又嘱咐了两名伙计几句，径自去了。

“娘，刚才那位怪伯伯说是三十年后再来寻我，是什么意思？”杨开站在院子里惑然道。

“这是位出家修行的道长。”林芳应道：“认为你有些仙气哩！要引了你去修道呢。三十年后，他未必再能找到你。莫管他罢，且屋里去看看这半部书是否是那药王的传世之作。”

母子俩进了屋内，于桌子旁边坐了。林芳复又翻开那半部《大医要术》，见首篇竟是《大医习业》和《大医精诚》两篇述医的文字，知道是一部医书不假了。往后又翻了翻，择了其中一句读道：“医者不明道，若游混于人间之乞食者无二。”

“娘，这是何意？”杨开问道。

林芳应道：“意思是说，作为一个为人治病疗疾的医家，不明白真正的医道，就好像和那些游荡在人间要饭的乞丐没什么两样。嗯！还别说，这句话还真是有道理，说得是那般庸医。此书真是一部医书呢！日后你且慢慢读来，有些东西还需你自家悟了。”

“娘，这个道说的就是医道吗？”杨开复又问道。“这个道是指万物间的道理，医道也在其中了。”那林芳为了教习杨开，诸般医书也自先读了个遍，自有些悟性在里头了。

晚间杨文回了来，进屋就问道：“听六哥说那道士走了，竟还送了你半部书来，不知是何医书？”

林芳将那半部《大医要术》递与杨文道：“你自家看罢，对于习医之人倒是有些用处呢。”

“《大医要术》!？”杨文接过，见之讶道：“偶闻爷爷生前说过，医林中有过一个传说，药王孙思邈仙化之际，曾留一部《大医要术》传世，医者得之，尤可参悟阴阳五行之秘，而悟透医家至理，成为济世的苍生大医。可就是这部书吗？”

林芳闻之喜道：“看来果是一部令医家成为那种济世苍生大医的宝书了。成就那般大医之道是很难为的。”

杨文道：“父亲以前就曾说过：但为医者，需读十年医书，再随有经验的师父临症三年，而后方可为医。万不可那般读方三年，便谓天下无病可治；治病三年，便谓天下无方可用了。除非得了高手师父教得明白，自家又学得明白，数年之内也能应得部分病的，如先祖便是这般。虽是也可为医，但担不得大医，大医是入了道的。先祖以下，祖父和父亲，务了一辈子医道，与先祖虽是同列太医，但皆不敢自称大医。所以修成得那般大医之道，可不是件容易事！”

林芳听了，感慨道：“相公说得是呢！”随又喜道：“有这半部《大医要术》，开儿日后当是能成就那般大医之道了！”

杨文摇头道：“也未必，大医的修为是入了道的。古今也没有几位医家能成就此境界。一部阐述医理的医书，也自不能将人尽行引进医道中的。还需自家修悟。没那个天分，就是一部仙书送你，也未必能读个明白。好比我吧，虽生在太医世家，但是自认为没有习医的天分，所以也就不入这个行当了，免得误人误己。”

林芳笑道：“你倒有些自知之明！其实是为自己的懒惰找种开脱的理由罢了。不过为医之道，当是要体勤心明，心开神悟，才能读懂得那些深奥的医书，明辨得万般病症呢。”

杨文道：“娘子说的也是，医道是救人之道，一般人习不来的，也是勤补不了拙的一种特殊本事。便是机缘得遇，得了一两个绝世的秘方，也仅能治几种病症罢了，应不下天下间万般病的。”

林芳听了，点头道：“既然学医，就要成为大医，应得下天下诸病！虽是学医不易，别具灵慧方能有所成。不过开儿在娘胎里我便将他往这条路上引了，幼小便开始辨药背书，遍读医典。稍长之后再择个明医与他做师父，不信成就不了大医的修为。”

此时杨开坐在一旁，听着父母说话，似懂非懂，迷迷糊糊的先自睡去了。

如此过了半月有余，那玄真子再无上门打扰，林芳知道那道士果是去了，心中这才稍安。不过却也不让杨开再行独自出门上街玩耍了，总要在自己的视线之内，生怕再来个和尚、道士的将他拐了去。

第十四章　阴阳五行论

在杨开对药物基本熟悉和记熟了几百首药方后，林芳开始了着重对杨开在医理上的教习。且在母子问答之间，彼此感悟。

杨开问道："娘，这阴阳之义何解？"

林芳读遍诸子百家，且用功尤深，又得了阐释医道精义的《大医要术》，更是别有体会，于是说道："明阴阳之义，先明道。道者，理也。世界之起始，是为无极，无极生太极，太极生两仪，两仪生四象，四象生八卦，八卦出而万物成。道也是一，一生二，二生三，三生万物。这其中的两仪和二，便是由道而化生的阴阳，万事万物都具有的两面属性。道生万物，阴阳具之。世间所谓的修道得道，以及你现在习悟的医道，无不在是求得那个最本始的道理。这个道字，在不同的学说中又有不同的叫法。释家称佛。佛是追求智慧的意思，也是求得道的本义，明了事物的本源。佛家讲空生万物，万物皆空。空是什么？就是那个无极，就是道。佛家不讲阴阳，直指本义，奔那个空去了。道者，亦佛亦上帝！万物一理，便是如此了。万物从哪里来？就是这个道化生来的。你外公外婆信奉佛法，却始终参悟不了这个空是什么意思，所以也得不了那个道去。那些道行浅的出家人也莫不如此。"

杨开点头道："道理、道理，原就是事物最本始的那个道理!”

林芳应道“不错，就是这个道理。道明白了，再说阴阳。《内经·素问》已是说得明白。阴阳者，天地之道！万物之纲纪，变化之父母，生杀之本始，神明之府也……古之圣贤定以阴阳之义，概括了天地万物最本始的道理和变化的法则，纵使后世之人有了对自然万物新的理解和用了新的词语来表明，也自没有阴阳这二字说得明白。五行之义亦然!”

杨开道：“阴阳之义既然涵盖了自然万物本始的道理和变化的法则，后世之人何以又再换了其他的词语来表明，岂不麻烦?”

林芳笑道：“阴阳之义太大了，后世之人不能全理解的，总要具体的划分去。便自远离了阴阳本义。原始的东西，对后世之人来说，可能就是落后的。逐本求末了！药王孙思邈的《大医要术》讲的就是阴阳五行之道中医道的奥妙—天人之道!”

杨开有所悟道：“看来最原始的，才是最有道理的。也是最为人们忽略的，可惜了后世那些聪明人！所以《素问》里说‘善诊者，察色按脉，先别阴阳’!”

林芳道：“是啊！明阴阳之道，可掌生死之大事！诸般医书你读得也差不多了，就说说医理中的阴阳罢。”

杨开道：“医者医人，人与自然中的阴阳之道皆是一理的。‘谨察阴阳所在而调之，以平为期’。且如以阴阳为总纲的八纲辨证，阴、阳、表、里、寒、热、虚、实。辨得阴阳，医理虽是变化万千，也是思之过半了。阴盛则阳病，阴盛则寒，寒者热之。阳盛则阴病，阳盛则热，热者寒之。阴阳偏衰者，阳病治阴，阴病治阳，阴阳互助而已。治法上当泻其有余，补其不足。药性中有‘四气’‘五味’‘升降浮沉’。寒、热、温、凉这‘四气’中，寒凉属阴，温热属阳。辛、甘、酸、苦、咸五味中，‘辛甘发散为阳，酸苦涌泄为阴，咸味涌泄为阴，淡味渗泄为阳’。升降浮沉中，升浮为阳，沉降为阴。如此以药物相应治之，自可阴阳调和。”

“说得还不错!”林芳点了一下头，接着说道：“再说说五行吧。《左传》中说‘天生五材，民并用之，废一不可’。《尚书》中说得更是明白‘水火者，百姓之所饮食也；金木者，百姓之所兴作也；土者，万物所资生，是为人用’。五行者，金木水火土。为了更加准确地认识和了解万事万物之性，在阴阳的基础上，对自然万物又划分了五行的属性。除了金木水火土具体物质的本身外，最重要的是指它更广泛的五行之性。木性曲直，但凡有生长、升发、条达舒畅的作用或事物，皆归属于木。火性炎上。但凡有温热、升腾作用的事物，皆归属于火。土载四行，为万物之母。但凡有生化、承载、受纳作用的事物，皆归属于土。金曰从革，但凡有清洁、肃降、收敛作用的事物，皆归属于金。水性润下，但凡具有寒凉、滋润、向下运动的事物，皆归属于水。切记，这不是简单的归类，而是古代的圣贤们对我们这个世界中的万事万物之性的最为广泛和精确的总结。”

林芳随后道：“开儿，你且再说说五行与人体的关系吧。”

杨开道：“肝喜条达而恶抑郁，有疏泄之功能，故以肝属木。火性炎热，其性炎上。心阳有温煦之功，故以心属火。土性敦厚，生化万物，脾有运化水谷，输送精微，营养五脏六腑，四肢百骸之功，为气血生化之源，故以脾属土。肺具清肃之性，肺气以肃降为顺，合金性，故以肺属金。肾有藏精、主水功能，故以肾属水。”

林芳道：“不仅如此，还要明白五行对应的六腑、五官、形体、情志、五声、变动。再对应以自然界中的五音、五味、五色、五化、五气、五方、五季。触类旁通，将万物中的阴阳五行收在心中，合以医道，真的是可达大医之道了。这是医道的基础，不可不知。”

林芳接着说道：“这些学问，都是探求天道的途径，天道一解，医道自通。”

杨开听到这里，说道："娘，若是直接明白了那个大道，也自一通百通了罢。"

林芳闻之一怔之下，笑道："开儿说得是呢！"想起昔日那个道士玄真子，倘若真带了杨开去日后修真得了道，诸般术法，又习之何来。林芳不免生出了些许遗憾。

林芳讲解了一番，最后问道："娘说的这些，你可是听得明白？"

杨开坐在那里，已是有些倦意，打了个哈欠道："明白，只是让娘再理顺一遍罢了。"

林芳闻之一笑道："明白就好！不为良相，但为良医。既做良医，必做大医。大医之极者，是为天医！天上地下，将无病不治了！"

杨开困得双眼已是睁不开了，嘟囔了一句道："娘，那个天医孩儿可能做不来，就做成个神医罢！"说完，再也坚持不住，倒头睡去。

林芳见了，甚是心疼，摇头苦笑一声，为杨开盖好了被子，这才掩门离去。

林芳回到卧室，杨文早已睡了。此时被林芳上床的动静扰醒，一把搂过来，不愿道："过了三更才回来，你这个师傅教得倒是尽兴，可忘了还有我这个丈夫吗？"

林芳道："你这辈子也就这样了，一个小账房也就做到天了，我可指望着开儿日后为我争脸面呢！没有个真正的师父领着学，自家不用尽了功夫哪里能成事的。况且书本上的东西自家都学不来，日后何以讨教师父去。真正的师父，是教弟子书本之外的东西。"

杨文被妻子抢白了一回，不情愿地"哼"了一声，松开了手臂，倒于一边睡去。

林芳轻微叹息了一声，依偎在杨文身边，感觉对杨文实是有些愧疚。自夫妇二人成婚后怀上孩子以来，所有的心思都用在了杨开身上，自己也失去了部分本应该属于夫妇之间的快乐时光。但是这一切并未令林芳感到后悔，自己在为杨家培养一个日后的医中圣手，那才是最自豪的事情。七年的时间过去了，为了一个孩子还不可测的将来，终日教子习医辨药，一般人或早已松懈，激情不再。而对林芳来说，则是兴趣越来越大，因为她对自己，也是对杨开充满了信心。

这日，杨开读了一会医书后，放下手中的书卷，站起身来慨叹一声道："遍视天下，皆是可怜之人！"

正在旁边整理书籍的林芳闻之，抬头讶道："我儿何出此言？"

杨开道："我看世人无论贵贱贫富，皆难逃生老病死，尤以病患之苦为甚，便是天大的富贵也换不得一条命去。说起来实是可怜！"

林芳笑道："我儿却是有了大慈恻隐之心呢，行医济世之功德，先由此志开始。"

"娘！"杨开道："儿已经读了这么多的医书了，何时才能为人诊疾治病去？"

林芳道："生死是人之大事，多在医家掌控之中，未精医道，何敢言于诊治病人。你父亲对我说过，你爷爷生前是朝廷中太医院中的太医，曾有言：若为医者，必读十年之书，临三年之诊，谙熟医理，方可为人治病。你这才读了几年医书，并且也刚刚初习诊法。那般望、闻、问、切之术，不是从书里就能直接学来的。你现在尚小，且将诸般医书读透了再说罢。"

杨开道："娘，书里记载的那些名医，多是师从良医之后，才有所作为。孩儿如何能拜上一位良医去？"

林芳道："我和你父已商量过了，待过几年，诸般医书读得差不多了，再将诊法多少领悟了些，必为你找一个师父的。否则书上的东西自家还未能弄明白，即便寻了个师父去，也只能教授你些无根的本事，日后成不得大家。以一方一术混得个清闲自在，不是娘的期望。莒县一地暂无名医，只有那家安顺堂算是有点模样，每日里能有几个病人。且又不能将你送到外地去。所以，到时候你先去安顺堂拜那郎中王成顺为师。实际接触些病人，将先前所学有个试武之地。几年之后，再行为你另寻一位当世的名医大家。以你的基础，当不用十年八年长远的去学了，有个三五年，只要那师父肯教你，他的毕生本事，你一定会习来的。你可是在娘胎里就开始学习医药了。”

《大医要术》载：弃术论道，凡人不解；弃道论术，圣手难成！

杨开每读此语，尤自有所感悟。偶又复读《黄帝内经》中“人身自有大药”一句时，恍悟道：“是了。我杨家世传的续命丹，是以野生山参为主药，参性大补元气。这续命丹大补元气的同时，更是能搜尽和激发出重危病人的残存精气，支撑性命于一时。《内经》所谓，人身自有大药，当是人体中潜藏的精气神了，也是真气、元气。部分草木之性，便是能激发出这种潜伏的人身元气、真气，以驱逐病气，这就是一部分中药能治病的真正意义所在。”

“有病不治，常得中医！人身有小病不治，令其自愈，往往相当于请到了一个中等水平医生的治疗，比那般庸医胡乱下药要好许多。人体本身便有抗病的能力，这就是人身的大药了。正气存内，邪不可干！元气充足，人便不易得病。”

杨开又摊开那半部《大医要术》读道：“世无灵丹妙药，但以万物为药，运用得当，适症应时，皆可为灵药。中病之药，便是妙药、奇药，参与草芥同价也！”

“此语甚妙！”杨开兴奋地击掌道。

《大医要术》详尽天人之理，尽阐阴阳五行之论，全释医道本义。是为医者，不仅是识药辩脉知方就能疗疾的，那是下工。上工者，必知阴阳之达变，识五行之妙用，方为全能之大医。略知疾病前因后果的中工已是难至，古今上工者又有几人呢！医道难为，便是如此了。故孙真人遗下这部《大医要术》，是为后世医者明医之明灯。然，经渡有缘人，也不是谁人得之就能修悟得了的。

半部《大医要术》杨开已是背诵下来，其奥理深义杨开还未能甚解，但是隐感这半部书中所承载的似乎就是自己日后甚至于是一生所要追求个明白的东西。可惜只有半部《大医要术》，另半部记得昔日赠送此书的那道士玄真子说过，送给祁门的汪机汪省之了。那人想必也是一位不同一般的医家了，否则那玄真子不全将另半部《大医要术》送予他的。若得下半部，当是要以这上半部去换过来才行。未能得阅的另半部《大医要术》从此在杨开心中留下了念头，想着日后必要寻着那汪机易过后半部来。

诸般医书中，杨开先是广泛地涉猎，然后再重点去读去感悟母亲为自己精心挑选出的部分，有的经文虽是不能读得懂些，也自不求甚解，但在此先有个印象。而后在读其他的经文时，偶然间触类旁通，也自欣慰。读得倦时，将书卷一丢，跑去外面玩耍。林芳倒也不刻意地去管教，任其自去。

这杨开在娘胎中便感受母教，天生聪颖，幼读诸般医书，待读得多些，自家便免不得生出些许的疑问来。譬如那五脏六腑，还有那奇恒之腑：脑、髓、骨、脉、胆、女子胞。这些都是人体中有名有实之物。唯那六腑中的三焦则“有名而无实”，膈上为上焦，膈下至脐为中焦，脐下为下焦。杨开不明古人何以知三焦之所在，且列入六腑之中。

杨文又对杨开母子说过，昔日曾随父杨简借太医之便去刑场验因犯重罪斩首的尸体，也不曾寻得个三焦所在，便是那满医书中罗列的十二经脉和那奇经八脉，也未曾辨得出一条来。皆似虚存人体之内，但显象于外。《素问·六节藏象论》便是指此。

杨开心中充满了各种疑惑：“不曾眼见的三焦经脉，古人是怎么发现的？或者说有是穴便有是经脉吗？还有那重要的魂魄、神气、真气、元气，以及各种脏腑之气，都是不可见的，却又是真正存在着的。难道说是人身中还另有一个有别于血肉之躯的系统存在吗?”

这些疑问，的确令还尚在年幼的杨开迷惑不已。

在杨开十二岁上的时候，由林东出面，请了个中人为介绍，备下重礼引杨开拜城里安顺堂的坐堂医生王成顺为师。杨开开始了真正的接触病人。林芳如此安排，就是给杨开一个实际临诊的机会。莒县一地，虽是有几家药铺和几位坐堂医家，但皆为平庸之辈。安顺堂的王安顺在这些人里头算是个好手了。周围十里八乡的病家，家贫又走不得远道的，病之轻重，是死是活的多来交付给了王成顺的安顺堂。所以安顺堂的生意虽是称不上多好，却也是闲不下来的。有此依仗，王成顺也自收了些名利，否则林芳也不会将杨开送来拜师学艺的。

那安顺堂在城东，临街的两间铺面，一间是诊室，放着着一张木桌子，上摆有诊脉的小枕，和写处方的笔墨纸砚，甚是简单。旁边置有几条长凳，供待诊病家候诊之用。在正面墙壁上，供奉有药王孙思邈的画像。隔壁的房间是药房，摆有两架药橱，几百种常用的中药装在里面。后面是一处院落，居家住所。

这药铺、医馆内供奉药王，多以药王孙思邈为先。也有供奉韦慈藏、葛洪、邳彤的，不一而论。

却说那王成顺的安顺堂除了他叔侄二人已是有了个学徒叫做李千的，来了有三年了。李千长杨开两岁，也是个本分人家的孩子。只是家境贫寒，父亲李生与人做杂工度日。或是那平民百姓做惯了，在李家几百年的族谱里竟然没有一个有大出息的。到了李千这一代，仍旧延续着艰苦奋斗的作风。还好李千有个叔叔叫李同的，是个争不得功名又不愿舍下清高的落魄秀才，闲里教李千识了些字，不曾落得个文盲去。

那秀才李同倒是有些见识，曾对其兄李生道：“李千这孩子逐渐长大了。你我这辈子功名无成，不能再叫李千将来混至我们这般模样，人前说话先自短了气去。欲叫他去谋个营生，却又出不起这个本钱。不若令他学成个将来糊口的手艺罢了。城里安顺堂的王成顺与我是旧识，我抹下脸皮讨个人情，叫李千去那里做个学徒吧。那王成顺虽是算不得个名医，却也能混出温饱来。李千日后能以此讨口饭吃，饿不死他也就罢了。”

李生随后备了份礼物，由李同拎了带着李千来到了安顺堂见了王成顺。说明来意后，即叫李千叩头拜师，也不管那王成顺愿意不。而后李秀才哈哈一笑，袖子一挥，竟自去了。那王成顺强却不得，只好不甚情愿地将李千收下了，也是想令李千做些杂活，日后知难而退。杨开与李千不同，是请了人做中备了厚礼来的，是个真正的来学习医术的徒弟。李千则是个徒工罢了。

李千自是不得王成顺、王民叔侄的待见，说是来做学徒，实际上是个杂工罢了。也是旧时风俗，有手艺的师傅们，收下个徒弟先要考考他的意志，做几年苦工再说。自家的本事是不能轻易地传授给人的，免得教会徒弟，饿死师父。同时也是在磨炼徒弟的性子，能不能忍得，否则也不能静下心来学成真本事去。此法虽是能最后挑选出好徒弟来，有时却也能误了人的。

也是那李千是一个强拜师的徒弟，王成顺不是真心要收下他的，碍于那李同的面子，收留了一个不付工钱的工人而已。如此一来，本是内向的李千，愈是沉默寡言起来。每日里本是王民的杂活都由他一人做了去，也是认为学徒如此，不曾有得半点怨言。便是有病家来求诊，那王成顺察色按脉，处方遣药，李千得了机会站在旁边来看，也自看不出所以然来，空费了些岁月去。

只是做活的过程中，譬如晒药、碾药等接触药物的工作中，令李千认识了安顺堂的大部分药物。闲里又去药橱旁按名识药，心中记下，好歹学了些东西来。

不过最能触动李千并且令他感到震惊和改变他人生的一件事，就是第一次见到王成顺施了一回针术。

一日，有病家捂着腮痛苦地来到安顺堂，说是牙疼。王成顺诊过之后，持了一针，竟自在病人耳前侧刺了一针，留针稍许，竟令其痛全消。这着实令李千惊讶不已。小小的一根细针，却有如此奇异的神效。于是专心留意起王成顺叔侄在针灸上的治疗来。虽无人来特意地教他，他便自在旁边留心地看着。时间久了，便从王成顺、王民叔侄的话语中知道了人身是有一种叫做经络的东西，而经络上又布列着一些穴位。针是要刺在那些穴位上的，可治疗相应的疾病。李千于是兴趣大增。

对学习针术的渴望，李千一日壮着胆子向王成顺讨借针灸书来看。

那王成顺冷冷地道："你那叔叔李秀才虽是荐了你来，且将手中的活计做明白了就行了，这东西你学不来的。日后但能成为一个辨得药的药工就是了。"

李千听了，暗里一叹，便不再言语。也是王成顺的那句蔑视人的话深深地刺激了李千，令其无地自容之余，生出了一种学成本事，待日后出人头地的念头。偶得闲时，便于王成顺的桌子上翻阅一些医书里关于针法经络方面的内容来看。好在李千在安顺堂手脚还算勤快，并没有真正的讨人厌去，他私下翻阅医书，王成顺也未刻意地去阻止。李千只是不能将那些医书拿回家中去看罢了。不过王成顺所存的针灸方面的书籍很少，又多放在自己的书房中，诊室里的多是药物方脉书，未能令李千系统地了解经络和针法。

三年下来，李千虽是认遍了安顺堂的几百味药物，但是他自家喜欢的针灸却没有太大的进步，甚至于十二经脉的原文都未曾见到。

这个时候，杨开的到来，令李千找到了一个能说话的伙伴。也是二人年龄相仿，又有师兄弟之称，便自要好起来，仅仅十多天，便成了无话不谈的朋友。

谈话中，杨开知道李千对针法感兴趣，却无相关的医书来看，于是将《内经》中所载的十二经络和奇经八脉的经文抄录了一份予了李千。

那十二经脉是：

肺手太阴之脉，大肠手阳明之脉，胃足阳明之脉，脾足太阴之脉，心少阴之脉，小肠手太阳之脉，膀胱足太阳之脉，肾足少阴之脉，心主手厥阴心包络之脉，三焦手少阳之脉，胆足少阳之脉，足厥阴肝经之脉。

奇经八脉为：

督脉，任脉，冲脉，带脉，阳蹻脉，阴蹻脉，阳维脉，阴维脉。

李千见了这些经文，大喜过望，如获至宝，感激地收了。以前在王成顺叔侄身侧，仅闻得部分经脉穴位之名，便是在王成顺诊案上的医书里所获取的针灸知识也是极少。也是那王成顺主要务于方药，粗略针法而已。日后成为一代针灸大家的李千，将杨开亲自抄录送与他的这数纸经脉经文，珍惜之极，收藏终生。

仅仅过了数日，早晚吟诵，李千便将这十二经脉与奇经八脉的经文倒背如流。世间大凡对某种术艺有所成者，首先必须要有极大的兴趣才可。

杨开偶然闻得李千已是将那经脉的《内经》原文熟悉地背诵下来，自对李千生出敬佩之意。回到家里，索性从自已的医书中挑出了《内经·灵枢》和《针灸甲乙经》。第二天到了安顺堂后，私下送与李千。

李千见状，感激之余，却是不敢受。说道：“师弟抄录经络经文与我，已是感激不尽，如何再敢接这等珍贵的医书！”

杨开道：“师兄莫要客气！书送与有用之人，才是那著书者的本意。这两部医书我暂时用不着的，日后让我那做生意的舅舅出门时再为我购买回来就是了。师兄既有志独修针法，少了针灸书怎能成。况且一部《黄帝内经》，讲述针道的《灵枢》便占了一半去，可见古人尤重针道。针法快捷，简便廉验，修成此道，一针独可走天下。我们是朋友罢，这两部书就算我借与你的，读透了再还我就是了。”

李千听了，激动地道：“师弟对我之恩，无以言报，日后必以所成相酬。”

杨开笑道：“这样最好！”

两个孩子倒也惺惺相惜。

第十五章 安顺堂

杨开入安顺堂正式开始了拜师学艺。因年龄尚小，又在一个莒县县城里，所以和李千一样，早来晚归，做了个走读的学徒。每天早上由杨文送来，晚上再接回家去。中午在安顺堂，由王成顺管一顿饭食。每月杨文按了林芳的意思都要送些礼物来，算是抵了饭钱。对于李千来说，他的饭钱由他每日做工顶了。这也是李千父母同意他在这里继续混下去的一个小原因，家里毕竟能省去一顿饭。

杨开算是王成顺名正言顺收的弟子。为了他能在安顺堂里顺利地习医，杨文和林芳夫妇是备了重礼的。林成曾赠送的两锭黄金，一锭购尽了那田辉家的医书，一锭多半用在了这里，所以杨开得到了善待，一来便被王成顺安排在诊室里随自己应诊见习。

开始时王成顺对杨开这个仅有十岁的小弟子并未在意，以前倒也听说过林家有这么一个外甥，能识别一些草药，如今被家人送了来，无非是其父母一时心血来潮的心愿罢了。日后入不入得此行当，也是难说的事。这习医可是比习任何本事技艺都要耗人心血的，下的成本重，能否收获得来，还属未知。小孩子家玩性大，待习得厌倦，兴致过了，怕是要吵闹着离开的。所以王成顺抱着应付几个月的心思来收下杨开的。毕竟礼重不忍却，还有熟头熟脸的人情在。

刚来的几天里，王成顺以为新收的这个徒弟除了识字和能辨别几味草药之外，应该什么都不懂的。一切还要他重头教过，也自端起师父的模样，指定了几本医理书和药方书要杨开来学。

王成顺拍了拍桌子上为杨开准备的那几册医书，漫不经心地说道："这有《内经素问》一部，《神农本草经》一部，《千金方》一部，皆是那医者登堂入室的必修之课。你且先将这三部医书读熟些再说罢。"

杨开见这三部医书虽是重要的医家经典之作，却是自己这些年来早已熟读过的医书，书中重要的部分甚至于能背诵下来。不过有《内经》在里头，自己目前还未能真正领悟，所以杨开也未敢托大，站在那里恭敬地应了。

自此以后，王成顺的诊桌旁边便多了张椅子。一个孩子坐在那里"观赏"王成顺接诊病人。虽是都知道是王成顺收的弟子，因为年龄小些，也多了些可笑。因为有时待王成顺诊过的病人，杨开也要求自己复诊一下。

"这不好玩!"王成顺笑了笑，倒也令病人们将手腕再伸向杨开。见杨开象模象样抬手出了三指按那寸、关、尺，一付认真的神情，令旁观者皆不禁宛尔。

杨开却也不管，待诊上了脉，便宁心静气地细察脉搏之动，而后辨其浮沉迟数。初习诊脉，哪里晓得这其间的奥妙，指下脉间，全不合自己认为的从脉书上学得的脉法。迷茫之下，皱眉摇头，一付不解的模样，时令观者大笑。

不过待王成顺开出方药来，杨开那边看过时，已是自家熟悉的业务了。见王成顺全按经方布药，变化极少，以为医家大凡都是这般路数，不由得自信了许多。

"你能看得懂吗?"王成顺见杨开持了药方发呆，笑了笑，而后一指药房那边，示意杨开将药方送过去，让王民按方子抓药。

杨开摇了摇头，起身将药方送了过去。他摇头，并非是不解此方药，而是对这方药应对的脉象还未能对应上。

杨开将王成顺送与自己的那部《内经·素问》也送给了李千。本是家中已有的，见李千少了医书来读，便想助他一臂之力。告诉李千，想读什么医书，自己会借与他的。李千感激之余，说是只想专习针术。杨开便从家里的诸多医书中挑选了针灸方面的书籍借给李千。此事和母亲林芳说明了一下，林芳见杨开有一个志同道合的师兄，也自爽快地应了。

李千见杨开的到来，令王成顺叔侄以礼相待，全不是对待自己的光景，心中虽然不是个滋味，羡慕之余，却也不嫉妒，知道杨开比自己强的，就应该有这般待遇。并且杨开私下还借给自己医书来读，心中更是敬他。

在林芳的邀请下，杨开将李千领到家里一次与林芳见了。林芳见李千虽是家中贫困，事先也知道了不甚得王成顺这个师父待见，然而两眼中却有一股子不亚于杨开对务习医道的热情，也自喜他。见到了杨开家中数百册的医书来，令李千惊讶之余，感慨之下，尤自羡慕不已。

半月下来，杨开发现王成顺还是多是以成方治病，很少加减。病家服药后复诊时所述的效果也不是很好。始知治病之难，不是阅了些医书就能应付得来的。心中愈加谨慎。

杨开初始接触病患，诸多病脉，呈现指下，要逐一理顺明白，而后再合方药，以应其症，转而再合应脉象，以此来验脉法。这也是和母亲林芳商量后定下的练习诊法之道。杨开来安顺堂真正的目的，就是接触病人，将自己以前的学识，与实践整合。对林芳来说，那个王成顺的道行，除了在诊法上熟悉些和多些实践的经验外，在医药的知识量上未必能有杨开知道得多些。令杨开入习安顺堂，也仅是个无奈之时的权宜之计而已。因为这莒县一地，也只有安顺堂的病患多些，舍此无他了。

过了月余，王成顺想试试杨开，就令他背诵些药方药性。不曾想杨开张口就来，似乎比他还熟悉。又试着问了几个冷僻的方子和药物，杨开仍旧对答如流。着实令王成顺吃了一惊，始知杨开是带着一身学识来的，这才不敢小看了这个弟子。再看看那个自家的侄儿王民，跟随了自己习医有十几年了，也无杨开这般对方药的熟悉。心中感慨之余，也不是个滋味。

李千得了杨开借给的《灵枢》《针灸甲乙经》诸医书，终于可以系统的学习针灸术了，愈是痴迷起来。且对杨开能自幼便开始学习医书，已是知之甚广，羡慕之余，也自有个竞争的念头。二人也自时常交流所得，互相激励着彼此进步。

一日闲时，王成顺偶闻杨开和李千论及针法，于是在一旁插嘴说道："现今海内称针法者曰归安凌氏！此人叫凌云，是当今的针灸大家，曾任朝廷御医，现居浙江归安，创'金针堂'行医济世，享誉民间，素有'凌氏金针法，海内第一家'之说。"

那王成顺犹豫了一下又道："不过针之为术，应急时一用罢了。小小针具虽是取效，却收不得太多诊金的，比不得方药令病家心甘情愿地付你银子来得实惠。除非习成那凌云天下第一的名头来。"

杨开、李千二人听了，各自努了努嘴。这个师父说得虽是实在些，却也世故势利，少了些许悲人济世的医者情怀。德行厚薄，术之高低，道之深浅，由此可见了。

"师父。"李千心中此时一动，随后认真地问道："那凌氏针法果有天下第一之称吗?"

王成顺道："当然。医界中有'凌氏一针，天下万药'之说。一针在手，可抵天下间万般药物之功效！几年前曾听人说起过，有一个病瘫三年之人，被那凌云一针治愈，当时即能下地行走了，轰动一时。故凌氏针法并列当今天下九大奇针之中。"

"九大奇针?"杨开与李千相望讶道。

王成顺道："现今医林中有一个传闻，曾以奇特针法和特殊针具行医的共有九大奇针。凌氏针法算一个，传说中可治天花毒疫的天花针法算一个，还有一个是山西陆家的缠丝针。我也仅知道这三个了，也只是闻其名而已，具体的是什么针法针术也不甚清楚。"

"九大奇针！天下间竟也有这么多出奇的针法！"李千眼中精光一闪。

杨开道："师兄但能习成一种便好。"

王成顺听了，哼了一声，显是有不屑之意。李千在安顺堂三年，除了能识些药材外，几无长进。比不得杨开一身有问能答的学识来。师父领进门，修行在个人，他这个连门都未能将李千带进来的师父，对李千不是失望，而是一种本就未曾认他为弟子的态度。李千能留在安顺堂，是他的那个死皮赖脸的叔叔李同做的好事。对安顺堂来说，仅仅是来了一个白干活的工人而已。

李千站在那里，有些尴尬。他本是一个认命的人，安于贫，安于人的不屑。一个十几岁的少年，竟然习惯了这个世界理所当然的冷漠。

在安顺堂，杨开又具体的学习到了很多的知识。王成顺开出的方药多是汤剂，煎熬药物的器具当以陶罐为佳，余者次之。当然，还有银器，不过不是一般人家所能应用的。诸多器具中，尤其是不能以铜器和铁器具煎熬药物，以免与药物中的一些成分另起反应生出毒性来。

虽是药能应病，但是在煎药之时，不注意煎药的器具，水、水量、文武火候、时间以及需要特殊处理的药物，煎出之汤药，用也功少，效果不显。往往又责之医家术之高低了。

煎药之法，首选陶罐，水当以清洁为主，井水、河水为佳（当今以自来水则可）。水量要超过药物表面，第二遍煎药的水量可适当减少。煎熬药物之时"先武后文"，武火（大火）使之沸腾后再经文火（小火）慢煎，其药性易出。若不慎将药物煎得焦糊，则弃之。万不可添水复煎。凡花叶及芳香类药物煎熬的时间宜短，根茎、果实、种子类的煎熬时间宜稍长。贝壳、矿石类、动物类，质地坚硬的药物可久煎。

药之不同，又有先煎、后煎、包煎、另炖、另烊、冲服之区别。矿物类药物，譬如石膏、磁石、龙骨、牡蛎、龟板等物，可先煎，后再放其他药物。多些毒性的，如附子、乌头、生南星、生半夏等药也必先煎，以缓其毒。芳香类药物如薄荷、荆芥、砂仁、白豆蔻等可后下，久煎药效易失。

易散或呈粉状之药，则要包煎为好，否则会弥散药水中，不利过滤和服用。如旋覆花、车前子、滑石粉、海金沙、蒲黄、夜明砂等物。

贵重之药，可单煎独服。如人参、西洋参等，全其药性，避免浪费。或可不需煎煮，研末冲服。如人参粉、犀角粉、三七粉、铃羊角粉、牛黄粉等昂贵之药。

那般胶质类药物，必须置隔水碗中文火慢炖，溶解之后再行冲服。如阿胶、龟板胶、鹿角胶、饴糖、玄明粉等物。

汤药的服用时间以早饭前晚饭后为宜。具体的病症也可适当增加次数。一般以温服为主。解表药则宜热服，以利发汗。解毒清热药易凉服。大凡寒病药热服，热病药凉饮，阴阳达变，尤增药效。不过现今医家多不注意这些细节了。

药以白水送服，避免茶水，茶能解药之故也。

安顺堂给了杨开一个真实的医药世界，在这里令他学到了更多更具体的知识，尤补医书上的不足。察色按脉，处方遣药，辨证施治，体会诊治疾病的过程，将自己的知识进行整合。

闲里时，见王民抓药，手里持了戥子（专门用以量药的一种小称），在身后的药橱上一个格子一个格子的小抽屉里撮药。觉得好玩，也试着去做。时间久了，嫌其麻烦，于是试着撮一点药来，估计一下分量，再用戥子称量。不同的药物，质地轻重的皆来试过。竟被杨开慢慢地练就了“一手准”的程度，抓药时不用戥子，竟也丝毫不差，又令那王民汗颜了一回。当然，练成这手绝活，是在杨开来安顺堂两年之后的事了。

这“抓药”也自有个来由，源于药王孙思邈，因他经常外出行医采药，身边总是离不了药去。这药带得多了，麻烦事也就来了，因药性各不相同，是不能混杂在一起的。于是药王就以一块大布做了一种围身，围身上缝制了许多的小口袋，这样，每个小布口袋里就可以装入一种药物了，不至于弄混了去。遇到病人，诊脉开方，按方索药，从小布口袋里一一抓捏出来组成一剂，甚为方便。当然了，这种“布袋医”也是权宜之计而已，药物过多，一件围身，不能将所有的药都尽行装进去，只装有平日里常用的就是了。后人受此“布袋药房”启发，发明了药柜、药橱，设了众多格子，里面各安小抽屉，将药物分门别类装入，在抽屉外标记药名，便于寻找，利于抓药。

数月后，从部分病人反映的治疗效果来看，杨开不由得对王成顺所开出的方药产生了迷惑。有些病症若是换了自己来处以方药，当会和王成顺的方子不同的，也可能会有着不同的效果。

并且那王成顺、王民叔侄二人，在某些病症上，似乎有着自家秘方，有时候配制方药，叔侄二人竟然背着杨开和李千。倒是不想令这二个弟子学得太快了去。

杨开天性纯真，以为拜师学艺就是这般过程，也自不以为意。主要自己也能从王成顺叔侄所谓的保密秘方上能看出个一二来。不过时间久了，也对那叔侄二人产生出想法来。尤其是对王成顺的治疗效果上，开始产生了怀疑。因为他认为，如果变换了方药，再行治疗那些效果不明显的病症，一定会有新的效果的。

但是由师父主诊，自家虽有想法，却也不便说出。认为师父，毕竟是有经验的师父。就是说出了自己的想法，师父也未必能认同的。便是那些病家，又有谁能相信一个小孩子来，将自家性命托付给你。这一阶段，杨开好是迷惑。回去说给母亲林芳听。林芳告诉杨开，暂时还是以看为主，不可轻言。因为师父王成顺毕竟在莒县城里行医几十年了，属于那种老资格的。他的诊治方法或许有着它的道理，虽然效果不是那么的明显。杨开依着母亲的主意，只好仍旧站在王成顺的旁边呆看。

如此过了半年，杨开的恭敬，已是博得了王成顺的好感。尤其是发生的几件事更令王成顺对杨开刮目相看。

一次王成顺诊治一名胸满恶食，呕吐腹痛的病人。是那内食生冷所致的脾胃阳气受损，痰湿阻滞，气血失和之症。症合五积散，化汤剂用。其方计十五味药，王成顺写出了十四味，剩下的一味怎么也是记不起来了，坐在那里不免有些尴尬。他用成方用得惯了，舍不得少了一味药去。

杨开旁边瞧得明白，于是朝药房内的王民喊道："师兄，干姜药橱里还有吗？若是没有，师父这边也就不用了。"

王民应道："还有一点，仅够抓一张方子的。"

王成顺听了，立时恍悟，五积散中自己想不起来的那味药就是干姜。知道杨开用意，不由赞赏和感激地望了他一眼，然后写在了方子上。杨开虽是问王民，却是在提醒王成顺，尤其是顾着王成顺的面子，又解了他犹豫不决的尴尬场面。

王成顺对杨开能将经方熟悉到这种程度，佩服之余，也自知此子日后医道上的修为不可限量，于是也慢慢地放开原来的术不传外人的心理，将自己的临床心得一一告诉杨开。尤其是在诊法上，认真地给予指导。令李千也有机会站在旁边学习了。

一天，杨文来接杨开回家。王成顺便对杨文说道："杨先生，令郎医学造就已非同一般，王某的本事怕是教不来他。"

杨文笑道："王先生过奖了，一个小孩子能学到哪里去。跟随先生得些实际经验就是了。"

王成顺听了，这才明白，感情人家送子来拜自己为师，无非就是得个实践的机会罢了。权且过渡一下。日后必是要再行拜一个名家去学习。心中感慨，对杨开又自看顾了些。也是杨开真正地折服了他。

这个时候，李千已是明了了人身的经络穴位，只是还不甚熟悉针法，因为他没有实践的机会。便是王成顺也只是偶尔施下针术而已，并不以针灸为主的，令李千失去了诸多的机会。好在有杨开借给他的针灸书籍来看，只好先从理论上充实自己了。

李千还是忍不住寻了一根王成顺废弃的铁针，晚上回到家里扎在自己身上来练习，以来体会针刺入人体时的感觉。但是李千在身体上扎出了血水来，也未能得其要领。针灸书上虽是说得明白，可是一旦真正的施起针来，就是两回事了。好在李千主要的还是熟悉点刺穴位的准确，先从自家身上练习是了。

杨开有时从家里带了些吃食与李千同用，令李千尤是感激。杨开闲时也帮着李千晾晒药物，做些活计，二人的友谊愈加深厚。杨开见李千醉心于针术，且在这方面研究得比自己还专心，经脉穴位的熟悉程度也比自己要强，也自为他感到高兴。想起家中曾有父亲请了木匠制作的一尊针灸木人，闲着无用，于是想送给李千，可是再行寻找时，已是不见了。问过母亲，也说不知。于是作罢。

两年多的时间过去了。

杨开此时对诊法多已熟悉，诸般病脉也见识了不少，尚缺的是辨证论治的火候。一个医学的大基础已是打好了。

这日午间，王成顺叔侄两人赴宴去了，留下了杨开、李千二人看守安顺堂。二人便坐在那里说话。

闲聊了一会，李千认真地说道："师父曾言：海内称针法者曰归安凌氏！那凌氏针法天下第一，我既然要专究针法，舍凌氏别无二家！"

杨开闻之讶道："师兄可是打算要离开这里吗?"

李千叹息道："不错！爹娘和叔叔费尽了力气将我送进这安顺堂来，指望我学成个吃饭的本事。可是师弟也看到了，师父谨慎得很，不甚情愿将他那医病的本事尽数传授我们，再耗上个十年八年的也未必能学到些什么。况且师父在针法上也还称不上好手，再于他那里习不到什么了，不如竟自拜了那凌云去。今天就走。"

杨开听了，点头道："也好，师兄既专注于针法，当拜习名家才行。师父在针法上也是偶用取效，治病多在药上。再于这里久呆无益，去了也罢。你且候我一日，我于娘那里讨些盘缠与你。"

李千闻之，忙拒绝道："师弟的心意我领了，我……我自有法子寻到那凌家的。"说到这里，李千不由低了头去。家中清贫，其父母自无法为他备上路上的盘缠。

杨开道："此去浙江路途遥远，师兄即便走到凌家，也要备下拜师之礼，否则凌家不收你，岂不空走一回。你我师兄弟，勿要客气，算我借于你的罢，待你日后有了再还我不迟。"

李千听了，感激之余，也只好无奈地点头应了。二人约好明天早上城外的路口处见。

等到王成顺回来，李千便向其辞别，并说明了游走归安，寻那凌云拜师学习针法的事。王成顺对李千的去留本不在意，只是听说李千要去拜那凌云为师，意外之余，自是呈现出了一种不屑来，认为那是痴心妄想的事。冷笑了几声道："随你的便罢。我这安顺堂真是容不下你呢!"

李千红着脸施礼退下。杨开一边摇头不已，也自不好说什么。一个人送李千出了安顺堂，二人相望无语，点头别去。

杨开晚上回到家里，对林芳道："娘，可否借我几两银子来用。"

林芳听了，不由一怔，讶道："你要这么多银子做什么去？”

杨开道：“李千要去浙江拜师专习针法。娘知道的，他家自无盘缠与他来用，我们且借于他罢。也是师父不甚待见他，早晚要走的。李千专究针术，这一点上，孩儿都不及他的。”

林芳听了，笑了笑道：“你倒是仗义！这可不是几钱银子的事，而是几两银子，你爹爹一个月的工钱呢！”

杨开道：“娘说过，济人之难，也如治人疾病一般。如何舍不得这几两银子去。”

林芳摇头道：“你是不当家不知柴米贵！况且年节的孝敬你那师父也要花费不少，娘又能哪里为你寻这几两银子去。”

“娘！那就请你去六舅的柜上借些罢！我日后还他。”杨开忙出主意道。

林芳听了，不由笑道：“你以为六舅的银子是大风刮来的。你还要日后来还他。舅舅可是稀罕你那几两银子。”

杨开又自央求道：“娘！我们就帮李千一次罢。他不带些银子上路，是不容易走到浙江的。你这几两银子说不定能成就日后的一个针法上的高手来，也是济世救人之一举。”

林芳被央不过，只好点头道：“好了，好了！娘应了你就是。好在娘还有三两银子的私房钱，都与了你便是。也是娘看那个李千还是个好学的孩子，又和你相处得来，你既愿意帮朋友这个忙，那就助他一次好了。”

杨开听了大喜道：“谢谢娘！你是这个世界上最好的娘亲！”

林芳笑道：“只要你开心就好！”随又眉头一皱道：“你那师父如何就留不住一个李千呢？何苦另要拜师学艺去？”

杨开不想在娘面前说师父的闲话，于是道：“李千独喜针法，自想在这方面有所作为。而师父在针上不甚精的，故尔李千想寻了高明的师父去。”

林芳听了，点头道：“看不出这个李千倒还有些见地！医道中术法千万，独成一技也是不易。古人谓：针一，灸二，药三。他若是能拜得名师，成就针法，自是他的造化!”

李千回到家里，将自己欲出游拜师的事和父母说了。李母是个没主意的，坐在一边抹着眼泪。那李生则是骂道：“这个师父还没学明白，就要另拜了师去。真是狂妄，不知个天高地厚，家中是指望不上你了。我没得盘缠与你，要去，自己想法子走去是了。莫要与你那个清高却不争气的叔叔一般，年轻时到处游学，花光了家里银子，胡乱写了些当不成饭吃的文章，到老一事无成。记着，混不成个模样，也就不要再回来了，省得与你的爹娘争碗里的那口馊饭吃，就当李家没你这个儿。”

李千遭到父亲的一番训斥，耐着性子听了，只是不语。心里不知苦了几回。

那李秀才闻讯赶来，听说李千辞了安顺堂，自己要外出拜师学艺去，意外之余，也自感叹道：“你既有这个志向，出去见识一下世面也好。便是定根在安顺堂，日后也比那王成顺高出不了多少。家中不必惦记了，平日里我自会看顾你的爹娘。有所着落后，必要报个平安信来。”那秀才掂量了半晌，然后瞒着老婆，走了两处朋友，低声下气了一番，回来后私下里与了李千一两多银子。李千感慨一声，也自无奈地接了。

第二天一早，李千跪别了父母，带上一件仅有的换洗衣衫和那两册杨开送他的针灸书，揣着母亲昨晚为他烙的几张面饼，孤孤单单地来到了城外，等候杨开的到来。父亲李生气他，竟也不送。李千并不期望杨开能从家人那里讨要到几两银子来，而是想与杨开做最后的一别。

杨开从母亲那里讨到了三两银子，高高兴兴地到城外找到了李千，将银子与他。李千没想到杨开真的为他从家里要来了三两银子，一怔之下，感激万分。本是推却不受，杨开强与，李千犹豫再三，只好接了。

而后李千朝杨开鞠了一躬，真诚地说道：“师弟，感谢的话我不再说了，认识你这个朋友，我此生无憾！李千但有出头一日，必不相忘。”

杨开笑道：“哪里话来，只要师兄习得真正的针法，我便高兴不已了。”

“放心吧，我李千学不到真正的本事，绝不再踏入这莒县一步。师弟保重，就此别过。”李千说完，朝杨开一抱拳，忍着泪水，转身凄凄然走去。一个少年，开始了他前途未卜的拜师学艺之路。

杨开站在那里，目送李千远去，自是有些落寞。

李千的离去，自令杨开感觉到了一种失落。从此一人在安顺堂与王成顺叔侄俩实习医术。

第十六章　阳明腑实证

这日傍晚，林东夫妇来家看望林芳、杨开母子。闲谈间，林东说起一事，赞叹道："七妹可还记得徐元平吗？现在可是厉害着呢！"

林芳道："二哥说的是那个城南徐家的长子吧。曾来过家呢。二哥说他做什，可是发了财了？"

林东道："徐家本贫，未曾出个财主，哪里有得财让他发，不过日后可难说了。也不知怎么，平素不善酒的徐元平这一两年凭空大添酒量，竟能连饮十数斤烈酒不醉。最奇者是中间不如厕，也不知那十数斤的酒喝到哪里去了。邻县有几个颇负酒力的来寻那徐元平斗酒，饮至半场皆败。如今是酒名大盛。"

林芳摇头道："那是在作践自家的身体，饮之日久，五脏安能承受。纵有天下第一的酒量又如何，终要做个酒鬼去。"

林东道："那是对常人而言，而对这徐元平则不然。他饮得愈多愈是清醒呢，饮至酣畅处已是视酒若水了。我亲见他曾与五六人斗酒，十余斤烈酒下去仍旧面不改色，那些人皆是烂醉如泥了。问他时，则说一年多前自家饮酒时忽觉饮酒如饮甘露，丝毫不受酒气所侵，溃溃汗出而已。于是试着多饮，竟至兴致愈浓。好在身体并无异样，否则也不敢这般狂饮。县里富家但有宴席欲增个兴头，无不请了那徐元平去助兴，倒也混个酒食去。”

林芳听了讶道：“如此酒量大增而又对自家身体无碍之人，实为少见。当是天赋异禀吧。”

杨开一旁道：“必是他暗里用了什么解酒的奇药，否则这般狂饮如何不醉去？”

林东笑道：“对于这般酒徒来说，酒气若是被药解去，饮之何味。况且普通人连饮十数斤水已是不能，何况是酒了。”

林芳道：“天能生奇物，人或也有异能罢。”

且说这天是八月十五仲秋节，安顺堂歇业一天，也自为杨开放了一天的假。林芳早早起来，做了些精致的吃食，是用那些仁儿、仔儿的制作的糕儿、饼儿，然后分装在几份食盒里，令杨开给外公外婆和几位舅舅挨家各送去一份。

杨开提了份食盒先自来到了外公家里。此时林四海正和林老夫人坐在堂上说话。

杨开进来跪拜一礼道：“外公、外婆，开儿给二老叩头了。娘做了几种好吃的，让我送过来。”

“好外孙！快起来！”林四海高兴地道。随有家人上前将那食盒收了。

林老夫人那边则喜滋滋地从袖里取了几十文钱来，递与杨开令他自家买果子吃。杨开也自谢过外婆高兴地收了。杨开聪明伶俐，甚得林老夫妇喜爱。

“开儿，今天是仲秋节，晚间和你爹娘一同来家吃个团圆饭罢。”林老夫人叮嘱道。杨开应了，随后辞别去了。

望着杨开离去的背影，林四海感慨道：“多好的外孙子啊！那杨家的便宜真是占大了去了。”

林老夫人晓得他的意思，笑道：“父母伶俐，也自生得这聪明的好孩儿来。”

林四海“哼”了一声道：“没有七丫头，他杨家也占不得这份福去。若娶了个蠢妇来，说不定会生出个什么愚儿呢！”

这林四海对林芳嫁与杨文，仍旧耿耿于怀。

“老家伙，还这么世故！”林老妇人嗔怪道：“没有杨家的种，哪里会生得出开儿这么个好孩子来。听说他现在读的医书比那城里所有的医家合在一起都要多呢，日后必成国医圣手。虽是七丫头有心教习得好，也是他有这个天分来。那杨家祖上可是医道承家的太医世家呢。有道是龙生龙、凤生凤，老鼠的儿子会打洞！”

“那又能怎样，即便他杨家的种好，更是我林家的地好，方能长出好苗呢！”林四海无了说词，仍旧捋了胡须坐在那里倔强道。

林老夫人听了，忍不住扑嗤一乐，不再与他争辩，免得他口无遮拦，胡乱说了去。

几名堂下的仆人，听了林老夫妇这一番斗嘴，皆自掩口偷笑。

杨开又为那二舅林东家送去了一份食盒，又自便宜了二十文钱来，回家并外婆给的都交给了母亲林芳。林芳自赏了他十文去，令杨开自行花用。接着杨开又提了一份食盒来到了六舅林南家，也即“林记货铺”的后庭院。

林南此时正与一名穿着讲究的老者坐在厅上讲话。此人名唤王锦，是一个与林南生意上有往来的杂货商，现在主要的是往返关内外贩运毛皮及山货。

杨开与厅上礼见了林南，因其有客，便与来接食盒的舅母刘氏转于后堂说话。此时林南的儿子林志和林东的儿子林岩也在，那二人虽都长于杨开几岁，然都是少年心性，更是亲戚，平日里少有机会在一起玩耍，今日互见了，都兴奋不已，叫在一处，商量着今日如何玩尽兴了去。

就在这时，忽然听得院中有人大喊道：“老爷、老爷！不得了了，不得了了！”随见一个年轻人惊慌失措地跑了进来。

正坐在堂上与林南说话的王锦，闻声看时，却是家中仆人王和，立呈不悦道："何事惊慌？"

"回老爷，纳喇·多古吉害了急病，怕是不济事了。"已跑到屋子里的王和带着哭声道。

"什么！多古吉害了急病！"王锦闻之，立时惊起。

"如何先不请医生来治？"王锦大急道。

"小人请了几个了，然见那多古吉病重，无人敢医。小人又四下寻老爷不得，不知如何是好了。后来听人说老爷来了这里，这才急急寻了来，快回去看看罢。那多古吉也要向老爷交代后事呢。"王和说道。

"要坏事呢！我……我何必多事带了他来。若是有个好歹，他的族人如何饶我！"王锦听到这里，已是吓得有些站立不稳了。显是那个纳喇·多古吉不是一般的人。

"王老板，不要急，我们且去看过再说。"林南见事发突然，忙上前说道。

"林贤弟，你要帮我啊！"王锦急得上前抓紧了林南的手恳求道："你是当地人，快快为我寻个高明些的医生来，救不得那人，我担的干系可就大了。"

"在找到老爷之前，这城里的医生小人已都请遍了，无人敢医那多古吉的。"王和一旁提醒道。

"我马上派店里的伙计们分路去请外县的医家来，王老板先回客栈看望病人，我吩咐人下去后随后就来。"林南说道。

"好好好！一切就都拜托林贤弟了。"王锦已是没了主意，感激地朝林南拱拱手，与那王和急速地出门去了。

林南随即到前面铺子里命令伙计们分头去请邻县的医生了。

杨开在屋子里听了个清楚，心下好奇，也是医家本性，便要去瞧个明白。于是回身对林岩和那林志说道："两位哥哥，我们且随了六舅去看一下那个病人可好，听那人名字怪怪的，不知是哪里来的。"

"好吧，看上一眼，我们便去城外的溪水里捉鱼去。"林岩应道。

三个孩子于是出了门来，见那林南的身影已远远地去了，便自尾随了来。

林记铺中此时只有杨文和另一名伙计看守，杨文偶一抬头，见杨开和林岩、林志走在街上，以为他们在一起玩耍，也未做理会。乃是知道杨开今日得闲，未去那安顺堂，否则必要追上去问个清楚不可。家法甚严，容不得孩子逃学去。

三个孩子眼见着林南进了一家城里最大的客栈—龙兴客栈，也自尾随而入。

在一间上房内，已是站满了一屋子的人。床铺上躺着一名粗壮的大汉，却是梳着一根大辫子绕在脖子上，身上的装束也自和中原人物有异。此时面呈潮红，口喘粗气，双目紧闭，时或谵语。

床前站着一名打扮与那大汉相似的老者，正在悲伤地向刚回来的王锦介绍着情况："主人自入关以来，得中原美味，尽兴暴食。六七日前隐感身体有所不适，持着自家壮实，以为捱一捱就过去了，也未能请个郎中来看。到了今日，不想愈发的重了，全身大热，内里尤其是感觉堵塞得很，想尽了法子就是不通，倒下来便起不得了。便是神智也时清时醒的。适才几位郎中都来瞧过，都说是没得治了。这让老奴回去如何向族人们交代。"

"莫慌，莫慌！"王锦自家已是慌了神道："我朋友已遣人请那高明的郎中去了。"

"再候候罢，人已分头去请了。"刚进来的林南说道。此时杨开和林岩、林志也已挤进了屋子里来看。林南见了，也未着意，以为这三个孩子是跟着来瞧稀罕的。那多古吉主仆是随了王锦的商队同来的关东女真人，中原少见。

多古吉此时睁开了双眼，尤呈痛苦之色，看到了王锦，叹息了一声说道："王老官，我怕是挺不过今日了，看在往日的交情上，别无所求，但请将我的尸身运回部落罢。有家奴忽托作证，是我自己害的病，与他人无涉，族中当无人会难为你……”说到这里，多古吉两眼发直，又自言语不清起来。

“大阿哥，你会没事的，不要吓我。”王锦惊慌道。

旁边的杨开此时见无人来医那多古吉，这般危重之症也自无人敢医了，心中不由一动：“我来试试如何？”

想到这时，杨开竟不由自主地走上前去，持了那多古吉的脉位来诊。

王锦和他的众伙计们见一名少年上前像模像样的为多古吉诊病，都不由呈现出惊讶之色。

“你是何人？”王锦诧异道。

“王老板，这是我的外甥杨开，正在学习医术，或能懂些，不妨先让他看一眼吧，待外县的医家到了再行诊治。”林南上前解释道。已是见杨开上前，以为他要见识一下这种病症，不好立时阻止。

“哦！”王锦听了，也未以为意，已是急得乱了方寸。

杨开持了多古吉的脉位，细感指脉之间，此时虽是未通脉法，那洪大弦数倒还是能辨得的，知是一阳证、实证。

随见那多古吉的腹部隆起，似呈胀满之形，便以右手去触摸，但感坚硬如石。多古吉同时“哼”一声，面呈痛苦之色，显是腹部痛极。

杨开随有所悟，忙问道：“这位大哥可是有几日未能大便了？”

那忽托旁边应道：“主人已是有五六日通不得屎尿了。”

“原来如此！”杨开立时醒悟道：“腹痛胀满，时或神昏谵语，当是内有燥屎内结之故。可泄热通便，大承气汤一剂可也！”

诸人闻之，皆呈惊讶之色，乃是见一少年振振有词，说得颇像那么回事，但都又不敢信他的。

“小兄弟，你既然有此主见，便下药治我吧，好坏自怨不得你。”多古吉此时又转醒了过来，正好听了杨开的话，忙应声说道。已是内里痛苦难忍，急盼一剂药下去，好坏随它去了。

“杨开，你可是有把握吗？”林南谨慎地说道。

“这是典型的阳明腑实证，《伤寒论》里写得再清楚不过了。便是医圣张仲景再世，怕也是要用大承气汤呢。”杨开自信地说道。

“你……你还是个孩子……”王锦那边还是有些信不过。

“王老官，就按这位小兄弟的意思办吧，再迟些，我怕是要……”多古吉说到这里，痛劲上来，又自昏了过去。

“主人怕是等不来别的郎中了，就按这位小郎中的药治罢。”忽托焦急地道。

“那……那你就试下罢。”王锦无奈地说道。此时此刻，也只能是死马当做活马医了。

旁边立有人准备好了纸张笔墨，已令杨开开方示药。

这也是杨开第一次为人诊病，开方处药。也是心中底气十足，且那多古吉又是危急之症，便不做多想，提笔便开出了一剂大承气汤：大黄四钱、厚朴五钱、枳实四钱、芒硝三钱。

随又略一思量道：“此人体壮症重，药力轻了当打不下那团燥屎去。”

于是说道：“照此方抓两剂药，合在一处熬了。”

王锦忙上前接过药方，命一脚健的伙计飞速地去了。

不多时药到熬好，倒入碗中又将碗置于冷水中凉了，随后给那多古吉灌了下去。接着众人便焦急地待其变化。

偶闻多古吉腹中响动，吵着要如厕。忽托忙移了一便桶来。王锦命了两名伙计留下照顾，随后与林南等人退出了房间。

但听得房中一阵屁响若雷鸣，屎尿俱下，拉得那是个爽快。虽是在外房中，众人也自皆掩了鼻息远远地避了。

听着里面的动静，杨开笑道：“好了，没事了！”

“痛快啊！痛快！”房间内传出了多古吉兴奋的喊声来。

“林贤弟，你这个外甥真是个小神医啊！”王锦如释重负，惊喜之极道。

“误打误撞上罢了。”林南抑制住心中惊喜，说道。

那多古吉足足便下来一木桶的干屎，立觉身体豁然一松，痛烦诸症一扫而去。强挺了数日，身子也自虚了些，另置房间安歇。

“救我的神医小兄弟在哪里？”多古吉躺在床上，四下里寻找。此时已是不见了杨开的身影。

“小孩子家贪玩，不知哪里耍去了。”林南上前说道。

原是杨开见多古吉已无大碍，便拉了林岩和林志跑去玩耍了。

对刚才发生的一切，杨开并不为意，只是认为自己按医书上的法子为人治病罢了，一切正常得很。

林岩和林志对杨开治好了那多古吉的病症，除了惊喜就是惊奇，尤自敬他十二分。始知这个堂弟以前的书未曾白读，药未曾白识，果是有用得着的地方。

夕阳斜下，傍晚时分，杨开、林岩、林志三个少年这才在郊外的溪水里玩了个尽兴，各是一身泥土，提了几串捕捉的小鱼虾兴高采烈地回了来。进了城，而后分道各回其家。

一进家门，杨开便发觉家里的气氛有些不对，父亲杨文和母林芳，还有六舅林南都在厅上坐着，表情都像是严肃的样子，应该都在等自己回来。在桌子上还放有一件以红布包裹着的包裹。

杨开此时暗叫一声“悔也！”，这才知道今天自己玩过了头，仲秋佳节都忘记回家了。错过了外婆家的那顿团圆饭，父母和六舅怕是要兴师问罪了。

“你……你做什么去了？”见了杨开一身灰头土脸的样子，手中竟然还提了一串鱼虾来，杨文站起来，轻声责问道。本是要厉声责问的，不知为何，却是硬不起口气来。

“我和林岩、林志两个哥哥去水里捉鱼了。”杨开说着，不由得低了头去。一向他可都是好孩子的，没想到今天玩得过了火，大过节的竟然一整天未着家。

“收获不小嘛！”林芳笑着站了起来。

杨开见了母亲的样子，知道今天当是受不得重责了，心下稍安。

“原来是和林志、林岩两个淘小子捉鱼去了。呵呵！杨开，你可是令我们好找啊！找了一下午也未见你人影。”林南也自站起来笑道。

“六舅，找我何事啊？”杨开讶道。家里人找了自己一下午，应该是有什么事了。

“那个多古吉和王老板找上门来了。”林南笑道。

“那个人服了药不是好了吗？”杨开闻之一惊，以为那多古吉病情又有变化。

“哈哈哈！”林南一阵爽笑道：“看将你吓的。好外甥，那多古吉和王老板来家是来感谢你的。久候你不着，他们因有事，便先去了。”

“哦！”杨开闻之释然。

“你倒也真敢下药，若是出了什么事，如何担当得起。”杨文那边倒是有些责怪道。

“即为医者，只要辨得清病证，就要胆大敢下药才行，否则也自误了人家性命去。开儿，你今日所为，甚为妥当，不枉娘苦心教习你一回。”林芳说着，竟自激动得有些要落下泪来。不由得上前将杨开抱在怀中。十余年的苦心培养，今日竟然意外地见到了效果，且在全县群医束手之时，杨开展示出的本事，如何能不令她这个母亲激动。

“开儿，听说你给那个女真人下的是大承气汤，并且分量还是双倍的，这才一剂奏效。你第一次为人开方下药，如何就敢下此猛剂？”林芳随后问道。林南虽是向她讲述了一番事情经过，但林芳还未知内里详情。

“娘!”杨开将手中的那串鱼虾放于一旁，说道：“那个人呈现出的是一派典型的阳明腑实证，伤寒论里已是写得明明白白，所以孩儿对证下药，敢用那大承气汤的。并且那人症状尤急，药量少些未必能奏全功的，其身体又壮实，当是能抗得了双倍的药力，所以孩儿才加大了量来。只是不明白城里的那些医生们如何就不敢下药治?”

林芳听了，欣慰之余，感慨道：“是那些医生们见了重症，怕担责任，所以为了保全自己都不敢上前施以方药。这一不敢，内里先自怯了去，便不能再行辨证了，哪里又能医得来。你这初生牛犊不怕虎，认为方证相合，便全无了顾忌，所以才一服而成。这种阳明腑实证看似急重，也是个急来急走的病，那些医生们回去或也能寻思过味来，知道用那大承气汤的。看来书读明白了还不能成事，还要学以致用才可。”

林南旁边道：“是啊！便是那老成的医生，能辨得其证，也知道如何下药来，却也是不敢轻试的。都是怕万一失了手，担责任啊!”

“这医家能治而不敢治者，也自性同杀人。所以世间之病，虽是多误于庸医之手，有时也自误于胆小怕事之人手中。真正的医家，不但要有识，也要有其胆量才行啊！”林芳又自感慨道。

“看来七妹下在外甥身上的功夫没有白费。”林南笑道：“这一出手便自不凡。从小看到老，开儿这孩子将来必有大出息呢。”

第十七章 三舅林成

“对了，对了!”林南随又指了桌子上放着的那件红包裹说道:“杨开，这是那多古吉上门来谢你的礼物。人家是奔你来的，你不在家，我们也未打开来看。现在看看罢，是个什么稀罕玩意。瞧那王老板对多古吉敬重的样子，这个人也是个有来历的，不以金银谢你，偏要送了件东西来，也必是件贵重的了。”

“治病救人，医家本分，那个多古吉何又来谢我。实在多此一举”杨开摇头道。那多古吉寻上门来谢他医病之恩，倒也令杨开颇感意外。

林芳道:“我们也是不想收下，可是那多古吉执意要送的，说是一定要结交下你这个恩人朋友。本是要亲自送与你，当面言谢，却寻你不着。候了好一会，他们因有事，这便放下东西去了。”

林南道:“他的病情当时甚为急险，被你两剂药去了，当是救下了他的性命，这才上门来谢你的。盛情难却，也是那多古吉的一番诚意。主要是你当时不在家，人家又专门奔你来的，我们为你做不了主的。当时那王老板也暗里朝我使眼色，意思是叫我们收下，想必那多古吉也是个有钱的主。”

说话间，林南上前代杨开解开了那件红布包裹，里面却是个件精致的长方形木盒。去了木盒的盖子，里面竟然放着一整块新鲜的桦树皮。树皮内又裹有苔藓之物。

“这是什么玩意?”林南眉头皱了一下，待他将那块桦树皮分开来看时，不由惊呼了一声道：“野生山参!”

此时杨开与林芳、杨文都围上来观看。见那上下两块树皮中并以部分苔藓包裹着的东西竟然是一支刚出土不久的皱纹密布的老山参。浆汁饱满，长须缠绕，似成人形。裹于新鲜的树皮苔藓之中是防止其散失水分。

“乖乖!竟然是一支刚出土的野生山参，看来是刚从关东运进关内的。瞧个头，六七两重是有的。七两为参，八两为宝!”林南惊叹道。

“山参啊!”杨开也是第一次见到如此模样的野生山参，啧啧称奇不已。

“六哥，那多古吉怎么送来这么贵重的东西来?”林芳惊讶道。

林南道：“那多古吉是关东女真人，此番是随了与他部落中有生意往来的王老板一同来的。说是久慕中原风土人情，要来关内走上一番。同时也为其部落采购些急需的货物。关东人参闻名天下，尤其是以野生的山参为最。山参在咱们瞧着这稀奇，听说在关东遍地皆是的，在自家的园子里都能顺手挖支来。所以对多古吉来说算不得什么好东西了，拣支大些的送了过来，以谢杨开救他性命之恩。”

“六哥，这要值多少银子啊?”林芳问道。

林南道：“在咱莒县，随随便便就能卖上几百两银子去，若是拿到济南府，遇上那正用得着的富贵人家，千八百两的银子也容易出手的。况且这是支刚出土不久的老参，效果尤著，可遇不可求，价钱又另当别论了。怪不得那王老板一个劲地朝我使眼色让我们收下，他知道这是个值钱的物。这是杨开以自己的本事换来的一场小富贵呢!”那林南做生意多年，见多识广，也自能估算个差不多。

林芳和杨文听了，俱是欢喜。

杨开道："人参为药，大补元气，回阳救逆，更是能补脾益肺，生津止渴，安神增智，本草列为上品。这般好药平时难遇的，若是拿了去换银子花，也是可惜了呢！"

林南、林芳、杨文三人听了，不由得相视愧然。

"好开儿！"林芳感慨道："难得你有这般医者之心，总想着医药上的事。在你面前，我们三个大人倒显得俗极了呢。即是那多古吉送与你的，你自家说了算。对了……"

林芳猛然想起一事，立时惊喜道："杨家传世奇药续命丹就是以野生山参为主药的，并且以出土的鲜参为佳。开儿有此际遇，也是那多古吉的成全，我们且制作一些续命丹吧。此药方中他药易备，唯上等的野生山参难寻，也是要有那个财力方能制作得。况且这是支鲜参，若不定形制干，也保存不了太多的时日。今得此机会，当不能错失了。日后舍此药救人于危急，全人性命，实为功德之事。"

"娘说得是呢！"杨开那边拍手叫好。杨文也自点头称是。

林南笑道："你们家的事你们自己说了算。"

在之后的几天里，林芳备齐了制作续命丹的药物，而后将那支新鲜的老山参捣烂成泥，合以他药为丸，朱砂为衣。再以蜂蜡为壳，密封药丸于其中。这样可防水及霉变，利于长久保存。那支山参合以他药也仅制成了五十余丸续命丹，被林芳收藏家中，以备急需。

且说王成顺在仲秋节那天正好去外县走亲戚去了，未能被王锦的家人王和请了去为那多古吉医病。回来后听说了此事，又向杨开询问了事情的经过。对杨开此举，也自赞叹有加。只是心中暗忖道："我若在家，此事也由不得你出了头去。"转而又思道："我若果真在家，遇到那般危重之症，可是敢应吗？"

多古吉酬谢杨开一支人参之事，外人不知，杨开、杨文、林芳、林南也未向外人道得。否则令这王成顺知道了还有这般好处来，私下里不知要悔过几回了。

经此一事，杨开自在当地名扬了一回。

且说这天下午，杨开帮王民在院子里侍弄了会药材。有人来请王成顺叔侄去吃酒。王成顺便放了杨开的假，令他先行回家。但凡有本事的人，莫论本事大小，总有用得着的地方，也自有酒食来享。

待杨开回到家里一进门，发现院子里站着一名精壮的中年汉子。雄伟身材，粗眉大眼，全身上下透发着一股威武之气。此时见到杨开进来，面色一喜，笑呵呵地望着他。

杨开见家里来了陌生人，不知是谁，便想跑去找母亲问个明白。着急之下，步子便乱了，后脚踩到了前脚，一个趺扑，向前倒去。

就在此时，忽见眼前人影一闪，那个距离自己还有几丈外的中年汉子也不知怎么瞬间就已经到了身侧，右手二指一伸，便将脸部险些扑至地面上的杨开颈后的衣领扣住，若小鸡般轻轻拎了起来，笑道："是杨开吧，你跑什么，还怕舅舅吃了你吗！"随后将杨开放在了地上。又说了句："十几年不见，果是长得一表人才！"

"舅舅？"杨开闻之一怔。这个舅舅怎么没有见过面呢？六个舅舅中不曾见面的只有那个四海为家，游侠般的三舅林成了。虽是二人曾见过一面，不过杨开那时还不及半岁，哪里会记得。

"你是三舅！"杨开随即恍然大悟，惊喜道。

那林成点头笑道："好外甥！你竟还能辨得我来！不错！不错！孺子可教！"十余年岁月变幻，林成当年之英俊，已是换作了今日之英武。

林芳这时从屋子中走出，见了院子里的情形，笑道："三哥果是候到开儿回来了，一见面就显摆了一下身手。茶水好了，还是堂上用茶吧。"

"娘！三舅好是厉害啊！"杨开此时无比钦佩地说道。

林成笑道："想学成舅舅这般本事吗！"

林芳摇头笑道："三哥，莫要教开儿再成一个'武痴'。咱们家有你一个就足够了！"

林成闻之一笑，拉了杨开的手，进入堂中落了座。桌子上林芳已是备好了茶水。

林芳让了茶于林成，说道："三哥自上次离家，竟然又自十几年未归，你们这些走惯江湖的，从来就不曾惦记着还有个家。"

林成笑道："家中父母有你和二哥、六弟照顾着，我也是放心了。只是有劳你们在父母面前尽孝了。"说完，倒是一声感慨。

"这些年三哥都去了哪里？"林芳问道。

林成道："走峨眉、游武当、上少林，拜访各路高手，切磋一下技艺罢了。"

"对了七妹！"林成这时拍了拍坐在旁边的杨开头部，笑道："开儿这孩子资质不错，骨质比当年我见他时愈发长得清秀，是个习武的好料，且令我收了他罢。五六年内，还你一个武林高手来。"

林芳听了，忙摇头道："三哥，你收起这个心思吧。你们这些习武之人，都是练狂了性子的，气盛之下，免不得要与人动上拳脚。刀枪不长眼，伤了碰了的，可就不好了。"

林成道："武术之道，强身健体罢了，也是一种防身之术，并不是那般逞强好胜的本事。适才听你说，开儿在习医吧，身上多一种技艺也无不可，艺多不压人嘛。"

"我可和你说明白了三哥。"林芳认真地说道："我只想让开儿日后过上个安生的日子，经不得你们那般江湖风雨。以前还有个游方的野道士唤作玄真子的，竟然要带了开儿去出家修道。也不想着人家做父母的感受，竟顾着自家的性子了。"

"玄真子!?"林成听了，微讶道："江湖上没听说有这个人物的，当是一位方外之人吧。"

林芳道："出家没有在家好，我可舍不得开儿去修什么道，受那个清苦。人家即便修成个神仙来，咱也不羡慕。"

林成笑了下道："竟然也另有人相中了开儿，看来开儿这孩子果是与众不同的。放心吧，七妹，你既然不同意，我也不会勉强的。"

林芳听了，暗里一松，应道："这就好！"

坐在一旁的杨开听了，心中不免有些失望。他倒是羡慕舅舅林成这种云游天下武林高手的豪气。以前可是听几个舅舅闲里说过的，这个三舅林成，在江湖上可是一号响当当的人物。

"开儿习医跟的是哪位名师？"林成这时问道。

"城东安顺堂的王成顺。"林芳说道。

林成听了，眉头皱了皱道："这个王成顺只是在本地混个温饱罢了，并没有什么出众的医人本事，开儿随了他能学到什么？"

林芳道："本地也没有个名手，开儿去安顺堂也只是随了那王成顺见识一下罢了，能实际的接触些病人。本是想过个一两年，再为他另行拜个有真本事的师父去。"

"七妹！"林成思虑了片刻道："我这次回家，主要是探望一下父母大人，过一个多月我就走。如果你愿意，我走时带上开儿同行，江湖上的朋友中，我认识一位神医圣手。此人有起死回生之能，是如扁鹊、华佗再世。开儿若能拜此人为师，足可令他受用一辈子。"

林芳听了，犹豫了一下道："好是好！可是你们的那个江湖不那么安分的。"

林成道："七妹，且不可太护了孩子。让他出去见些世面，经历些风雨总是好的。并且既然让他吃上医病这碗饭，就一定让他的本事超出一般去，否则不如不入此道。与那般俗手争食，是没出息的。放心好了，我只是让开儿找一个好的师父罢了，让他潜心医道，不会介入江湖是非中的。"

"这个……"林芳一时间犹豫不决。

“这样罢，待杨文回来我和他商量一下。”林芳随后道。

“也好！”林成应道。随后侧头朝杨开挤了一下眼睛，狡黠地笑了笑。意思是：你一旦随我进入那个江湖，可就身不由己了。

杨开会意，高兴地笑了笑。他倒是很想随这个传奇般的舅舅到那个神秘的江湖上走一走，见识一下。安顺堂，杨开已是有些呆腻了。

在林芳出去取开水的时候，林成对杨开笑道：“杨开，想不想学到舅舅的一身本事，到时加上你的医道，自可文武双全。日后在江湖上遇病治病，遇恶除恶，做一个顶天立地、替天行道的医侠去！”

杨开应道：“我要做医圣。侠逞一时之强罢了，圣则能普及天下。”

林成听了，惊讶之余，挠了挠头道：“看不出，你这个小孩子的境界不是一般的高呢！”那林成本是欲收杨开为徒，授他一身绝世武学的期望，立时间冰消雪融了去。

说了会话，林成便起身先行回林家老宅去了。

送走林成回来，林芳坐在那里呆望了杨开好一会，才叹息一声说道：“开儿，你可是愿意随三舅去吗？”

杨开点点了头。

“也罢，在那安顺堂你也是再也学不倒什么东西了。你三舅认识的朋友多，就让他为你寻一位医中的高人为师罢。儿大不由娘了！”林芳感慨了一声。

待傍晚，杨文回了来，林芳便将林成的意思与他说了。

“三哥可是要带开儿去行走江湖吗？”杨文意外之余，惊讶道。

林芳道：“三哥见识广，朋友多，其中当不乏医中的高手。若想令开儿在医道上有所成就，这一步还是要让他走出去的。古人讲，读万卷书，行万里路，方能做得人上人呢！让他随了三哥去历练一番也好。有三哥在侧，当不会亏了开儿的。

况且眼下也是到了应该令开儿另寻名师的时候了，而你我固守家中，认不得几个人去，又哪里为他寻得个师父去。”

“这个……”杨文倒是一时间舍不得杨开就这样离开自己和妻子，不免有些犹豫起来。

“三哥此番回来，也是个机会，否则还会令开儿误在那安顺堂的，再呆在那里几年也还是这个样子，于医术上再也提高不了多少了。就这样定了罢。也是令开儿出去长些见识，若有所成，也不枉了开儿从娘胎至现在我对他付出的辛苦。”林芳强忍着心中的不舍，淡淡地说道。

杨文见妻子拿定了主意，虽是对那个三舅子林成不甚了解，也只好点头应道：“也好，就随了娘子的意思罢。过个几年，三哥能将孩子平安地送回来就是了。”

“开儿可能在一个月后就要随了三哥去了，我且陪了他睡吧。谁知道几年不能见着呢！”林芳说着，泪水不由自主地流了下来。

“唉！”杨文叹息了一声道：“若是开儿的爷爷在世，又哪里能让他离开我们去另寻师父。此时我真是后悔，没有继承杨家的医道，反叫自家的孩子去另拜师门学艺。我之过也！我之过也！”悔得杨文击桌感叹不已。

“相公也勿要过于自责。”林芳见了杨文悔之不及的样子，忙安慰道：“便是公公在世，开儿也仅是习得一家之术而已，想成就大医之道，日后免不得还要让他博各家之长，所以说，这一步终要走出去的。”

“看来也只能这样了。”杨文无可奈何地道。

林成复归，令杨开兴奋不已。当天晚上便跑去了外公家没有回来。这位传奇般的三舅，早已在杨开的心中留下了太多的好奇和神秘。几位舅舅之中，唯这三舅林成，好像是与他最有缘的。

林成见到了杨开后，尤自喜欢，拉了他和父母一同用了晚饭。

席间，林四海道："老三，你们兄妹中，唯老七的这孩子生得出息，也是老七教导有方，只是可惜……"下面的话因有杨文在侧，林四海没有全说出来。意思是这是那杨家的人，不是林家之后呢。

林四海顿了一下，接着又道："你们兄妹除你了漂泊在外，经年不归，皆已成家立业生子。你还要走到啥时候才能安顿下来？虽是当年你走出的这一步是我和你娘同意了的，希望林家儿孙文能应事，武能壮门，不被人看低了去。但你现在也老大不小了，也要有个打算才是。"

林成听了，坐在那里恭敬地应道："爹娘，三儿不孝，这么多年未能在二老面前尽人子之责，又身无定所，实令二老费心思了。只是三儿已习惯了游走江湖的生活方式，一地久居不来了。至于家室问题……"

林成犹豫了一下道："还请二老放心，日后三儿会对二老有个交代的。"

"这就好！"林老夫人听了，这边勉强的点了一下头，随有所悟道："老三，事不瞒父母，你跟娘说说，是不是早在外面成家了，不方便领回来呢？或是哪天想给你爹娘一个意外的惊喜，领了几个活蹦乱跳的孙子回来？你们这些爽快的所谓的江湖儿女，也行这种遮掩之事吗？岂不急煞你老娘了。"

杨开一旁听了，忍不住掩嘴偷乐。

林成听了，摇头苦笑道："娘！您老人家想哪里去了，没有的事呢！"

"有就令孙子们认祖归宗，没有就令他有，没人笑话你。"林老夫人发话道。

林成听了，低了头去未敢应声。

"杨开啊，莫学你三舅，就喜欢在外面走，数年不曾归一次家。"林老夫人转对杨开叮嘱道。

"男子汉，就应该云游天下，四海为家。况且三舅是有着大本事的人，行侠仗义，方能快意人生，否则庸碌一生，老死一地，又何乐哉！生而无为，岂不上愧天地，下愧父母！”杨开朗声应道。

“说得好！”林成击掌赞叹道。

林四海与那林老夫人听了，你看看我，我看看你，谁也未再应声。

林四海坐在那里，不免又摇起头来，意思是：可惜！是人家的！

这天晚上，林成留杨开在房中说话。

林成道：“杨开，你母亲虽是不愿意你随我习武，免入江湖是非之中，我自也应了她不会强行教你的。不过你虽为医者，也要有一个自家强体健身的法子。否则自家先行病弱了去，如何令人信你的。我且授你一套太极拳罢，此太极拳法习务得当，可柔练筋骨，安和脏腑，尤是养生秘术。以太极命名的拳法在本朝之前还未曾有过，这是多年前我偶遇一位江湖中的隐士所授，但我习练多年终未得其道。因为那位隐士朋友说过，他传于我是想令我日后另寻得一个对武学无知的有缘人再行传授。我等习练武功的人，据说是到不得高层次的，或是被一个武字限在那里了。”

杨开讶道：“三舅，这太极拳不是一种武术吗？”

林成应道：“虽是称之为拳法，但却不是武术那样简单。你习练后的几年里是打不得人的，不过练好了人也打不得你。所以我传授给你，除了对自家身体有益外，希望也能成为一种防身的本事。那位隐士朋友也没有过多地对我说明此太极拳法的功效，只是说有缘人练到一定的程度会自行感知的。但传我太极步法和太极二十四式。剩下的便是独修自感了。”

第十八章 太极拳

林成随后站在了地当中，说道："我先传你太极步法，待太极步法走得熟悉了，再行打那二十四式的拳路。人身是小太极，宇宙是大太极，太极拳就是要令人天合一，浑同一体的境界。二者相通的门径便是阴阳未判的混元气。混元一气真灵通！练至混元气的境界，便可通向太极了。此套太极拳法直指本义，下手处便是令天人合一，与万物同融。所以这里面还有一个法不传六耳的秘诀。"

林成说到这时，双手一展道："这个秘法说起来非常的简单，然在此太极拳中是尤其重要的。无此秘法，太极步和其二十四式也只能空落得个架式而已。那就是以意合之！意想自己站在天地之间，万物浑一，身形被包裹在极浓的空气里，举手抬足间皆生有一种阻力，是能将那气搅动起来。那种极浓的气便是身外的宇宙间的混元气，以二十四式太极架式导引，将自身内的混元气与天地间的混元气练至合一。"

说话间，林成走起太极步施展那套太极拳来。脚踏阴阳，双臂缓抬舒展，开合有度，随影附形，姿势甚是优美。

待林成一套太极拳式打完，收手而立。杨开站在一边却是摇头道："三舅，这太极拳法软弱无力，果是打不得人的，但又如何不被人打？"

林成笑道："我当时也有这种疑惑。但那位隐士朋友告诉我，高手对抗，也只能在双方交手之际，通过听劲等诸般劲法来了解对手的深浅。而这套太极拳则不同，你一旦将内外的混元气练得通了，便能感知甚至于能掌控周围的气场。只要对手站在你的对面，也就是进入你所能控制的气场里，就能知其强弱，甚至可控制对方。”

杨开听了，摇头道：“人又不是神仙，如何能做到这些。”

林成道：“具体的我也不知，只有看你日后能否达到这种境界了。不过那位隐士朋友向我展示了一下，我站在其三米之外，而其身形未动，却能令我莫名其妙地倒地。好像他真的能控制住了周围的空气，硬生生将我拽倒的。那位隐士朋友应该练出了太极阴阳劲了。”

“太极阴阳劲!?”杨开讶道：“三舅，何谓太极阴阳劲?”

林成说道：“是一种高妙的境界。对我们习武的人来说，更是一种上乘的武学。太极阴阳劲出，攻防兼备。阳劲用于防身之时的主动攻击，远近可击开对手于无形之中，令其近不得身。阴劲则是一种自动式的防御，便是有高手偷袭，不防备的情况下，那种阴劲也可不由自主地起到自动防御作用。便是你在睡觉时亦然。若是将太极阴阳劲练至化合为一，便又达到一种太极劲的境界了。那般境界更是妙不可言，只有身临其境方能体会其神奇了。授我此太极拳的隐士朋友说，择有缘之人传他，虽是几百年也难出一位能练出太极阴阳劲的奇才，太极劲更是千年难遇了。不过又怎能知道谁不能习练出来呢。我也不指望你习出那般高境界来，只要保得身体无恙也就是了。”

林成随又说道：“此太极拳术共计二十四式，我且每日授你一式。然后自己习练便是了。最好能早晚各打一遍。说来也简单，这套太极拳三分练形，七分练意，以意合形，以形引意，意转阴阳，将内外混元气合一，太极拳的奥妙全在这里了。”

林成先是教习杨开走习太极步法，那太极步好像是在地上环走一个圆圈或“∞”字形。步法倒也不甚复杂，杨开一学就会。林成复又传其太极拳第一式。

一式打完，林成让杨开复打一遍，竟也照葫芦画瓢大体上不差。林成见了，满意之余，不无遗憾地道：“你不习武真是浪费了。不过若是将这套太极拳习到五六成的境界也可以令你受用一生。”接着又指点了一些要领。

杨开一点即通，倒也不费口舌。尤其是在动作上，四肢不僵，柔和有余。林成见了，点头说道：“你在小的时候，关节被我施以‘抖骨开筋法’抖开过，所以今天展以四肢不觉滞涩。否则换了普通人，这一式的动作不知要练上几十天才能合度，而你练上个几天也就可以了。”

说话间，林成坐下来欲寻旁边桌子上的茶水来饮，那茶杯距离他还有尺余远，林成身形未动，但以右手掌朝那茶杯五指一展，随后呈微取状。那茶杯忽被一股神奇的力量吸动，竟然缓缓地自行滑了过来，直至林成掌中。林成这才端起来呷了一口。

“三舅，你这是……”杨开站在那里看得是目瞪口呆。

“练此太极拳练出的一种暗劲而已。”林成不以为意地说道：“这套太极拳法在初层次习练尤其可养生延年，柔达筋骨，安和五脏。待习练到了一定的程度，是可以练出粘劲、听劲、走劲、暗劲、明劲、化劲的。你且莫管它能练出什么劲，那些对你来说都没有用，只有太极阴阳劲出，才算是入了境界。若至化合为一的太极劲，便自入了道了。”

“这套简单缓慢的太极拳真的能练出这种奇怪的力量来?”杨开惊讶道。

“不错!”林成道：“世间拳法练的都是杀着，以刚硬狠猛的力量攻击对手，甚则可断树裂石，看是威武，然则这股力量一旦耗尽，便不堪一击了。同时也会对施术者的自身造成很大的伤害。但是这套太极拳则不然，待习到太极阴阳劲出的境界时。阴阳自可运转无穷，可互生无尽之力，源源不绝。自十几年前偶得机缘，幸得那位隐士朋友所授太极拳法，习至今日，方悟先前所练之武学，不过术尔。而那种高境界此生怕是达不到了。”说到这里，林成竟自感叹了一声。

“三舅，你可是习到太极阴阳劲的境界了吗?”杨开好奇地问道。

林成听了，摇头笑道：“我刚才不是说了吗，在这套太极拳上能练出太极阴阳劲的人，没有百年之功是不行事的，所以几百年间也难出几人。我也不过习了十几年而已，所幸已习到出暗劲的程度了。当然了，事情也不是绝对的。那位隐士朋友说，有一个人，因对这套太极拳感悟极深，虽是在二十岁上初习，但是仅仅用了二十年在四十岁上就练出了太极阴阳劲。”

“哦！那我就练上一辈子再说吧。”杨开摇了摇头说道。

林成笑道：“我授你此法，不指望你什么来，但能对身体有益处就行了。能达到何种程度，一是看你的努力，二是看你的悟性，第三呢，也有个运气在里头。”

“这样罢。”林成随后说道：“我离家多年未归，这次回来准备多呆些日子。且将这二十四式的太极拳尽数传你之后，我再带你离开，为你寻个医道上的高明师父去。虽然父母在堂不远游，不过你是为了学艺讨个吃饭的本事，所以不在此限内。而我嘛……”

林成叹息了一声道：“好在有你母亲和几个舅舅在，我才有机会外出学艺，混行于江湖间。每每未能尽以人子孝道而深感愧然。好在你外公外婆支持我，认为男儿志在四方，应该走出家门的，没想到我在十二岁上一走，就再不愿回守家门了。”

“男儿立世，就应该云游天下。”杨开羡慕并憧憬地说道。

“也要有那个闲身子和吃饭的本事才行。”林成笑道。

这天晚上，杨开睡在母亲林芳昔日的房间里，想着三舅林成一身奇异的本事，好生羡慕不已。一时间睡不去，索性起身站在地上又练起了那太极拳第一式。打了一遍后，记起林成说的带意去练，才是此拳法的奥秘所在，于是想象自己周围的空气甚浓，若身裹浓雾之中，手脚展开来，身边雾气荡漾，那种感觉果是不同。

杨开此时并未想到，这套太极拳对他日后医学上的造诣及探索生命奥秘的影响起到了多么重要的作用。

第二天一早，杨开离了外公家先是回到了家里见了父母。对母亲说了三舅教他习太极拳的事。

林芳听了，不愿道："他那个当舅的也没个深浅，不是说过了不让你习武的吗。待回头我找你三舅说去。"

杨开忙解释道："三舅教我的不是武学，而是一种养生的拳法。"说着，将昨天晚上刚学会的第一式打了个样出来。

林芳见了，这才心安道："不是练那种和人打架的拳术就行。你三舅的那个江湖，你这一辈子也是混不来的。"

待吃过了早饭，杨开一个人又去安顺堂了。现在基本上已不用杨文接送，自家往来。虽然林芳还惦记着那个道士玄真子之类的人物，不过在杨开自己往走了一个月之后没有什么事发生，林芳也逐渐放心了。

安顺堂内，杨开正在代王民抓药，王民有事出去了。此时的杨开已是基本上练就了"一手准"的抓药技能。弃了戥子不用，一手持了药方，一手在各个药橱的小抽屉内撮药。

"小郎中，你这样不用称量就直接的用手来抓能准吗？可别误了分量。"那抓药的人不满地说道。

杨开听了，指了药方说道："这当归是三钱五分，你若不信我为你称一下好了。"说着，杨开持了戥子，从已抓好的药堆里独自拣出当归一药来。称好了与那人看。

那人倒也认得戥子，上前认真地看了之后，果是在三钱五分的星上。

"小郎中，你用手抓得真是准呢！"那人啧啧称奇不已。

王成顺坐在一边也自点头微笑。这个弟子，实在是与众不同，每生出令人意外之举来。并且令人嫉妒不来，只能佩服。

在安顺堂两年多的光景，杨开早已摸熟了王成顺诊治病家的套路，什么病施什么方药基本上无多大变化。未能真正具体地进行辨证论治，所以治疗效果上也自然不那么理想了。杨开遵守着母亲的告诫，只要做个好弟子即可，切不可越俎代庖。所以杨开在某个病证上虽有自家见解，也只能闷在心里。

不过自昨天见到了三舅林成，说了一个月之后将带他另拜名师去，就要离开安顺堂了，不由得令杨开跃跃欲试，展现一下自己的身手。

待王成顺为一名病人诊过脉之后，杨开复诊，感觉病人三部脉浮取弦数，跳动有力，中取稍弱，沉按不显，且面呈潮红，一派虚火上炎之象，属于阴虚火旺证。病家自述有头晕症状。

待王成顺开出方药来，却是清肝胆实火的龙胆泻肝汤。

杨开见了，心道："此证应该用当归六黄汤才对。"欲对王成顺说明一下，犹豫片刻，未说出口去。

此时王民为王成顺端上茶来。王成顺欲饮，因是用刚烧就的滚热的开水冲的茶，伸手碰了一下茶杯感觉太烫未饮。此时坐在旁边的病人却是口渴了，另寻了只杯子来，自家斟满了仰头一口便喝了下去。

杨开这边终是忍不住，未待王成顺将药方递与王民抓药，便说道："师父，此病人脉数无力，又面色红赤，当是阴虚火旺之证。"

王成顺听了，摇头道："这是肝阳上亢的实火之症，哪里来的虚火，不见他头晕吗。"

杨开听了，也自没了主意。

傍晚回到家里，杨开将白日里遇到那名病人的情况以及自己和王成顺不同的诊治说与母亲林芳听。

林芳听过后，说道："你脉象未精，仅凭粗得的脉诊不可妄下结论。你师父那边或是经验多些，定为肝经实火当是不差的。"

杨开嘟囔了一句道："既是肝经实火，内里火盛才是，为何还要讨了热茶来吃。刚烧开的水，也不怕热，一口就喝下去了。"

林芳闻之，讶道："你是说那病人还能大口地喝下去开水冲就的热茶？”

杨开应道：“是啊！竟不怕烫呢！”

林芳思虑了片刻，眉头一皱说道：“我虽不精诊脉，但感觉你和你的师父都错了呢。病人虽有热症，却喜热饮，怕是内里寒盛之故，阴盛格阳于外了，诸热象皆假。非肉桂、附子大热之药不能治。”

杨开听了，也自有所恍悟道：“可能真是那内中寒盛，逼得虚阳外越了。再服寒凉之药，岂不是雪上加霜。”

林芳听了惊讶道：“事关人命，也顾不得你那师父脸面了，且去安顺堂告之一声罢，希望我们的判断是错误的，你师父的诊断是正确的。”说完，拉了杨开就走。

安顺堂内，王安顺正在整理一天的医案。一抬头见了林芳和杨开母子二人急匆匆走来，忙起身上前相迎。

“师父，那个病人暂且不能服龙胆泻肝汤的。因为极有可能是阴盛格阳之证，再服不得寒凉之药的。”杨开迫不及待地说道。

“呵呵！”那王成顺竟然意外地笑着赞赏道：“好个杨开！此虚实混乱之证竟也被你寻思到是阴盛格阳之真正病因。放心吧，你走后我也觉得有什么不对劲的地方，猛然想起那病人能喝下滚烫的茶水，当是内里有寒之故。我随后另换了方药，和王民拿去那病人家里将药换过了。并且重新诊脉，又问了其他的症状，果是胃中寒盛之故。”

林芳和杨开母子听了，颇感意外。倒也对王成顺知错立改，顿生敬意。

“杨夫人。”王成顺随后说道：“杨开这孩子实在了不得！医学上的造诣已非常人可比，只是经验上差些而已。王某医术有限，再教不得他什么了，再呆下去，怕是误了这孩子的前程。”

林芳见这王成顺倒也豁达，感激地道：“开儿年龄尚小，自还有许多不成熟的地方。王先生还要多多教导才是。”

“只有另寻名师，才能令孩子有更大的成就。我这里实在是教不得他什么了。对了，杨夫人此番前来有什么事吗?”王成顺说道。

“这个……”林芳讪笑了一下道：“不满王先生说，杨开的三舅回来了，过些日子要带走他，所以过来和王先生打声招呼。”

“哦!”王成顺似乎也明白了林芳的意思，于是笑道：“好事，应该让杨开走出去了。希望日后杨开得了大成就来，回安顺堂扶持一下吧。”

“师父，弟子还要重新学过。”杨开站在那里，愧疚地低头说道。

杨开万万没有想到，自己白学了十几年的医术，竟然连母亲都不如。母亲未见病人，但是却能从一杯茶水上判断出真正的病因来。看来母亲的医书读透了，而她是为教习自己才开始读医书的。

回家的路上，杨开默默无语地走着。

知儿莫若母，林芳晓得他的心思，说道：“你的经验还不足，失误在所难免。好在你那个师父及时地发现误诊，并立行改正。别的不说，仅从这一点上，你还要向师父学习的。”

杨开点了点头，认真地说道：“娘，三年之内，孩儿不会再为人处以方药了。”

“学无止境，你现在是学徒的时候，还没有为病人诊治的资格。生死事大，且要慎之又慎。”林芳说道。心中却是高兴不已，为杨开能意识到自己的不足而高兴。

林芳开始了为杨开日后随林成外出拜师学艺做着各项准备。杨开白日里仍旧去安顺堂随王安顺诊治病人，晚上则和林成学习太极拳法。

在那例病案上，杨开又重新认识了师父王安顺，虽是医术一般，但在治疗上却能谨慎小心，尤其是能知错立改，令杨开又增些敬意。杨开将要离去，王成顺早已知道会有这么一天。自己的能力确实有限，而杨开又实在太出色了，现在是自己的弟子，日后必能在医术上反成为自己的师父。

第十九章　葫芦谷（上）

却说李千别了杨开一路向浙江而来。怀揣着杨开赠送的三两银子，尤是令李千感激不已。若是无这几两银子，李千本要打算一路乞讨也要走到浙江归安拜那凌云为师学艺的。离开安顺堂对李千来说虽是属于无奈，最重要的也是听说了凌氏针法有天下第一之誉，所以也就顾不得许多了。至于即便寻到那凌云，能否拜上师父去，人家收不收他，李千已是无暇考虑了。毕竟，他找到了一个希望，令自己去追求的希望。

李千身上盘缠少些，雇用不得车马，一路打听着去浙江的路径徒步走来，饥一顿饱一顿的，是能省则省。李千以前未曾出过远门，莫说山东一省，就是莒县地界，他也未曾离开过。现在方感觉这个世界是愈走愈大，愈走愈远，好像是一只脱了笼的鸟，无了羁绊，内里一松，四下皆空，自在无比，心中尤是生出一种莫名的激动和兴奋来。行至野外无人处，放开喉咙喊上几嗓子，更是畅快，先前的郁闷一扫而尽。可见离家远行是有诸般好处的。

风餐露宿，穿集过镇，一连走了十余日，李千这才感觉到离家的百般难处和种种不便来。好在离家愈远，距离自己的目标愈近些，李千的心情还是比较愉快的。不过随着日子的增加，这种愉快也慢慢地消失了去。

且说这一日，正值午后，天气奇热，毒日高悬，炽浪逼人。李千已是走得精疲力竭，口渴难耐，四下里莫说人家，就是连条溪水也没有，仅剩下一条漫漫无尽头的大道。

李千抹了一把额头上的汗水，咬紧了牙继续走去。

待拐过了一片低矮的柳树林，前方路边呈现出了一棵大树来，树荫之下正坐着两名中年汉子在歇息，旁边还停了一辆木轮车，隐见那车上还躺着一个人。

一名汉子见路上风尘仆仆地走来一个少年，便好心朝李千招呼道："小哥，日头正毒着呢，过来歇歇脚再行赶路罢。"

李千闻之，也正有此意，便走到树荫下寻了块石头坐了，随朝那名汉子点头友好地笑了笑。

那名汉子面前放了一只陶制的坛子，里面装着多半坛的清水，坛边还扣着一个木勺。显是这几个行人随车带着解渴的。

那名汉子见李千口唇干裂，不时的朝水坛这边瞄上两眼，知其是渴了，于是舀了一勺水，递上前笑道："小哥渴了罢，但喝上些解解乏。"

李千见了，忙谢了声，接过来几口喝尽。

那汉子见状笑道："莫饮急了，会呛着的。管你喝足了便是。"

另一名汉子从旁边的包裹里取了张白面饼来，递过来笑道："来，小兄弟，送你张面饼尝尝。"

李千见了，忙摆手拒绝道："谢谢两位大哥了，讨上口水喝就行了。"

那汉子笑道："莫客气罢，出门走远道的都不容易。"手中的面饼朝李千又让了让。

李千也是饿了，见人家诚意相送，便感激地道："那就再谢谢两位大哥了。"不再客气地双手接过，就着水吃了。

此时李千见那木轮车上还躺着一位老者，由于天热，没有遮上被子，却是腹大如鼓，此时似睡非睡，脸上时呈痛苦之色，显然这是一个病人。那两名汉子当是他的两个儿子，不知要推去哪里寻医求药。

“两位大哥，这位老人家患的是什么病啊？”李千问道。

一谈及老者，两位汉子的脸上都呈现出了忧郁之色。一名汉子叹息了一声道：“这是俺爹，一年前不知怎么肚子里就坏了，患上了腹肿的病。先后请了几位郎中来治了，也不知喝了多少包草药来，总是不见好。”

李千在安顺堂见过这种病，是一种水肿病，唤做臌胀，是种难医之症，王成顺自然也治不好，推手过几个了。

李千见对方父子三人的穿着，也知是个贫寒人家。这老者的病不知已经耗去了多少银子。想起自己也是位习医之人，只是初学浅入，还无甚成就，真正的病人也未曾治过一个来。心中不禁泛出些愧疚。要是早有着医家的手段，一定要治好面前这位老人，以报答对方萍水相逢赠送食水之恩。

“两位大哥不知要带老人家去哪里求医啊？”李千随后问道。

两名汉子此时忽然又现出一种兴奋之色来，一人应道：“多日前，听说这里不远有个葫芦谷，出了一位葫芦神医。治好了许多的疑难之症。这不，我兄弟二人推着俺爹赶了三天的路，估计今晚就能走到葫芦谷了。”

“葫芦谷！葫芦医！”李千听着新鲜，忙又问道：“这是怎么回事，如何都以葫芦相称？”

一名汉子应道：“我们也是听说的。据说这地方有个郎中，姓胡的。有天晚上做了一个奇梦，梦见天上有一个金光闪闪的大个葫芦，接着那个宝葫芦就化成了一位仙人。葫芦仙人便传给了那个姓胡的郎中一种葫芦丹药的方子，说是可以包治天下百病。那葫芦仙人说完后便不见了，姓胡的郎中也自醒了。说来也怪，脑子里还记着葫芦仙人传授的葫芦仙丹的药方，并且手中竟然还握着一只小葫芦，里面装着已配制好的葫芦药。这才恍然大悟知道是神仙来度化他了，令他济世救人，解民疾苦。于是这姓胡的郎中便成了施以葫芦丹药济世救人的葫芦医来。听说葫芦医的葫芦药可是灵验，莫管多少年的陈疾旧病，买上一葫芦药吃下保管好得利利索索的。病好了之后，按葫芦医的吩咐，必要在他指定的山谷里种上一株葫芦，以谢葫芦仙人的传药之功德。那山谷里的葫芦种得多了，便成了葫芦谷了。葫芦医便也搬到葫芦谷行医治病。”

李千听到这里，不由得吃了一惊，心中讶道：“这葫芦谷莫不成又是一个杏林?”

“杏林”原指医林之意。传说三国时吴人董奉善医。偶游至庐山，见此山清水秀，风光奇美，便自舍不得离去了。于是依山造屋，开辟杏园，在此行医诊病。立下规矩：治病不收病家分文，但有治愈者，则要在园子里植杏树五棵。轻病者可植一棵。于是四下风传，加以董奉医术也的确高明，数年间活人无数，杏园里也自达到了十余万棵杏树，郁郁葱葱，茂密成林。待杏子成熟时，董奉另立粮仓，告诉世人：欲买杏者，但将谷一器易杏一器，自行取去，不必报知。再以谷实救济贫家，岁有两万余斛。那董奉以杏林成名，德技双行，誉满天下。

李千这时寻思道：“世间竟还有神仙梦中传医授药的吗?并且还大显奇效。这等便利之事，实可令人一朝便能成就神医之道的。此事若是真有，我还不远千里的去寻那凌云何用。莫不如转投葫芦医门下，习得葫芦方药来，再行济世救人，岂不美哉!”自是忍不住好奇的性子。年轻人心性，总有抵不住诱惑的时候，况且听到的更是一则奇闻。

想到这里，李千不由得一阵激动。忙问道：“两位大哥，不知那葫芦谷如何去得?”

一名汉子应道：“我们已经打听过了，再前行五六里，然后转入另一条路去，再行十余里地就可到葫芦谷了。怎么，你家里可也有人害病吗，要去寻那葫芦医买葫芦药去?”

李千道：“世间竟有此神奇之事，有幸闻得，岂能不去一观。还请与两位大哥一路同去。”

两名汉子听了，倒也点头应了。

又聊了一会，李千与两名汉子互通了姓名，对方倒是与自己同姓，一个叫李大，一个唤李二。

又歇息了一会，天上的太阳不那么的毒热了，李氏兄弟这才招呼了李千站起身来，推了木轮车继续赶路。

行不多时，后面赶上来一辆带篷的马车，车夫见了李氏兄弟的木车上躺着的李老汉，便招呼道："可去葫芦谷医病的吗？"

李大应了一声。那车夫道："快些赶路罢，到了葫芦谷还有许多的事情要做呢。"车夫说着，扬鞭一呵，赶着马车急着去了。显是马车内也载着病人，这条路是走熟了的，知道一些葫芦谷的事。

前行了五里路的距离，又汇着了三四伙人，多是带有病人的。步行肩扶，车载马驮，看样子都是远道而来的。

李千见状，心中惊讶道："这葫芦谷果然是不同凡响！竟有这许多的病家去投。那葫芦医的葫芦药到底有何神效，竟令这么多的人信服？"欲拜师葫芦医的决心又自足了起来。有此高医在此，又何必舍近求远呢。对自家先前立的独修针法的志向，已是被那葫芦谷的传奇冲淡了去。

李二这时忍不住说道："那葫芦谷的葫芦里到底卖的是什么药？"

李大应道："一定是仙丹妙药了！否则何以有这么多的人去葫芦谷。那葫芦医也一定是菩萨显世来救苦救难的。"

神仙之说，李千倒是不尽信的。但是知道那葫芦医一定有奇方应世，否则不会起到这般轰动性效果的。

"可同治百病之奇药能是什么药呢？或是不同的病证也采用了不同的方药罢。且先去看个明白，然后再寻机拜师不迟。"李千心中虽有疑惑，但拜师的念头还是占了主要的。

要说起这个葫芦，还是医家的一个招牌呢。"悬壶济世"中的"壶"指的就是这个葫芦，是医者行医的雅称。源于东汉，有位唤做费长房的人，闲里于街上的酒楼饮酒，偶见街头上有一卖药的老翁，悬挂着一只大药葫芦在那里兜售丹药。待街上行人散尽，那老翁则悄悄隐入葫芦之中。费长房瞧得真切，知为非常人。于是第二日待那老翁现身卖药之时，备以丰盛的酒肉恭请老翁。老翁知其意，便引他一同钻入了葫芦中。里面竟自别有洞天，奇花异草，朱栏画栋，宛若仙境。那费长房于是拜翁为师，得授十日方术。后老翁赠其一竹杖，费长房便骑上飞起寻家而来。不料物是人非，竟自十年光阴过去了。而后费长房持术能医天下百病，另造传奇去了。而后悬个葫芦行医卖药，成了医家之俗。至于葫芦里卖的是什么药，只有他自家知道了。

且说李千和李氏兄弟前行不远到了一岔路口，又是汇合了几伙去葫芦谷寻医求药的人。众人一边走着路，一边讨论着葫芦谷的事，都是兴味盎然，彼此增加着信心，好像此番一去那葫芦谷，就能讨得灵丹妙药，将家人或者自己的陈年旧疾一扫而光了。

顺了另一条路又行了七八里地，行人便自多了起来，扶老携幼，是如前去那葫芦谷赶集一般，车马盈道。

“我若是习成了那葫芦医的本事，也必是能造出此般气象来。日后莫说在莒县一地了，就是全山东我李千也能走得开的。”李千的心中愈加兴奋起来，自己好像在走向了一条光明的大道。

不时也见有从那葫芦谷讨了药回来的人，有的一脸紧张之色捂紧了怀中，急冲冲地朝家赶，生怕丢失或是被人抢了去。有的坐在车马上持着个大小不一的葫芦左右看着，在揣摩里面装了什么药。有的也不知在摇头叹息着什么。各色人等，这边来，那边去。

“葫芦谷到了！”有人欢呼起来。

前方果是呈现出了一座山谷，漫山翠绿，清风荡香，谷中隐现两座金黄色的呈葫芦状的宫殿式的建筑物，独建谷中，煞是耀眼。而在葫芦谷前方的平原上，却是一座繁荣的集镇。

待进入那集镇时，给人以一种焕然一新的感觉。原是集镇上的房屋竟然都是新建成的，少了人家，竟以客栈酒肆茶馆饭铺居多，皆是做生意的店铺，屋檐下都挂着一排排的葫芦。街道两旁还有正在建造中的楼房，将这座集镇的规模不断地扩大去，形成了一座新兴繁荣的葫芦镇！

不过走在这繁荣的街道上，却又给人一种另类的感觉，眼中多是行走缓慢，需要人搀扶背负，或是抬着担架，车载马驮的病人，与那两旁生意火红的店铺形成了鲜明的对比。显然，这些所有的生意店铺都是为这些远道而来的病家准备的。那葫芦谷竟然衍生出了一座葫芦镇来。

李千怀着崇敬惊讶的心情和李氏兄弟推着载着其父的木轮车沿街一路走来。眼见着天色将晚，需要打尖的。可是走了几家客栈，都因价钱太贵，望而却步。最后有一好心的路人知道他们几位是住不起的店的，于是上前指点道："几位，莫不如到那边的叶子营搭伙罢。"

所谓的叶子营就是在葫芦镇西郊的一片贫民窟。不过这里连一座像样的窟都没有，多的只是临时搭建的茅草屋和简陋的帐篷，顶多也是能遮挡些小的风雨，若是风雨大些也不济事。原是那般无钱的贫困病家们的聚集点。

找了几处地点，李氏兄弟才和从河南来的一双父子合租了一间茅屋，这也是按天论价的。李千知道自己比李氏兄弟还穷，不想打扰，便招呼了一声，转去镇上另行打算。毕竟李氏兄弟还自备吃喝饮食。自己身上虽有三两多银子，李千却是不敢花费的，要到关键时刻才能用的。

李千复到了街上，此时已是掌灯时分，街道两旁各种形状的灯笼挂起，照得街面上如同白昼。路过一家酒肆时，听得店门口的一名酒保持了一葫芦招呼行人道："这是秘制的葫芦酒，滋补肝肾，强阳壮身。并且装酒的葫芦是从葫芦谷里出的，沾着葫芦仙的仙气呢。饮上一葫芦，百病不侵，鬼神不犯，长命百岁呢！"铺子里面有一口大酒缸，柜台上摆了几十只葫芦，红线系腰，倒也好看。

又路过一家杂货铺，门前的摊位上竟然在销售葫芦种子。

有一妇人在与店主讨价还价。那妇人道："什么样的葫芦种子竟然这样金贵，还分着个数卖，能卖上一文钱一粒去?"

那店主笑道："一看大嫂就是刚从外地来的。要知道本店的葫芦种子可是从葫芦谷里专门出货的，不是普通的种子。还是葫芦神医他老人家特定的，旁无二家。比不得别处一文钱能买上一包的葫芦种子。并且这粒种子被你种到葫芦谷里，更是大功德一件。葫芦仙人都能保佑你的家人早些好了病呢。明日再求得葫芦神医的葫芦药，当是万无一失了。这种好事大嫂还嫌贵吗。你再看这个。"

那店主说着，从旁边又拾起一个锦盒来，打开看时，里面竟然只装有一粒葫芦种子。

"看到了罢。"店主说道："这是卖给有钱人的，要一钱银子呢。其实罢，这治病也是要求个心诚。心诚则灵，自然会好病的。"

"算了算了，不和你计较了，就买上两粒罢，明天种到葫芦谷里去。保佑婆婆的病早日好了才是。"那妇人说着，还真是掏出两文钱来买下了两粒葫芦种子，然后去了。这葫芦经济做得可谓无处不到。这玩意在这个年代竟也能专卖，上哪说理去。

李千已是感觉腹饥，便寻了一家饭铺，出了两文钱买了一碗面来吃。不过铺子里已是座无虚席了，李千便寻了一个角落靠着墙边坐下来，一边吃着面，一边算是歇着了。同时听吃饭的客人们说话，捕捉着自己需要的消息。

但听得一名袒胸露腹的大汉说道："这才不到两年的光景，葫芦谷的前面竟然就顺理成章地发展起一座葫芦镇来，实在是太快了。也是那葫芦神医功德无量，造福一方百姓呢。"

另一名书生模样的白面年轻人点头应道："是啊！久闻葫芦神医之名，开始还以为是那般招摇撞骗之徒，没想到到了这里才确切地发现，名副其实啊！否则哪里会有这许多的人来此寻医求药的。要知道我的兄长一年前中了邪风，半身瘫痪起不得床。花费了几百两的银子去，访遍了多少名医也未能治好。后来也是听人说起葫芦神医的事，才抱着试试的心情来到了葫芦谷。后来在葫芦医那里求得了一葫芦药，回去服了，不过十天，兄长就能下床走路了。那一葫芦药也仅仅花去了三两银子。”

“一葫芦药值三两银子！好贵哟！够庄户人家一年用的了”旁边的一名农夫惊讶道。

“贵吗！”那白面书生瞟了一眼农夫道：“有道是黄金有价药无价。并且几百两银子治不好的病被三两银子的葫芦药治愈了，你说值不值呢？要想治好病，就别心疼钱。钱还不是人挣的。有人才有钱吗。舍不得花钱，到时候赔上条性命去，后悔也就晚了。并且这种葫芦药还是便宜的，贵的还有十两甚至于上百两一葫芦的呢！那才是咱们吃不起的。也只有那些有钱的富贵人家掏得起钱，病才能好得快呢。”

白面书生的一番话，说得那农夫低了头去。

李千听了，心中讶道：“原来这葫芦药并不是一样的，而是因钱择药。最便宜的也要三两银子去，实在是很贵的，一般的穷人家真是吃不起的。不过能治好病，也算是物有所值了。”

这时，从门外走进来两个人。一灰衣，一白衣。白衣人先是四下扫了众客人一眼，从怀中掏出一块木牌，举起来说道：“有要号牌的吗？”

“有明天的吗？”有人问道。

“明天的倒是有，一两银子一个，不过现在都送到醉仙楼了，那边的客人订了十几块去。你要吗？我可现在去取一块。”白衣人说道。

“一块号牌也要一两银子，太贵了，不要。你现在卖的是哪天的？”先前那人摇了一下头。

“就知道这里的人买不起明天的号牌。有本事就排队白领去。”白衣人冷哼了一声，说道：“后天的，五钱银子一块。”

屋子里的客人们听了，都低了头去，显而易见，都嫌贵。

“什么是号牌？怎么卖这么贵？”李千暗讶道。

第二十章 葫芦谷（下）

这时，但听得那个白面书生说道："每天来葫芦谷求医的人在少的时候都要有几百人，葫芦神医自是忙不过来，所以定了个先来后到的规矩。每天只诊治二百人，这二百人按先后到的顺序领取号牌，然后持了牌子依次到葫芦谷中拜见葫芦神医求得葫芦药。只是人太多了，积攒下来，号牌在紧张的时候都曾放到半个月之后。现在怕是七八天之后的号牌也放光了。虽说是号牌是白领的。但是真要去葫芦庙排队领取号牌，不排上个十天半月的也难领到一块。这两位兄弟也是急人所急，自己掏了钱通了人情买下部分来卖给那些急切需要的人。要知道，空等上个十天八天的，能不能领得到还难说，就是这些天的住宿吃喝，不知要耗去多少银子。算一下细账，花些钱先买下块号牌早日见到葫芦神医也是划算的。钱，日后能赚，这病可是耽搁不起的。"

众客人听了，觉得还真是有些道理，不免有人心动。一阵功夫，那白衣人便卖出去七块号牌。然后朝那白面书生一笑，和灰衣人转身去了。白面书生也自回以一笑。

"这病未看，钱先是花出去了不少。"李千这边直是摇头。而后又寻思道："也是来寻医求药的人太多了，才生出此般求财的人，令有钱的人先看病，失了先来后到的规矩，这也太不公平了。葫芦神医未必知晓。否则以他济世救人的心肠不会这么做的。待我寻着机会一定将此事告诉葫芦神医，不能令这些人私下里倒卖号牌了。”

那号牌，类似于今天的挂号单，古今都是有发这般财的人。就医之难，古今也自是一理呢。

李千这边已是将一碗面吃了个精光。端了个空碗坐在墙角里寻思道：“来葫芦谷寻医求药的病家想见到那葫芦神医一面都难，我这个欲要拜他为师的人岂不是更不易见到他了。就是见到了，以现在的情形去拜师学艺，人家也未必能收下我的。且想个法子先进入葫芦谷再说。暂不能透露出拜师的意思，否则连见上葫芦神医的机会都没有。”

想到这里，李千站起身来，出了饭铺，朝葫芦谷方向而来。此时夜色已深，行人稀少了些。走出葫芦镇，忽见有一支几百人的队伍排在那里，男女老幼的一字排开，有的还在地上铺了张皮子或被褥，就势躺在上面歇息，一直延续到葫芦谷。随见那李二在队伍的末尾里呆站着，焦急望着葫芦谷的方向。

“天都黑了，这么多人站在这里做什么?”李千惊讶之余，上前扯了那李二问道：“李二哥，你这是为何?”

李二转头见是李千，摇头叹息了一声道：“听人说要进入葫芦谷见到葫芦神医，必是要先到葫芦庙领取一块号牌的。凭牌子上的日期字号才能进入葫芦宫呢。这不，我便过来排队了。可是站了一个多时辰了，也不见队伍朝前面移动，怕是晚上了，葫芦庙那边不放号牌了。又不敢走开，否则明天天一亮便会失去这个位置的。我和大哥合计好了，轮着排队，他照顾着俺爹呢。”

李千听了，惊讶果是有人排队领取号牌，想对李二说明天的号牌已被人私下取去卖光了，便是后两天的也许也没有了，但一转念，李氏兄弟除了排队领取那号牌，别无他法，便未再言语，应了李二一声，朝前面去了。

明月照耀下的葫芦谷中，呈现出了两座灯火辉煌的殿宇来，前小后大，呈葫芦形状。从里面隐隐传出欢歌笑语之声，想必那葫芦宫里正热闹非凡。一排粗木栏杆横在谷口，挡住了进出之人。中开一木门，上挂一红串灯笼。可见门牌上有金色的“葫芦谷”三个大字。门旁有数名面目凶狠的汉子在把守。几十米外，有一座庙宇，领取号牌的队伍就是从这里延伸至葫芦镇的，显是那葫芦庙了。

李千站在葫芦谷山门外，考虑着明日如何能进入葫芦谷中，行那拜师学艺之事。

“一个葫芦医竟能凭空造出这般阵势来，倒也罕见！”旁边响起了一个人微微诧异的声音。

李千转头看时，见是一名气宇非凡的中年儒士走到身侧。其人一袭青袍，腰间佩有一双古玉坠，背负长剑，方脸浓眉，五缕须颜，端的是一身儒雅正气。站在那里凝望着葫芦谷，面带一丝疑惑之色。显是一名刚到这里的风尘仆仆的江湖客。

那江湖客观望了一会，这才侧过脸来，朝望着他的李千点头微笑了一下，然后转身朝葫芦镇去了。

待那江湖客行至葫芦镇外，旁边闪出一年轻人来，上前拱手一礼，恭敬地说道：“主人！”

“嗯！”江湖客应了一声，见近处无人，微声道：“可有消息了？”

年轻人道：“对方几日前在江阴现过身，托人联系过当地富有的海客，而后又不知去处了。”

“继续追查，且不可令此人将这件医林至宝当做古物器玩转卖了，一旦流落海外，将不可复得。那便是我等的罪过了。”江湖客说到这里，神色一肃道：“这件‘金匮玉函’以纯金为盒，内置有三十六片古玉，上镂刻有传说中的《轩辕生死经》，为那上古轩辕黄帝亲自撰写，尽道人生死之秘。堪破生死之道，医之理也尽矣！所以说经文中更藏有医家之大秘密。汉时医圣张仲景有部医书便是以此金匮玉函为名的，想必仲景也是见过此物或闻之此物的。此物不仅是我医林中之至宝，更是我华夏民族之奇物，当不得落入庸人之手而令其辱没了，令上古圣贤悟得的生死之秘和流失华夏故土之外。”

江湖客随又说道：“徐进，你且继续追查金匮玉函的下落，一有消息即刻通知我。我目前还分不开身去，应江苏按察使赵大人极力所邀，为他调查一桩蹊跷的医案，是要在这葫芦镇里住上些时日了。”

“小人遵命!”那徐进应了一声，转身去了。

江湖客回头望了望葫芦谷，又扫了站在那边的李千的身影一眼，而后步入葫芦镇去了。

李千站在葫芦谷前呆望了一会，随后走至葫芦庙前，见那庙门已闭，排队领取号牌的人则是打地铺露天而卧，不敢离开自己的位置。瞧众人衣着，多是贫困人家。那般有钱的主已是早买下了号牌正在葫芦镇内吃喝歇息呢。

李千摇了摇头，想起近日的号牌多被人倒出去私下卖掉了，排在这里的人不知能领到多少天后的号牌，暗里叹息道：“这本是救人疾苦的地方，却也出现如此不公平的事来。难道说是只要有钱使，不管到哪里都能尽得方便吗?”

“我若是有葫芦神医的本事，一定要除却这等不平事，无论你多大的富贵，到了我这里，也只能排队去。”李千握了握拳头，暗中发誓道。

“葫芦神医忙于医病救人之事，对外面的这些事情定是不知晓的，否则哪里会由得这些人胡作非为，白领的号牌竟也能倒卖了银子去。哪里有得良心在。”李千感慨了一番，转身见葫芦庙旁边还开了一个角门，在门旁竖了一块木板，上面书着几个字“招长工”，只是那边冷清，不见个人影，或是晚上无人的缘故。

“葫芦谷中在招长工吗?”李千见了一喜，正愁进不去葫芦谷呢，于是忙走了过去，看一下现在还招工否。

门内横了张桌子，桌子上一盏油灯的灯苗随风摇摆不定，有一体态发胖的人正伏桌而睡。显是葫芦谷中急缺人手，正在日夜招收长工。

李千敲了敲了桌子。那人抬起了头，睁开了睡意朦胧的双眼，瞟了李千一眼道："什么事？"

"请问，可是葫芦谷中在招收长工吗？"李千应道。

"对啊！怎么，你有意应招？"那人见李千还是个少年，漫不经心地应道。

"是的，我准备到葫芦谷中做长工。"李千说道。目前对李千来说，只要能进入葫芦谷，便能方便行事。

"但是你要听好了，我们可是有条件的。"那人说道。

"哦！不知需要什么样的条件才能进入葫芦谷中做工？"李千问道。

"要先签下一份契约，三年之内不准出葫芦谷。当然了，我们是包吃包住，每年还有十两银子的工钱。只要三年工期满，工钱全部发放给你。这期间你若是表现好了，另外还会有几两银子的赏钱"那人打量着李千，手指敲着桌子说道。以为自己说出这番话来，李千会转身走的。这也是他这里门口冷清，招不到长工的原因。三年不准出葫芦谷，与那囚犯又有何异。

"是这样……"李千犹豫了一下，寻思道："三年时间虽是久了些，不过倒是有时间和更多的机会接近葫芦神医。既如此，先进入谷中混个脸熟再说。"

想到这里，李千点头道："行啊！这份工我应下了。"

那招工的人听了，自是一喜道："可不要后悔啊，签了做长工的契约，进入葫芦谷之后，三年之内可就再也出不来了。"

李千笑道："依了你们的规矩就是。"

那人听了，忙从桌子下面取出一份做工的契约来，递给李千，指了右下角的部位说道："在这里签字画押，不会写字，按个手印就行了。"随后摆出一只红墨盒来。

李千想也不想，伸出右手的食指去沾了一下红印泥，在那契约上就按了下去。李千急着进入葫芦谷，遇此机会如何肯放过。也是天晚了，还无个安身之处，对方又包吃住的，便是卖上三年身又如何。三年内若能拜那葫芦医为师，也是万幸之事了。

那招工的见李千画了押，忙收回了契约，恐李千悔了去。接着问了名字，自行写上，然后站起身来笑呵呵地道："李千小兄弟真是爽快之人！实话对你说罢，虽然有三年不出葫芦谷之限，但是三年之后，怕是赶你走你也不会走了。因为只要你能坚持三年，已不是那几十两工钱的事了，而是有一个富贵在等着你拿哩！"

"什么富贵？"李千不解道。

"嘿嘿！你进入谷中就会知道了。好了，随我来吧。"那人笑了一下，未再言语，搬开挡门的桌子，让了李千进了来。

"刘老四过来，这位李千兄弟现在已是我们葫芦谷的人了。领他进去找鲁管家安排事做。"招工的人朝里间房子里喊道。

"来了！"随从里面房间走出来一个贼眉鼠眼的干瘦之人。

那刘老四望了一眼李千，淡淡地说道："跟我来吧。"

李千随那刘老四从旁门进了葫芦庙的正殿。殿上炷火正亮，正中之位竖立着一位捧着一只金色大葫芦的仙人塑像，似一位道人的模样，显然是那葫芦仙人了。立在这葫芦庙里接受病家朝拜，受那香火。

出了葫芦庙的后门，便进入葫芦谷了。此时可见那两座相连接的葫芦宫来，皆为木造，规模虽是小些，但前后呈葫芦形状，斗角飞檐，两层圆顶，也甚雅观。旁边围绕着的一排互相连接的院落、房屋。

此时从后面灯火辉煌的葫芦宫里清晰地传出来了阵阵女人的浪笑声和男人醉酒的嬉骂声，从楼台上敞开的窗子里看到一群人正自花天酒地呢。李千抬头望了望，心中不免大是疑惑。医病救人的葫芦宫里如何会出现这种令人不堪的情形？

“别看了，快走吧。日后做好了，自然可以进葫芦宫里做事，会有得你甜头吃。”那刘老四不耐烦地催促道。

刘老四引了李千来到了一所亮着灯光的大房子里，对里面坐在桌子旁边正书写着东西的一位年长的老者恭敬地说道：“鲁管家，庙那边又招来了一名长工。”

“嗯！”那鲁管家仍旧书写着他的东西，头也未抬地说道：“谷里人手很缺，长工招不上来是要耽搁很多事的，不妨再长些工钱好了。只要进得谷来，就由不得他了。”

李千听见这话，心中不由一紧，感觉不太对劲。

鲁管家此时抬头望了李千一眼，倒是一位威严的老者，眉头却是一皱道：“怎么招了个半大孩子来。你们这些人也太不济事，银子大把的拿着，却做不好谷里吩咐的事。”

“鲁管家，今天能招来这一个已经是不错了。白天来的人倒是多，只是一听有三年不能出葫芦谷的限制，扭头都走了。”刘老四忙着解释道。随将李千签下的那份契约递了上去。

“那就加银子，重赏之下必有勇夫。只要再招十个人活就能忙开了，谷里的秘密是泄露不得的，招多了也是不行的。”鲁管家说道。接过那份契约看了一眼，随手放在了桌子上，不再理会。

“明白，只要加些工钱，我看再招上几天，十个人手也是容易找到的。”刘老四应道。

“明白就好！”鲁管家说着，从桌子上取了块木牌来，递与李千道：“你叫李千是吧，拿上这块腰牌，从明天开始就可以到厨房领饭吃了，也是在葫芦谷里通行的凭证。刘老四，找个地方安排他睡觉，明天一早去山坡上采收葫芦去。”

刘老四应了一声，引了李千转身欲走。

“李千！”忽又闻那鲁管家在后面冷冷地说道：“我不管你从哪里来，日后到哪里去，既然签下契约到葫芦谷里做长工，就要严格遵守谷里的规矩。不要打听任何事，不要乱走，更不要去你不应该去的地方。只要做好吩咐你的活计，谷里自然亏待不了你。”

李千听了一怔，这哪里是在做工，简直是自己将自己的自由身卖与人家为奴隶了。这葫芦谷里并不是自己想象的那样，而是一个到处充满着诡异气氛的神秘之地。此时虽是有悔意，但是已经进来了，再也出不去了。

听到鲁管家严厉的告诫，李千含糊着应了一声，随了那刘老四去了。

待走到了一间简陋的木房子门前，刘老四推开门自行走了进去。房间里靠墙壁的地方有一面大床铺，上面躺了五六个人。

“何老本!”刘老四上前重重拍了一下其中一人的头部，说道：“鲁管家又给你派了一个来，明天安排他采收葫芦去。”

那人睡得正香，冷不丁被人拍醒，自是恼怒地坐了起来。是个中年汉子，欲待发作，见是那洋洋自得的刘老四，显是自家惹不起的主，将一句骂人的话硬生生地又咽了回去。怒目而视，未应声。

“人可交给你了，我走了。”刘老四冷哼了一声，倒也不敢多留，转身去了。

那何老本望了一眼站在地当中的李千，见是个少年，脸色稍缓，问了句：“叫什么名字?”

“李千!”李千应道。

“小小年纪做什么不好，非到这葫芦谷里做长工。唉！现在不想做也晚了，出不去了，待熬上三年再说罢。”那何老本叹息了一声，随后用手指了指床铺上一块空余的地方说道：“以后就在那里睡吧。”说完，倒头卧去，不再言语。

李千上了床，也未解衣，寻了一枕头躺了下来。此时才意识到，自己可能做错了一个决定，在未能明了葫芦谷的真相之前，不应该冒失地进来做工的。刚才从那鲁管家的话中意思和葫芦宫里呈现出的异常现象来看，自己好像误进了一个匪窝了。

转而又寻思道："不会罢，葫芦镇那边从四处赶来的病家怕是有数百人，仅叶子营那边就能有上几百人。来葫芦谷寻医求药的事情是不应该差了的。只是这谷里面表现出的气氛不大对劲，哪里有个名医居所的模样。或是那葫芦神医医术虽高，却是个不雅之人，招了这些看似不善之辈来为他做事，岂不是自毁名声？倘若真是位无德的医家，我又怎么能从他那里习得高明的医术来。如此这般，不学也罢。"

"不行，在未见到那葫芦神医之前，不可妄下定论。有些事情一定是这些人瞒着神医做的。葫芦神医名声大了，定居葫芦谷行医治病，硬是令谷前生出一座供应病家所需的集镇来。以至于让有些人各生出生财之道。这也是葫芦神医所制止不了的。下面的人借着神医的威风和名头，也自会傲慢无礼，倒是说得通的。只是这三年工期，我若是见不到神医，拜不得师去，空误在此，岂不遗憾！"

想到这里，李千一时间懊恼不已。走了一天的路，也自累了，迷迷糊糊地便睡去了。

待李千一觉醒来，天色已亮了，发现周围有几个人正坐在那里望着他，其中那个何老本坐在他身边正吸着一支旱烟袋，双眼眯着，好像在寻思着什么事。

李千一怔之下，随即意识到自己昨晚已是进了葫芦谷了，忙坐了起来。

"从哪来？"那何老本吐了一口烟雾问道。

"从山东过来的。"李千忙应道。

"哦！"何老本微点了一下头，然后说道："一会吃过饭随我们去采摘葫芦去。记住了，日后若想平安的混过这三年，安心做事就成了，谷中的事情不要多看，更不要多问。"自与那鲁管家一样的告诫。

李千心中虽是迷惑，也自点头应了。感觉这何老本算是个好心人，心中方安。

“这位李千兄弟年轻些，以后大家能照顾就照顾一下罢。”何老本随对旁边的四个人说道。

李千听了，心下大为感激。那四个人倒未应声，坐在那里皆表情漠然。

何老本将手中的旱烟袋朝床边上的木头上磕了磕，起身下了地，说道：“李千，将你的腰牌放好了，在葫芦谷里吃饭行走都靠它了，每天晚上都要有人验的，若是失了腰牌，会被认做是混进来的外人乱棍打死的。走了，吃完饭开工了。”说着话，那何老本先行走了出去。

“这葫芦谷到底是什么地方啊？”李千闻言，不由吃了一惊。此时才感觉出恐怖的味道来。懵懵地下了地，随后跟了众人出了门。

李千前脚刚迈出门槛，但前眼前豁然开朗，不由得惊呼了一声。此时身处谷地之中，见那两侧的山坡上皆种满了葫芦，漫山遍野，一架架的支在那里，翠绿一片。便是前方的葫芦宫和旁边房屋的后面也都长满了葫芦藤，大小不一的葫芦挂在上面，煞是好看。清风送爽，满谷荡香。可谓是名副其实的葫芦谷。原是昨天晚上夜色暗些，李千没有看清葫芦谷里的情形。

“何大叔，这谷中的葫芦果然都是病家种的吗？”李千忍不住地问道。

“嗯！”走在前面的何老本应了一声，脸色不悦地回头望了李千一眼。意思是刚才还告诉过你什么都不要问，这才出了门你就问上了。

李千哪里晓得他的意思，此时兴奋地道：“古有杏林春满，没想到今世也有一座相仿的葫芦谷来，葫芦神医果是一位医中的高人！”

李千的话倒是引得何老本几个人摇头冷笑，没人应他，径直朝前面的一所大的房子去了。

“这里果是有诸多古怪！”李千茫然之余，叹息一声，跟随了过去。

那房子的门口站了一名凶狠的大汉，验了几个人的腰牌，便放进去了。里面是一饭厅，正有十几个人分在几张桌子旁边低头吃饭，各食各的，彼此间并不交谈，气氛很异样。

“这葫芦谷里为何查得这般严，吃个饭也要验腰牌的，生怕有人吃白食吗?”李千更是不解这其中的奥秘。

那早饭是馒头和两样素菜一个汤，倒还不赖，管饱的。

第二十一章　葫芦药（上）

吃过了饭，何老本头里先走，几个人又回到了原来的房子里，开启了后门，走出去，前方便是葫芦谷的一侧山谷了。

何老本指了房檐下一排竹筐对李千说道："持了这竹筐上山去，拣那成熟的葫芦摘了，回来后分出大小来放在这里，稍后会有人取去的。"

何老本说完，寻了一竹筐负了，和几个人上山去了。李千摇了摇头，知道自己今天开始也要做个采摘葫芦的葫芦工了，也寻了个竹筐随了去。到了山上，众人便分开来采摘葫芦。

漫山遍野的葫芦秧藤上，挂满了大大小小的葫芦，栽种的倒也有序。并且还另有几个人专门负责收割被采摘尽葫芦的葫芦秧藤，空出地方来，由那些病家另行种上新的。

李千发现，两侧山谷上面，有人在把守，防止杂人出入谷中。几个种葫芦的病家也由专人陪同，种下葫芦种子后，立即离开，不可滞留。

李千在高处下望，看到葫芦宫前面的殿堂里已开始有了病家出入。进入葫芦谷的病家先是等候在葫芦宫前方的空地里，按顺序一个一个的进入。里面诊治完了一个病人后，病人从另一出口离开葫芦宫出葫芦谷，显得人多不乱。十几处大小不一的木制院落复杂地围绕在葫芦宫周围，加以几十所房屋，形成了葫芦宫的一道外部屏蔽。且那些院落和房屋多是一样的木制构造，虽不甚广阔，也如迷宫一般，身在其间，也是容易迷路的。

那葫芦宫的后殿，显然是葫芦医一干人等的住处。时有人往来两殿间的廊道，运送着物品。尤其是后殿的下面两道入口处，防范极严，每道门上都有两人以上看守，进出之人也少。整座葫芦谷处在一种安全规范并且有点诡异的气氛中进行着诊治活动。

李千采摘满了一筐葫芦后，下了山谷，来到房子后面，将所葫芦分成大小放了。那里已是有了几堆葫芦了。看来这葫芦谷中的葫芦用量颇大，每天都由专人采摘。又由专人处理。

“应该想个法子见到葫芦神医，我来这里可不是为了采葫芦的。”想到这里，李千便穿过房子的前后门来到了前面。葫芦宫的前殿就在眼前，虽是有几道木栏围墙相隔，因葫芦宫高于这边，却也能望到那边的情形。殿堂上的窗子都用白纱遮着，隐见里面人影晃动，。穿梭于前后两殿的，皆衣着光鲜，不是葫芦医的弟子，也是葫芦宫里管事的人。

这时，一阵风吹过，将葫芦宫的窗纱荡起，前殿的情形呈现在了李千的眼中。宽敞的殿堂内，一位身穿绣着金色葫芦的白袍的老者居中正襟而坐。白须灰发，方面大耳，体态肥胖，满面红光。颇有些仙人模样，显而易见，此人就是那位大名鼎鼎的葫芦神医了。身后的一面屏风上，绘着葫芦庙里那位葫芦仙人的画像。在其所坐宽大的床榻上摆满了几堆大大小小的葫芦。十几名弟子屈于旁边侍候着。一位病人坐在葫芦医的床榻下正在述说着自己的病情。那葫芦医闭目倾听，面无表情，好像是在睡觉。

随后，葫芦医不发一言，只是抬手指了指某一堆葫芦，他的一名弟子便从中寻了一只葫芦来，递与那病人。那病人跪拜之后，激动地伸出双手接过了葫芦药，然后从怀中掏出一锭银子放下。接着有人上前引导那病人从另一出口离了葫芦宫。

“这位葫芦神医果然有着高人的样子啊！看前面此时也有

百多人在等候他治病了。此生若得此等高人为师，如他这般行医济世，也无憾事了。”李千心中感慨道。

李千望着葫芦宫，不由自主地朝前走去。

这时，忽听一人厉喝道：“站住！”

李千闻声一怔，未及回身，头后部便遭到了一记重击，立时昏迷了过去。

也不知过了几时，李千的意识慢慢恢复了过来，睁眼看时，发现自己正趴在地上。但感头部昏沉而痛，嘴里咸咸的，已是有血流出。此时李千还不知发生了什么事，自己为什么会趴在地上。

“你醒了！”一个冰冷的声音在旁边响起：“你在葫芦宫那里看什么？”

李千听了，这才猛然意识到自己是被别人打昏了后抬到一间屋子里的。心中怒极，想不到这里的人竟如此野蛮，自己站在葫芦宫那边看一会也自不行，竟将自己打昏了来。于是愤愤道：“我看什么关你何事？如何就从背后打我来。”

说着话，李千想站起来和偷袭自己的人理论。一只有力脚却踩在了自己背上，一人冷冷地道：“小子，嘴还挺硬，不给你点苦头吃，看来你还不明白是怎么一回事。给我打。”

那人声音刚落，一阵拳脚便招呼上来。几个人对着地上的李千一顿拳打脚踢。

一阵巨痛，李千又自昏迷了过去。

隐隐感觉此间屋子里进来了人。一人说道：“这小子有腰牌，是个新来的。适才观察葫芦宫那边好一会，行为可疑，想必又是一个混进来盗取葫芦药的。”

“将他弄醒。”一人厉声道。

有人将一盆凉水泼向了李千。李千一激而醒，随被人拖起放在了一张椅子上。四肢无力的李千睁开了被打肿的双眼看时，见那鲁管家正在凶狠地望着自己。

“从哪来的，做什么的，来葫芦谷的真正目的是什么？说出来，我尚且考虑留你一条活命，否则即刻丢进山里做葫芦的肥料。”那鲁管家冷冷地说道。

李千此时才意识到，自己被人误会了，于是说道：“你们误会了，我从山东来，曾在我们那的安顺堂里跟随王郎中习过医药。此次外出是拜师学艺的。路经此地时闻得葫芦神医的大名，故想拜葫芦神医为师，学成行医济世的本事。刚才我是想拜见葫芦神医的。”

“拜师学艺!”鲁管家听了，颇感意外，围着李千转了两圈，说道：“这么说，你原来是习过医药的了。”

李千应道：“不错，我否则又如何以谷中招长工的机会进来。实是诚心诚意拜葫芦神医为师的。”

“好!”那鲁管家点了一下头道：“你既然说习过医药，当是能辨别些药物了。你现在若是能认出几味药来，说明你是没说谎的，否则即刻打死。来人，去药房那边取几味药过来让他辨认。”

时候不大，有人用端了只盘子过来，盘子里放置了四味药材。呈现在了李千的面前。

李千想不到葫芦谷里竟然防范得如此森严。闻那鲁莽管家的语气，自己若是辨别不出这四味药材，当有被打死的可能。惊骇之下，瞧那盘子中的四味药材时，心中一松，原是都识得的，于是说道：“它们是淫羊霍、当归、黄芪、阳起石。”

那鲁管家听了，脸色这才稍缓。淡淡地说道：“昨晚来时我就已经告诫过你了，谷中不可乱看乱走。葫芦医那边已有弟子们等候了，不再收弟子了。这也是为了葫芦仙药的秘方不外泄考虑。你且死了这个心思罢。日后好好做事，三年期满还可得一个富贵回去。”

说完，那鲁管家又吩咐道：“叫何老本过来抬人。待他伤好了之后继续上山采摘葫芦。”说完，转身去了。

“小子，算你命大。”屋子里几个凶狠的汉子朝李千望了望，随即离开了。

李千坐在那里自有些苦楚，拜师不成，先遭受了一顿毒打。葫芦谷里的这些人也太专横霸道了。葫芦神医就不知道这些事吗？

这时，何老本和一个人过了来，看到了李千的样子，都摇了摇头，表示同情之余，也无奈何。

何老本叹息道："你这孩子怎么如此不听话，竟敢私下接近葫芦宫。这顿打也是活该。"

"我哪里知道医人治病的地方还会这样。"李千委屈地说道。

"孩子，有些事情你还不知晓。待日后明白了，你就知道自己进了一个什么样的地方了。"何老本轻声说道。随后和同来的那人将李千抬了回去。

"这葫芦谷里到底是一个什么样的地方？难道说不是葫芦神医行医救人的地方吗？"李千心中疑惑又自大起。

李千白遭了一顿毒打，心中愤愤，也无奈何。在屋子里养伤的这两天里，李千发现，每至傍晚时分，总有一辆遮得严密的带篷马车进入葫芦谷，而后是几名打扮得妖艳的女人从里面走下。葫芦宫内便会迎出几个嬉皮笑脸的男子将那些女人接进葫芦宫。一晚上葫芦宫里尽是浪声荡语，醉酒笑骂之声。天亮时那马车又将她们送走。

看到这些情形，又联想起葫芦谷里颇为诡异的气氛，令李千心中对这里疑心大起。行医救人的高洁之地，如何会变成藏污纳垢之所。

这天午时，有十几名汉子进了葫芦谷。随见那鲁管家指挥人从葫芦宫内搬出了两只上了锁的箱子。那箱子当是沉重得很，由四个人抬着搬上了一辆马车。而后由那十几名汉子护了，驱车而去，那箱子里装的必是贵重的东西。

两天后，李千伤势虽未痊愈，但仍被唤去继续上谷中采摘葫芦。

晚上李千和何老本等人回到休息的房间时，看见那刘老四正坐在木床上，跷着二郎腿，捧着一把瓜子嗑着。

见何老本等人进了屋子，于是坐了起来，对李千道："你，和我来一下，鲁管家要见你。"

李千闻之一怔，不知那鲁管家寻自己何事。见刘老四先行出去了，只好随了去。何老本见了，不由得为李千呈现出了忧虑之色。

刘老四引着李千来到了葫芦宫后殿旁边的一处由两米高的粗壮木桩围栏围着的院落里。入院门时，仍旧有人验了腰牌。在一间屋子里，李千见到了鲁管家，旁边还站了个中年汉子。

"李千。"鲁管家呷了一口茶，望了一眼李千，说道："你既然能辨识些药物，从明天开始，每天上午来这里的外药库做工，帮助处理些药物，免得互相混了去。下午仍旧去谷中采摘葫芦。现在人手不够，你且分担两份工罢。当然了，可以为你加些工钱的。三年期满后一并结算于你。明天来这里找孙药工，他安排你活做。"鲁管家说完，指了指旁边站着的那名中年汉子。

李千听了，心中这才松了一口气。以为前些天的事情还未结束呢，当下应了。鲁管家朝他挥了一下手，李千施礼退去。

回到工房里，何老本忙上前关切地问道："没什么事罢？"

李千感激地道："放心吧，何大叔，没有事。鲁管家让我上午去外药库做工，下午仍旧和大家一起上山采摘葫芦。"

"哦！"何老三点了一下头，吸了一口旱烟，说道："外药库做做也就罢了，记住，若是日后让你去内药库做工，千万不要答应。"

"哦！还有一个内药库啊！何大叔，为什么不能去啊？"李千讶道。

"去的人没有一个能回来的。"何老本顺口应道。随即意识到了自己说走了嘴，忙不快地说道："你这孩子，忘记了那顿打了，怎么还问些不应该你问的事情。"说完，坐在床边吸着烟袋，不再理会李千。

“内药库是配制葫芦药的地方，可不是随便能进出的。半年前有两位兄弟被招了去，至今未见人影，生死未卜。你说能不能去得。”床上躺着的一名工友应道。说完翻了个身，面朝里去了。

“是这样。”李千寻思道：“当是怕葫芦药的秘方外泄罢，才管理得极严。外药库应该是一个处理生药的地方，不过配制葫芦药的药物也是经过外药库处理的。什么药物在那里也自一眼便知了，难道说是就不怕秘方外泄吗？或是重要的药物只走内药库罢，经过外药库的也只是部分辅药。”

李千转而又思量道：“我来葫芦谷是拜师学艺来的，只要不惹是非，谁又能对我怎么样。”随又想起了遭受的那顿莫明其妙的痛打，李千摇了摇头，暗里叹息了一声。

第二天，李千用过早饭来到了那座院子，也就是所谓的外药库，见到了昨日的那个孙药工。同时这里还多了两个人，正在院子里晾晒些药材。

“李千是罢，你且按这张单子出药，数量名目不要有差错，然后交给他二人进行研粉。研出的药粉要标好药名放在那边的桌子上，会有人来取的。”

孙药工说着，将一张药单递与了李千。李千接过，见上面列了十几味药。多是些补肾壮阳之物。

“隔壁就是外药库的药房，你去按方选药罢。记住了，一定不要将数量和名目搞错了。”孙药工说完，自行朝院子里的一处角门去了。那里竟然还有人在把守，显然里面又是一处重要的地方。

李千来到了孙药工所指的那间屋子里，见里面大小堆放了几十包的各种药材，品种总体上不是很多的，也仅几十味而已。李千进去挨包地查看了一下，倒是自家都认识的。旁边放有量药的大秤，每出一次药数量都是比较多的。李千便按那张药单出药，称好了放在旁边的簸箕里。

那两名工人见了，便过来取了，拿到一边的药碾子那里开始碾药粉。一个碾药，一个持了筛子筛药。那药碾子由铁铸成，中呈空状，内置一铁饼，中横一木，以两足踏动，来回滚转，将里面的药物碾粹成粉末状。然后取出过以筛子，筛出粗的来重新碾过。

其中一人望了李千一眼，说道："小兄弟，竟还能识得药物的，不简单啊！"

李千道："我以前随一位师父习过医辨过药的。"

"对了，两位大哥，这里怎么就你们两个人做活啊？"李千随后问道。

"我俩也是新来没几天的。"一人应道："原来这里的人有的进葫芦宫侍候葫芦医去了，有的被选进内药库配制葫芦药去了。"

李千道："这里的药物不就是配制葫芦药的药材吗？"

一人应道："仅仅是一小部分。大批量的葫芦药都是由内药库配制的，我们这里加工的药粉听说只是配制另一种葫芦药的。葫芦药的秘方之药不经过我们这里，都是由内药库那边完成的。"

"葫芦药还要分有几种不同的吗？"李千讶道。

"当然，有贵有贱的，穷人和有钱人服用的都是有区别的。应该方子不一样或者说是药力有别吧。"一人说道。

李千看了看了孙药工给他出药的那张药单，知道这绝不是葫芦药的一个成方，应该是几种葫芦药的配方之药，在这里加工成粉状后再送进内药库，再分于各方药。看来这外药库的这些药物也只是一个小的加工部门而已。葫芦药秘方中的重要药物是不会出现在这里的。否则不会由新来的工人进行加工的。并且这里的药物也皆非方中主药，在葫芦药几种秘方中占的比例也不大。

"拜不成那葫芦神医为师，不若先熟悉这些药物，它们可都是葫芦药秘方中的药物。日后有机会见到葫芦神医，再行请教，也会便利些。”李千寻思道。随将屋子里的各种药材的名称记在了心里，便是那张药单上所列药物的数量比例也默记了。有些开始偷艺的意思。

那孙药工中间过来了一次，查看了一下李千出的药物，见无差错,，满意地点了点头，便自去了。

一名工人见孙药工走远了，便轻声而又神秘地对李千说道：“孙药工是去内药库了。就在那边的院子里，除了少数的几个人可以进出外，任何人是不能随意进出的。并且里面的做工的人更是不能迈出内药库一步。并且内药库那边是和葫芦宫连着的。做好的葫芦药直接送进葫芦宫了，一点也外流不出来。看管得极严。要知道一葫芦的葫芦药，至少要值三两银子的。”

李千出完了药，又帮助两名工人碾了一阵子。中午的时候，孙药工又回了来，验收了一下，便命李千回去了。下午继续去谷中采摘葫芦。

李千在山坡上采摘了半筐葫芦，四下望时，每见有人在清理采尽葫芦的秧藤，收集起来置于开阔地暴晒。不时的又有人将无了水分的枯秧藤捆起来背下山运进葫芦宫旁边的院子里。那葫芦宫的周围是由十几座高木围栏的院落所绕，当是谷中之人和工人们的住所。也是一圈保护葫芦宫的屏蔽。

“当是用于厨下烧火罢。”李千望着那些被人运送至葫芦谷内的葫芦秧藤，寻思道。

见前方有一片茂密的葫芦藤，其中不乏有成熟的大个葫芦，李千便走了过去。当他伸手欲去采摘一只葫芦的时候，忽然从葫芦叶子中冒出一只人的手来将自己的手腕抓住。且极是有力，如被铁钳夹住一般，身形动弹不得。未待李千开口喊叫，嘴巴随被另一只手捂住。

李千身形被制，正在惶恐之际，但听得那人在耳侧轻声说道：“小兄弟勿怕，你只要不叫喊我便松开你，然后有话与你说。”

李千不知对方意欲何为，闻其语气平和，不似那般抢劫之人，于是点了一下头。

于是那人将李千拉于身边坐下，随后松开了制住李千的双手，一片葫芦的藤叶遮住了二人的身形。

待李千再看那人时，一个中年儒士，背负古剑。不由一怔。好像在哪里见过。随即便想起来了，自己来葫芦谷的那天傍晚，在葫芦谷的谷口处见过的那位江湖客就是此人。

“你想做什么？”李千惊讶道。倒是未喊叫起来。

那江湖客此时四下里警惕地观察了一遍，见没有人注意这边，于是以一种缓和的语气说道：“你勿怕，在下高武，来此办理一件要紧的事，需要你的帮助。不知小兄弟如何称呼？”

李千听了，心下稍稍松了一口气。见那高武面容和善，非那般凶恶之人，也自信了他。于是说道：“我叫李千，高先生要我做些什么？”

“你是应招长工进去的葫芦谷吧。这几天来，你不觉得这座葫芦谷有些古怪吗？”高武说道。

“是觉得有些奇怪的地方，高先生的意思是？”李千疑惑道。

“长话短说罢。”高武又四下观察了一遍，复对李千说道：“高某受一位朋友所托来此葫芦谷查验那葫芦医和葫芦药的真伪，因为我那位朋友的亲人中有被那葫芦药害死了的。我怀疑这葫芦谷中的葫芦医有妄称神医，以卖假药诈骗钱财之嫌。我曾验过他卖出的葫芦药，虽有两种之多，但最多的是一种无法辨别的药物。所谓的葫芦药就是葫芦里装的一种灰色的药，神仙难辨膏、丸、散。所以一时不能认定那葫芦里究竟卖的是什么药。小兄弟身在葫芦谷，能帮助我将此事查个水落石出吗？”

“高先生是说葫芦神医卖的是假药？害死过人？”李千惊讶之极道。

“不错！的确是有几位病人在服了葫芦药后，病情不减反重，且有致死的。但现在还不知葫芦药为何配方，是否真的可医天下之病，所以暂无证据。并且这葫芦谷现在造成的影响太大了。你也看到了，谷外面竟然因此建成了一座葫芦镇来。病家四方涌来，若果是个庸医在此卖假药，日久事情败露，必生大乱。”高武忧虑地说道。

李千想起这几日在葫芦中的所见所闻，这才意识到事情非同小可了。

“我所以选择你，是因为你初入谷中，前两日又望见你被谷中的人毒打，当不是和他们一路的，是被蒙骗进葫芦谷的。可否将这几日谷中见闻告之。里面防范极严，高某虽是在夜间进出了几次，但都未能查得葫芦药的配药之地所在。”高武说道。

李千于是将自己看到的情况说了一下。

“外药库！”高武听到李千进了外药库做工，于是问道：“里面都是些什么药？”

李千说道：“有人参、淫羊霍、鹿茸、阳起石……”将外药库的几十种药一一说了出来。

“多是些强阳之物！”高武听了，眉头一皱。

李千闻之，讶道：“高先生可是识得药物？”

高武道：“略知一二！这样罢，你借进外药库之机，多行打探些情况。一有发现，可在上山采摘葫芦的时候告诉我。我会在这葫芦藤下候你的。你可敢吗？”

“敢！”李千毅然道：“这葫芦谷若真是个骗人的去处，看看谷外那些久候的病人，就知道害人有多么厉害了。”

“好！小兄弟果有胆量！更有正义感。”高武赞赏道：“放心，有高某在，你虽处葫芦谷中，也自会保你无事。”

“好了，我们就这样说定了。那边有人来了，我先去了。”高武说着，身形随即隐于葫芦的藤叶中不见了。

此时见何老本走了过来，看到李千坐在那里，应该是在歇息，于是提醒道：“不可歇太久，否则被人发现是要受责的。”

李千应了一声，站了起来继续采摘葫芦去了。

李千心中此时充满了一种说不清的茫然和悲哀，自己敬仰的葫芦神医果有那骗人诈财之嫌吗？医者济世救人，如何能在此道中发生这般不可理喻的事情来。救人性命之事怎么会掺得假呢。这个叫高武的人一身正气，所言当为不假。尤其是葫芦谷中所呈现出来的情形不是医病救人的场所应表现出来的。

李千又在那外药库做了两天工，多是重复之事，了无所得。于山上采摘葫芦时再行见到了高武。高开嘱其勿急，毕竟初来，有些事情还需慢慢探得。

第二十二章　葫芦药（中）

这日，李千在外药库配制药物时，发现库里又多了几味药，也多是强阳之物，譬如那雄蚕蛾。

李千正低头忙活时，那鲁管家在两名汉子的陪同下走了进来。李千和那两名工人见了，停下手中的活计，站在一旁恭立。

“李千啊！”那鲁管家此时竟然和颜悦色地说道：“这些日子你表现不错，那天果然是误会了你。不过为了保守葫芦药的秘密，一些规矩还是不能改的。令你这孩子受了些委屈，不要记在心里为好。”

李千忙应道：“小人初来乍到，不知谷中的规矩。现在明白了。”

鲁管家见了，满意地点了点头，随后说道：“你倒是懂事得很。这样，我保举你一回，明天开始就到内药库做活吧，配制上等葫芦药。”

李千听了，心中一动，知道查明葫芦谷中秘密的机会来了，于是不动声色地应道：“愿听鲁管家吩咐！”心中奇怪，这葫芦药果然是有区别的，竟有等次之分。

“不过……”那鲁管家脸色此时一肃道：“为了保守葫芦药的秘密，你一旦进入了内药库，就不得再迈出内药库一步。”

李千听了，不由得犯了犹豫，自己出不来，若有发现，如何去告诉那高武。

“当然了，你的工钱是要加倍的。我说过，只要在谷中安份地做好三年工，三年之后，保准你做个富家身出去，另享那人间的富贵。”鲁管家缓缓说道。

“那……那好吧。”李千一咬牙应道。虽是有那何老本的告诫，不可进入内药库，否则是凶多吉少，但是自己误闯进葫芦谷，本是为拜那葫芦医学艺的。而今看来，葫芦谷中颇多诡异，必须探得明白才好。果是如那高武所言，这葫芦医高价所售的葫芦药是骗人钱财的假药，实在是害人匪浅，应该助那高武将那神秘的葫芦药查明白不可。李千知道那个高武是位江湖高人，他曾说过在晚间曾进出过葫芦谷几次，既有此般本事，应该会有法子在谷中找寻到自己的。

鲁管家见李千应下了，点头道：“谷中明医懂药的人才奇缺，配制上等葫芦药急需你这样的好手。你不是想拜葫芦神医为师吗，半年之后看你的表现，若是令老夫满意，老夫会举荐你拜葫芦神医为弟子的。此般可医治天下诸病的葫芦药需要有个真正的传人。”

李千听了，故呈喜色。此时李千已是对那葫芦医不再有来时的激情了。

“既然答应了进入内药库做事，现在就和我走，何老本那边就不要再回去了。”鲁管家说完，先行走去。

“请!”那两名汉子则站在了李千的旁边，伸手让请。显是一旦进入了内药库做工，立即会断绝与外面的一切联系。其保密程度可想而知了。

李千随那鲁管家穿插过了两重院落，偶然发现一处堆积了葫芦秧藤的院子。李千此时才惊讶地发现，这些围绕葫芦宫的院落互相连接，道路纵横交错，不熟悉的多会在里面迷了路的。并且这里面是严禁人随意走动的。

“这些葫芦秧藤堆在这里做什么？这里又不是厨房，厨房在那边的。”李千心中茫然。

鲁管家引了李千进了一间大屋子。屋子里面有七八个人正在忙碌，将外药库送过来的碾好的各味药粉按分量进行配制。其中就有那个孙药工。孙药工抬头看到了李千，点头笑了一下，算是打了招呼，显然知道李千今天会来这里的。

“老王，这个就是李千，人交给你了。”鲁管家对里面坐在一张竹椅上饮茶的黑脸汉子说道。说完，转身自去了。

那黑脸老王面目凶恶，一看便知非善类。此时上下打量了一番李千，冷冷地道：“这里是配制上等葫芦药的地方。无论你是什么来头，既然到了这里，就要乖乖地听从安排。那边有几味药粉的标签弄混了，没人辨得是什么药了，你先去辨别出来。”

李千听了，走到几种药粉处，捏了一点于鼻端嗅了嗅，又看了看颜色，知是自己前天在外药库令药工碾成的锁阳粉，于是重标了药签。随又将另几种失了标签的药粉辨别出来。也是这几种药粉前几日经自己手，还比较熟悉，否则又哪里这般容易辨得出来。

那黑脸老王见了，点头道：“果然是个明医懂药的！桌子上有上等葫芦药的秘方，你且按方索药，每配制好一份便交给里间的人制成丹丸。”

李千听了，便走到一张桌子旁边，见上面放着一张药方，拾起来看了看，是一个补肾壮阳的方子。中有几味药性极强的催情药物，竟是一种春药的药方。

“这葫芦药果然都是真正的药物，假不了的，只是多是媚药罢了。那高武如何怀疑真正的葫芦药是另一种骗人钱财的假药呢？”李千心中讶道。

李千心中随又疑道：“名声如此远扬的葫芦谷里，怎么会少些明医识药之人？难道说是除了葫芦神医，其他的人都是外行吗？葫芦神医不是收有弟子吗，如何不从事这些配制葫芦药的活计，尽行雇用谷外的人来。就是这里的这些人，除了那个孙药工尚能辨识些药物外，好像余者也不是很在行的。多是先认了药签才配药的。”

李千按那方药配制了一份来，混合了后，捧至里间。里面一间屋子里有人接了，却又转送到有人守卫的另一内门处。李千欲要走到那内门处朝里面看个究竟时，守门的一汉子拦了道：“新来的吧，里面是制药重地，不得擅入。回去吧。”

李千闻之一怔，敢情他们这里还不是葫芦药的配制中心。仅是一处配制上等葫芦药的地方而已。里面又在配制什么样的葫芦药呢？

如此过了两天，李千已是再出不得这院门。那院门早晚封闭，所用药物多是由各房间的小门传送。晚间则是睡在隔壁的屋子里，饭菜倒是有专人送过来。诸人之中，只有那个孙药工和黑脸老王偶能出入。李千初来不觉，待过了这两日，才感觉到禁身在此的困境来。无了自由身，圈限在这个走不出几十米的院落里，果是那犯人一般无二了。且又与那高武断了联系，而自己对葫芦药的查寻更无个结果，李千心中不免焦急起来，但又无可奈何。

如此数日过去，每天重复着这种枯燥的活计。李千已是生出了后悔之意，到这葫芦谷来做什，名医未曾拜到，便先禁身三年了。对那鲁管家的话，也已不再相信，意识到了这葫芦谷是个进得来出不去的危险之地。

这天，一同做活的人又被抽调去一半进了更里面的那处院子，想是里面又缺了人手。工作愈来愈繁忙起来，晚间挑灯配药，一干便至半夜。也由不得你自行歇息去，那黑脸老王和几个凶悍的汉子在监视着，稍有懈怠，便遭呵斥。新来的一人不服，欲要理论，被一顿拳脚打得没了脾气。李千见状，暗暗吃惊。已是更加肯定那高武的话，这葫芦谷里果是有见不得人的勾当。

“妈的！外面的那些笨蛋，拿现成的银子还招不来人，不行就到镇上绑他几个。竟累得大爷我也做起活来了。”黑脸老王咒骂着从里面的房间走了出来，将一箩筐的葫芦药放在了地上，坐在那里饮起茶水来。

"李千。"黑脸老王朝李千招呼道："你跑一趟葫芦宫，将这批葫芦药送过去。"

李千听了，心中一喜，终于可以进入葫芦宫了，可以见到那葫芦神医了。于是不动声色地走了过来。

"拿这块牌子去，出门右转，会有人指引你进入葫芦宫的路径。"黑脸老王递给李千一块腰牌说道。

李千接过腰牌，看了一眼那筐葫芦药，发现每只葫芦上都标有一点红色的记号，不知是何意。也未多想，背起这筐葫芦药走了出去。

"葫芦医如何会施这般补益强阳的药物来治人疾病？并且还配制这般大的量？难道说所谓的葫芦药就是春药吗？虽是能振人一时之精神，但对于那些不合此证及久病虚弱之人，无疑是火上浇油。服下这一葫芦药，会要了一些人的命去。虽是医无常法，但是此般医法岂不是有违医道正途？"李千心中讶道。他知些医理，故有此想。

李千持了那种特殊的通行腰牌，提了那筐葫芦药出了房门，来到一扇关着的木门外，敲了敲，木门上随即开启了一处小的窗口，露出了一张陌生的怀有警惕的面孔。

见李千面生，那人朝外望了望，冷冷地道："什么事？"

李千没说话，将手中的腰牌递了上去。那人接过，仔细地看了看，然后还与李千，随后将木门打开，说了声："一直往前走，尽头便是。"

李千走进木门，发现此处仅是一条狭隘的通道，当是通向葫芦宫的。循道而走，见旁边又有几扇木门，关得严严的，有两处还站有人守着，不知里面又是何情形。看样子也是此葫芦谷机密所在了。

转了几道弯，前面尽头处又是一道封闭的，上了大铁锁的铁门，且有两名凶恶的汉子守卫在那里。

见李千提了一筐葫芦进来，一名汉子朝李千伸出手去。李千会意，复将腰牌递了上去。那汉子验过，朝另一名汉子点了下头。另一名汉子便从腰间摘下一支钥匙转身开了铁锁，推开了铁门。这一路走来，都是认腰牌不认人的，看守得甚是严密。

进了大铁门，葫芦宫的后殿部分便呈现在了李千的眼前。金黄色的色调比在远处观望更加鲜亮。有木制台阶通其上，门开着，已是无人看守。

李千登上台阶进了门，便已进入了葫芦宫内。先是一处宽敞明亮的大厅堂，一条红色地毯延伸出大厅直通前殿。两侧有数处房间，从一处虚掩着门缝可看到房间内有几个人正躺在铺有毯子的地上酣睡，旁边酒菜狼藉。照往日晚间的热闹情形比起来，此时倒有些冷清。

李千走在地毯上正在四下观察。随见一处房门一开，鲁管家从里面走了出来，后面跟着一名双手托着一只盘子的年轻人，盘子内摆着整齐的几十锭白花花的银子。

“鲁管家！”李千站住，点头示礼。

那鲁管家朝李千摆了下手，未再理会他，径自去了。

“这葫芦宫内果是日进斗金也不止呢！”李千心中惊讶道。

这时，前面迎来一中年汉子，见了李千提着的那筐葫芦，知道是送药的，说道：“这六十只葫芦药怎么才送过来，前面快供不上了。”说着话，上前从筐中拾起一只葫芦，着意地查看了下葫芦上的那处红点标记，复又放下，道声“跟我来！”引了李千朝葫芦宫的前殿走去。

绕过一面绘有葫芦仙人或坐或站或卧之像的大屏风，便自到了以白纱遮窗的葫芦宫前殿，里面情形又自令李千的眼睛一亮。

宽敞的大殿内，穿着绣有葫芦袍子的那葫芦医正坐在宽大的床榻上为人医病，左右堆放着五六堆的葫芦，大小不一。床榻下立有两人，瞧其模样，一个年老的是病人，年轻些的是陪同来的家人，在向葫芦医讲述病情。葫芦医坐在那里，两眼似闭非闭，一幅没有睡醒的睡意朦胧的样子。此时看得真切，面部虽呈现些红润，然仅限两颧，若涂抹了少许红妆，一派虚火上升之象。肥面之上，也隐现浮肿，全不是在距离远些看到的一番神仙飘逸姿态了。

旁边环坐十余名弟子，都是些贼眉鼠眼，面相非善良之辈。这些人是帮着收取病家银钱和按葫芦医所示出葫芦药的，也兼顾护卫葫芦宫的安全，没一个瞧着是正经的学生。

从前方的殿门向外望去，葫芦宫外已是聚集了连病人带家属二百余人。这些人都是得到了当天的诊病号牌，方得以进入葫芦宫来。上下午各有一批。

这与数天前，李千在外面望这边的情形一般，此时却是身临其境了。

那病人正在讲述自己腰腿疼痛三月，但缝阴雨天愈重，服了数名医家的药皆无显效。葫芦医虽在听着，却也不应声，听完后，但朝一堆葫芦指了指。随有一名弟子上前拣了一只葫芦递与那病家，收银三两。全无一丝望闻问切的手段，直截了当的卖药就是，程序简单若此。

那病家似得了救命的灵丹妙药，欢喜不已，也不再问，被人引至一偏门处离开了。

接着有人站在殿门外唤下一号，进来的是一个身穿绸缎袍子的财主模样的人，到了葫芦医面前一拱手道："代家父来请葫芦仙药的，家父患的是虚病，十几年了，服过多少好药也不见……"

未待那财主模样的人说完，葫芦医好像是已不耐烦，抬起右手朝一堆葫芦指了指，那堆葫芦仅有十余个了，正是李千送来的那种带有红点标记的。

一名弟子上前拾了一只，递与那财主，淡淡地说道："葫芦神医已了解病情，且服了此上等的葫芦仙药，保有大效，若是想好得早些，需连服几葫芦才行呢。"

“那就要五葫芦罢。”财主说道。显是财大气粗，不问好坏，但求得一个心安理得罢了。

那财主购了五只葫芦药去了。那十余名葫芦医的弟子们则有几个呈现出了不屑的笑意，好像是又宰了一个冤大头。显是这葫芦医所卖的葫芦药乃是看人下药，钱多钱少所购得的自是不同的葫芦药。

“怎么才过来，这种葫芦丹仅剩六七个了。”一个人上来将李千手中的那筐葫芦接过，转身倒在了适才卖给财主的那堆葫芦里。

“哦！”李千心中恍悟道：“我这些日子配制的这些上等的葫芦药，专门卖给有钱人的。果是分等级的。”

“半个时辰后再送一百个上等的葫芦药过来。”有人将装葫芦的竹筐递给了李千，吩咐道。

李千应了一声，还想站在那里多望一会。

“没你事了，去吧。”适才引李千进来的那人，冷冷地望了李千一眼。

李千听了，知道这里自己还不能久留，于是持了竹筐退了出去。

原路返回，李千心中已是大失所望，疑惑更起，知道这所谓的葫芦神医医起病来果是蹊跷。哪里是在医病，简直是在店铺里直截了当地向客人售药。甚至于连这都比不上，店铺里还要问问人家买什么，葫芦医却是能决定向病人卖什么，由不得病家做主去，但拿出银子来换药去就是了，还是你自家心甘情愿的。

“这病家愚蠢至这般吗？还是对葫芦医信之太过了？哪里有这般医病的道理？唉！只是这葫芦医所造的声势太大了，由不得病家不信去。”李千心中惊讶不已。

李千回来向黑脸老王交还了腰牌，又告诉了半个时辰后还要送过去一百只上等的葫芦药。

黑脸老王听了，骂道：“他妈的，就我们这还要按着方子配制葫芦丹来费事，不如都随了里面简单，要多少有多少。”

李千听了，心中讶道：“里面配制的葫芦药如何简单？还要多少有多少，可是卖给那些钱少些的普通病家的，这里面果是大有名堂？怪不得引来了那个高武先生在暗中调查此事。我且多多留意那种葫芦药是如何配制的，果是有着骗人的勾当在里面，一定要设法联系上高先生。”

随又想到自己现在已经调到这内药库，已是出去不得了，再行到谷坡上采摘葫芦时联系高武已是不可能了，心中不免又忧虑起来。

半个时辰后，那个黑脸老王又命令李千去送葫芦药，于是又走了一回葫芦宫。因是第二次送药来，有些脸熟了，倒无人再急着催促他去，便有机会站在旁边多看了一会。见那病家每购得一葫芦药，如获至宝，多是欢喜地去了。虽也有呈现些疑惑的，但购得这一葫芦药颇是不易，远来奔走不算，便是那排号的号牌也要另行花了银钱买来才能早些时日的轮到自己，否则有钱也是不易买到。权衡再三，只好咬牙掏出银钱先行买下来回去试用。

倒是有一个汉子，对那葫芦医颇有微词道：“老神医，我可是来买下了两次葫芦仙药，我娘服下并不见好转，反而重了些。你这葫芦药果是管用吗？”

那葫芦医听了，面无表情，仍旧坐在那里一幅睡不醒的样子。旁边站起一名弟子，冷冷地道：“葫芦仙药乃是仙人秘授神方，可治天下百病，为的是普救万民之苦难。葫芦谷里每天都有几百人来求葫芦仙药，更是有那等待了十天半月都排上不号的，不知还有多少去。你到那葫芦镇上一看便知。葫芦仙药若无奇效，如何还会有这些人蜂拥而来。便是神仙也是救病救不得命，你又何来怪罪这葫芦仙药来，实是有侮辱神明之意。若是诚心诚意来购药的，就买些葫芦药去，倘若是来生事的，就请放亮招子，看看这葫芦谷是什么地方。实话告诉你，便是苏州知府来了，也不敢造次。葫芦神医上受天命，下受官命，在此葫芦谷做着拯救天下万民的善事，由不得半点轻慢。”

那汉子听了，转目四望，见周围有十数双眼睛在狠狠地盯着他，内里已是怯了，不敢再说话，买下了一只普通的葫芦药，起身去了。

旁边来送葫芦药的李千见状，心中讶道：“这葫芦谷实在是复杂之极，难道说是有官府在暗中支持吗？否则这些人何以有恃无恐。由此也见，葫芦药是治不得天下百病的。”

葫芦谷的现状，逐渐的暴露在李千面前。茫然之余，令李千对葫芦宫每日售出的那大批量的普通葫芦更是充满了好奇。决心一定要查个水落石出。也是有那高武在，心中不免也有了些底数。更是初生牛犊不怕虎，一种正义感在里面。同时心里头也是有一股子怨气，被这葫芦神医的名头骗来了，未拜成师学艺不算，竟然还挨了一顿毒打，总要找个泄愤的机会。暗里也是有些后悔，当初不若直接寻去浙江归安奔那凌云去了，偏要旁生他意来这里拜师，反被困在这里，生出了一些麻烦事。弄不好，怕是性命也要扔在这里。一念至此，倒也令李千愈加的谨慎起来。查出葫芦药的真相事大，自家性命也是要紧。

为免旁人起疑，李千看了一会，便转身离开了。

待进入来时的那道铁门，沿着那条狭隘的通道还未走出十余米，旁边的一道木门开了，走出一人，面白无须，一双蛤蟆眼，两肩膀处积落了一层厚厚的灰尘，本可一抖即落，那人却也不管，一幅灰头土脸的样子。见了李千提着的竹筐，知道是送葫芦药的，于是唤住道：“送药的，你且过来下，也为我们内药库送些葫芦药过去。”

李千听了一怔之下，恍悟那内药库还分两处的。这里必是配制大量的葫芦谷中最为主要的葫芦药所在地了，也即葫芦谷中机密的核心。心中立时一喜，不动声色地走了过去。

这里又是一处隐蔽的院落，院子里堆满了已晒得干枯的葫芦的秧藤，不时地有人取了运进邻近的几间屋子里。

“这些废弃的葫芦秧堆放在这里做什？”李千心中讶道。

在距离此不远的另一所院子里，李千也看到了堆积的葫芦秧藤。

绕过一大堆葫芦秧，见前面正有一个人被绑在一根木桩上，全身血迹斑斑，歪着头，显已昏迷。

“这小子腿脚倒也灵巧，昨天夜里竟然翻过了几道围墙逃了出去，好在被外围值守的兄弟抓个正着，打了个半死。要不是现在人手少，必被打死埋在葫芦架下做肥料。”唤李千进来的那个蛤蟆眼，有意无意，又似在警告着李千。

“果是无王法之地，也必是做着见不得人的勾当了。”李千此时才真正地认识到了葫芦谷不是善类所居之地。

待那蛤蟆眼引了李千进了一间大屋，一股呛人的灰气扑面而来，自令李千打了几个喷嚏，一丝苦味从鼻子里窜了出来。昏暗的屋子里灰飞尘扬，十几个铁碾子正在碾药粉，操作的人虽是口鼻掩了毛巾，也自呛得泪水直流。

此时，李千惊讶地发现，这些人所碾的药粉，竟然是清一色的葫芦秧藤。干枯的无了任何水分的葫芦秧，先是被木棍敲打碎了，然后再放入铁碾中研成细粉。接着以细筛子筛过，复将细粉转送到隔壁的另一间屋子。整间大屋子里约有四五十人在劳作。

“这……这就是那真正的葫芦药吗？”李千见状一惊。

“别看了，跟我去里间取成药去。”蛤蟆眼看到李千惊讶的表情，见怪不怪地说道。

第二十三章 葫芦药（下）

待到了里面的房间，里面的情形已是证实了李千的猜测。刚从外间运进来的葫芦藤粉，直接被掺水揉成面团状，水中不知又掺了什么，颇具些粘合力。随被分成小块，分派给围坐在几张长条桌子旁边的工人们用手搓成梧桐籽大小的药丸。

成丸的葫芦药又被摆放在细密的竹帘子上，十几层叠放在木架子上。又被抬进里面的一间通开的屋子内，摆放在一处泥土垒成的火炉上，下以炭火烘烤，待将那药丸中的水分烘干，取出放凉。那边再有人直接装进了准备好的葫芦里，一批葫芦药就成了。整个程序，流水线作业，简单而又有序。

“所谓的葫芦就是葫芦秧啊！”李千这一惊可是非同小可。

“都看到了罢。”那蛤蟆眼望着李千，冷笑了一声道：“就地取材，一本万利。葫芦里装的葫芦药，这就是真正的葫芦仙药。比不得外药库配制春药麻烦。全天下知道此秘密的人都在这里了。”

“故弄玄虚！葫芦一味，便是做得药，何以能治天下百病，摆明了就是骗人钱财。”李千心中自是升起了一种愤慨。

“小子，今天算你有眼福，看到了这天下最秘密的所在。且安心在此做工，几年后皆可得一个富贵离开。大家现在都已是一根绳上的蚂蚱，谁人也跑不得了。”蛤蟆眼笑了笑，接着指了满满一大筐的葫芦，吩咐李千道：“这是一百只，你送过去吧。”

李千未应声，上前背负了那筐葫芦，转身离开。他清楚地知道，自己身陷匪窝了。这伙人是比真正的土匪还要狠毒上十倍。土匪们是明火执仗地抢劫。而这些人抢劫的对象竟然是那些早已被病患折磨得痛苦不堪的人，寄以重生的希望来此，却被这些人骗尽了钱财去，并且还是心甘情愿的。

李千同时也同情那些制作葫芦药的工人们。这些人应该都和自己一样，被骗进葫芦谷来的。这里是地狱，进得来出不去，只能奴隶一样没日没夜地做着苦工。日后想活着出去更是希望渺茫。那些已赚够了病家钱财的人，日后是不想令这个惊天骗局泄露出去的。等待着他们的应该是被灭口的结局。

这天晚上，李千躺在床上怎么也是睡不着觉，想起那病家不辞辛苦远来求药，花钱买去的竟然是一味葫芦秧。此药虽说是有些利尿的作用，却又哪里治得了天下百病。葫芦里装的倒真的是“葫芦药”啊！

“现在出不去了，无法联系上那个高先生，这可如何是好?”李千辗转反侧，想了一晚上，也未能想出个法子来。

就这样过了三天。其间见到了王氏兄弟扶了病重的父亲在葫芦医那里购得了一葫芦药去。李千当时在场，真想大声告诉王氏兄弟，这葫芦里装的是骗人的假药。但是理智告诉李千，不能这么做，否则自家性命会不保。只好眼巴巴地看着那王氏兄弟持了葫芦药去了。自己是和王氏兄弟一齐到的葫芦谷，此时才排上了号。花了三两银子还购了一份假药回去，不知给这贫困之家又添上了多少霜雪。

这天晚上，李千夜起如厕。那茅房是在住所后面一偏僻角落里。夜深人静，唯有那边葫芦宫里偶尔传出些浪声荡语。李千望了望宁静的布满星辰的夜空，暗叹一声。

“李千兄弟！”这时，忽然从旁边传来一轻微的呼声。

“高先生！”李千闻之，先是一惊，继而一喜。转身循声看时，见一阴影处，正站立着一个人，不是高武又是谁。

“嘘!”高武示意李千轻声些，随从那阴影外走出。

“高先生，你是怎么进来的?”李千兴奋地道。

“这种地方还拦不住高某。”高武说着，拉了李千隐于墙角的阴影处。

“高先生，我已能进入到内药库了。”李千说道。

高武道：“因做工的年限所制，来葫芦谷中应招的长工很少。且病家四方涌来，葫芦药有些供不应求，以至于谷中做活的人极缺。你在这么短的时间内便进入了制作葫芦药的机密核心内药库所在，是因为谷中之人认为能有把握困住你，令你进得来却出不去。加以你能识些药物，便至重用你了。这也无意中为我们提供了查明葫芦药真相的机会。这几日我不见你去那谷坡上采摘葫芦了，以为被谷中的人识破了，便想设法救你。后见你又出现在另一院子中，安全无事，便知你另有任用。于是耐心等待，今日见你呈现出兴奋和焦虑状，知道你有所发现了，故潜入谷中来见你。”

李千听了，这才知道那高武果是一直在暗中保护自己，心中感激不已。今天更是来得及时，于是道：“高先生，那种所谓的葫芦神药，还真是葫芦药呢!”

高武一时间未听得明白，讶道：“什么葫芦药?”

李千道：“坐地取材!就是用那废弃的葫芦秧藤晒干碾末，混水为丸装在葫芦里就是葫芦药了。葫芦医所售的葫芦药多是这般，是针对那些普通的病家。待对那些富贵有钱的，则是配制了几种春药在里面，价钱也自贵出许多。”

“原来如此!”高武闻之愤慨道：“果是连药的本钱都省了，且一本万利。我夜探过几次葫芦谷，也是见到几处院落里堆积有大量的葫芦秧藤，不知是做什么用的，原来就是配制葫芦药的原料。我曾辨别过葫芦药，想必那和药的水里又掺有令药粉粘固的东西，所以难以辨别出来就是单味的葫芦藤粉。这葫芦谷刚开始时是以提神壮阳的春药唬人，待来寻的病家多了，不想再下更大的本钱，便以葫芦秧藤碾末制成药丸来蒙人了。恐那般有钱有势的人家怀疑质问，对那些人于是区别对待，仍以春药应付了。并且和当地的乡绅官吏互相勾结，沆瀣一气，更是串通了上面的部分高官，又自雇用了些无赖之徒四下里吹嘘造势，联合发此不义之财。除了葫芦宫售以葫芦假药外，谷外正在兴建的葫芦镇，那些客栈酒楼不知又乘机敛去了多少病家的钱财。"

李千茫然道："当地官府既然已知此事，为何不加以制止，还要和那葫芦医勾结呢?"

高武摇头叹息道："利欲熏心，在大把的银子面前，都想来分一杯羹，哪里去顾及病家死活。这也是葫芦谷得以长时间招摇撞骗而又无人敢来明查的原因。"

李千感慨道："没想到医人之术里面还有这种害人之法。"

高武道："这是那般坑蒙拐骗之徒造就的假医假药，是与真正的医术沾不上边的，尚属'皮门'。当然了……"

高武随又感叹一声道："世间也自多有些那种见利忘义的医家，借医之名，骗起病家钱财来是比那种抢劫的强盗还要狠些！往往治不得病，还要乘机敛去大把的钱财才罢手，不仅误病，更令一般的人家人财两空，还不觉是被骗呢！医者无德，为害尤甚!"

高武接着又道："事情既然已明了，当有个了断之时。为防止走了风声，令一干犯人逃匿，我那位朋友会从他处调来兵马围捕葫芦谷的，同时也会将那些被骗入谷中做长工的人解救出来。你且再耐心地候上两日，一定要保护好自己。两日之后，这里必会有一个结果。你先回房睡觉罢，时间久了恐被人怀疑上。我先去了。"高武说完，起身一跃，竟自越过了三米多高的木栏围墙。消失在了夜色中。

李千这边看得是目瞪口呆，知这高武果是非同凡人。

高武所言的"皮门"，是指江湖中专以卖假药骗人钱财为营生的诈骗组织或一类人。譬如说卖大力丸的叫"挑将汉"，卖眼药的叫"挑招汉"，卖糖药的叫"挑罕子"，卖膏药的叫

“挑炉啃”，治花柳病的叫“脏黏啃”，各有称呼。然而也多是小打小闹，且讲些江湖规矩在里面，哪些人可骗，哪些人不可骗。而葫芦谷折腾出来这般场面，贫富通吃，当是犯了忌的。

就在第二天上午，葫芦谷中来了两辆车马，还有十几名带刀的护卫。虽是家丁装扮，个个俱是气宇非凡。不知是来了什么人。

李千去葫芦宫送葫芦药时，经过葫芦宫的后殿，隐见一房间里坐着一位衣着华丽的年轻公子，而那鲁管家则在旁边恭敬地站着。

偶听得那年轻公子笑道：“没想到那几十万两银子就是在这里以这种方式筹集到的，真是生财有道啊！不可思议！不可思议！”

鲁管家则谨慎地应道：“还请王爷那边……”

李千还未听得下文，见有人走了过来，忙装作若无其事的样子去了。

“这葫芦谷果然是有大人物做后台的，不知是哪位王爷与此事有涉？”李千心中震惊不已。

那位年轻的公子在葫芦谷里坐了不到半个时辰，便自起身离去了。鲁管家送了那公子回来，吩咐道：“通知下去，葫芦药还要加量赶制，号牌每日也要多放些出去。”

不知是因为见了高武之故，还是因为来了那位神秘的华丽公子，李千开始感觉到葫芦谷这两天的气氛呈现出一种异样来。每个人都表现出了紧张感，便是那鲁管家也开始忙碌起来。一天之内竟然到内处药库三四次，催促加快配制葫芦药。真是的好像要发生什么事了。

李千心中尤自兴奋不已，知道一两天内必有大事发生，这葫芦谷的骗局就要被揭穿了。

这天深夜，四下里漆黑，除了葫芦谷内的葫芦宫里和葫芦镇上呈现些灯光外，再无亮处，连天上的星月都被一层厚厚的乌云遮掩住了。天地间显得异常的宁静，也自呈现出了一种异样的气氛来。

一队披盔戴甲、手持刀枪、全副武装的官兵悄然出现。这队官兵绕过了葫芦镇摸到了葫芦谷前。而后一声喝喊，扑向了葫芦谷谷口的正门处。守在门侧的十几名汉子还未反应过来，便被砍翻在地。紧接着灯笼火把齐明，四下里喊杀声一片。

惊变突起，葫芦谷中立时乱了。

李千在睡梦中被惊醒，和同屋子的工人起身朝窗外看时，火光通明，人喊马嘶，乱作一团。

"高武先生果然调来了兵马！"李千惊喜万分。

官兵冲进葫芦谷，基本上没有遇到像样的抵抗，事先应该得到了高武给的葫芦谷的地形图，攻入之后，各分兵力捕拿葫芦宫和周围各院落中人。葫芦医、鲁管家等一干重要人物不曾走脱了一个，只有几个腿脚快捷的葫芦宫的护卫，一发觉动静不妙，便翻出木栏围墙钻入谷坡上的葫芦丛中越岭跑掉了。

那鲁管家做梦也不曾想到深夜里会有官兵突至，开始还以为是一伙不要命的匪盗来抢劫葫芦宫中的钱财。待他确认了是官兵之后，方感事发，随即意识到了什么，立时脸色灰白，瘫在地上走动不得了，被官兵拿个正着。

天色渐亮，官兵将葫芦谷内外搜了个遍，将捕捉到的人都集中到葫芦谷前面的空地上看管，那葫芦医和鲁管家、黑脸老王等一干重要人犯则另行看押。

经过一番询问和指认，有兵士上前将葫芦谷中的工人们和那些所谓的葫芦医的弟子及帮凶们又分隔开来，并将姓氏登记在册。李千见到了何老本及几个先前认识的工人，互相招呼了，都自面呈喜色。

葫芦谷这边一闹腾，吓坏了排在谷门外那些正日夜排队领取号牌的病家们，不知发生了什么事，皆惶恐不已。更是惊动了葫芦镇上的人，跑过来围观。有几个先前为葫芦谷鼓吹造势之辈，如白面书生之流，见葫芦谷生变，知道事败，惊慌之余，便自脚底抹油，溜之大吉了。

有几个正在葫芦镇上投了巨资建造酒楼、客栈的客商、富家，见此光景，都傻在了那里，知道自家投在这里的银子一下子都打了水漂了。这里穷乡僻壤的，日后人们来此度假的兴趣都没有。葫芦镇方兴即败，也无奈何。

大队的官兵随后押着一干人犯前往当地县衙待审，那些被骗进葫芦谷中的工人们也要随了去取证。

“谁叫李千，出来一下。”一名兵士这时朝工人这边的人群喊道。

李千听了，便走了出来。

“随我来。”那名兵士引了李千走至葫芦镇的一家客栈里。这里已被官兵临时征用，作为处理葫芦谷事件的一处办公地点。葫芦谷事发，恐令那些被骗的病家们激动闹事，产生民变，已是驻防了一队官兵。

在一房间里，李千见到了一名带队的年轻武官，那武官上下打量了有些惶恐的李千一番，笑道：“不要怕，受高武高大人所托，特将你从那些人中叫出来。去县里作证要三四天才能结束，有些麻烦，所以你就不用去了。听高大人讲，你在此案上是立了大功的。”

李千闻之一喜，忙问道：“高先生呢，如何不见？”

那武官应道：“高大人正在县衙那边处理一些棘手的事，处理完了才能回来见你，要你在此地候他一日。”

“哦！”李千心中讶道：“捕拿葫芦医这些大骗子的事还不够大吗，却要去处理别的事情，当是比这里的事情重要罢？”

在第二天的中午时分，李千才见到了高武。

“高先生！”李千欣喜道。若无高武，自己恐怕是被囚在葫芦谷里做苦力了，日后死活还未可知，所以对高武自有一种感激之意。

“你还好吧！”高武也自高兴地道。

二人如那故友一般叙了一番别后之情。

高武随后道：“不知李千兄弟此行要去哪里？”

李千应道："浙江归安，去寻一个叫凌云的针灸大家拜师学艺。"

"哦!"高武听了，眼神中飘过一丝别样之色，随后点头道："海内称针法者曰归安凌氏！那凌云门下弟子有十八高手之称，每人各擅一种奇特针法。当今天下医林中针法一道，也唯凌氏最盛了。李千兄弟有此志向，倒是令人佩服。不过听闻那凌云择徒甚严，除了那十八位高徒之外便不再收亲传弟子了。你此番去，未必能得入其门。"

李千听了，大感失望，叹息一声道："不管怎么样，我还是想去试一试的。既然要习针法，就要和那天下第一的学，否则学不来真本事的。"

高武听了，赞许地道："好吧，你我相识，也是有缘。我且助你一次。那凌云一十八位高徒之中有个叫叶涣的，与我是旧识，也算是有些交情。我且写封书信你带去与他。让那叶涣尽力帮你入那凌氏门下。"高武之意，有了他的书信，李千就是不能做凌云的亲传弟子，也自会被那叶涣收留为徒的，也算是入了凌氏一门习针法。否则李千自行前去，怕是无人能收下他的。

李千闻之，立时惊喜道："谢谢高先生了!"希望又自大增。

高武笑道："你也莫高兴过早，还不知我高某有没有这个面子。"说着，高武寻了纸笔来，龙飞凤舞一番，写就了一封书信。然后装了一信封中，递给了李千。

李千高兴之余，谢过接了，小心翼翼地收入怀中藏了。

高武道："葫芦药现在真相虽然大白于天下，可是被那葫芦医骗到葫芦镇的病家还有几百人待疏散。为防激变，我已请了几位相识的医道上的朋友来此义诊，以安民心。"

李千道："那葫芦医行骗多时，虽是葫芦宫将那葫芦药保管得周密，但是官府只要一下来人进行查看，便可明了是非，不至于骗了这许多人去。"

高武听了，感慨一声道："你且不知这里面颇多利害关系。那葫芦医胡可起初行骗之时，仅有几个相识的乡里的闲人懒汉帮衬，到处吹嘘。待有人误信其言，不时地有人来求购葫芦药时，便被乡绅赵直看到了一种求财的门径。于是和胡可勾结起来，由赵直在葫芦谷修建葫芦宫，共同行骗。待有了些起色，连那当地官府的人也见有利可图，除了插一脚分些赃银外，也自争相在谷外建酒楼客栈，赚取来葫芦谷求医购药的病家银钱。以至于声势日大，竟然在此地平地建起了一座葫芦镇。要知道这镇里的那些酒楼客栈都是县里和乡里有头有脸的人物和富家开设的，获利颇丰。甚至于还有两处知府的买卖在这里。此案一发，那胡可当夜便被人打死于县衙狱中，当是杀人灭口。胡可不死，这桩葫芦医案涉及的人可就不止他胡可及葫芦谷的一班人了。其实到了后期，胡可这个江湖游医已是身不由己了，已被赵直和官府中人控制了，当作了他们骗取病家钱财的傀儡工具。每日里除了撑个门面售以葫芦药，但求个醉生梦死而已。”

说到这里，高武摇头叹息道：“说来惭愧！高某也是公门中人，此番来侦此葫芦医案，除了受朋友之托，也是执行公事。但是事情一经查明，胡可捕之入狱之后，各方压力便来了，几道上令禁止我再深查下去。我昨日一整天在县衙周旋未果，没有办法，此案主谋胡可一死，只好不了了之了。身居庙廷又能如何，不若得了一个闲身游走江湖来得自在。”

李千此时又想起一事，忙将前日在葫芦宫里见到的那位神秘的年轻公子的事情说了。

高武听了，表情严肃地道：“此案各方面涉及的利害关系非常复杂，这也是上面下令不让高某继续调查此事的原因。好在阻止了葫芦医继续行骗，不再令病家上当受骗，以高某的能力也只能做到这些了。有些事情你不知道也罢，知道无益。就在我适才从县衙里来时，那个鲁管家也在牢里上吊自杀了。要不是我和我的那位朋友采取了霹雳手段从外地调来兵马突袭，拿下一干人犯，获得了他们的行骗证据，此事也是难以正常方法来完成的。这桩葫芦医案，就是一堆糊涂事，理不清的，也是无可奈何之事。”说完，又自叹息了一声。

李千见高武能调来官兵围捕葫芦谷，不仅是个官身，地位也自不小了，已是心生敬畏。

高武这时从怀出取了些碎银子，呈给李千道：“这是十两银子，送与你吧。”

李千惊慌道：“高先生何以送我银子？不敢收的。”

高武笑道：“你协助高某破此葫芦医骗大案，这是应该得到的犒赏。况且到那归安拜凌云学艺，一路上也需要盘缠。我也自高兴结识了你这位勇敢正直的小兄弟，就当我这个朋友赠送你的罢，勿要拒绝为是。”

李千听了，感其情真意切，再行回绝也不是个事，况且自家也真是需要银子呢，于是谢过高武，将那十两银子接了。

李千因在葫芦谷耽搁了些时日，心中已是急着去那归安拜师凌云，又和高武闲聊了一会，随后辞别高武寻路去了。

高武望着李千离开的背影，自语道：“希望此行那凌云能收下你吧。要不是我另有他事缠身，当收下你这个执着的弟子，不认我也自不成呢！”

李千误入葫芦谷拜师学艺不成，反被囚困，所幸遇到了那高武，并协助其侦破了这桩医骗大案，这才得以恢复自由。经此番变故，自令李千感慨万千，暗中发誓，在以后的路上就是遇到神仙，也不随他去，一心只求凌云处。继续奔那归安去了。

葫芦宫后被捣毁，葫芦谷中种植的葫芦多被小孩子们摘去玩耍了，大些的也被邻近的村民们取去剖开做了淘米和舀水的瓢了。按下葫芦起了瓢，这葫芦谷事件影响颇大。以至于多年之内，江湖上那般游医们都不敢以葫芦装药来卖了，否则多被认为是诈人钱财的葫芦药。葫芦梦里葫芦仙，葫芦谷中葫芦宫，葫芦医卖葫芦药，葫芦药治糊涂病，总之皆是一堆糊涂事。十几年后，这桩轰动一时的葫芦谷医骗案才令人逐渐忘记。偶一提及，权做笑谈，不若后世故事中斩妖除魔的葫芦娃娃们被人记得清楚呢。

第二十四章　凌氏针法

且说李千一路南来，沿途打听那归安所在，这一日，便已是到了归安县城了（今浙江吴兴）。这一路上多亏有高武临行时赠送的那十两银子为助，否则便会一路乞讨来的。便是沿途乞讨，李千也自会排除万难，只要寻得到那凌云就成。

到了归安一打听，那凌云果是名声响亮，无人不知。便有人指示了，拐过两道街去，看到有家大门楼子，门前人最多的地方，便是那凌云创办的为世人以针灸疗疾的金针堂所在。李千见此时天色将晚，便打算明天一早再去行拜师学艺之事，于是找了家南风客栈投了。安顿下之后，李千来到街上的茶肆里买些吃食，坐在一旁寻思着明天如何进那金针堂。

旁边坐着的客人中，有几个正在讲述凌云针法传奇的事迹，倒是为李千提供了一些了解凌云的资料，也增加了拜其为师的决心。

那凌云本是归安双林人，字汉章，号卧岩。以针法响世，曾被孝宗皇帝召至京城授为御医。后辞归故里，创金针堂行医济世。“针术神灵，擅名吴浙”，更有“海内称针法者，曰归安凌氏”之说，有“长桑、越人之流”美誉。（那越人乃是神医扁鹊，其师便是长桑君，古之名医。）

昔日淮南王中风，瘫痪在床，三年不起，遍请天下名医，治皆无功。后待那凌云到了，竟至一针而起沉疴，三天后便下地行走，令群医叹服。

回到南风客栈，天色已暗，躺在床上的李千激动不已，盼望着早些天明。

“既习针法，就要习天下最好的、最高明的。一针在手，用不得本钱，就可以为人疗疾治病了！”李千愈想愈兴奋，虽是走了一天的路，已是十分的疲倦，却再也睡不着，索性起了来，在房间的地上乱走。对现在的李千来说，自家千里而来，拜那凌云为师学习针法应该是顺理成章的事，未能考虑太多来。

夜半时分，李千这才感觉到倦极，和衣躺在床上，怀着美好的梦想，迷迷糊糊地睡去了。

待李千一觉醒来时，天已大亮，日至三杆了。多日奔走的疲劳加以走到目的地兴奋后的困倦，令李千睡过了头。

李千坐在床上呆怔了一下，随即意识到了什么，起身跑出门去。好像是去得晚了些，那个师父便拜不成了。

跑出了一条街，李千又向人问了下路，这才拐过一街口。果见前方有一座高大耸立的门楼，已是车马盈门，聚集了不下四五十人去。

“这才是一处医家诊病的气象！名医之所！大家风范！”李千望着前方的情景，不禁赞叹道。想起莒县城内的安顺堂，与之相比可谓是天壤之别了，或是根本就不能与这里相比较。

走至近前，见除了门外的人，门内的院子里也有二十多人扶老携弱在排队等候。这是一处大院落，房屋重叠，不知深几许，仅以前面的几间大屋做诊治病人之所。只在一正房中的墙壁上挂有一匾，上镶三个笔力苍劲的镏金大字——金针堂！

李千越过众人径直走了进去，却也无人来拦。

那几间敞开门窗的屋子里面，各有几个人正在忙着诊治病人。从年龄上看，未见老成的在里头，当是那凌云的弟子们。

李千于是站在一窗户外面看了，等待见到那凌云的机会。也是想看看凌云的弟子如何以针法诊治病人的。

一看之下，不禁令李千暗暗吃惊不已。此间屋子里几位诊治病人的凌云弟子，虽多是中年之人，诊起病来却是十分的稳重。下针时往往一两针，多则不过五六针，都是立见成效，甚是快捷。屋子内外人数虽多，却自没有敢大声喧哗的。

李千第一次真正地见到专以针法诊治人疾病的情形，心中尤其是庆幸不已，认为自己选择的这条道路是正确的，也正是以往期盼的。不由对那几名凌云的弟子好生羡慕。

此时轮到一名中年妇人了。这妇人体态虚胖，面色皖白，不住地咳嗽，却是咳声无力，由两名家人搀扶着。

接诊的是凌云的一名弟子，叫叶涣的，先是令那妇人坐了，而后按诊其脉。眉头不禁皱了一下，问起病由。

一女子当是那妇人小姑，上前应道："嫂嫂患咳嗽多日，总不能止，服过许多医家的药，不仅不见效果，反倒愈治愈重，已是连有五日不曾进得食了。这是那些医家开的药方，还请先生看过了，是否都下错药了呢?"那人说着，将几份药方递了上去。这家人倒是仔细得很。

叶涣接过，看了看，不由摇头道："这大多是补益之剂，如何能止得咳嗽来。不过此病症脉颇有些麻烦，待我与几位师兄会诊一下罢。"

叶涣说完，叫过同屋中的两位师兄，为那妇人会诊。

待诊过之后，三个人小声商讨了一下，都摇了摇头，显是这妇人病得不轻，他们应付起来有难度。

叶涣随后对陪同妇人来的家人说道："这位大嫂的病比较特殊，暂且没有一个好的治法来。不过不要着急，稍候片刻，待我们去请家师亲自来诊治此病。"

那妇人和其家人刚开始见叶涣几个人没法子医，以为病重不治，都大为恐慌，后听得要请凌云亲自来诊治，又都转忧为喜。

"凌先生要亲自出面治病了!"屋子内外的病家们一阵惊喜，不免有些躁动。

原是这金针堂平时多由凌云的弟子们接待病家，遇有疑难杂症，弟子们一时间医不了的，便要请出师父凌云来。

窗外观看的李千听那凌云要现身了，心中立时一阵的激动。

不多时，入内的一名弟子引出一位清瘦的老者来。长须方额，龙眉凤眼，隐含威严。一袭灰色的布衣长袍，脚穿一双千纳底的布鞋，尤是显得干净朴素。左手握了一对琉璃珠子，一白一黑，阴阳互调，在五指内缓缓转动。此人正是那针法天下第一的凌云凌汉章。

“师父！”叶涣几名弟子见了，忙起身恭敬地迎候。

“师父！”见日夜思想的凌云就在眼前，李千这边也自轻唤了一声，激动之下，几欲冲进屋中就要拜了师去。好在克制住了自己。

随即，叶涣将凌云引向了那待诊的妇人，并轻声介绍了一下刚才获得的病家情况。

凌云听罢，点了点头，接着坐下来又亲自为那妇人按脉细诊。待两手脉诊毕，凌云说道：“此病乃是感受寒湿之邪，郁久生痰，又误服补益之剂，更致痰凝气滞，阻塞经脉气道，尤令内外气机通畅不顺，逆而生咳，以至于饮食不下。治当振其阳气，以豁痰通脉。头为诸阳之会，取穴头顶百会，施重针法，畅经脉气道。然施此针法刺激颇大，病人又久病体弱，当受激不住，会呈现出暂时晕厥之状。但不妨事，稍后即会醒如常人。”

说着话，凌云站起身来。随有一弟子呈上一托盘，内置三寸许长的金针一支。

凌云右手持了那金针，将左手中的那对阴阳琉璃珠子放置盘中，而后凝神定气。同时四名弟子上前将那妇人的发束打开，将一头长发引至旁边，独露头顶正中的百会穴。

此时见那凌云神情一肃，目中精光大盛，如变换了个人一般，右手金针照那百会穴垂直刺下。看似缓慢，却如一柄利剑破风而入，毫无阻滞。

入针尚不足寸许之际，指间微颤，腕部轻移，针身略上提间，又自斜刺没柄，大幅度捻动，随后提插数下。而后方向又变，前后左右，一穴分刺。这一连串的动作一气呵成，如若持针捣脑，似乎将那脑子里的一堆物事搅拌得乱了呢。

这般情形将屋子里的待诊病家看得是眼花缭乱，皆自惊呆在那里。而窗外的李千也自瞧得真切，他从未见过如此来施针法的。小小金针，熟玩于指穴之间，哪里是在为人治病，实在是一场奇妙无比的表演。世间果是有如此的金针疗疾之术吗？

就在此时，忽然见那妇人闷哼了一声，头一歪，身子瘫软了下去。果是呈现出了晕厥现象。与此同时，凌云手势一扬，出针了。

“娘啊！”

“嫂嫂！”

与妇人同来的两个家人见状，已是忘记了凌云刚才的预告，扶着那妇人大声哭喊起来。

“不妨事！”凌云这边笑道：“此重针法她受激不过，一时晕厥而已，稍后便苏醒。”说完，凌云复取了那对琉璃珠子，转身去了。

“这病人果然昏了过去！”李千更是惊讶道。待见凌云已自去了，欲要进去表明拜师的意思已晚，也是见那凌云神乎其技，令李千惊叹之余，倒有些不敢面对凌云这位针法上的高人了。呆呆地站在那里，不知所以。

叶涣几个人见妇人的家人哭作一团，忙上前劝慰了。然见那妇人呼之不应，直如死过去一般，两个家人心里更是没了底数，愈加悲哭不已。

“怎么还不醒呢？若是今天醒不来，怕是没得救了，凌先生的麻烦可就大了。他却没事人一般，放手不管了，先走了。”待诊病人中有人小声担忧地嘀咕道。

“是啊！这治病哪有将人先治昏过去的道理。”仍旧有人不解。

叶涣几名弟子却无忧郁之色，见劝说不听，只好任由那妇人的家人哭去。

就在这时，隐听得那妇人喉中“咕噜”一响，似缓过了气来。两个家人见状，哭声立停。随见那妇人脸色涨红，抬头做呕状。

叶涣见了，忙从旁边的角落里取了一大木盆来放在了妇人面前，防其有呕吐物吐在地上。

“真是醒了啊！”有人惊叹道。

“啊呀！”随见那妇人痛苦地叫了一声，接着呕吐大作，一块块的粘痰从口中涌吐出来，腥秽味旁溢。屋子里待诊的病人忙掩鼻退避。

那妇人足足吐了一大木盆的老痰，约有一斗之数，当是内里痰涎尽了，这才止了，轻舒了一口长气，脸色随之大缓，躺在家人怀中，甚是受用。顽症顷刻间痊愈。屋子内外待诊的病人们呆怔了片刻之后，立即欢声雷动。

“感谢神医救命之恩！”病家三人朝凌云离去的内门方向跪地叩谢不已。

叶涣和几名凌氏弟子见师父施术若此，也自兴奋异常，上前扶起病家，又叮嘱了些愈后注意的事项。而后那三人千恩万谢地去了。

李千站在那里是如在梦境里一般，对适才眼前发生的事，仍旧不敢定其真假。

“既习针法，当如凌云！”李千喃喃地道。心中已是激涌澎湃。

待那叶涣几人将屋中待诊的病人治过大半之后，他偶一抬头，这才发现了站在窗外的李千。感觉这个陌生的少年站在窗户外面应该有好一会了，没有进屋子里应诊，当是个来看热闹的。这般人往日也是有过的。起初叶涣对李千未在意，后见李千仍旧对屋子里诊病的情形呆呆地看着，却又自象别有心事。叶涣于是走了出来。

“小兄弟，你有什么事吗?”叶涣问道。

“哦!”李千这才恍过神来。

“我……我要拜凌云师父为师学习针法。”李千抬起头来，坚定地说道。

“这个嘛……”叶涣笑了一下道：“学习针法治病救人实非易事，小兄弟切勿因为看了刚才家师诊病的经过，一时心血来潮才生此念。师父的修为，我等弟子便是苦习一世，也不能得师父的半成本事。看看热闹罢了。”

“不，我一定要拜凌云师父为师。对了，不知叶涣先生是哪位?”李千忽然想起了那高武的推荐书信。

“我就是，不知小兄弟找在下有何事?”叶涣闻之一怔，这才感觉这个陌生的少年有些来历。

“原来你就是叶先生。我叫李千，是从山东来的，专程拜凌云师父学习针法来的。我这里有一封信是一个朋友叫我交给叶先生的。”李千说着，从怀中将高武的那封信取了出来，双手呈给叶涣。

“你的朋友给我的信?”叶涣闻之讶道。感觉和李千站在这里说话不是个地方，接过书信后说道：“且随我来。”

叶涣引了李千转进了旁边的一个角门，里面又有一小的院落。进了一房间，叶涣让了李千坐了，而后拆开那封信来读。

“原来是高武先生的书信!”叶涣见信，不由一怔。他不知道李千这个少年为什么会有高武的信件。

待叶涣读罢书信，惊讶之余，也自感到了为难。

“李千兄弟，你是如何认识高武先生的?”叶涣诧异道。

“是在来的路上偶然间认识的，高先生听说我要来归安寻凌云师父学习针法，便为我写了这封信来。”李千说道。见这叶涣果是与高武相识的，其为凌云弟子，当是能为自己引见到凌云。

叶涣见李千果是一身风尘仆仆的样子，千里从山东而来当是不假的了。出人意料的是他竟然持有高武的推荐信，倒是有些非同小可。其与高武本是旧识，有些交情在里头，且尤知高武其人，见高武能为一个少年写推荐信来，感到有些不可思议。

叶涣将高武的书信反复看了几遍，知道这是不假的，的确是那高梅弧的意思。

叶涣又和李千聊了一会，见李千尤呈些木讷之态，不是那般伶俐光活之人，不由得摇了摇头。犹豫了好一会，这才勉强地对李千说道："李千兄弟，实不相瞒，家师已于数年前便已决定不再收弟子了。纵有高武先生的推荐信在，也无可能。这样罢，看你不远千里来拜师学艺的一片诚意，更主要的是有高武先生的推荐，你就入我门下学习针法罢，也算是入凌氏一门了。"

李千听了，不由大失所望，摇了摇头道："对不起，叶先生，我要拜的是凌云师父，学习他那至高无上的针法，我……我不想入你门下。"李千也自感对叶涣说出这般话来不合适，不由得低了头去。

"嗯！"叶涣听了，自是一怔。他本以为自己能收李千已是不容易了，要不是有高武的推荐信在，这个李千他也是不会收的。

"你这个孩子，倒是固执！"叶涣脸色自是红白转换了一下，随摇头苦笑了一下："江南之地，想拜我门下习针法的人何止千百，遇不到那般有资质的我也是不收的。没想到你……"

"我只想拜凌云师父。"李千红着脸，仍坚持道。对李千来说，世间只有那凌云才是他所要寻找的真正的师父，尤其是见到了刚才凌云施展了一番神奇的针术，更是令他不再做别想了。纵有那针法天下第二的人来，他也不愿拜了师去。要拜，只拜天下第一的那个。

"你虽是固执，倒也爽快。"叶涣尴尬地笑了笑道："这样罢，此事我做不了主，需要与师兄们商量一下。你且在这里候我一会，稍后再回话与你。”

“叶先生，请不要怪我这般无礼。我此次前来，就是为了拜凌云师父的。”李千见叶涣为人和善，自己适才的话实是令他难堪了。曾闻高武说过，凌云弟子中有众多针法上的高手，医林中就有一十八位名人之说。这叶涣能居其一，当也是个不一般的人物。

“没关系，人往高处走，水往低处流，世之常情也！只是你的目标实在是太高了些，有些高不可及呢！”叶涣说着话，站了起来，拍了拍李千的肩膀，而后去了。

李千坐在屋子里开始了忐忑不安的等待。

在金针堂另一座院落里，叶涣见到了凌云的大弟子，也即自己的大师兄董明河。

叶涣说道：“大师兄，有个叫李千的孩子不远千里从山东而来，欲投师门习凌氏针法，并且令人意外的是，他竟然还持有高武高梅孤的推荐书信。”

“什么！这个李千竟持有高梅孤的推荐信！高武此人，医武双绝，且在针法上是与师父齐名的当世针灸大家，他如何能荐了李千来？”董明河惊讶道。

“我问过了。”叶涣说道：“李千是在来的路上无意中与高武相遇并结识的。也不知为什么，那高武竟然为了一个资质平常的人而亲书了一封推荐信。”

“这个高武意欲何为？如何荐了一个资质平常的人来？他难道不知师父已不再收弟子了吗？”董明河眉头一皱道。

“我也不甚清楚。”叶涣说道：“我与高武倒是旧识，也算有些交情。他在书信中说，李千立志习以针道，且仅识准了我凌氏针法。被其所感，所以才书了这封信来，希望我能帮助李千实现他的拜师愿望。然而我考验了一下，那李千虽是熟悉些脉络经文，明些经穴，但资质却是一般。因有高武书信在，我不好拂了他的情面，便想收下李千为徒，也算是入了凌氏一门了。但是这个李千好是固执，非要亲自拜了师父习针法不可。没有办法，我只好先留下他来，日后再做计较。毕竟远道而来，又有高武的书信在，不能马上打发他去了。”

“那高梅孤莫不是与师弟开了个玩笑，荐了这个资质平庸的李千来，为难师弟一回，同时也有意对师父收弟子严格条件的一个试探。他心中或是对师父不服气吧。我凌氏针法现今有天下第一之誉，难免遭人忌的，尤其是同道中人。”董明河说道。

“高武其人光明磊落，不应该有此想法和作为的。”叶涣摇头应道。

“一般的推荐信也就罢了，唯这个高武生出此举来，实是令人费解。或者说这个李千以拜师为名来此却别有情由?”董明河疑惑道。

“大师兄多虑了。”叶涣说道：“我问了一下，这个李千来自山东莒县，曾随了当地一人习医，钟情于针法，故闻师名而来，当无他意。瞧其样子，不似那般奸邪之徒。高武能推荐保他前来，也必是顺了他的固执。并且我细问之下，李千还竟然不知高武为何人，否则知道他也是当世的针灸大家，自会转拜高武为师的。也应该是高武闲散惯了，不想收徒，故未明示身份，顺水推了过来。”

董明河笑道：“这个李千倒是好高骛远了，一来就想直入师父门下，与我等齐。既然如此，就暂留他一些时日罢。知道了我凌门规矩后，还不想入你门下，也就知难而退了。也算是对那高武有个交代。十二师弟的八卦针法，也不是谁人想学就能学来的。李千不知高武是谁，也自不知十二师弟是谁了。心中仅认准了师父一人，虽是高见，却也固执!”

叶涣道：“我也是这个意思。”

屋中有个侍候茶的少年叫刘虎的，是那董明河的弟子。此时听了董、叶二人的谈话，脸上呈现出了一丝冷笑。

第二十五章　试　针

那刘虎随后去见了一名俏丽的少女。此少女叫凌冰，是那凌云的孙女。在场的还有一个与刘虎年纪相仿的同门师弟叫段良的。刘虎便将自己在师父的屋子里听到的话与那凌冰讲述了一遍。

凌冰闻之怒道：“哪里来的外乡佬，竟然如此不知好歹！也不掂量一下自己是何等的货色，十二师叔的弟子都不肯做，偏要爷爷收下他为亲传弟子。如此无知之人，当不能令他这般便宜去了。”

刘虎道：“师姐的意思是……”

凌冰冷笑了一声道：“他不是想习天下第一的凌氏针法吗，那就让他试试我凌氏针法的妙处。你们俩习针法也有些日子了，应该未曾真正的在人身上试过针吧，不妨就拿这个李千练练手。”

段良闻之一喜道：“妙极！师门规定，我们这后辈弟子要三年后才能在人体上试针呢，并且也仅在本门弟子中互相试验。平日里刺那练针枕好是无聊，不若在真人身上试针能找到感觉。师姐真是绝顶聪明！”

“去！将那李千唤过来！”凌冰得了奉承，兴奋地道。

却说叶涣回转来，见到了李千，摇头说道：“师父那边肯定是不再收弟子了。念你远道而来，且先在我金针堂看些日子吧。到时候还不想入我门下，就随你便了。”

李千听了，大失所望之余，仍旧感激地道：“谢谢叶先生了，我会坚持的。”

叶涣听了，无奈地笑了下，因有那高武的书信，还是关切地道：“你现在住哪里？”

“离这里不远的南风客栈。”李千应道。

“哦！若有什么困难可找我。你且在这里观看几天罢。凡习针法，也是要有个基础。”叶涣回道。意思是你在此看上几天，见我等针法疗人的手段，自会信服而拜入门下的。

叶涣将李千送到门外，便自转身去了。

李千站在那里，心中茫然道：“我这么做可是对吗？这位叶涣师父已经是凌氏门下十八高手之中的了，主动收我已是不易，如何非要拜了那凌云去？从他那里岂不是一样可习得凌氏针法吗？可是……可是我此番千里前来找的就是凌云啊！他不收我，又将奈何？”

就在李千踌躇之际，那刘虎已是踱步过来。

“在下刘虎，金针门弟子。”刘虎自报家门。凌云所创金针堂，在医林中别立一门，故也称金针门。

“哦！”李千忙拱手应道：“幸会！在下李千。”

“我知道你。”刘虎笑道：“你叫李千，从山东来的，要入我金针门习天下第一的凌氏针法的。可是师公那里早已不收弟子多年了，你再努力也是枉然，不妨找找别的门径令师公收了你罢。”

“什么门径？”李千闻之一振道。

“找我们的小师姐啊！她是师公最疼爱的孙女，且聪明得很，她会有法子令你入师公门下的。”刘虎说道。

“真的！”李千闻之一喜。

“那当然！”刘虎煞有介事地道：“看你远道而来，实为不易，就替你出了这个主意。日后果是入得师公门下，可不要忘了我啊！”

“当然不会！”李千兴奋地道：“只要能拜入天下第一的凌氏门下，我自会重重谢你。”他倒是想自家怀中还剩有几两银子，可补上这个人情了。

“那就随我来吧！”刘虎不屑地望了李千一眼。李千一门心思想入凌云门下，哪里会想到有人要捉弄他。

那刘虎引了李千进了金针堂，而后拐进了后宅的一间屋子里，见里面站着一名俏丽的少女和一名少年，都用着奇怪的眼光望着他。

“这就是我们的师姐凌冰了。”刘虎介绍道。

李千忙上前施了一礼。

凌冰上下打量了一番李千，淡淡地说道：“你就是那个从山东来的李千啊。你虽是被十二师叔留下来，但日后爷爷也未必能收你入我凌氏门下。我凌家针法岂是那般平凡之辈能习得来的。”

“是啊！”一旁的段良讥讽道：“便是师伯师叔们的弟子也要严格挑选的。你的口气倒是大得很，连十二师伯的弟子都不愿做，想一入门便拜在师爷爷的门下。哼！我们这些人的地位往那里摆，难道你一来便想做我们的师叔，也不看看自己从哪里来的。一个外乡佬而已。”

“不能这么说啊！”那凌冰似笑非笑地说道：“爷爷平日里可是教导我们要善待于人的。其实呢，你想直入爷爷门下也不是不可能的。十二师叔能将你留下，也说明是有一定的希望。说明白了，就是想令你接受一些考验。过了关了，才有资格做爷爷的弟子，才能长我们一辈做我们的师叔。”

“不知要接受什么样的考验？”李千站在那里，红涨着脸说道。

凌冰与刘虎、段良二人相视一笑，而后说道：“先要过我们这一关。”

“如何过法？”李千说道。

“试针！”段良应道：“要习得凌门高绝的针法，一定要以身试针的。并且凌氏门下的弟子，没有没试过针的。试针之后，才知道不同的针法在人身上的感觉是什么样的，临病施针，才有个度数，同时也知道你这个人有没有习凌氏针法的资格。”

“原来是这样。这有什么难的，你们就在我身上试针好了。”李千痛快地应道。哪里知道对方几个人的心思。

“好啊！那就请未来的师叔让我们几个小辈们试下针吧。”刘虎兴奋地说道。

“李千，这可是你自愿的。当然了，通过了我们这一关，我们几个自会在师爷爷面前替你说上几句好话的。就说你是个千古难遇的习针法的奇才，非入我凌氏门下习针法不可，否则可是浪费了你呢！”段良站在一旁坏坏地笑道。

李千随将身上的衣服脱了，仅剩了个短裤，站在那里，毅然说道：“你们尽管在我身上试针吧。只要能入得师父门下，我愿意接受一切考验。”

“就看你能否通过我们这一关了。”凌冰怪笑着，脸色随即一变，若罩冰霜，冷冷地道：“布针！”

那刘虎捧过一针盒来，里面排列着几百支长短不一的金属针具。

那段良迫不及待地拣起一针，笑道：“我且试试师父新教我的‘封脉针法’效果如何。”

“好啊！”那凌冰笑道：“爷爷传我的‘通脉针法’也未曾在真人身上试过呢！你封完了我再通开。”

李千随觉右肩膀上的肩井穴一麻，那段良已是先行刺入了一针。指下轻捻运针之际，李千但感肩膀处开始变得沉重起来。心中讶道：“凌氏门下的弟子果然出手不凡，竟会生有如此大的针感来。”

随又忽感右脑侧风池穴处一紧，已是由凌冰又刺入了一针。

刘虎一旁瞧得心痒，放下针盘，也拾了一针，寻李千前腹中脘穴处刺入。指间大动，李千立感胀痛强烈。

那凌冰和刘虎、段良三人都是凌云和董明河、叶涣身传亲授的针法，并且有数年的时间专门的练习指力，在针力上已是有了一定的火候。因还未到在病人身上施针治病的阶段，没有个人身来试，所以逮到了李千，哪里还由得他去。又都是少年心性，都想试试自己的针法水平，于是各施手段，在李千身上胡乱刺来。

那凌冰刺了几针，见李千站在那里不惧痛，听话得很，童心大起，笑道："我们今天且将你刺成个刺猬罢。"竟抓起一把针来，在李千身上一一排去。

"随各位……的便罢……"李千已是感觉到了乱针刺在身上的各种酸、麻、胀、痛之感。愈发的惊叹凌氏针法的神奇，也自想亲身感受一回，所以强忍着身上泛起的各种针感，咬牙硬受。也是李千想错了，以为过不了这一关，是难以拜那凌云为师的。哪里会想到是凌冰、刘虎、段良三人作弄于他，各施手段试那针法。

二百多支针刺在了李千的身上，除了腰下部分，前胸、后背、四肢、头颈处无不被针所刺。那凌冰、刘虎、段良三人各已习练针法数年，且为凌氏门下弟子，颇得针法之道，针力本已不弱，除了寻穴辨位，又将各式手法尽兴来试。李千此时已感觉到自家的身体已经不是自己的了。周身遍麻，气线乱行，难受之极。然为众针所制，却又动弹不得，暗暗叫苦。

见凌冰三人嬉笑的情形，李千忽恍悟：这三人是将自己做为一个"针人"在试针，拿自己在玩耍呢。但觉头昏眼花，知道再行乱刺下去，怕是性命不保。想开口喝止对方，已是不能。因为此时唇僵舌木，说不出话来了。心中立时大骇。而那三人却是没有察觉，兴致正高。针盘里的针用尽了，便寻了已刺入李千身上的针又逐一运针起来。

"停一下……"凌冰这时忽见李千站在那里脸色苍白，也自意识到了这针刺得太多了，试得太过了，忙阻止了刘虎和段良，说道："这大刺猬怕是再玩不得了，不要刺出事来才好。收了针罢。"

刘虎见了李千痛苦的样子，开始觉得好笑，然而见李千对他怒目而视，显是已说不出话来了，这才意识到玩过火了。忙和凌冰、段良七手八脚地将李千身上的针胡乱拔了去。

"李千，缓一会你再走吧。放心好了，明天我会在爷爷面前为你说情，让你拜入凌家习针法的。"凌冰说完，怯怯地望了李千一眼，和刘虎、段良二人匆匆地去了。

"你……不要骗我……就好……"李千神志尚清醒，站在那里心中喃喃地道。

过了好一会，李千感到身上的麻木感仍在，且有增强之势。试着动了一下手脚，还能动的。便又活动了一下身子。足足又过了半个时辰，李千才勉强地能动作了，慢慢地寻了衣服穿上。出了房门，离了金针堂，呆呆然，失了神似的朝南风客栈走去。依稀记得那里暂时还是自己的一个归宿。

"他们在捉弄我，寻我开心。叶涣那里我都不能说通去，又如何能令这三人为我在凌云面前说话。我究竟做错了何事，世上的人为什么总要对我这般恶毒。"李千一路走来，想着诸般境遇，悲从中来，怒意顿生，恍惚然有杀人之心。

李千进了客栈，有伙计上前搭讪，他竟浑然无觉，径入自己的房间去了。

李千躺在床上似睡非睡，那种被乱针刺后的麻木感愈来愈强，觉得身子渐轻，有要飘荡起来的意思。好像身体已经不是自己的了，失去控制了。

"怎么会这样?"李千心中也自害怕起来。但觉头脑昏沉，竟自睡去了。

天亮的时候，李千这才醒了过来，睁眼四顾，茫茫然不知所以。慢慢坐了起来，奇怪地发现自己的身体好像有什么不对劲，手脚竟不似自家的，如外物一般。虽是在意识支配下在动，也是如木头一样，只能看到而感觉不到身体的存在。意识里总有一种欲飘浮的状态。

周围的一切皆是陌生的。不知道自己是从哪里来的，又要到哪里去。

李千呆怔了好一会，也未能理顺过来。只是觉得要有什么事情去办。于是站起身来，走出门去。

离了客栈，朝金针堂去，似乎那里曾经是自己熟悉的一个地方。

待李千走到凌宅的大门前时，正好叶涣从里面走出来，看到了李千，不由一怔，乃是发现李千脸色恢白，无了一丝的血色。目光发直，呆呆然，若行尸走肉一般。

“李千，你怎么了？”叶涣惊讶道。上前持了李千的右手，去诊三部之脉，但觉六脉散乱，全无根象。

李千望了叶涣一眼，竟也不识，此时感觉自家的神识已是与这个世界隔开了。

“不好！”叶涣知道李千患了奇症，忙去扶他。李千忽觉神识一空，顺便倒了下去。

叶涣见状大惊，忙朝门内喊人出来，将李千抬了进去。

“快去找师父来。”叶涣对迎面走来的董明河说道：“李千得了急症，脉象全乱了，我竟也诊不出原由。”

跟在董明河身后的刘虎听了，惊呼道：“他……他真是被刺出毛病来了。”

叶涣听刘虎说得蹊跷，忙问道：“怎么回事，事关人命，且从实说来。”

“我……我和凌冰师姐还有段良师弟昨天在李千身上试针来着。”刘虎慌忙应道。

“混账！你们几个针法尚未精熟，怎么敢擅自在人身上试针。”董明河大怒道。

“大师兄，救人要紧，回头再问他们吧。”叶涣说道。

旁边的那刘虎已是吓得哆嗦成一团了。

且说凌云正在书房中整理医案，听得前院吵闹，还不知道发生了什么事。忽见叶涣跑了进来，神色紧张地禀报道："师父，请快去前堂救人。"

凌云听了，以为来了急诊的病人，忙放下手中的东西，讶道："什么样的急症，你竟也应付不来吗？"

"此症极其特殊，待师父过去，弟子再行细说。"叶涣急切地道。

"哦！"凌云见了叶涣的神情，颇感惊讶。要知道，叶涣是他的得意弟子，针法在十八名弟子当中属于前三位的。世间之病，多能应下。能遇到令叶涣紧张的病人，一定是危急的了。

凌云不再询问，先行走出。

诊室内，凌云忽见了躺在床上的李千，尤是一怔。忙上前诊脉，已是气若游丝，忽隐忽现了。

"师父！"此时旁边的叶涣和董明河二人跪了下来。董明河说道："速请师父施针法救治这个孩子。"

凌云见状，惊讶道："你们这是为何？"

叶涣说道："回师父，这个孩子叫李千，是从山东来的，本来是欲寻师父拜师学艺的。且持有那高武高梅孤的推荐信。我本来过两天再向师父禀报。谁知道就在昨天，刘虎和凌冰、段良三个孩子竟在李千的身上试练针法。"

"会有这样的事！"凌云闻之，大惊道。并且令他感到诧异的是，这个李千竟然认识高武，当是有些来历。

"是弟子管教不力。刚才我问过了，刘虎他们昨天在李千的身上竟然刺有二百余针，且试练了所学过的各种针法。应该是……是将李千的全身经脉之气刺乱了。三个孩子现已跪在外面等待受罚。"董明河跪在那里低头说道。

"简直是胡作非为！"凌云震惊之余，叹息了一声。倒也不敢再耽搁，忙寻了几支金针来，在李千的百会、人中、太冲、关元、足三里等穴位上刺下。大施手法，随又寻了几支长针，在李千的神门穴、膻中穴沿皮下浅刺。

数针刺下，凌云复又诊脉。眉头一皱道：“这个孩子全身的经脉之气散得太快了。我的七绝针竟也止其不住。”

叶涣、董明河二人闻之一惊。

“事不宜迟，速将此人抬到后花园。”凌云吩咐道。

“请师伯出手施针！”叶涣、董明河二人闻之，转忧为喜，希望大增。

“唉！你们的大师伯闭关多年了，早已叮嘱过，不管外面发生了什么事都不能去惊扰他。不过这孩子是被我凌氏门下的弟子刺成重伤的，非你们大师伯的可以打通全身经脉的乾坤针法不能救他。”凌云说道。

随后凌云先行，由叶涣和董明河二人将李千移于一副担架上抬了。出了诊室，朝凌宅的后花园走去。外面的一群后辈弟子听说要去后花园，皆呈现出惊异之色，竟然没有一人敢跟过来。

那后花园颇大。约占了两三亩地的范围。树木成荫，花草遍生，是一处幽静之地。平时那院门是上了锁的，任何人等不得擅入。花园中独建了几间屋子，另有人住。

第二十六章　乾坤八脉（上）

凌云走到屋门前，朝那屋中深施了一礼，恭敬地说道："大哥，弟现有一急事相求，还请大哥出手援救。"

屋子里传出了一人不快的声音道："何事扰我清静。我不是早已说过了吗，便是家中失了火，也勿要来烦我。"

"还请大哥见谅，此事非同小可。现有一孩子身患奇症，若是救他不得，则有碍我凌氏名声。"凌云忙应道。

屋中人说道："医者救病不救命，以二弟的针法都治他不得，当是此人命数尽了，又请我何来？"

凌云犹豫了一下说道："此病特殊，非大哥那般能打通全身经脉的乾坤针法不能救其性命。并且……此事是因弟管教不严，由冰儿等几个门下弟子闯下的祸事。事关我凌氏金针堂荣辱。"

"怎么回事？"屋中人微讶道。

"是这样。"凌云说道："有一个叫李千的孩子，携了高武高梅孤的一封推荐书信来投我凌氏门下学习针法，目前还未入师门。可是冰儿和几个门下弟子不懂事，拿李千来练针，不慎将其全身经脉的脉气刺乱，弟虽全力施针也不能逆转其已乱行的经脉气血。此事由凌氏门下弟子引起，必要由我凌氏承担一切责任。事关凌氏声望，更主要的是性命攸关，弟无奈之下，只好恳请大哥出山施针一回了。"

“竟有此事！敢拿外人练针！”屋中人愤怒道：“凌氏针法天下第一的称号，竟将门下弟子傲坏到如此程度。凌氏针法还是在救人济世吗？这是在杀人！”

“大哥息怒！”凌云显示对其兄长甚是敬畏，不免诚惶诚恐道：“弟管教不严，稍后自会自责，冰儿等几个门下弟子也会遭受到惩罚。眼下要紧之事就是请大哥出手施针，救下这李千一命，否则凌氏的金针堂再不敢立足于世间。”

“将人速速抬进来！”屋中人厉声道：“这个李千若是有个三长两短，凌氏一门将难逃杀人之罪，金针堂便从此封针绝世也罢。”

凌云躬身一礼，不敢再言。叶涣和董明河忙抬了担架上仍自昏迷的李千进了屋子里。稍后，两人恭敬地退了出来。随与凌云退出了后花园。

“你们听着。”凌云站在后花园门侧，脸色一肃道：“叫冰儿和刘虎、段良移跪在此。你们大师伯那里什么时候救起了李千，他们三人什么时候再起来。倘若你们的大师伯也无力回天，立即通知官府来拿人，将其三人以杀人罪论处，绝不姑息。事出凌家，谁也包庇不得，到时我也要到官府投案领罪的。”说完，凌云甩袖而去。

叶涣和董明河站在那里，相望愕然，脸色俱变。愈加感到此事的严重性。

叶涣心中暗自叫苦不迭：“高武！高武！你给我惹来大麻烦了！”殊不知，便是没有那高武，李千也会寻来的。

李千一经昏倒之后，便感觉身子轻飘飘的不知游荡去了哪里。偶见那凌冰的俏丽面容上呈现出了一种得意的怪笑，心中一动，凌冰立时消失不见。接着又看到了昔日的好友杨开笑着走来，拉了自己去野外玩耍。所处的这个世界不知为何呈现着一种模糊的状态，山水隐见，草木无踪，空荡荡的，除了那个偶然一现的凌冰和杨开，已是辨不得物来。现在杨开也不知跑去了哪里，独剩自己一人孤零零地站在那里茫然四顾。感觉这个世界已经是真正地抛弃了自己，一个无足轻重的贫苦人家的孩子。

神识飘忽，先前所忍受和经历的无奈的一切，渐渐化做了那一股怨恨、悲愤、忧伤，却无处发泄，裹在那仅仅能感觉到的一丝意识里，方能隐感自己的存在，虽然是那样的渺茫和彷徨。曾经经历的一切，一点都不曾少在脑海中飞快地闪过。

一丝悲苦终于膨胀了去，令李千想嚎哭一场。这个世界是对自己不公平的，为什么有那么多的人瞧不起自己，甚至于还要想方设法地折磨自己。我，究竟做错了什么?

“爹！娘!”唯一想念的亲人，原有的唯一的依靠，但是，那种人世间至爱的亲情也似乎找不到感觉了，虽然，本来也不曾有什么感觉。一切，都在淡漠中淡化开去……

一种无奈，一种叹息，又似乎令李千无了任何的牵挂，随他们去吧……

忽然有一股奇怪的力量控制住了自己，那股力量似乎来自自己的体内，来自曾经熟悉的十二经脉和奇经八脉，将那已散乱的气血逐渐理顺归位。豁然一畅，百无阻碍，一切的烦恼、痛苦和忧伤被那股莫名其妙而又神奇的力量冲刷了去，若大河奔涌，横击千里，无有挡者……

痛快淋漓的清爽，若风吹云的明朗，在天地间扩展开来，无穷延漫去，崩发着一种重生的极乐和地狱归来的快感……

李千慢慢睁开了眼睛，映入眼帘的是一间屋子的屋顶，一缕柔和的阳光从天窗处斜射下来，满室生辉。这是一个陌生的房间，四壁摆放着一架架的书橱，里面排满了书籍。屋子里还荡漾着一种沁人心脾的檀香的香气，来处是旁边一张红木桌子上的青铜香炉。缭绕着，似飘浮着的缕缕轻纱，轻轻拂过鼻端，由不得你不吸了些去……

“你醒了！算你这孩子命大，若是过十二个时辰，神仙降临也难医活你了。”一个声音在耳侧响起。

李千此时感觉自己在莫明其妙地睡了一觉，并且漫无边际地游荡了一番之后，而后轻飘飘地降落一间陌生的屋子里的一张柔软的床铺上。

好像有人在与自己说话，转目寻找时，却是不见人影。

“我在这里呢!”那人声音又起，就在旁侧。李千循声将头转了转，忽地一怔，头侧平床的地方竟然站着一名小矮人，实则是一名侏儒。仅有一米左右的身高。因身体特殊之故，那面目也自生得有些怪异吓人。看其岁数，是一位老人。

李千一惊之下欲坐起来，无奈体虚无力，挣扎了几下，仍旧躺在那里。

“可是吓到你了吗?天生如此见不得人的身形，也无奈何!”那人轻轻叹息了一声道：“你且还要歇息上几天才好。暂时勿动吧。”

李千听了，知道对方无恶意，心中稍安。

“前辈，我……我怎么会在这里?”李千茫然道。

“唉!”那人又自叹息了一声，说道：“在下凌霄，是那凌云的兄长。你可还记得被人在身体上试针之事吗?”

“原来此人是凌云的兄长!”李千闻之，心中微讶，忙应道：“是了，自被他们三人试针之后，我便觉得有些神意恍惚，记不得后来发生的事了。可是前辈救了我吗?晚辈李千在这里谢过了。”

“勿言谢字罢!”那凌霄摇了一下头道：“是我那侄孙女凌冰带着两个不争气的门下弟子闯的祸事。好在我施针法及时将你救治过来，否则我凌氏一门可要承担误杀之过了。你大伤初愈，勿要再讲话以免泄了气，稍后我们再言罢。”

凌霄说完，转身于旁边一榻上坐了，抄起一本古书来看，不再理会李千，但仍自守着他。

李千寻思道：“我必是被那凌冰三人刺坏了身子，然后被转来此地由这凌霄施法救治的。此人针法也当是高得出奇，否则当不会有我的命在。适才那种奇妙的感觉可是这凌霄在施针救我之时产生的吗？凌家都是针灸高手，不知此次前来能否拜成师父。”

想起自己拜师不成，还险些丧了命去，心下凄然，躺在那里长叹了一声。

凌霄那边闻得，抬头望了李千一眼，说道：“听说你远从山东而来，特来投我凌氏门下学习针法的。放心好了，待你身体无恙后，无论你想拜我凌家谁人为师，都不成问题，也算我凌家对你险遭不测的补偿。且安心养好身子为是。”

李千听了，心中一喜，这可是因祸得福能拜那凌云为师了。想要说声谢谢，又怕泄了气去，便闭口不言。自对那凌霄大生好感。

过了约两个时辰，李千试着动了一下手脚，感觉已不碍事了，便坐了起来，对那边仍旧读书的凌霄说道：“前辈，我可以下地了吗？”

凌霄见了，放下手中的书卷，笑了一下道：“既然能走动了，就走动走动罢。晚上我再为你下一次针，将全身的经脉调理一下。歇息几天，可恢复如常。”

李千感激地道：“谢谢前辈！”随后下床来，在地上慢慢走动。虽然觉得还虚弱些，但无大碍了。此时方觉得那凌霄虽是生有异相，但却和蔼，令人不至于感觉过于生分了。

这时，听得屋门外那凌云焦急的声音道：“大哥，不知情形怎样了？”

凌霄闻之，淡淡地道：“李千这孩子已无事了，不过还要在我这里治上几天。”

外面的凌云听了，立时欣喜道：“多谢大哥为凌家免去了一场祸事。厨下备了两份饮食过来，食盒放在门口了。”

“嗯！”凌霄应了一声道：“冰儿和那两名弟子如何处置？”

凌云在门外应道：“刘虎和段良二人逐出金针堂，永不得再行收入门下。冰儿从此禁针，此生不得再习练针法。”

凌霄哼了一声道：“闯下如此大的祸事，也算便宜他们三个了。此事是个教训，日后必要对门下弟子严加管教。凌氏针法是济世救人之仁术，且不可变为杀人之术。”

“大哥所言甚是！弟日后必遵守此训诫。”凌云恭敬地应道。

见屋内的凌霄再无言语，凌云这才退去。

李千这时心中讶道：“凌云针法号称天下第一，反对其兄长恭敬有加。并且我被那乱针刺昏，连凌云都未能为我施针，而是这凌霄救的我，难道说是凌霄的针法比那凌云更高些不成?”心中随即一动。

凌霄开门取了放置在门侧的食盒来，回到屋子里看时，里面三层放置了五六样的精致饭菜。随在一矮脚桌上摆了，招呼李千过来用饭。

饭毕，凌霄仍将空食盒于门外放了，另取了茶水来与李千对饮。显是这一日三餐都是有人送过来的。

“李千，我那二弟将你送来时曾说过，你来投我凌氏门下习针，是携了高武高梅孤的推荐信。那高武乃是当世一代针灸大家，遇此高人，如何不拜入其门下习针，偏是认定了我凌氏呢?”凌霄呷了一口茶水，缓缓问道。

“高武先生是针灸大家!?”李千闻之讶道。

“怎么，你竟不知那高梅孤为何人吗？既如此，他又怎么会为你写了封推荐信来?”凌霄也自讶道。

“晚辈是在来的路上偶遇一件事情才结识的高武先生。敢问前辈，这位高武先生是……”李千茫然道。

“这高梅孤是当世奇人，文武双全。精通天文、律历、骑射诸技，且是本朝的第一位武状元。在针法上，可与我那兄弟齐名的一位针灸大家。”凌霄说道。

“原来高武先生这么厉害啊!”李千惊叹道。自为自己与高武失之交臂有些惋惜。

（注：高武为嘉靖年间的武状元，在此做文学化处理。）

“那是当然。”凌霄说道：“高武的六神针，是与我凌氏针法并列天下九大奇针之一。”

“虽然错过了高武先生，但是我并不后悔。因为晚辈此行就是为了学习天下第一的凌氏针法而来。”李千坦诚地说道。

“你这孩子好是固执，只认准了天下第一，一条道走到黑的。”凌霄还是赞赏地笑了一下。

“也不尽然。”李千道：“晚辈也曾错投葫芦谷的，不过也因此认识了高武先生。”

“错投葫芦谷？怎么回事，可否说来听听。”凌霄感兴趣地道。

李千于是将自己在葫芦谷的一番意外的经历和结识高武的经过说了一遍。

凌霄听完后，惊讶道：“世间竟也有此奇事！葫芦里原是卖的葫芦药！”尤自感慨道：“这般声势，若是换了一真正的高手医家主持葫芦谷，不做假药行骗人钱财之事，当可另创出一派葫芦秋色来，是比那杏林春满，也毫不逊色的。可惜！可惜！被那些图利的蠢材做反了。”

“葫芦秋色！”李千心中讶道：“高人眼中，看物就是不同，总是能瞧出一番境界来！没有葫芦医骗人事，这四个字放在葫芦谷，种葫芦、采葫芦，的确是贴切呢！”

这老少二人说了一会话，彼此感觉去了些陌生。

过了数日，李千渐至复元。与凌霄住在一起的这几天里，二人相处得倒也融洽。在李千的眼中，凌霄是一位忠厚的长者，针道上的奇人。

这日，二人又在说话。

李千问道：“前辈，恕晚辈愚钝，凌氏针法能被尊为天下第一，应该是有着高超的治疗手段吧。”

凌霄听了，笑了一下道：“这个称号是医道上的朋友们送的，自古文无第一，武无第二，医技也然，哪里有人敢自称天下第一的。不过凌氏针法自唐朝以来，未曾断绝过，只是到了我兄弟这里，才稍稍发扬光大了一些而已。”

说到这里，凌霄语气一肃道：“凌氏针法虽是延承了十几代，但未曾出过真正的高手。在三十年前，我兄弟二人偶然的机会，得到了一批古人密藏的针灸经书，多是世间不传之秘。后我那兄弟又偶遇泰山道人，另得授铜人针法。我兄弟二人于是细加研习，又结合了家传针术，这才有了现在的凌氏针法。针法之道，在于承前启后，固守古术，也自受时运所限，效不如昔的。方药亦然。”

李千听到这里，心中讶道：“如此说来，这凌霄的针法当是不比那凌云差的。只是为何隐居在此，不露面行医济世……”

凌霄似乎看出了李千的心思，于是说道：“我凌霄天生丑相，自惭形秽，见不得人的。所以独居这里研习针法。但有所得便与我那二弟商讨，择其可行且多效验的，方可施于病家之身。”

李千听了，忽然恍悟道：“这凌氏天下第一的针法原来多出自这位凌霄吗？他兄弟二人一个隐身研习针道，一个在外面施针救人济世。天下第一的名头竟然是这样闯出来。”心中立时一动。

“前辈！”李千随后恭敬地说道：“您说过，晚辈真的可选择凌氏门中任何一人为师吗？”

“当然！”凌霄应道：“凌家门规不严，险些令几个后辈闯下祸事。为做补偿，也是念你一片远道而来拜师学艺的诚心，所以特别送你一个机会吧。”

李千听了，立时跪倒在凌霄面前，连叩了三个响头，激动地说道：“晚辈李千敢请前辈收下我这个弟子吧。”

凌霄见状，颇感意外，摇头道：“我天生一废人，如何能收下你来。罢了，罢了，既已有言在先，你若是不嫌我这个师父有碍你的脸面，也随你意便了。”

李千闻之，喜出望外，自己一番心愿终于得以实现，随即激动得泣不成声，俯身又拜。

凌霄也自感慨一声道："我这一生是不准备收弟子的，没想到被你破了这条规矩，或是你我的缘分吧。好了，你我师徒之间不讲那些世间的繁文缛节。你果是喜欢针法，我这一生的本事都传于你就是了。"

"不过……"凌霄望了李千一眼，说道："你资质一般，远不如那叶涣，短时间内怕是不能悟入针道中，所以你能保证三年之内不出这座后花园吗？非此不能有所成。至于得我凌氏针法的精要，要看你日后的修悟了。"

李千忙应道："请师父放心，莫说三年，便是今生今世不离开此地，弟子也自心甘情愿。"此处习艺三年当是非那葫芦谷禁人的三年可比。

凌霄听了笑道："若是一生一世都不离此地，那你学成了针道又能如何。我之所以如此，是想令你在此修成个独特的针法来。我那二弟的针法虽是有天下第一之称，也仅是个虚名，仍旧不能独步天下。"说着将李千扶起，师徒二人于一旁坐了。

"知道吗！"凌霄神色一正道："我研习针法近一甲子之数，按古人遗世的乾坤八脉图，独修自悟了一套乾坤针术。虽不能说是有起死回生之效，但只要人存得一丝经气在，哪怕是暂时绝了呼吸，停了血脉，仍可激复经气。只要令乾坤大脉的经气回复，自可令气血归脉，绝地逢生。"

"乾坤八脉？"李千讶道："师父，人身有十二经脉和奇经八脉，如何又有乾坤八脉来？"

"十二经脉和奇经八脉仅是世人所知的通行说法罢了。人身仅仅只有这些经脉吗？其实不然，人身真正的经脉应该有七十二脉之多。乾坤八脉便是指其中的不为世人所知的另八条经脉，是为乾脉、坤脉、震脉、巽脉、离脉、坎脉、兑脉、艮脉，应那八卦之属。"

"人身竟有七十二脉之说！？"李千听了，惊讶不已。

凌霄望着窗外，淡淡地说道："人为万物之灵，自与天地合。生命的奥秘，不是常人所想象的那样简单和所能穷尽的。刺法之道，皆在针上生巧，并且要首先明了人身之经脉大小。乾坤八脉，名实而质虚，散布周身。”。

李千道：“叶涣师兄的八卦针法可就是这乾坤针法吗?”

凌霄道：“那八卦针法是脱胎于乾坤针法而来。你那师叔，也就是我那二弟，门下弟子数十人，成名的有十八高手之说。在这十八人之中，唯那叶涣资质尚佳，所以我三年前传他乾坤针法。但他习练至今，也仅仅是得了个皮毛，甚至于连皮毛都算不上。也是其人不能载器，传之也无用。有些东西，所授非人，是不能得其功的。”

“叶涣乃是凌云门下弟子中十八高手之一，早已是一代针灸名家。他既然也未能习成乾坤针法，可见此针道难修，我可是能习得成吗？不管他了，即有幸得师父这般高人亲授针道，我且尽力习了就是。”李千心中暗讨道。

凌霄似乎看懂了李千的心思，说道：“世上并无绝对之事，叶涣习不成乾坤针法，并不等于你习不成。当然，这要看你日后在针法上是否别有悟性。不过你也放心，三年之内，我至少也要将你教成一个可与你师叔座下十八名高手弟子同庭抗礼的人物。”

李千听了，激动不已。

第二十七章　乾坤八脉（下）

“师父！”李千随又诧异道：“为何《黄帝内经》只载有十二经脉与奇经八脉，并未载有全部的七十二脉？”

凌霄道：“古之圣贤著书立说，将已修悟得之的成果示以后人。然后人都未能将那已得知的十二经脉与奇经八脉探究个明白，并且还为其真假存在与否千年辩论不休，古之圣贤又如何将那些更加令人难懂的经脉告之世人呢？岂不徒添其乱？”

“行医治病，首先要知经脉。医家不懂经络，开口动手便错！尤其是以针法为要。世行的经脉是基础，务必要全知才可。”凌霄呷了一口茶，继续说道：“民间多有奇特针法，也多基于未知的脉道。古有通灵针，施于人体，可令其人通于鬼神，或有通灵脉一说罢。曾闻有工于针者，择一妇人数穴，施针法刺下，那妇人竟能过阴，知先人之情状，醒后述所未知之事，应属此道。我之所以与你先说这些听起来似乎不真实的东西，是想令你知道，医道也即天道，人之智不能尽知。且要有极大的兴致才能有所探得，否则空入此道，也是无益。”

李千听到这里，不由得挠了挠头。先前自家读过《黄帝内经》，以为人身只有这十二经脉和奇经八脉，只要将这部分经脉穴位熟悉了，再晓些针法刺道，就可以为人疗疾了。待听了师父凌霄这一番言语，方知自己所知甚浅。更是知道针道的奥秘无穷，不是想象得来的。激动之余，愈是激起了求知的欲望。

凌霄随后问了李千所读过的医书，得闻皆以针灸经书为主。点了点头道："诸书中当以《黄帝内经》为基础，余者不读也罢。我既授你针道，下手处便从乾坤八脉开始罢。逆着来习，直指经脉本义。习不习得来，便看你自家的造化了。"

说完，凌霄引了李千来到了隔壁的一间密室内。墙壁上挂有八幅人形图示，分别标有乾脉图、坤脉图、坎脉图、离脉图、震脉图、巽脉图、艮脉图、兑脉图。其所绘脉位果是异于十二经脉和那奇经八脉，别行其道，贯通上下，纵横左右。

"乾坤八脉，其脉少穴。针法以刺脉为主，或者说人身无处不皆穴。有部分世知的经外奇穴也在其上，那些奇穴往往对部分病症有独特的治疗作用，医家却讲不出所以然来，是因为多在乾坤八脉上之故。知乾坤大脉，达其变化，尤可控十二经脉和奇经八脉，治病疗疾，简单之极。"凌霄说道。

"师父，这乾坤八脉可是比奇经八脉重要吗?"李千惊讶道。

凌霄道："同样重要，各有其能。便是现行的奇经八脉也并未有人深研了去，多限在十二经脉上了，倒也足以应世。奇经八脉现在是我正在研究的一处重点，小有突破。乾坤八脉是世人未知的别行大脉，世行的针经不载，脉经不闻。源于古之奇人遗世的一部《乾坤大脉经》，我偶得之，始知人体另有大脉。"

凌霄说着，从旁边的一暗橱里取出一部古书《乾坤大脉经》。

"此书你日后读罢。照墙壁上的八脉图示，可知乾坤八脉出入所在。再习相应的乾坤针法，治起病来便可执简役繁，独持此术，足应万病，可弃世间一切针法。其间妙处，日后自会传授与你。"凌霄送于李千道。

李千见了，惊喜之余，忙恭敬地双手接过。

"此书载有不见经传的人身大脉，除了乾坤八脉外，竟还载有灵脉、神脉、鬼脉、至脉、光脉、优合脉之名，但只录其名，不知何指。我寻这些奇脉一生，也自未果，看来是空寻不得。神奇的经脉世界还不是我们这些凡夫俗子的智慧所能探究得明白的。不过在此书中倒是明示了人身七十二脉之首的中脉之位，也即人体第一要脉。又称中线，为头顶百会穴和会阴穴相连的一中虚直线，是人体的正中部位。此中脉倒是散见于部分经书中。西域喇嘛教尤重此中脉，论述颇多。”凌霄说道。

凌霄接着说道：“奇经八脉中的任督二脉俗称人体的小周天，十二经脉为大周天。对修炼家而言，打通这大小周天是人通向健康长寿的途径。若是人身七十二脉皆通，不知意味着什么了。或是那仙家所为吧。所以从这种意义上说，以脉治病疗疾，实乃小术也！不过也是探究生命奥秘的一个方法。人是万物之灵，若是知道了自己，便是知道了这个世界！为医之道，济世救人是一个。最为重要的，是要令自己逐渐地明白人是什么，生命是什么，人与这个世界之间的全部道理和奥秘所在。仙佛普救众生之理，便是这般了。”

李千已是听得呆了。他第一次从凌霄这里听到了为医之道的真正的道理。医者治病救人，原是探索生命奥秘的一个开始。原来熟悉的十二经脉和那奇经八脉已是令自己惊奇了，没有想到人身上更有七十二脉之说。并且自己亲自领略了一回乾坤大脉的奇特功效，那就是师父凌霄施以乾坤针法救了自己一条命。更令李千感到惊喜和意外的是，师父传授自己针道，竟然是从高处着手，直接从乾坤大脉开始。

昨日师徒二人谈话时，凌霄曾对李千说过，其弟凌云仅习得了五成的乾坤针法，合以铜人针法和世行针术，便有了天下第一之誉，可见乾坤针法的神奇。

从此以后，李千足不出凌家的后花园半步，随师父凌霄潜心习那乾坤针法。

叶涣等人从凌云那得知李千竟然已拜凌霄为师，大是惊讶，羡慕之余，也自欣喜不已。便是凌云也颇感意外，不知兄长凌霄看中了李千哪里，竟收了个闭门弟子去。

那凌冰见李千师从凌霄，一下子变成了自己师叔辈的人物，是比爷爷凌云，心中别有一番滋味。要知道，凌霄对凌云来说，是亦兄亦师的关系。在凌氏一门中，除了凌云，李千现在的地位恐怕要比叶涣、董明河那些人重要得多了。所谓后来者居上便是如此吧。

李千经历了一番磨难，生死几回，终于得拜甚至比凌云还要高些的凌霄为师，也算偿其所愿。他和杨开二人，天南地北相隔，各修医道。自为这大明朝医林中同出两个后辈奇人的大戏拉开了帷幕。

且说杨开这边，就要随舅舅林成离家远游，拜师学艺去了。在父亲杨文的陪同下先自于安顺堂辞别王安顺。那王安顺早知有今日，并不感意外，对杨开的离去虽是有些不舍，但也给予了更多的祝福。这师徒二人不免唏嘘了一番。

杨开对王成顺及其安顺堂还是充满了感激的，这里毕竟是他入习医道以来临床实践的第一步。真正的医道之门也是在这里为他敞开了一条缝隙，继之而来的便是日后那五彩缤纷而又神奇的医林世界了。和父亲杨文最后一次离开安顺堂的时候，不知怎么，杨文想起了已先于自己离开半年之久的李千。不知李千现在如何，当是已寻到那凌云并拜其为师习那天下第一的针法了吧。

这天晚上。

林芳自是舍不得杨开离己远去，欲泪暗止，准备了几件换洗的衣服，随从柜子里取了几两碎银子递与杨开，说道："你日后随了舅舅去，自是短不了你的钱使。且将这些银子带在身上自家零花用罢。还有，你初次出门，一切要听了舅舅的吩咐，不可任性行事。毕竟外面比不得家里随意自在些，人前又不可乱多说话的。果是拜得名医去，就将对方的本事学尽了，学以致用，化做自己的能耐才算是学到了真正的本领。"

杨开闻之唯唯。

“还有啊!”林芳又不放心地叮嘱道:“你舅舅是江湖中人，身边的乱事多，少看少问，能避开则避开，勿要掺和进去。你和舅舅可不是一个路数的人，他的路子你走不来的，不能随了他走。唉!也不知此番让你随了舅舅去是对是错呢!”林芳不禁感叹了一声。

“放心吧，娘!”杨开安慰母亲道:“舅舅仅是将我引荐到他的朋友那里习医，涉及不了别的事，这一点孩儿自有分寸。况且舅舅行走江湖也没有娘想得那般危险吧，这么多年来不都是安然无恙地回了家来，舅舅又哪里是个惹是生非的人呢?”

林芳听了，摇头苦笑道:“傻孩子，你是不了解你这个舅舅的。他所走的江湖，远比你想象得复杂得多。不过舅舅答应过娘，平安地将你带走，也会平安地将你带回来。这一点娘倒是放心的。”

“还有啊!”林芳端详着杨开英俊的面孔，笑了一下道:“你现在可是长大了呢!日后若是遇到缠着你不放的女孩子，也要小心提防。要分辨出对你是真好还是假好，切不可在此事上糊涂了去。”

杨开听了，脸色大窘道:“娘说哪里话来，孩儿此番出游是拜师学艺的，哪里会有什么女孩子缠着我。”

林芳听了笑道:“娘也是希望暂时不要有呢，只是给你提个醒罢了。”

“哪里会!”杨开挠了挠头道:“我向娘保证日后归来时还是我一个人，带不得别人的。”

林芳闻之一笑道:“怕是到了那时候由不得你了!便是现在也早有人惦记上了呢。”

原是前些日子林南去济南贩货，偶然间遇到了那个广济药行的大掌柜赵之行。赵之行又向林南打听起了杨开，并再一次提起了两家联亲之事。因为杨开和其独生女儿赵惠现在已是长大，也是到了成亲的年龄了。当年遍识诸药，聪明伶俐的杨开，尤令赵之行难忘。看小知大，这个姑爷他是认定了呢，旁人再瞧不进眼去。林南却是做不得主，说是回去和妹子一家人商量一下再议。结果从济南回来后，林南将赵之行的意思与林芳说了。

林芳笑道："这个赵之行倒是个有眼光的，这么多年了还在惦记着开儿。可是开儿不日就要随三哥远游了，不知何年月才能回来。真若有心，就叫他等着吧。"

林芳之意，自不想令杨开日后娶了那商家之女，因为那免不得要随了赵之行打理药行的生意，沾染些钱铜气而误了医道一途，更是浪费了自己这么多年的一番栽培的苦心。说明白了，自家的儿子是块宝，瞧不上人家的女儿呢。否则另换了那般势利无识的妇人，巴不得要与那富商大贾的有钱人家做了儿女亲家去。

这一晚上，母子二人又说了很多的话。杨文那边则是坐在桌子旁边唉声叹气，沉默不语，一家三口，四更方歇。

第二天一大早，林成便过了来。林芳备了早饭，大家用了。而后由杨文带着杨开到林家老宅和林四海夫妇及林南和林东夫妇告别，大家又都对杨开说了些鼓励的话。待回到家时，林芳不忍感受母子分别的场面，已是避到邻家去了，仅有林成在候他。

"开儿！随舅舅去吧。你娘已是交代过了，不忍送你。杨家本是以医道传家，然至我而绝，却又令你续之，当是天意吧。学有所成之日，为父必要带你祭祖。去吧！"杨文说完，眼圈红红的，将一个包裹塞在杨开怀中后，转身至别屋去了，也自不忍送他。

杨开不见母亲，尤自伤感。

林成旁边笑道："又不是生死离别，搞得这么感伤做什。要走则走，才是大丈夫所为。"说着，拉了杨开就走。

杨开回头望了一眼家中熟悉的庭院，摇头一叹，随林成去了。

在一街口处，林芳望着远去的杨开背影，泪水禁不住从脸颊流下。

“开儿……”林芳一声轻轻的呼唤，尤自百感交集。

林成、杨开甥舅二人沿一官道徒步南下。那林成行走江湖，步行惯了，乘不得车马，千里之遥，也自一路走去，除非另有急事，方以车马来代脚程。徒步天下，便是如此。

路上，林成说道：“杨开，从今天起，你已是步入江湖了，同时也说明你长大了。”

看着杨开脸上呈现出的兴奋之色，林成又说道：“从今天起，你也要记住一句话，那就是害人之心不可有，防人之心不可无!”

“哦!”杨开漫应了一声。

对于杨开来说，这个世界是个什么样子，还是个未知。至于人间的险恶，更是未曾领教了。杨开天性纯真，在他的眼中，一切还都是美好的。

“唉!”林成看着杨开，不由得摇头叹息了一声道：“不知此番将你带出来是对还是错，虽是见些世面是件好事，不过窝在家里百事无忧，一事无成，也不能说是坏事，因为对你来说万事皆好的。一旦见得多了，怕是扰了你的天真之性呢!”

杨开道：“人不远游，哪里能见得世面，又哪里能学得更高的本事去。”

林成听了，点头感慨道：“是啊！不走出去，是不知道天有多大的！不飞起来，是要永做那池中物的！大丈夫，当要志在四方!”

“舅舅，你一辈子过得真是潇洒自在呢!”杨开羡慕地道。

“呵呵!”林成拍了拍杨开的肩膀，笑道：“只要有本事，走到哪里都可自在快活!”

甥舅二人说笑着，一路迤逦而来。

晚间行至一小镇上，林成寻了家客栈投了。用过饭菜，林成将杨开安置在房间里，叮嘱他不要乱走，说自己去见一下当地的一个江湖上的朋友就回来。

杨开呆在房间里，稍坐了一会，便从包袱中取了本医书来读。这是临行前母亲林芳为他从家中诸医书中精心挑选出来的几册，以在路途上研读，不可闲耗了光阴去。

读了数页，杨开随手将医书放在了桌子上，走到窗子前向外望了望。客栈的院子里悬着几架昏暗的灯笼，少有客人来投，也自冷清。

杨开望了一会，然后关了窗子。转身在房间的空地上打了一遍太极拳。初习此太极拳法，杨开暂时还是在熟悉架式和步法上，权且活动一下筋骨而已。至于林成所说的习到一定的境界时，会产出那种神奇的太极阴阳劲或是那太极劲来，杨开已是不去做理会了，但作为一种柔美易操的健身术来习练而已。

此时门声一响，林成推门进了来。

“三舅！”杨开忙迎上前去。

却见林成脸色凝重，似乎撞上了什么不快的事回了来。

“哦！杨开。”林成招呼了杨开坐下，而后郑重地对他说道：“我二人本计划明天去那琅琊山拜见我那位精于医术的江湖朋友，引荐你拜其为师学艺。然现在有一件急事，不能耽搁，也是舅舅不能坐视不理，必须前往。而你又年纪尚小，不能放你一人独行寻了那个朋友去。这样吧，我们且一路南下，待事情有个了断之后，我再送你去那琅琊山。只是要误些时日了。”

杨开闻之，释然道：“舅舅的事情要紧，我的事又何必急来。”

林成道：“好！那就这样定了。”

此时林成望着杨开还是犹豫了一下，最终点了一下头。也是此时令杨开离开自己实在是不放心。

杨开记着母亲的告诫，舅舅是江湖中人，江湖上事多，不要多问，但跟着走就是了，所以也未询问林成何事。见林成脸呈忧郁之色，当是遇上重要的事了。事不关己，倒于床上睡去了。

天色还未亮，睡得正香的杨开便被林成唤醒了，简单收拾了一下，继续赶路。显是急得很。

一路穿城过镇，每至一地，林成安置了杨开之后，则去打探消息。有时回来甚至拉了杨开就走，刚投下的客栈也自不住了，愈发变得神秘起来。从林成焦虑的神色上，杨开知道舅舅是遇上一件大事了，因为往日处变不乱、镇静异常的舅舅现在突然变得紧张了。以至于有几次林成事先为杨开安排了个临时的去处，以待办完事后再回来接他，已是觉得带着杨开在身边多有不便，更是为了杨开的安全考虑。但都是未及将杨开送走，便又得到了新的消息，只好带着杨开一路又自追寻了下去。显是林成要处理的事情，就发生在他们前方的路上，不得不急着赶去。好像是在追赶一个什么人，走得快了，怕错过了，走得慢了又怕赶不及，实令林成大为紧张。杨开不敢多问，心中愈加忧虑起来。

这日将至傍晚的时候，二人行到了钱塘江边的一座镇子上。

走到一街口，林成对杨开道：“开儿，你且在此候我一会，我到前面去会一位朋友。不要走开，免得回来寻你不着。”

杨开道：“舅舅去了便是。我丢不了的。”

林成闻之一笑，拍了杨开肩膀一下，转身去了。当是他会的那位朋友特殊，带着杨开在侧多有不便。林成已对林芳做过保证，不令杨开涉及江湖是非之中，所以江湖上的人物，林成也自不想令杨开认识太多。即使目前将要发生的事，林成也自不想令杨开涉及。

杨开初至江南，见那人物景致与家乡又有些不同，望着行人街市，感到一切都是那么的新鲜。刚才见林成离去时神色稍缓，似乎不再那么紧张了，所以杨开的心中也自安稳了些。此时见不远处围着一群人，不知发生了什么事，一时好奇，便走过去欲看个热闹。

原是路旁边跪着一名披麻戴孝，却又蓬头垢面的女孩子，约有个十六七的年龄，头上插了根稻草，地上摊了张素纸，上书“卖身葬母”四个潦草的墨字。而在这少女的身侧，果是在一张破席子里裹着一具老妇人的尸身。那席子不够大，一端露出了一双枯瘦的双脚，连鞋子都不曾穿。

那少女可怜兮兮地跪在地上，表情漠然，似乎也自不敢抬头见人，静等人家将她买了去。围观的人中有那心中不忍的，自是摇头叹息，直说可怜，也自舍不得出一文钱周济一下那少女。

一名满脸横肉的汉子上前伸出手中的一柄纸扇，托起那少女的脸部看了一下，失望地说道：“身子骨倒还可以，只是长得丑了些，也脏了些。”说完，摇头去了。

另有一人笑道：“买了家去养白净了倒也能用，只是浪费了些粮食呢！”旁观诸人闻之多笑。

那少女的嘴角微微抽动了一下，脸色冰冷，眸子中一股寒气隐现，随又消失去，目光呆呆地望着远处，仍旧神色漠然。

围观的人群见无热闹可瞧，便慢慢地散去了，仅剩了个杨开站在那里。

杨开适才一见那少女插了草签自卖己身葬母，心中已是恻然。摸了摸怀中，里面揣着临行时母亲送的供自己零花的几两碎银子。没有犹豫，尽数掏了出来放在了那少女的面前，说道：“我就有这些钱了，你拿去请人将老人家葬了吧。”也是舅舅林成那里有银子花度，自己不用便了，济人于难，是如医人之病呢。

那少女见了眼前的银子，身形微颤了一下，抬头望了望杨开，见施银子的人竟然是一名与自己年龄相仿的少年，颇感惊讶。眼中闪过了一丝异样来。

杨开放下银子，转身欲走。忽听身后那少女说道：“你既然出银子买下了我，如何又去？当我是乞丐吗？”语气冰冷，实不像出自一名少女之口。

杨开闻之，停下脚步回身应道：“我买你何来。这些银子你就拿去葬了母亲吧。看你有此孝心，银子是送你的。”说完又走。

“主人！”忽闻那少女柔声道：“这世上焉有白白送人银子的道理，你既出了钱，我便是主人的奴婢了。任听派遣便是了。”声音婉转，甚是悦耳，与适才那冰冷之声大不一样。

杨开听了，忙摇头道：“使不得！使不得！你也不用这般作践自己，自卖与人家，谁人没有个急难之时。”

“呵呵！世上果是有你这种好人呢！”那少女忽然莫明其妙地笑了起来，全无一丝丧母的悲切之情，脸上虽是涂满了污垢，却也能感觉到她笑得灿烂来。

杨开见了，大是惑然，不知那少女死了亲娘如何还能笑出来。

“除了你，适才那些人都该死呢！”那少女忽又狠狠地说道，眼中精光闪动，竟令人不寒而栗。

随即，那少女神色忽又一变，似乎在远处的人群中发现了什么，忙站起来，却又弯下腰去将地上的那几两银子收了，急走几步，回头对杨开嫣然一笑道：“谢谢你的银子，没有令我白跪一个时辰。”说完，竟自匆忙去了。连那草席中的亲娘的尸体也顾不得管了。好像那卖身葬母是一种掩饰而已，实则是在街头上观察着什么。

“这是怎么回事？”杨开站在那里惊讶不已。

“杨开，发生了什么事？”林成这时走了过来。

“舅舅！”杨开指了地上的那具尸体，又指了指已经消失在人群中的那少女的身影，茫茫然，不知所以。

林成看到了地上写有“卖身葬母”的纸标和那张草席裹着的尸体，已是明白发生了什么。眉头皱了一下道：“你将身上的钱都给了她吧。”

杨开点了一下头，还是一脸疑惑的样子。

林成蹲下身去查看了一下那具裹在草席里的尸体，微讶道：“这尸身倒是真的。”

第二十八章　义救王守仁

这时，从一个巷子里涌出一群人来，吵吵嚷嚷的，走在前面的还有几名身穿白色孝衣的人。正朝这边走来。

林成见状，忙拉了杨开避在一旁。

“在这里了！在这里了！”一人跑到那具尸体旁边喊道。

几个穿孝衣的人忙打开那草席查看。一人愤怒道：“果然是娘！是哪个遭天杀的将俺娘从棺材里盗走，并且还换上了一身破旧的衣服。”

一伙人叫骂着，将那具老妇人的尸体抬走了。

杨开旁边看得是目瞪口呆。若非亲眼所见，实不敢相信这世界上竟然还有人做出这般盗取人家尸体来冒充“卖身葬母”之事，并且还是一个女孩子。

“这手段果是毒辣了些！”林成摇了摇了头。

“江湖险恶！有善心是好的，但是要区分出真假来。我现在有事，你的银子就由她骗去是了，权当买个教训了。”林成说着，拉了杨开朝另一方向走去，边走边严肃地说道：“这两日在此地将有大事发生，我且将你送到一个安全的去处。待我这边处置完了事情后再去接你吧。”

杨开白白的被人骗去了几两银子，心中郁闷，未吱声，但随了林成去。

二人出了镇子，走了好一会，来到了一片竹林里。那竹林里建有几间房屋，显是有人在此隐居，当是那林成的朋友了。

林成带了杨开刚走进院落里，便从屋子里迎出一名壮实的大汉来。

“这是刘海叔叔。”林成介绍道。显然刚才是和此人在镇上见的面，并商量好了将杨开暂时送到这里。

“刘叔叔！”杨开上前叫了一声。

“是杨开贤侄吧，欢迎到陋居来做客。”那刘海朝杨开笑了笑，随即对林成焦急地说道：“林兄，事情有变，刚刚得到消息，内厂的四大高手已经到了此地。”

“什么！那四个煞星到了！”林成闻之，脸色一变道：“那就是说王大人应该也到了！岂不危险之极！我们等不到援手了，现在必须去救王大人。”

“开儿！”林成随对杨开说道：“这是刘海叔叔的家，你好生住在这里，不要外出，待舅舅办完了一件要紧的事后再来接你。”

“屋子里吃的喝的应有尽有，贤侄随意用了便是，和在自己家里一样。”刘海对杨开笑了一下道。

从林成和刘海刚才的谈话中，杨开隐约地意识到了他们要去和什么人打架了，是为了救一个被称为王大人的人，好像是个当官的。见舅舅有事，杨开也自懂事地说道：“舅舅去吧，我等你和刘叔叔回来。”

林成和刘海互望了一眼，点了一下头，屋子里竟也不进，二人转身急匆匆地去了。

杨开目送那二人远去，又呆望了一会，这才怀着一丝忧虑推开房门进了一间正首屋子。那屋内虽是简陋，却也洁净。一桌数椅，一把陈旧的泥茶壶和几只青瓷碗摆在桌子上面，还有几碟果子吃食。西侧的墙角里堆有几样杂物，东面的墙壁上挂有一柄带鞘的宝剑，旁边还竖有一根乌黑发亮的铁棍，显而易见，那刘海和林成一般都是习武之人。

屋中西侧另置一门，从里面飘出一股肉香来，里面当是厨房，那锅里面正炖着肉呢。东面也有一门，内设床铺，挂有纱帐，是那卧室。

杨开先是在桌子旁边坐了一会，久候那林成和刘海二人不回，便自有些腹饥了。想起刘海临走时有让自己随意之话，此时寻些吃食来当不至于失了礼数。于是到了那厨房内，见一铁锅里果是炖有肉类，木锅盖半掩着，灶内的火已是燃尽了。

杨开见状一喜，掀开锅盖，见那铁锅里竟自炖有鸡、鸭肉和猪、牛肉，一锅烩了，也不知是何种烧治法。寻了筷子插了一块来尝，竟然奇香满口。

“好吃！”杨开立时胃口大开，找了一大碗来，将那鸡鸭牛肉的胡乱地捞了一碗，端至桌子上放开两腮痛快地大吃了一回。若是在家中，母亲可不会令自己这般胡乱吃喝的。随了舅舅林成出来这些日子，已是习惯并且喜欢上了这种任性随意的生活。

待杨开吃饱喝足，抹净了嘴巴，抬头时方发现天色已有些暗下来了。时至傍晚，林成和刘海二人仍未回来，看来二人是遇上了棘手的事。杨开心中不免担心起来。看来江湖上风云莫测，即便随那大侠出游，也保不得一帆风顺的。

闲着无聊，杨开于是将那桌椅移至旁边，在屋子里腾出了一块空地来，循太极步法，打了一遍那套太极拳。此太极拳杨开虽是习无多日，已是多少找到了一点感觉来。

天色见黑时，杨开寻了窗台上的一支半截蜡烛燃了。而后出了屋门站在院子里望了一阵，见那周围的竹林开始显得幽暗怖人，想起这里距离那镇子远些，于是不敢久站，转身回了屋并掩了房门。

眼见着那蜡烛将要燃尽，杨开忙又四下寻去，好在在卧室里又找到了几支蜡烛，便又继燃了一支，虽是有些倦意，却也不敢睡，提心吊胆地坐在桌旁候着。

“看来这江湖果是险恶，尤其是舅舅这般有本事的人，走到哪里都免不了沾上些是非来。”杨开暗里叹息了一声，摇了摇头，无可奈何。

待至三更时分，杨开已是困得睁不开双眼了，又续燃了一支蜡烛以光壮胆之后，便伏于桌子上睡去了。

又不知过了几时，忽然间房门猛地被人撞开，一阵冷风刮进，立时将正在睡梦中的杨开惊醒。

再看时，却见林成扶了一个满身血迹的人进了来。舅舅林成也自显得非常疲惫，当是刚刚经历了一番苦斗。

“舅舅！这是……”杨开惊讶道。

“开儿，且将房门关了，然后端碗水过来。”林成说着，忙扶了那人进了卧室。此人显然处在昏迷中。

杨开听了，忙将房门关了，并上了门闩。而后倒了一碗水进了卧室。此时那人已被林成放在床上，面目英俊，虽是昏迷中，仍旧掩饰不住一脸的正气。林成站在旁边焦急地呼唤道：“王大人！王大人！”那人只是不应。伤势当是不轻。

“舅舅，水来了。”杨开端着一碗水过了来。

林成忙将那人的头部扶起，接过水碗喂那人水，竟自不进。

“王大人内伤严重，若不得及时救治，性命危矣！”林成脸色凝重，复将那人头部放下，端着那碗水，摇头叹息了一声，忧虑万分。

“舅舅，可用续命丹。此药适用于救治性命垂危之人，有起死回生之效。这是临行时娘送与我备急用的。”杨开这时从怀中取出一蜡丸说道。这续命丹是昔日林芳按杨文口述方药，用那女真人多古吉送的老山参费了一番周折配制的。杨开临行时，林芳给他十几丸备急用的。

“续命丹！”林成见之一喜道：“曾听你母亲说起过，此药是你杨家世传之灵丹。杨家的先祖曾以此药获得一番奇遇。没想到你身上竟然带了来，王大人当是有救了！”

林成随即接过那蜡丸，用手指捏碎了外裹的蜡壳，里面呈现出了一丸红色的丹药来。另取汤勺将药丸加水化开，而后又扶起那王大人头部，用手一捏其两腮，口呈开状，将勺中的药水强行送服了下去。

“服此续命丹，一个时辰内应该会醒的。”杨开上前按了一下那王大人的两手脉位，虽感微弱，但还未散乱，于是放心地说道。

“我倒是忘了你是习医之人。”林成欣慰地笑了一下道。随了扯了被将那王大人的身子遮了，拉了杨开轻轻退了出去，于桌旁坐了。

杨开倒了一碗水，林成端起仰头饮尽。

“舅舅，你饿了吧。”杨开跑到厨房内，又从铁锅里捞了一盆肉过来。此时尚温。

“好外甥！果是知人饥饱呢！”林成见状一喜，随即风卷残云，竟将一盆肉食尽。自将旁边的杨开看得张大了嘴巴，不知这一大盆肉如何装在林成肚子里的。

“你这刘叔叔家应该有酒的。不过今日有事不饮也罢。”林成吃尽了一盆肉，不无遗憾地说道。

“舅舅，这是怎么一回事啊？你和刘海叔叔如何要救这个人回来？刘海叔叔呢？”杨开按捺不住好奇的性子，忙问道。

林成听了，神色一肃，望了里面的卧室一眼，而后严肃地对杨开说道：“我们一路急行追赶的，就是这个人。开儿，你可知这位王大人是谁吗？此人乃是朝中重臣，兵部侍郎王守仁王大人。王大人文武双绝，是当世奇才，国之栋梁。因遭奸人所忌，设计陷害，被谪出京。然而那奸人畏惧王大人之才，恐为后患，于是暗遣杀手分七路追杀。江湖上的朋友得到此消息时，还未及援救，竟被王大人孤身一人，连破了六路。这最后一路才是最危险的，好在被我遇上了，和你那刘海叔叔联手援救。我们赶到时，王大人被数位高手围攻，处境危急。我们死命将王大人救出，刘海叔叔随将强敌引开，我这才护了王大人转到了这里。事情比我估计得还要严重，对方竟然有生死门的人。”

林成的一番话，自将杨开听得呆了。

“开儿，这些年你习医家中，还未知天下事。待我与你说说罢。”林成说道。

原是那明朝诸位皇帝中颇为英明的弘治帝朱佑樘苦心经营一十八年，已是令大明朝呈现出瑞祥之气，这便是史上有名的“弘治之治”。但不料这位中兴令主朱佑樘却自英年早逝，将一片大好河山传给了其子朱厚照，是为明武宗。塾料这位皇帝却是个不争气的，沉溺于声色犬马之中，不理朝政。并且最恼人的是宠幸太监刘瑾，一股脑地将皇帝的权力基本上全部下放给了刘瑾，令其代己行事，免得自家麻烦。一个太监专权那还了得，于是将这大明朝又搞得乌烟瘴气起来。刘瑾权势日大，竟能行使皇权，于是在民间流传出两个皇帝来，一个是坐皇帝，一个是立皇帝；一个是朱皇帝，一个是刘皇帝。

那刘瑾控制着东厂和西厂两大特务机关，监视和打击朝臣，排除异己，以图一家坐大。并且还觉得不过瘾，又另设内厂，蓄养杀手，专门对付那些对自己有意见和看着不顺眼的人。明里不好除之，暗中则取性命。

时兵部主事王守仁见刘瑾乱杀朝臣，恐大明朝这般下去国将不国，忍无可忍之下，于是上疏奏刘瑾之罪。那奏折先被刘瑾看到，正愁找不到整治王守仁的借口，于是假传圣旨，将王守仁谪出京城，以在路途上暗除之。

这王守仁便是日后大名鼎鼎的王船山，今番得到杨开、林成甥舅相救，这才得以大难不死。日后重被朝廷启用，平叛定乱，为大明朝立下了卓越功勋，更是创立了名扬千古的阳明心学之说。若干年后，杨开受其学说启发，另行开创了一代别样医风。此乃后话，在此略述。

林成叙述了一下天下形势，然后忧虑地说道：“那刘瑾奸贼所设的内厂，多是从江湖中招募的杀手。没想到竟然也将生死门笼络进去。此生死门属于江湖中的一个暗门，就是不显于世的诡异门派。传说中在元朝时就是一个杀手组织，已经绝踪一百多年了。此次为了追杀王大人而重现江湖，实为一件不简单的事情。”

林成此时犹豫了一下，然后说道：“王大人乃是我大明朝中兴之良剂，祛朝廷腐毒之奇药。有王大人在，日后诛杀刘瑾倘有希望。救他一人，实如救下万人不止，也是给了天下百姓一个希望。开儿，现有一事，你可敢去做吗？”

杨开听了林成一番讲述，本对那王守仁敬佩有加，忙说道：“舅舅，只要能救下王大人，解此危急，我愿做一切。”

“好！不愧是我林成的好外甥！”林成赞赏地拍了拍杨开的肩膀说道：“王大人重伤在身，不便行动，目前之计只有将内厂的杀手引开才好。只要将对方几个厉害的人物分开来，我便有办法保住王大人。舅舅分身乏术，为防不测，我不能再离王大人左右了。开儿，你与王大人身形相仿，且与王大人易过衣冠，乘夜色去吧……”

说到这里，林成凝重地望了望杨开，认真地说道：“此行危险，极有可能将性命丢在里头。”

“我不怕。”杨开毅然说道：“王大人既然对国家如此重要，我们当尽力保证他的安全就是了。况且舅舅做的事，一定是正义之事。既遇上了，岂有不管之理。”杨开说着，自行取了王守仁的衣服换了。

林成此时非常的矛盾，他知道杨开这一去意味着什么。但又不能不让杨开去去执行这个特殊的任务，因为目前仅有他甥舅二人在王守仁身侧。对手太强大了，只有将对方的力量分开来，自己才有把握保护王守仁冲出险境。可是杨开一去若生出什么意外，自己又无法向妹妹交代的。毕竟杨开是自己带出来的，更是自己的亲外甥。

“开儿！”林成颇是激动地握住了杨开的手，眼含泪水说道：“没想到会遇此大事，将你带进这场意外之变中。而我们又不能袖手旁观，必须救下王大人不可。”

“舅舅！”杨开此时已是换上了王守仁的衣服帽子，站在那里坚定地说道："我习的是济世救人的医道，岂可见死不救。而救下王大人一人，胜过救下万人。且王大人日后之功更可造福天下百姓，便是舍我性命又有何妨。"

"好孩子！"林成感慨地说道："没想到你竟有如此侠者之豪情，圣者之胸怀！好好好！你我二人今日便做就这件大事吧。"

"记住了开儿。"林成又叮嘱道："你只要将对方这几个厉害的人物引开一两个去，过一个时辰，我便会将王大人护送到安全的地方。然后我再来寻你。你那边脱身后，这里万不可再回来了。"

说到这里，林成便自沉默不语。因为他自己再清楚不过了，杨开这一去，凶多吉少。

"知道了！"杨开兴奋地应了一声，转身跑了出去。他此时虽是知道身处险境，但并未完全地清楚所面临的是什么样的危险。除了想救下王守仁外，更多的是一种冒险的刺激和冲动。也是杨开生性天真，认为自己将那些追杀王守仁的杀手引开，即便他们发现追错了人，又能将自己怎样。还不知道这个江湖和世道的险恶，更不知道自己陷入了一场什么样的危险之中。

杨开一路跑来，慌不择路，竟自来到了钱塘江边。夜色中的钱塘江，波浪翻滚，昏暗吓人，夹杂着阵阵声响，隐隐传来鬼哭悲啼之声。

大江隔路，这才将杨开初时的一腔豪情冲淡了去。茫然四顾，已是不知所以。

此时心中忽地一寒，似感危险逼近。原是有几个鬼魅般的身影正朝自己围过来。

"怎么办？"杨开心中大惊。

"看来我果是将那个什么内厂的杀手引来几个了，舅舅和王大人那边当是少了些危险。可是现在还不能令这些人发现自己是冒充的，否则舅舅和王大人还是很危险的。只有跳进这江水里，他们一时间才不能辨得真假来。”

杨开想到这里，竟然忘记了自己不习水性的，脱去了身上穿着的那套王守仁的衣冠弃于岸边，全然不顾，纵身一跃，朝那江水里投去……也是眼前除了跳进江水里，别无选择了。

杨开一投进钱塘江中，那冰冷的江水立时将身子裹住，上下挣扎了几回，灌进数口江水后，气力用尽，便觉一阵恍惚，失去了知觉，随流而去……

第二十九章　银　鼠

不知几何时，杨开慢慢睁开了双眼，感觉身子在轻微晃动，发现已是躺在一艘飘摆的乌篷船中。此时天色已是亮了。

“我……我可是被人救了吗?”杨开茫然地摸索了一下。极力回想昨晚发生的事情，好像是经历了一场真实的梦境。

“你醒了!”一个惊喜的声音在旁边响起。

杨开一转头，发现一名美丽的白衣少女正坐在自己身侧，笑嘻嘻地望着他。那少女面容娇艳，杏眼朱唇，极是可人。一双机警凌厉的眸子好像在哪里见过，似曾相识呢。

“你……”杨开一时惊讶。

那少女笑道：“你可是买了我的。”这少女竟然是镇上的那名卖身葬母的女子。

“哦!”杨开从那少女的眼中终于找回了记忆。“是你?”杨开讶道。眼前这名美丽的少女，实在和那个蓬头垢面，盗人尸体，跪在街头骗人钱财的女骗子联系不起来。

“奴婢叫朱云，不知主人如何称呼?”那朱云笑嘻嘻地道，还未忘记杨开出钱“买”她的事。

此时的杨开，却是怨这个朱云不起来。因为自己能躺在这里，必是她救了的。

“我叫杨开，谢谢你救了我!”杨开感激地说道。

“你怎么在钱塘江里?”朱云望着杨开的眼睛，认真地问道，似乎想在他的眼下里看到什么。

“我……我是不小心掉进江水里的。”杨开应道。对自己冒充王守仁及投江避开内厂杀手之事，不便说明。

“哦!”那朱云没有再问。

此时外面响起了一阵呼哨声。朱云闻见，忙起身出了船舱。

好像有船过了来，偶闻得有一男子在轻声地说道：“云姑娘，那边江面上又发现了一具尸体，面目全非，当是被鱼虾……”接下来的声音愈加轻微，听不清了。

“他们是在江水里打捞什么人吗？这才无意中救了我。”杨开心中讶道。

人影一闪，那朱云又进了船舱。杨开忙支撑着身子坐了起来。

“你刚从水里被捞出来，还要歇息一下才好。待会到得岸上再与你换身衣裳。”那朱云竟自关切地说道。

杨开听了，好生感激。想起她盗人家尸体“卖身葬母”的事，便忍不住问道：“你……你如何去偷人家的尸体来？”

“好玩啊!”那朱云若无其事地笑道：“也是想看看这天下间还有没有好人了。真是想不到遇到了你呢。舍了钱却又不想买下我，这等大善人百世难见了。”

“世人没有你想得那般糟吧。”杨开摇头道。感觉这个朱云实在是古怪得很，哪里有用这般法子来试人的。并且在她的眼中似乎从未遇到过好人一般，有些不可理喻。

“你倒是天真呢!”那朱云叹息了一声，随朝舱外喊道：“回去吧!”

掌桨的船夫应了一声，驱动船身荡去。

“过去这么久了，舅舅和那个王大人应该安全了吧。”杨开寻思道。

“你一个人跑到江边做什么？又如何失足掉进江水里的？”朱云这时有意无意地问道。

“这个……”杨开从未说过谎，一时语塞，不免有些面红耳赤。

朱云见状，笑了一下道：“可是做有见不得人的事。若是不方便说出来，不讲也罢。”

“我……”杨开听了，索性摇头笑了一下道：“那就不讲吧，反正也未做什么坏事。”

那朱云暗里“哼”了一声，脸上闪过了一丝不快，一现即逝，随后望着杨开只是笑。

杨开见了，觉得不是个事，忙转过头去，望船外的风景。

“杨开!”那朱云望着杨开有些出神，不由轻轻地吟道。

杨开以为是在唤他，忙应了一声，转过头来。

“是个好名字!”朱云笑了一下，脸上抹过了一丝绯红。

此时船只靠岸，已是到了一座集镇的渡口。杨开随朱云出得舱来，不由一怔。但见岸边上竟自立了十几名劲装的汉子，每一个都自气宇不凡，见了那朱云，皆显得极是恭敬，齐身施礼道：“云姑娘!”

那朱云视而不见，竟自引着杨开上了岸。

“这个朱云是什么人？看样子是个有身份的，难道是个富人家的小姐。却又不像，否则何以在街上装扮成卖身葬母之人?”杨开心中惊讶不已。

此渡口旁边便有家大客栈，唤做“福来客栈”，朱云引了杨开径直进了去，显是她们一干人等的下榻之地。

“领这位杨公子去房间换身干净的衣服，然后再请到客厅见我。”朱云吩咐一个人道。随对杨开笑道：“主人且去换过衣服，免得染上风寒。奴婢这就去为你准备酒菜。”

随行的十余名汉子，见那朱云竟对杨开如此态度，皆呈惊异之色，面面相觑。其中一人忙上前对杨开恭敬地让请道：“杨公子这边请!”

“云姑娘莫要笑我吧。”杨开惶恐地摇了一下头，随那人去了。

待杨开换过了衣服来到一间装饰华丽的客厅时，此时见那又换了一身绿色裙衫的朱云正坐在一桌丰盛的酒菜前摆弄着一只银色的器物，尤呈兴奋之色。

见了杨开进来，朱云起身相迎，将手中那银色器物举至杨开面前，竟是一只栩栩如生精致的银鼠，笑道："你可识得它吗？"

杨开茫然地摇了摇头。

"这是你买我的那几两银子铸成的，可是请了高手银匠打铸的，作坊那边刚刚送过来。我是属鼠的，故做成此物，权作纪念。"朱云笑道。

杨开听了，颇感意外，始知这个朱云果然是个特殊的人物，不是舅舅林成认为的那类江湖骗子。"卖身葬母"是个玩过火的游戏而已，哪里是为了骗那几两银子去。尤其见了朱云竟然将自己送与她的几两银子打铸成一只银鼠，杨开心中也自生出了些许的感动。

"请公子入座。这桌酒菜是为你压惊的。"朱云让请道。

"云姑娘救我一命，我当买酒菜谢你才是。"杨开倒也自真诚地说道。

"勿要客气吧。要知道你昨天已是出钱买下了我，我们之间的交易已是达成了，我的一切现在可都是主人的了。"朱云别有意味地嬉笑道。

"云姑娘勿要再行作弄我吧。昨日不知实情，实在是有些冒犯了。"杨开忙说道。

"不知实情才能最见人心之善恶！公子昨日之善举已是感动了我。世间竟还有你一个好人存在。"朱云认真地说道。

"云姑娘何出此言？"杨开说道："世间虽是有恶人坏人，但总归是少数的，好人还是多的。"

"我可是没见过一个真正的好人，除了现在的你。便是以前有人对我好过，也是对我有所图谋而来，没有过诚心实意的。"朱云叹息了一声道。

杨开听了，感觉这个朱云似乎有着非同寻常的人生经历，否则哪里会生出这种愤世嫉俗的言语。

“好了，不说这些了。我只是希望我们能成为朋友。因为自从昨日见到了公子，便觉面善得很，且公子能给人一种很奇怪的感觉，那就是令人感到心静。”朱云认真地说道。

“认识云姑娘是我杨开的荣幸！只是不知云姑娘是……”杨开对朱云的身份自有些好奇。

“家父是一名商人。钱多得没处使，所以令我得了闲身子出来游山玩水，将家父赚来的钱耗尽了，他老人家才高兴呢！”朱云笑着应道。

“哦！果然是有钱人家的女儿。”杨开心中释然。

“不知杨公子……”朱云随又反问道。

“我自幼习医，此番出来是想拜访名医高手学艺的。”杨开说道。

“哦！原来公子是务习医道的。”朱云听了颇感意外。

“公子可是拜访到名师了？”朱云随后问道。

“刚刚离家远游，目前还未寻得名师。”杨开应道。此时想起舅舅林成的安危，便自有些坐不住了。于是站起身说道：“谢谢云姑娘的款待和救命之恩，待杨开日后有机会再行相报，现在还有他事，就此别过罢。”

“公子且慢！”朱云忙起身拦了道：“公子若有他事，我可叫人去办。当不会误了你的。”

杨开听了，自然不会说出舅舅林成和那王守仁的事，于是说道：“也没什么事，只是想再行寻访名医罢了。”

朱云听了，欣然笑道：“这有何难，家父行商多年，倒也认识几位医道中的好手。不妨让我为公子介绍几个吧。并且我也是闲着无事，就引了公子去见那几位医中的好手如何。以家父的薄面，他们都会给面子的。”

杨开听了，一时为难道：“这个恐怕是不好吧，哪里能给云姑娘添麻烦。”

“麻烦什么。并且公子现在还是我的主人，我自会随了主人去的。此事虽是玩笑，但我也是真心的。我在家闲惯了，未曾做得真正的事情，就让我随了公子拜师学艺吧。并且我介绍的医中好手，保公子见了满意。并且还要令那些人毫无保留地将自己的一生所学全部的传授给你。可令公子在几年内就成为天下第一名医。”朱云兴奋地说道。

“果然是有钱的闲人，这种事情也能做出来。”杨开暗里摇了摇头。对那朱云的话也自将信将疑。

这时，有一名汉子进来，附于那朱云耳侧嘀咕了几句什么。那朱云闻之，呈现出怒意道：“我们行事，还用得着别人来监督吗。勿管他，若再多言，撵了去。”

那汉子听了，俯身退去。

杨开见了，一旁暗讶道：“这朱云看似娇弱，却也是一个威严的女子，可是代父行事不受人管束吗？商家竟也有此气势！当不是一般的商人女儿？”

那朱云劝了杨开酒菜，杨开只好应了。毕竟有着心事，坐在那里多少呈些不安之状。

朱云见了，笑道：“公子可是一人出游吗？”

“哦！此番是和舅舅一起出来的，不慎与舅舅走散了，这才误走至江边，黑夜里失了足。”杨开忙敷衍道。一说谎，不免又有些不自然起来。

“你那舅舅寻你不着，自会家去。勿要担心吧。公子日后且随了我去，寻那当世的名医高手，待有所成，回去再给家人一个惊喜吧。”朱云说道。

杨开虽是涉世未深，然在此关键时刻，见那朱云极力挽留自己，心中也不免多些疑惑来。乃是见那朱云行事诡异，不但盗尸“卖母”，而且一行人等又不似普通商家的模样，便自多了些戒备，想法子脱身才好。

“云姑娘的好意我杨开心领了。”杨开思虑了一会，说道：“稍后我还是寻找舅舅要紧，否则家里边不得我的消息，父母会着急的，就不随了云姑娘去了。救命之恩不敢忘，待日后再行报答吧。”

“这个不难，待告诉我公子家的去处，我另派人去报个平安的信就是了。杨公子莫不是不相信我吗？将你拐骗了去。”朱云应道。脸上已是呈现出不快来。

“那倒不是。”杨开尴尬地笑了一下道：“云姑娘正在办其他的事吧，我怕是误了你的事情。”

朱云听了，这才欣然一笑道：“我这边的事都不打紧。遇到公子这样的一个好人不易，所以就由我陪了公子去拜访那些名医吧。放心，我介绍的那些人都是名副其实的医道上的高手，但有我在，他们不敢藏技不授。公子想学哪般本事，直接学了就是。你若是自行拜访他们去，少了银子和人情，怕是见上那些人一面都是不易呢。便是收你入门，也不肯在短时间内一股脑地将本事都传了你。没有个十年八年的，也难学到他们半成的医术。所以公子且随了我去，叫你走个捷径吧。”

杨开听了，心中讶道：“这朱云的口气颇大，好像天下间的名医们唯她命是从。她到底是什么身份？”暗里愈是生疑。

朱云见杨开坐在那里发犹豫，于是笑道：“放心吧，我这么做别无他意。乃是见了公子是天下第一等的好人，自想助你一回，交下你这个朋友。也是我闲得很，无大事可做了。怎么，这般助人为乐的机会也不肯给我吗？”

“这个嘛？”杨开心中犹豫道：“若是没有那个王守仁的事，你这般说来我还真是想随了你去。然在此多事之秋，舅舅那边还不知如何，让我这样随了你去，可不是个事。可是若不应下这个朱云，强行离去，势必会暴露舅舅和王大人的行踪。尤其是这个朱云怎么那么巧在江里救了我，她的这些手下人又个个秘密得很，此时出现这里，难不成与王大人的事有关联吗？”

想到这里，杨开心中一凛。抬着望了那朱云一眼，见她正笑吟吟地看着自己，忙低头避开了对方的目光。心中道：“看样子她不是个坏人啊！怕是我误会了吧。然此时舅舅那边的安全事大，我目前是不能再行回到舅舅身边了。且暂时随了这个朱云去吧，看其态度，不随了她去，还真是不罢休。倒是个难缠的人，日后再见机行事好了。她若是害我，也不会从江水里救了我的。”

“好吧。既然云姑娘如此盛情，我应了就是。”杨开于是说道。

那朱云听了，立时欢喜无限，又劝起酒来。

杨开不胜酒力，勉强饮了一杯，便不再饮了。那朱云见了，倒也不强劝，只是为杨开多挟了些菜肴来。

饭菜用毕，朱云道：“杨公子累了一晚上了，且去房间歇息吧。我这边还有几件闲事，待处理完了我们再行上路。”

杨开应了一声，离了席，随有人引至一间上等的客房安歇了。

杨开躺在床上，也自睡不着觉，寻思道：“这个朱云来历不明，硬缠着我要给我引见名医，此番随了她去，不知是对是错了。若是强行拒绝于她，怕是惹人怀疑我这边有事了。不管她了，既然从水中救我一命，我这条命也是拣来的了。只要舅舅和王大人那边无事就好。”

惊吓了一夜，杨开已是倦了，不觉中睡去。待醒来时，已近傍晚。忙出了房间到了那间客厅。

此时朱云正与几个人在厅上议事。本是在那些人面前冷若冰霜，语气严厉的朱云，一见到杨开过来，立时喜笑颜开，挥手令众人去了，迎上前道：“杨公子可歇好了吗？本是备好了一桌子酒菜等公子来用，见你睡得正香，故未能唤你。”

“杨开一介百姓而已，何敢劳云姑娘这般盛情。”杨开感激之余，不免有些惶惶道。

“公子勿要客气吧！”朱云笑道：“你既然有志于医道，我自当全力助你。我知道几位当今的医学大家，都是医中的圣手国医，待日后我们慢慢寻了来，以令公子习尽他们的现成本事。”

“那就谢谢云姑娘了！”杨开感激地道。随又疑惑道：“云姑娘是商家之女，何以知世间的这等医中的高人？可又是令尊行商时访得的吗？”

朱云笑道：“我幼时必修的一个功课就是熟悉当今天下的人物。凡三教九流中有得些名气或是擅一技之长者，皆在我的熟知之列。当然了，这也是得了家父贸易天下的便利。天下但有些名气的人物，都逃不过我的耳目。因为我是一只善于打探消息的老鼠。”朱云说着，将手中那只惟妙惟肖的银鼠在杨开面前晃了晃。

杨开见了，禁不住笑道：“你这只老鼠的本事还真是大呢！”

“当然了，我的本事你现在知道的仅仅是九鼠一毛而已。”朱云笑道。

“九鼠一毛！”杨开闻之，笑道：“虽不比九牛一毛，但这九鼠一毛，也自厉害得很了。”

朱云笑道：“猫有九命，却不知鼠有十命！所以猫有无则可，鼠迹则亘古不绝。”

“云姑娘的这只鼠是只神鼠吧。”杨开笑道。

“至于是不是只神鼠，公子日后便知。”朱云神秘一笑。对于杨开能与她说笑，实令朱云开心不已。

杨开与朱云用过饭菜，朱云便拉了杨开到街上闲走。杨开欲要打听舅舅林成的消息，便随了来。此时天色已暗，临街的店铺都亮起了灯笼。红灯照街，倒也好看。

走到一街口处，杨开才发现，那街头处，正是朱云“卖身葬母”的地方。原是杨开昨天夜里慌不择路跑到钱塘江边投江被救后，又转了回来。

“杨公子，你可还记得这个地方。”朱云怔怔地站在那里若有所思道。

“哦！当然。”杨开心不在此间，漫应道。想起镇外不远处的竹林里便是舅舅林成的朋友刘海的家居所在。那里比较偏僻，人不易寻到。不知此时舅舅林成和那王守仁是否还藏在那里。

“我一辈子都忘不了你买我的情形。”朱云笑了笑，见杨开朝四下张望，问道：“你在找什么?”

“没找什么。”杨开忙应道。

“是在找你那个走散了的舅舅吧。对了，你们是在什么地方走散的，我们找到那里也许会有什么线索。”朱云道。

“走……走散几天了，舅舅这会不知已走出多远去了。算了吧。”杨开无奈地摇了摇头。

“哦!”朱云听了，颇显失望之色。

第三十章　生死门

杨开注意听街上行人谈话中有无外乡人打架的事，以此判断舅舅林成是否和朝廷派来追杀王守仁的那些杀手们动上了手。一路走来，倒也无人谈及此事，杨开心中方安。本欲去那竹林中探个究竟，然则有那朱云在侧，甚为不便。杨开幼读诸般医书，并非一个读呆了的人，内里精明着呢。对这个意外出现的朱云，虽是怀有救命的感恩之心，但见其行事诡异，又有一班神秘的汉子听命于她，实在不是一般的商家所为，所以还是在着意的提防着她。

林成带杨开初行之日，就告诫过杨开：行走江湖，害人之心不可有，防人之心不可无。况且关乎性命之事，杨开还是谨慎小心的。虽然自家想象不出朱云会与那王守仁的事扯上关系，这般美丽聪明的女孩子更与那种杀手差之十万八千里了。

二人转了一会，便又回到了福来客栈。朱云又要唤杨开饮酒，杨开推脱说有倦意，朱云倒也不勉强，先令杨开回房间歇息了，自己则又离了客栈去了。

杨开在房间内打了一遍太极拳，但觉心神不宁，未能随了意去，耐着性子打完后便坐在桌子旁边寻茶来饮。然那壶里的水已空，杨开便持了茶壶出了房间的门去那厨下寻水。

路经隔壁的房门时，那房门正虚掩着，偶从里面传出一人的声音道：“此人来历不明，主人何以待若上宾？”

另一人道："主人性情无常，就由她吧。只是眼下还未从江水里寻到目标的正身，回去是无法交代的。还有那个来监督我们的人被主人赶走，回去也要告上一状的。这些可都是对主人不利的。"

先前一人道："主人运筹帷幄，计无疏漏，这些都不是问题，是能应付上边的。只是忽然多出这个人来，看意思日后还要与我们同行的，不知主人意欲何为?"

另一人道："王兄的意思是……"

"杨公子!"正在倾听的杨开忽听得身后有人唤自己，回头看时，却是那朱云。同时门内的说话声寂然而止，随从房间中走出一名表情严肃的汉子。

"我去寻壶茶水。"杨开忙举了举手中的茶壶道。

"公子怎么能亲自去做这种事，由他们去做好了。"朱云走了过来，对那名朝她施礼的汉子吩咐道："你们是怎么招待杨公子的，竟如此怠慢我的贵客，还不去替公子取了水去。"说话间口气自是一肃。

那汉子疑惑地望了杨开一眼，也自未敢应声，上前接过杨开手中的茶壶转身去了。此人已是意识到了杨开偷听到了他们的谈话，虽是这些人闲谈时也极是小心，话语中从无具体所指。

"公子口渴，且到我的房间说会话吧，我那里沏有上好的铁观音。并且还有件事情要对公子说，公子或能感些兴趣。"朱云随对站在那里不知所措的杨开一笑道。

"我只是路过……"杨开从刚才那汉子的眼神中看出了对方对自己的不满，忙着解释道。

"哦!"那朱云感觉杨开似乎听到了什么，于是说道："下人们口无遮拦，不当之处还请公子见谅。"说话时，朝房间内的另一人狠狠地瞪了一眼。那人惶然无措，呆立不语。

"没……没有什么……"杨开尴尬道。

"没有什么就好，走吧。"朱云一笑，先行引了路去。杨开只好后面随了。

进了朱云的房间，见那书案旁摆，琴架中设，一青铜香炉中正燃着三炷清香，缭绕飘浮，异香满室。墙壁上还挂有几幅字画。布置得典雅别致。

“公子请坐吧！”朱云让了杨开坐下，而后斟了一杯茶水来。杨开谢过，呷了一口，果是那上好的铁观音。

“公子这两日还住得惯吧？”朱云关切地问道

杨开放下手中的茶杯，感激地应道：“承蒙云姑娘厚待，一切还好。”

“对了，适才得到一个消息，最近江湖传闻，有个神秘人物在寻富商大贾兜售一个值钱的物件，名为‘金匮玉函’，据说是件医中至宝。已是惹得许多的江湖上的黑白人物去争夺了。”朱云说道。

“金匮玉函！”杨开闻之讶道：“此乃汉时医圣张仲景的一部医著，我家中也藏有此书的，抢他去做什么？”

朱云道：“公子说的是部医书，我说的是个物件呢，不过也与医书有关，说是以黄金制作的盒子里藏有一部以古玉片为册页镂刻成文的上古奇书《轩辕生死书》，内载有医家大秘。”

“哦！是这么回事。”杨开道：“当是两物重名了。医圣张仲景的传世之作《金匮要略》也以金匮为名，是取其贵重之意。源于《周书》，周武王病重，其弟周公为其祈求上天护佑，愿以已身代兄死。后史官将这份祈祷辞封藏在‘金滕之匮’中，以示珍贵。云姑娘说的这件‘金匮玉函’应该是一部古医书吧，以实物金玉之质制成。所以有人争夺之，是取其物值钱吧了。”

朱云道：“事情好像不是这么简单的，即使是件稀罕物，也不会引出这么大动静。消息上说，镂刻成经文的玉函中的确藏有医中的秘密，否则不会被那些得到消息的人奉为医中至宝的。当中可能藏有能治疗疑难杂症的千古奇方。公子是习医的，若是得到这‘金匮玉函’，还拜得什么师去，持此玉函中的秘方便可医天下之病了。所以我已令人追查此事了，必要为公子讨来这件‘金匮玉函’”

杨开听那朱云竟然在为自己去追查那件“金匮玉函”的下落，颇感意外，忙说道：“云姑娘莫要为我寻这东西吧。天下间所谓的奇方秘方多是唬人的，哪里会有一张方药医治一病会百无一失的，更莫说医治天下百病了。其实每个人的情况都是不同的，同样的疾病生在每个人的身上也自不一样，多有不同的治疗手段。能应病应时的药就是好的方药，人参和草芥是同样的。”

朱云笑道：“公子能有这等认识，果是比那般持了一张自以为是的秘方的庸医们高明多了。不过那‘金匮玉函’中所载的《轩辕生死书》或不是什么秘方奇药，而是别有医家秘密的。有人见过那东西，但不识玉片上镂刻的古文字，欲购金匮玉片实物，或是价钱出得低了些，对方未应。此物已是引得几位医林中的重要人物现身了，都在暗中追查‘金匮玉函’的下落。可见里面必是藏有古怪的东西，也必是与提高你们医家的修为有关的。即是长本事的东西，当便宜不得别人去，我定要为公子取来看个究竟。所以还在此地耽搁些日子吧，待此事有个着落我们再去拜访那些医中的高人学艺吧。”

杨开听了，本是对那“金匮玉函”无意，但是听说要在此地耽搁上几日，中间或能打听到舅舅林成那边的消息，也自点头应了。

朱云见了，倒是以为杨开在意那“金匮玉函”，便想全力为杨开办理此事了，不知杨开那边另有心思。

又聊了一会，杨开告辞回到了房间。

想起适才在隔壁的房门外偶然间听到的那些话，杨开心中寻思道：“云姑娘和她的这伙人到底是些什么人？不像是一般的人，应该在做着一件什么事。从她对我的态度上看，当无恶意，她也应该不是什么恶人吧。且不管她了，事已至此，走一步算一步了。只是三舅那边……”

一想起林成和那王守仁的安危来，杨开心中不免担忧起来。

朱云房间内，她正表情严肃地在对一名汉子说话：“明天先送四老回京，这边的事待我回去后自会对上边有个交代。目标突然间多了几个帮手，且将他强行救走，不是那么简单的。我要查出是什么人敢与我们作对。至于这个杨开嘛……”

朱云顿了一下道：“暂时还无法确定他与目标有何关系，或是我们偶于江水里救上来的。此人全无城府，是……是个好人呢！不过他的出现却令目标失了踪迹，也当非巧合之事，我也自会查个水落石出的。还有，你们日后说话行事要谨慎了，不要令那杨开怀疑上我们的身份为好。”

“属下遵命！”那汉子恭敬地应了一声，转身去了。

“杨开，你不要与那个人有什么关联才好！”朱云站在那里，喃喃自语道。适才一双严厉的眸子，立时变得柔和起来。

第二天一早，杨开起床洗漱了一下，刚走出房间的门，隔壁的门内便走出一名汉子，上前拱手一礼道：“杨公子早！”

“早！”杨开应了一声。

“云姑娘吩咐，我们还要在此地小住几日，另有事情要办，这几日就请公子自便了。厅中备有饭菜，请公子用了。”那汉子说完，转身去了。

“哦！”杨开心中一动，暗忖道：“她做她们的事，我做我的事。”

想到这里，为他备的早饭也不用了，匆匆走出了客栈。

走到街上的杨开，不经意地回头看了一下，见无人跟着，心中一安，这才快步走去。

走着走着，杨开又放慢了脚步。他本是要去镇外那片竹林里刘海的家，去查看一下舅舅林成和那王守仁还在否，此时忽然意识到了什么，便扮作无事的样子，在街上闲逛起来。乃是知道那刘海的家此时是万万去不得的，记起那晚临行时，舅舅林成交代的话，此处不可再回，显是不再安全了。

杨开在街上闲走了一会，这才又转回了福来客栈。此时已不见了那朱云的身影，便是随同她的那些神秘的汉子也不见几个。只在门口遇见一个，那人刚从客栈内出来，见了杨开，朝他点头示意了一下，也自去了。

到了晚间，那朱云才现身，也不知这一整天忙碌什么事了。见了杨开笑道："我们明天去杭州吧，到那里等待消息就是了。"

"哦!"杨开听了，颇感意外，也只好应了。

闲聊了几句，那朱云又自去了。

杭州城。

四通商社。江南第一大商社。

其后有一片大宅院，房屋重叠，不知有几百间去。是那四通商社的产业。

杨开站在一房门前，望着天空中正在聚集的乌云，时呈忧郁。他是这天早上随了朱云和其十几名随从离了镇子走了小半天便到了杭州城的。先前看到的那些神秘的汉子一夜之间消失了个干净，都不知哪里去了，竟然全部换了新面孔，话语随和，颇显老成干练，不似那群汉子令人生畏了。杨开颇感意外之余，也未多问。

待到了杭州城，朱云一行人便到了四通商社。从接待人的恭敬的言语中，杨开得知这是朱云家的生意店铺。而后又进了这大宅子，见奴仆成群，高堂大屋，自有那富商巨贾的气势。心中先前对朱云的些许疑虑便自消去了大半。知其果为大商家之女，只是行事有些乖张而已。安排下了杨开，朱云便又忙去了。

"也不知舅舅和那王大人现在怎么样了?"杨开暗里叹息一声，也自无可奈何。见房间内的柜子上摆放有几部诗书，便取了翻开来阅读，以作消遣。

在一间厅堂上，此宅的老管家茂才正站那里恭敬地在对朱云说话："老爷于一个月前来过这里，走时吩咐过，若是小姐来此，就让老奴转话给小姐。小姐现在代老爷行事，一切还要万般小心，不可暴露了四通商社的底。虽是现在无关紧要，但防意外之变，是关系着商社散布于大江南北几百家商铺的日后命运。也是老爷耗着一生心血经营那……"

说到这里，似有隐晦的话即使在这安全的大宅之内也不能明说出来，那茂才顿了一下道："不管历经任何风雨，四通商社的根基都不可动摇。谁主天下，谁得了势，都自有我们的立足之地。"

朱云听了，淡淡地道："这些我晓得。况且我们现在行事，都在暗中进行，不会被人怀疑上什么的。无大事，我也不会轻易露面的。这次任务是那个人的手下办事不力，不得已才请了我亲自出马。基本确定目标葬身钱塘江里了。"

朱云说着话，站起身来，走到窗户前，望了望将要下雨的天空，目光在四周搜了一遍，接着说道："四通商社有此今天的这般气象，全是父亲当年有幸接手生死门并暗中运作的结果。两下照应，无往不利，按此经营下去，自可几百世不衰。"

朱云轻易地说出"生死门"三字来，自令那茂才脸色一变，这三个至关重要的字，颇多利害关系，他是不敢直说出来的。忙刻意提醒道："小姐……"

朱云笑了笑，转身道："才叔，这是你我之间说话，不打紧的。况且当今天下少有人知生死门是怎么回事。"

那朱云脸色随之一肃道："生死门仅掌握在我父女手中，谁也控制不了的，便是那个手段通天的人也不能。我们助他，也是他曾照顾了四通商社的生意，和父亲私下里有过交情而已。彼此是互利互惠的关系罢了。这一点，他也是明白的。此人却也有趣……"

朱云随又一笑道："所有的人都怕他，唯见了我，也要敬称一声云姑娘。长相声音实在厌人，阴阳怪气得很，也不知他是怎么混到这个位置上的。”

茂才见朱云如此一说，也自放了胆，且恭维道：“他是明白生死门的本事能厉害到什么程度，况且没有生死门为他做下的几件大事，他也不能安稳地坐在今天的这个位置上。老爷曾说过，我生死门上能通天，下能入地。谁也奈何不得的。”

朱云听了，倒也点了一下头。

茂才又道：“小姐，这次到杭州，可要多住些日子吗?”

朱云道：“还未定，眼下有几件别的事情要办。况且这次任务没有找到目标的尸身，过些日子我还要亲自北上一次向那个人交代一下。对了……”

朱云着重吩咐道：“我带回来的这个叫杨开的人，是我的朋友，也是他身上关系着一件重要的事，还未查明，你且叫人要好生招待了，不可怠慢。”

茂才应道：“老奴明白!”

“还有。”朱云又道：“启动生死门杭州部，为我查一件东西的下落，此物名为‘金匮玉函’”

这时候，天空上传来几声炸雷，大雨瓢泼而下。将一座杭州城笼罩在了水气迷雾之中，辨不得任何形状了。

是夜。朱云独自坐在房间里一张红木桌子旁，手中摆弄着那只银鼠，别有所思。转头望于窗外，透过雨帘和庭院中的一座假山，可望到对面一所房间里的灯光，以及映在窗户上的一个人影，那正是杨开住的客房所在。几支芭蕉叶随风摇晃，遮住了部分视线，令那人影有些模糊。

“杨开!”朱云莫明其妙地叹息了一声。

她直到现在还在有些奇怪自己为什么会将杨开缠住不令他去，虽然，她认为杨开与自己在执行的一项特殊的任务有些关联，但这也仅仅是自己将杨开留住的一个理由。这是一个真正的善良的男子，在自己演那场“卖身葬母”的游戏时，他竟然毫不犹豫地将身上的银子送与了自己，送给了一个陌生的可怜女孩子，且不接受任何的回报，放下银子转身就走。感叹天下还真是有这种好人，有怜悯之心的好人。在那一瞬间，这个男子莫明其妙地吸引住了自己，也不知为什么，自己的心竟然能为其所动。曾经傲视天下，未曾将天下男子放在眼中的自己，却被一个善良甚至于接近天真的男子乱了心思。这个男子清秀文雅，虽不甚谙于世事，却尤是显示出了他与众不同的清雅。他醉心于医道，一门心思的要拜名家大师学艺。也是有了这个理由，自己才能勉强将他留下，因为自己也是真正的要为他寻找医中的高手名师。

“杨开，你既喜医道，我就成就你一个医中的圣手来。当今天下名医，我会为你寻个遍的。”朱云暗自兴奋道。似乎已将那寻名师学医道的事当做了自己的事情。

“而这名医聚集之地，哪里也比不了北京皇城内太医院的。对，我带杨开去京城。有那个人在，小小的太医院自会为杨开大开方便之门的。只有这样，才能合了他的心思，再没有理由要走的。一个太医院，至少也够你学上个十年八年的了。”朱云想到这里，朝对面还亮着灯光的客房处，快意地一笑。

此时外面雨势正急。

杨开房门外，有人循房檐下蹑步行至，从门缝中观察屋子里正在翻阅书卷的杨开，冷酷的目光中透露出了一丝杀气，缓缓从腰间拔出了一把雪亮的匕首来。

欲知后事如何，敬请读者诸君关注青斗中医传奇小说《医林志》第二部《太素神脉》。

部分参考书目

1. 明史演义．蔡东藩．北京：文化艺术出版社，2003.

2. 黄帝内经．上海：上海科学技术出版社，1983.

3. 神农本草经．沈阳：辽宁科学技术出版社，1997.

4. 中医趣话．陈书秀．哈尔滨：哈尔滨出版社，2008.

5. 中医原来这么有趣．胡献国．北京：农村读物出版社，2006.